Regina Schaunig

# Mal mir Liebe

Regina Schaunig

# Mal
# mir
# Liebe

Roman

*Bibliografische Information der Deutschen Nationalbibliothek: Die Deutsche Nationalbibliothek verzeichnet diese Publikation in der Deutschen Nationalbibliografie; detaillierte bibliografische Daten sind im Internet über dnb.dnb.de abrufbar.*

*Die automatisierte Analyse des Werkes, um daraus Informationen insbesondere über Muster, Trends und Korrelationen gemäß §44b UrhG („Text und Data Mining") zu gewinnen, ist untersagt.*

Regina Schaunig ist Literaturwissenschafterin und Autorin. Sie veröffentlichte einschlägige Bücher und Aufsätze über Robert Musil und die Literatur der Moderne. Nach einer Jugendbiografie Ingeborg Bachmanns mit dem Titel „"... wie auf wunden Füßen" (Johannes Heyn, 2014) wechselte sie zum literarschen Schreiben und debütierte darin 2022 mit dem Mittelalterroman „Hildegard von Stein" (Hermagoras/Mohorjeva).

Copyright: © 2024 Regina Schaunig
Umschlaggestaltung: Isis Pospischil
Bilddatei (bearbeitet): Dmytro Betsenko, Alamy Stock Photo, ID: M94JJW
Korrektorat: Marie Gradauer
Verlag: BoD · Books on Demand GmbH, In de Tarpen 42, 22848 Norderstedt
Druck: Libri Plureos GmbH, Friedensallee 273, 22763 Hamburg
ISBN: 978-3-7597-7874-1

„Für Daliah"

*Danke, liebe Verena, für das Probelesen und die Gespräche, die die Entstehung dieses Buches begleitet haben.*

# Feier mit Vanni

 An einem Samstag im Juni konnte Sile keine Bäume mehr malen. Sie ging im Atelier auf und ab. Der Schiffsboden knarrte und die Zimmerpflanzen schwankten bei jedem Schritt. Durch die Fenster fielen türkisfarbene Schatten. Eine Schwere lag in der Luft, wie in einem Aquarium. Selbst die hölzernen Staffeleien in der Mitte des Raumes ähnelten versunkenen Schiffen. Und doch verbreiteten sie einen unverkennbaren Geruch nach Leinöl und Tubenfarben. Er erinnerte an das Erbe dreier Generationen von Malern. Begonnen hatte alles mit Guglielmo. Ihre Urgroßmutter Emma war die letzte in der Familie, die dieses Handwerk fortgeführt hatte. Sonderbar, an Luigi dachte Sile so gut wie nie. Und doch hatte er am längsten von allen auf diesem Landsitz im Süden Trevisos gelebt. Sie alle hatten an der Accademia di Belle Arti in Venedig studiert und später dort unterrichtet.

Auch Sile wollte das irgendwann tun. Doch vorerst genügte ihr dieser Raum im ehemaligen Gartenhaus, der Park und die Landschaft am Fluss. Einmal hatte sie ihr Atelier gerade noch vor dem Abriss bewahrt. Sie war damals ungefähr fünfzehn Jahre alt gewesen. Die Kinderfrau hatte ihren Koffer fürs Internat schon gepackt. Und sie hatte in der Tür gestanden und mit ihren Armen und Beinen eine Schranke errichtet, die allen den Eintritt verwehrte. Und sie hatte gerufen: „Ihr schickt mich fort, um ungestört mein Haus abzureißen!" Ihre Mutter hatte später behauptet, es sei nie davon die Rede gewesen, das alte Arkadenhaus einem Swimmingpool zu opfern. Aber Sile hatte es so verstanden. Für sie war es von da an ein geretteter Ort. Und sie hatte vor, weitere solche Orte zu retten.

Vorerst tat sie dies mit Pinsel und Farbe. Sie, die ihren leiblichen Vater nicht kannte, weil Emiliana ihn für bedeutungslos hielt, versuchte festzuhalten, was ihr und ihrer Generation gerade verlorenging! Sie trauerte um das mildere Klima, um freundliche Sonnentage, um üppige Süßwasserquellen und grüne Landschaften, so weit das Auge reichte! Diese ganze von sanften Winden gewiegte abendländische Vegetation veränderte mit jedem Jahr ihr Gesicht. Sile hatte sich von ihrer Mutter Zeit ausgebeten! Sie hatte ihr erklärt, warum sie immer noch zögerte, sich für ein Studium zu entscheiden, und ebenso ihren Stil als Künstlerin nicht sogleich fand.

Doch heute Morgen hatte Emiliana von ihr verlangt, „endlich ans Licht zu treten", was immer das auch bedeuten mochte. Ihre Mutter war für ein Wochenende aus Mailand gekommen, um hier ein „Backstage" vorzubereiten. So nannten sie Firmenfeiern, bei denen auch Mode vorgeführt wurde. Emiliana hatte einige Kundinnen dazu eingeladen. Sie wollte Sile diesen Leuten vorstellen, hatte gestikulierend erklärt, es seien wichtige Leute, allen voran der Modeschöpfer Maurizio Vanni. Sogar die Vogue habe ihn zum Bildhauer der Haute Couture gekürt!

Doch Emiliana erwartete von ihrer Tochter nicht nur, fremde Hände zu schütteln und belanglose Gespräche zu führen, sondern auch, sich selbst zu verleugnen. Sile hatte darauf nicht geantwortet, nicht einmal mit „vielleicht". Stattdessen wurde es ihr schon beim Gedanken daran übel, und sie fürchtete, sich übergeben zu müssen.

Währenddessen liefen Emilianas Angestellte kreuz und quer durch den Park, um Tische und Dekoration aufzubauen. Das Atelier blieb Siles einziger Zufluchtsort. Um zumindest irgendetwas zu tun, beschloss sie, das Werk eines Alten Meisters zu kopieren.

So entstand auf einer der Staffeleien, Schicht für Schicht, da Vincis „Giovanni Battista". Auch am darauffolgenden Tag, als die feiernden Menschen, hypnotisiert durch mystische Klänge, über den Rasen flanierten, arbeitete sie noch am dunklen Hintergrund ihres Propheten. So überhörte sie die Schritte vorn auf der kurzen Treppe. Sie erschrak, als die Tür plötzlich aufgestoßen wurde und die Chefdesignerin Anna Mescolini den Raum betrat. Hinter ihr folgte Emiliana. Ihre Handtasche baumelte am kleinen Finger.

„Wir bringen das raus, unter die Leute, gleich, solange es neu ist!", verkündete Anna und wedelte mit den Armen. Beide trugen Cocktailkleider in Creme, dazu perlenbesetzte Schuhe. Sile verstand nicht sofort, was sie meinten. Sie legte gedankenverloren die Palette zur Seite und versuchte zu lächeln. „Es ist schwül. Kreative Flaute, du verstehst! Der Fotograf braucht Inspiration", presste Anna hervor. Sie schritt die Zeichentische entlang und besah sich die Landschaftsbilder, die an den Wänden lehnten. Dabei schüttelte sie sich, als wollte sie Fliegen abwehren. Schließlich folgte sie ihrer Nase und roch an einer offenen Farbtube, wiegte den Kopf und hielt sie Emiliana hin. Diese tippte auf Mohnöl.

Sile trat ans Waschbecken und tauchte die eben benutzten Pinsel in ein Gefäß mit Seifenlauge. Ihre Mutter folgte ihr und sah zu, wie sie die Borsten mehrmals gegen die Innenwand der Glasschale drückte, bis sich die Farbe löste. Danach hielt sie sie endlos lange unter ein dünnes Wassergerinnsel. „Für so etwas", meinte Emiliana unbeeindruckt, „gibt es doch Terpentin!" Als Sile verwirrt zu ihr aufsah, raunte ihre Mutter kopfschüttelnd: „Graswurzelideen!"

Durch die offene Tür platzte Enrico Dolcinis Lachen. Er war der Chef der Internationalen Abteilung. „Heureka!", rief Anna Mescolini am anderen Ende des Raumes. Sie hatte sich für den da Vinci entschieden. Erst jetzt verstand Sile, dass Anna von ihrem noch unvollendeten Bild sprach, und wehrte ab: „Es handelt sich nur um eine Kopie!" Doch Anna kam es nicht darauf an. Die Farben erinnerten sie an Lippenlack in den Nuancen Mystic Black Honey. „Du erlaubst?", fragte sie, ohne sich umzudrehen, und machte sich an der Staffelei zu schaffen.

Emiliana kramte nach Taschentüchern. Dabei rutschte ihr das Silberkettchen vom Finger, an dem ihre Handtasche hing. Diese polterte, hart wie ein kleingeschrumpfter Tresor, auf die Dielenbretter. Während sie sich umständlich bückte, grub ihre Begleiterin die Fingernägel unter den Keilrahmen und versuchte die Leinwand hochzuheben. Der untere Rand klebte fest. „Egal", keuchte sie, „wir nehmen alles zusammen!", und winkte Emiliana zu sich, die auf ihren Plateausandalen balancierte, um das Gleichgewicht wiederzufinden. „Wir tragen sie waagrecht wie eine Bahre!"

Anna löste den Metallhaken, schob die Querrinne mit dem Gemälde nach unten, bückte sich, ergriff die sperrigen Beine und wartete, bis sich auch das lange Ende des hölzernen Dreiecks schwankend über dem Boden erhob. Emiliana sollte vorangehen, wandte sich jedoch nochmals um, runzelte ihre sonst faltenlose Stirn und deutete mit dem Kinn auf Siles Kleidung. „Ganz und gar unpassend!", war in ihrer Miene zu lesen. Ihre Tochter hob nur leicht die Achseln. Sie hatte den Zusammenprall von heute Morgen noch nicht vergessen, die Forderung, Sile möge das vorbereitete Cocktailkleid anziehen und zu den Gästen auf die Terrasse kommen, um ein Glas Sekt mit ihnen zu trinken, statt sich biedermeierlich zu verkriechen. Emilianas Grimasse entspannte sich auch nicht, als sie mit dem freien Handrücken die Tür aufstieß. Anna folgte ihr mit ausgestreckten Armen. Ihre Halsschlagader quoll wie eine Pfahlwurzel hervor.

Jenseits der Ziegelmauer und des schmiedeeisernen Zauns patrouillierten an diesem Tag Wachsoldaten in kugelsicheren Westen. Sie schützten das Haus und die Parkanlage, die nun den feiernden Menschen gehörten. Man stieß auf die Firma an und beglückwünschte enander zur neuen, aufsehenerregenden Kollektion. Man war überzeugt, sie würde im Herbst den Catwalk der Mailänder Modewoche im Sturm erobern. Denn das Firmenfest war gleichzeitig ein Probelauf für Chiefs und Designer.

Eine Handvoll Kolleginnen umringte Anna in der Mitte des Parks. Sie schritten den improvisierten Laufsteg entlang. Anstelle von Mannequins hatte man eine Karawane aufgeblasener Puppen auf den Rasen gestellt. Nicht irgendwelche, sondern das Werk eines bekannten New Yorker Skulpteurs. Er hatte ihnen den Titel „Wege zum Mars" verliehen. In ihrer bronzenen Nacktheit, den verlängerten Hälsen und den Bleistiftabsätzen in der Farbe von Obsidian waren sie seit dem Vorjahr zum Markenzeichen des Unternehmens geworden.

Für den heutigen Anlass hatte man sie in die künftige Herbstmode gehüllt und ihnen Gürtel aus getüpfeltem Silikon um die Hüften geschnallt. Ein Luftstrom aus Windmaschinen umspielte die Zipfel ihrer Gewänder und erweckte die Puppen zum Leben. Ihr Wert habe sich seit dem Ankauf verdoppelt, behauptete Anna, sie seien jedenfalls graziöser als gewöhnliche Schaufensterpuppen, von Menschen aus Fleisch und Blut ganz zu schweigen. Jeder glaubte ihr, da sie die Börsenkurse verfolgte.

Vor ihnen stand jetzt, steif und ohne Beziehung, die Staffelei einer Zwanzigjährigen. Der mittlere Balken ragte über die spitzen Luftballonköpfe empor wie ein Schandpfahl. Daran klebte Giovanni Battista, halb Engel, halb bescheidener Narr, sein Leib kunstvoll zu einer Geste geglättet. Er verbeugte sich vor dem Betrachter, grüßte, legte die linke Hand an die Brust und bog seinen rechten Arm mit dem ausgestreckten Zeigefinger nach oben. Ein Käfergespinst aus Erde umschloss ihn. Bei näherem Hinsehen waren es Gitter aus feinen Pinselstrichen, Striche, die seinen Tod schon besiegelt hatten. „Bedenkt das Ende!", sollen seine letzten Worte gewesen sein, während er nach oben in Richtung des Lichtstrahls wies, der sich ihm sanft auf Gesicht und Schultern legte.

Maurizio Vanni hatte zwei seiner Modelle mitgebracht. Sie entspannten sich an der Bar bei einem Glas Wasser. Emiliana stolzierte von einem Pavillon zum nächsten, um ihre Gäste willkommen zu heißen. Meist waren es Damen, dem Trend entsprechend gekleidet in alle Farben des Regenbogens, nur nicht in Grau. Zwei Kundinnen streichelten Fellhandtaschen, die sie vor sich auf den Tisch gestellt hatten. Die wenigen Männer lehnten in Lila, Lemon und Pink an den Terrassensäulen. Über einen verwitterten Steintisch mit Blumenschmuck wand sich, kaum sichtbar, ein Akanthusrelief. Man plauderte über Ärzte, Immobilien und die Karibik.

Sile bemerkte noch etwas eingetrocknete Farbe an ihren Händen und griff nach dem Baumwolltuch, um sie abzureiben. Auch am Malkittel war das Sfumato hängengeblieben, jener schöpferische Nebel unbestimmter Töne, der sie in diesem Arbeitszimmer umgab.

Der Fotograf wechselte das Objektiv. Auch die Scheinwerfer verließen nacheinander den Laufsteg und rollten dem Haus zu. Emiliana stellte sich, flankiert von der Firmenleitung, auf die Stufen der Außentreppe. Sie alle hatten die Blicke schräg auf den Boden gerichtet. Einen Kopf tiefer pflanzte sich Maurizio Vanni, betont würdevoll, im Profil auf. Die letzten Reparaturen am Make-up, am Sitz der Kleider. Dann folgte der Tanz der Posen, Beautylicht und goldener Nebel. Sile schloss ihre Augen und zog den alten Mantel mit beiden Händen nur umso fester um ihren Körper zusammen. Im Schatten des Ateliers war sie dem Zugriff der Windmaschine entzogen. Nur einen Schritt hinaus, und sie würde von ihr erfasst werden – ihr Haar aufgelöst, ihr Gesicht auf den Markt geworfen, der Kopf den gelangweilten Gästen auf dem Tablett serviert, wie der des Battista.

Sektkorken schossen über den Rasen. Vanni legte sich mit übereinandergeschlagenen Beinen auf eine Gartenlounge und rauchte Zigarre. Anna meditierte überm Buffet. Dolcini entblößte seinen glatt rasierten Oberkörper und betrat mit Handtüchern unterm Arm die Glaskuppel, die den Pool mit blaugrünem Licht überzog. Der Fotograf folgte ihm bald danach ins schillernde Wasser. Jemand in Rot stieg eine der Treppen hinauf. Diese Außentreppen ähnelten einem Paar ausgebreiteter Flügel. Sie waren ans Haus, einen weiß getünchten, fast kubischen Würfel, erst nachträglich angebaut worden. Sile stellte sich vor, ein Engel knie davor und neige sich herab bis auf den Rasen.

Plötzlich kam ihr eine Szene bedeutsam vor. Emiliana stand, mit dem Rücken zu ihr, am Terrassengeländer wie auf einer Bühne. Es schien, als erzähle sie ihren Gästen von einer wundersamen Begebenheit. Aus der Entfernung konnte Sile keines ihrer Worte verstehen. Über die Beete drang nur ein auf- und abschwellendes Gurgeln, das alle Geräusche und Stimmen verschlang. Und in einem plötzlichen Einfall streckte Emiliana ihre Hände weit von sich wie eine Waage, als wollte sie „Stille!" rufen. Der Garten mit diesen Leuten, diesem Fest, das lärmend um ihre helle Mondgestalt tanzte, hatte sich in ein Bild verwandelt! Sile musste diesen Augenblick unbedingt festhalten!

Sie tastete sich zu einem der Arbeitstische, schlug einen Skizzenblock auf und begann mit schnellen Strichen ein Gewirr aus Figuren zu zeichnen. Ins Dickicht der Linien mischten sich in ihrer Vorstellung auch schon die Farben, besonders das helle Grün Ende Mai, ehe die Sommerhitze es dämpfte. Die Szene sollte quer auf eine der großen Leinwände kommen. Es war das erste Mal, dass sie Emiliana malte. Der Gedanke, sich jetzt durch die Büsche zu winden, über die Treppe hinauf in ihr Zimmer zu laufen und ein körperbetontes Kleid anzuziehen, erschien ihr völlig absurd. Sie flehte ihre Mutter innerlich um Erbarmen an! Morgen würde ihr Carla beim Frühstück alles über die Feier erzählen, nicht alles, aber genug, mehr wollte sie gar nicht wissen. Danach würde Carla ihr aus der Zeitung vorlesen. So waren sie es gewohnt.

Ihre Hand hatte, ohne abzusetzen, skizziert. Zuletzt überzog Sile das Blatt mit einem Netz aus Bleistiftstrichen und drückte ihre Fingerkuppen auf einzelne Linien, um sie zu verwischen. So kehrte das Vage, Unbestimmte zurück.

# Schwarzes Kostüm

>> Am Morgen stand sie früher auf als gewohnt und fand ihre Mutter schon bei der Arbeit. Im aufgeräumten Büro mit den verschlossenen Aktenschränken, den fast unsichtbaren Fächern für Prospekte und ausgewählten, hinter Glas gestellten Katalogen saß sie im bequemen Drehstuhl, das Kinn auf den sehnigen Fächer der linken Hand gestützt. Ihre Rechte schwebte über den Tasten ihres Computers. Im Sekundentakt wechselten Hell und Dunkel auf ihrem Gesicht. Die Terrassentüren standen offen, die weißen Seidenvorhänge blähten sich auf, wenn man den Raum betrat. Emiliana lächelte nicht. Sie hob nur kurz den Kopf und wandte sich wieder der Arbeit zu.

Siles Blick fiel auf das schwarzweiße Aquarell hinter ihr an der Wand. Emma Ciardi hatte es in Paris gemalt, „Rue Réamur, 1930". Menschen mit Hüten, ein gespenstisches Automobil bog gerade in eine offene Kreuzung ein. Das Bild hing nicht zufällig hier. In dieser Straße hatte man damals die erste Modeschule eröffnet, La Couture Parisienne. Auch Emiliana hatte dort eine Zeitlang studiert. „Hast du sie noch gekannt?", fragte Sile ihre Mutter. Emiliana verstand nicht, wen, und ihre Tochter ergänzte: „Emma." – „Meine Großmutter? Nein, sie starb vor meiner Geburt. Den Frauen in unserer Familie ist kein allzu langes Leben beschieden. Auch meine Mutter wurde nicht älter als fünfzig. Wir ersparen es unseren Töchtern, uns nach und nach vergreisen zu sehen."

Emiliana fuhr fort, mit grau lackierten Fingernägeln auf schwarze Quadrate zu tippen. Alle Aufgaben, die diesen Händen anvertraut waren, wurden akribisch erfüllt. Nahe der Tür hing auf Metallbügeln ein Teil ihrer Herbstkollektion, jeweils an der Seite eingestickt das Firmenlabel. Eines der Kleider hatte Emiliana selbst entworfen, Fiberglas, „Linea E". Auch der Stoff war nach ihren Ideen angefertigt worden.

Sile war auf Zehenspitzen nähergetreten und prüfte den Farbauftrag auf Emmas Straßenbild. Ihre Mutter erschrak, als sie ihren warmen Atem im Nacken spürte. Sie hätte ihrer Tochter nach der gestrigen Peinlichkeit am liebsten die Leviten gelesen. Sile war in einem zerknitterten Leinenkaftan am Ende doch noch unter den Gästen erschienen, hatte verkündet, dass sie bedauerlicherweise keinen Alkohol trinke, und sich gleich darauf mit einem höfischen Knicks entfernt, da sie angeblich zu Bett gehen müsse. Doch Emilianas Ärger war über der Arbeit verflogen. Sie fasste sich wieder und brummte: „Emmas Bilder haben sich gut verkauft."

In den Blättern der Dattelpalme verfing sich eine der zarten Gardinen. „Meine Mutter Margherita – du bist ihr nie begegnet", begann Emiliana plötzlich zu erzählen, „wurde 1945 in Quinto geboren. Vater unbekannt. Wie du weißt, ist dies in unserer Familie seither Gesetz. Und Margherita ging, gerade einmal großjährig, nach Mailand. Die Langeweile hier am Fluss machte sie beinahe verrückt! Sie ging mit der Zeit, mit der Mode. Das hat dann irgendwann auch Emma akzeptiert und ihr das nötige Geld für die Gründung unseres Unternehmens gegeben."

Das weiße Licht des Bildschirms verblasste. Emiliana drückte kurz auf das Tastenfeld, und die Helligkeit kehrte zurück. Sie gähnte, und als sie sich wieder der Arbeit zuwandte, hatte ihre Tochter das Gefühl, sich für ihr gestriges Verhalten entschuldigen zu müssen. Die belustigten Blicke der Gäste hatten sie beinahe bis an die Zimmertür verfolgt!

Im Gegensatz zu den meisten anderen ihres Alters lebte Sile seit ihrem Abitur völlig zurückgezogen, ohne Gedanken an einen Brotberuf, und wusste eigentlich nur, dass sie ihr restliches Leben der Malerei widmen wollte. Über Geld wurde zwischen ihr und Emiliana, wenn überhaupt, nur in Chiffren gesprochen. Lediglich Anna hatte einmal ein Testament erwähnt, das ihre Mutter beim

Notar hinterlegt hatte, und dazu vorwurfsvoll angemerkt, auch das Mailänder Stadtpalais sei Teil ihres künftigen Erbes, und das, obwohl Sile materielle Werte geflissentlich ignoriere und lieber das Leben einer Einsiedlerin führe. Anna verstand nicht, warum ein erwachsener Mensch nicht in der Lage sein sollte, sich um geschäftliche Dinge zu kümmern. Jeder Künstler war aus ihrer Sicht auch Unternehmer. Und Emiliana hatte dazu geschwiegen.

Das alles lastete plötzlich auf ihr. Und dann sprach ihre Mutter an diesem Morgen plötzlich doch über Geld. Sie habe Emmas Landsitz in Quinto verkauft, um ins Modeunternehmen zu investieren. Auch der Familienbesitz hier am unteren Flusslauf sei damit aufwändig renoviert worden. Entscheidungen, Taten, Leistungen. Sile versuchte sich in die Lage dieser erfolgreichen Frau zu versetzen. Dabei fiel ihr eine gerahmte Fotografie auf. Seit Sile denken konnte, stand sie auf diesem Schreibtisch. Emiliana mochte darauf etwa dreißig Jahre alt gewesen sein. Es war der Tag, an dem sie die Leitung der Firma übernahm. Hier posierte sie in der Fußgängerzone vor dem Geschäftshaus in einem schwarzen Kostüm mit kurzem Rock und englischer Jacke. Im Knopfloch glühte ein lilafarbener Mohn.

„Wie geht es eigentlich im Betrieb?", fragte Sile halblaut, und Emiliana murmelte, ohne aufzublicken, etwas von Nähfabriken, die man ohne ihr Wissen beauftragt habe, geschönten Abrechnungen und einem Verdacht, den sie gegen Dolcini hege. Es sei nicht das erste Mal, dass er eigenmächtig mit dubiosen Werkstätten in der Toskana verhandle. Sie erfahre immer erst im Nachhinein von solchen Deals. Sie habe ihn eingestellt, um den internationalen Handel auszubauen, doch er führe sich auf wie Lagerfeld höchstpersönlich. Sie warte nur auf das Auslaufen seines Vertrags im kommenden Jahr, um sich ohne viel Aufwand von ihm zu trennen. Man könne sich heute auf niemanden mehr verlassen. Nach dieser letzten Bemerkung hätte Sile die gewissenhafte Frau am Computer am liebsten umarmt.

Doch bevor sie an diesem Morgen das Büro ihrer Mutter verließ, räusperte sich Emiliana nochmals und sagte dumpf: „Ich rate dir, endlich etwas gegen deine Depressionen zu tun! Du bist erwachsen, es gibt sicher passende Medikamente." Sile erschrak, hatte jedoch nicht die Kraft, etwas darauf zu erwidern. Sie schloss nur betreten die Tür. Emiliana hatte ihr nicht geraten, einen Psychologen aufzusuchen. Sie war schon als Kind in Behandlung gewesen. Nun aber fragte ihre Mutter nicht mehr nach Siles Seele, sondern stellte ihr gleich das Rezept aus.

In ihrer Verwirrung darüber beschloss sie, sich heute selbst das Frühstück zu zuzubereiten, anstatt auf Carla zu warten, die noch bei der Nachbarin war. Dabei fiel ihr schon beim Griff in den Schrank ein Teller zu Boden. Wenig später erschien die freundliche Gouvernante, holte die Kehrichtschaufel und den kleinen Handbesen und brachte das Missgeschick wieder in Ordnung. Während sich die Scherben bis auf die kleinste zu einem Häufchen sammelten und auf der weißlackierten Schaufel zu funkeln begannen, kniete Sile neben ihr auf den blauweißen Fliesen und dankte ihr überschwänglich dafür.

Von draußen war zwischendurch Annas Stimme zu hören. Sie hatte ihre morgendlichen Schwimmübungen im Pool beendet und nahm eben den ersten Anruf entgegen. Sie und Emiliana wollten am frühen Nachmittag wieder nach Mailand zurück. Nun stellte Carla eine flache Schüssel mit Getreideflocken, Nüssen und Früchten vor Sile hin. An der Art, wie sie sie bediente, bemerkte man, dass auch sie sich über vieles Gedanken machte. Doch sie sprach von irgendetwas Alltäglichem, das man sofort wieder vergaß. Sile hörte nur auf den Klang ihrer Stimme und sah zu, wie der Emailtopf sich behutsam zur Seite neigte und das Weiß der lauwarmen Milch langsam sprudelnd hervorfloss.

# Picasso sagt

>> An klaren Tagen trug Sile die Staffelei den schmalen Kiesweg entlang und stellte sie nahe am Fluss auf. An seinen Ufern wuchsen Weiden, Moorbirken und Platanen. Efeu wand sich an ihren Stämmen empor, wie zur Kulisse eines Märchens. Meist genügte es Sile jedoch, einen einzelnen Zweig zu malen, der im Wasser trieb wie eine schlafende Hand, einen scharfen Lichtstrahl oder im Schilf ein sonderbar helles Grün.

Auch dieser Fluss zögerte, weiterzufließen. Sie musste den Blick auf eine der niedrigen Wellen richten und Sekunden warten, um Bewegungen wahrzunehmen. Das Wasser entsprang nicht den Alpen oder Voralpen, auch keiner anderen höher liegenden Stelle, sondern einer Vielzahl unterirdischer Quellen. Und obwohl es geräuschlos aus Tümpeln und Sümpfen ans Tageslicht kroch, breitete es sich über die gesamte Ebene aus und schlängelte sich, indem es Treviso in einem Bogen durchquerte, wie eine Girlande aus Teichen hinab zur Lagune.

Mit dem Wasser kam auch der Moorgeruch. Er sickerte in den Leitungsgräben bis hinaus auf die Felder. Die Parks, die schon zur Zeit Petrarcas hier angelegt worden waren, verwuchsen allmählich zum Wald. Guglielmo hatte an diesem Ufer noch in kniehohen Stiefeln gestanden und, wie Sile, unter freiem Himmel Weiden, Efeu und Pappelwälder gemalt. Wie die Künstler von Barbizon hatte er seine Farben direkt aus der Tube auf die Leinwand gesetzt.

Auch Sile malte nach der Natur. Jedes ihrer Bilder war eine Huldigung ihrer Schönheit. Oft ging sie, ehe es dunkel wurde, hinaus und bestaunte die Landschaft im letzten Licht der Sonne. Auf Bäumen und Gräsern lag es wie gediegenes Gold, verschwenderisch ausgebreitet, als könnte man es mit den Händen greifen. Es war die Stunde, über die da Vinci in seinem „Tratatto della pittura" schrieb, sie enthülle dem Maler ein tieferes Wesen der Dinge.

In seinen Augen war es das wahre Licht, in dem die Welt dargestellt werden sollte. Der Meister wies seine Schüler aber auch an, von Zeit zu Zeit in tiefe Schatten zu starren. Denn dort, wo nichts mehr zu erkennen sei, lehrte er, beginne die Imagination. Er warnte vor Geselligkeiten und sinnlosem Zeitvertreib. Ein Maler sollte zurückgezogen leben, nur so sei es ihm möglich, stets an seine Arbeit zu denken. Sile beherzigte diesen Rat.

Sie hatte es niemandem außer Carla gesagt, dass sie erstmals n ihrem Atelier eine Ausstellung ihrer Bilder vorbereitet habe. Sie wisse nicht, ob sie jemals so weit kommen werde, um dies an einem öffentlichen Ort zu tun. Doch allein die Vorstellung half ihr, sich weiterzuentwickeln. Neben den Landschaften, Übungsblättern und Kopien war eine Reihe von Stillleben entstanden, sie sie an diesem Morgen nacheinander prüfend im Atelier betrachtete.

Da bemerkte sie plötzlich Anna Mescolini vor einem der Fenster stehen. Sie beschattete ihr Gesicht und spähte herein. Sile erkannte sie am rasierten Kopf und dem gedrechselten Ohrring. Rasch nahm Sile alle ihre Arbeiten von der Wand und schloss sie im Wandschrank ein. Ihre gestrige Zeichnung verbarg sie hinter dem Spiegel. Anna rief ihr, an den Fensterscheiben klopfend, zu, sie wolle bloß mit Sile reden. „Als Freundin!"

Wie schon am Tag zuvor, musterte Anna erst einmal den Raum, in dem Emilianas Tochter ihre Zeit verbrachte. Sie hob hintereinander Stifte und Kreiden hoch und hielt sie gegen das Licht. „Ein guter Platz, um Modezeichnungen zu machen!", bemerkte sie dabei mit einem befremdlichen Lächeln. Sile verstand eine ganze Weile nicht, worauf sie hinauswollte. Doch Anna plauderte weiter: „Auch ich habe in deinem Alter begonnen, meinen eigenen Style zu entwerfen. Ein unbeschreibliches Feeling, kann ich dir sagen! Du vermagst mit einem Strich die Welt zu verändern! Merk dir, Kind, der Mode entkommt man nicht!"

Es schien nur so in den Raum gesagt, und Sile, die mit dem Rücken zur Wand stand, hoffte, Emilianas Gefährtin würde nun wieder gehen. Doch die Chefdesignerin setzte zu einem ihrer Plädoyers an. Sie spannte den Bogen von der Gedankenwelt eines unerfahrenen Millennials bis zur Kunstmesse in Miami Beach. Führende Kritiker seien sich einig, sagte sie, dass Kunst und Mode längst nicht mehr zu trennen seien. Die Kleiderkunst sei die logische Fortsetzung des unaufhaltsamen Wandels der Stile, die ungekrönte Königin der Moderne, die Siegerin sämtlicher Revolutionen. Mode sei Avantgarde schlechthin.

„Du willst Malerin werden?", bohrte Anna gestikulierend. „Dann bedenke, dass alles Neue erst durch die Mode zur vollen Entfaltung gelangt. Bilder zu schaffen, ist und bleibt ein zweidimensionales Geschäft, während Kleiderkunst die Grenzen aller Kreativität übersteigt. Sie ist, mehr noch als Bodypainting, gleichzeitig Skulptur, Tanz, Theater, Kulisse und Straßenaktion."

Mescolini sprühte breitbeinig Worte wie Autolack in den Raum. Sie erwartete keine Entgegnung. „Der Modeschöpfer formt, ja erschafft den Menschen der Zukunft!", jubelte sie. Und mit dem Blick auf Siles Malkittel beklagte sie auch die Mutlosigkeit der jungen Generation! „Aber was auch immer diese Jugend einmal leisten wird, erst die dazugehörigen Stoffe, Schnitte, Schuhe, Accessoires, ja, auch das darauf abgestimmte Parfum, werden ihr am Ende den Platz in der Geschichte zuweisen, der ihr gebührt!"

Auf einmal verbog sich Annas Stimme zu auffallender Milde: „Ich sehe dir deine Selbstzweifel an, Schätzchen! Unter uns Künstlerinnen gesagt: Es geht uns allen doch nur um Ideen. Wir suchen das Neue und werden niemals fertig damit! Darin liegt die Dynamik unseres Berufes, in dem kein Platz ist für Grübeleien. Künstler sind keine Priester! Sie sind weder Heiler noch Philosophen. Sie waren niemals zur Sinnsuche verpflichtet. In den meisten Fällen, seien wir ehrlich, besitzen sie einfach die besseren Verkaufsstrategien. Das war schon bei Dante so, bei Michelangelo und auch bei deinem Vorbild da Vinci. Das angeblich Echte und Wahre ist seit jeher nur Inszenierung! Die Mode setzt sich über alle Grenzen hinweg! Denn darin liegt das Wesen des Homo sapiens. Das nenne ich Freiheit!"

Damit spitzte sich Annas Kopf seltsam zu, der zarte Keramikring im Nasenflügel bebte und sie ergänzte mit ungewohnt tiefer Stimme: „Emiliana wünscht sich, dass du ins Unternehmen einsteigst, statt weiterhin Chimären nachzulaufen!" Darauf schloss sich ihr Mund und wurde zunehmend dünner, wie nach innen gestülpt, wäre der Lippenstift nicht gewesen, er wäre wohl ganz verschwunden und hätte nur mehr den Schall der Worte zurückgelassen.

Sile war leichenblass im Gesicht und fühlte erneut ein Würgen im Hals. Sie versuchte sich rasch zu bedanken und begann damit, ihre Stifte zu ordnen. Anna lenkte etwas genervt ein: „Natürlich gibt es auch Künstler, die sich als Weltverbesserer verstehen. Sie behaupten, gute Menschen zu sein. Doch ich kenne niemanden, der es tatsächlich ist. Das hat auch schon Picasso gesagt!"

Nun fragte Sile nach, was denn Picasso gesagt habe. „Weißt du das nicht, Kindchen?", tat Anna verwundert und hob triumphierend das Kinn, dass die Knöpfe an ihrem Brustrevers zur Seite kippten. „Er war einer der wenigen, die den Bluff der Kunst offen eingestanden. Ja, du hast richtig gehört, Bluff! Spaß! Mehr ist es nicht. Genau das hat von Beginn an ihren Reiz ausgemacht!"

Da Sile sie noch immer fragend ansah, knipsten Annas Fingernägel den Verschluss ihrer Handtasche auf, die einem mittelalterlichen Panzerstiefel nachgebildet war, zog ihr Tablet hervor und tippte rasch etwas ein. „Ich zitiere", verkündete sie: „Kunstmuseen sind nichts weiter als ein Haufen Lügen!"

Ihrer Zuhörerin blieb der Mund offen. Sie stieß heiser hervor: „Nein! Das kann Picasso nicht gesagt haben! Er war doch mit ganzer Seele Maler!"

Aus Annas Mund kam ein Pfiff. Wieder gab sie Picasso ein, dazu ein Stichwort und fand ein Interview von 1952 in Madrid, in dem er sich selbst einen „intellektuellen Scharlatan" nannte, der seine Kritiker mit bloßen Scherzen, Spielereien, Rätseln und Arabesken zufriedenstelle. „Sie bewundern mich umso mehr", zitierte Anna mit erhobenem Zeigefinger, „je weniger sie mich verstehen. So bin ich berühmt und reich geworden. Wenn ich aber mit mir allein bin, kann ich mich nicht im großen Sinn des Wortes als Künstler betrachten. Große Maler waren Giotto, Tizian, Rembrandt, Goya. Ich selbst bin bloß ein Clown, der seine Zeit verstanden hat. Und ich habe alles, was ich konnte, herausgeholt aus der Dummheit, Lüsternheit und Eitelkeit meiner Generation."

Anna ließ die Sätze genüsslich auf ihrer Zunge zergehen. Doch Sile schmolz jetzt das Herz im Leib. Sie konnte es einfach nicht glauben. Sie verehrte Picasso, diesen großen Künstler, seit vielen Jahren! „Sein Werk ‚Guernica'", hauchte sie unter Tränen, „ruft Menschen auf der ganzen Welt zum Frieden auf!"

„Nein", widersprach Anna. „‚Guernica' ist nicht das, wofür man es hält. In Wahrheit geht es darin bloß um Selbstinszenierung! Picasso hat nicht den Krieg und schon gar nicht den Frieden, sondern allein sich selbst dargestellt! Einen Halbgott, einen brunftigen Kentauren, vor dem alle Welt in die Knie sinkt. Er war ein verdammter Macho!", schimpfte die Designerin mit sichtbarem Abscheu. Damit habe er alle getäuscht. Auch seine berühmte Blaue Periode sei nur seiner Gefühlskälte zu verdanken.

„Doch sein Engagement für die Arbeiterklasse?", wandte Sile noch einmal mit erstickter Stimme ein. Sie konnte jedoch nicht verhindern, dass ihre Bewunderung für das Malergenie, ja, mehr noch, ihr hohes Ideal von Kunst ganz allgemein, in diesem Moment einen schmerzhaften Riss bekam. Sie hielt sich zitternd an der Tischkante fest. Dabei fragte sie sich, ob Anna auch mit ihren übrigen Behauptungen Recht haben könnte?

Siles Zweifel fraßen sich wie ein Bildersturm durch die ganze Geschichte der Malerei und machten auch vor da Vinci nicht halt.

Beruhte der Zauber seiner Gemälde tatsächlich nur auf Kalkül? Und Mona Lisa? Verriet ihr vieldeutiges Lächeln ebenfalls nur eine innere Kälte? Gedanken wie diese krochen wie offene Blutgerinnsel in Siles Gehirn. Sie hatte von Leonardos Pessimismus gelesen, vom Kult um seine Person. Konnte sie sich auf das Auge der Alten Meister überhaupt noch verlassen? Blieb vom Zauber der Malerei am Ende nur ein Handwerk zurück?

Anna nickte zufrieden. Sie hatte ihr Ziel erreicht und schloss mit den Worten: „Hör auf meinen Rat: Werde endlich erwachsen! Niemand auf unserem Planeten glaubt heute noch an das Gute, Wahre und Schöne. Schon gar nicht ein Kunstschaffender von Format. Mit deiner seltsamen Naivität stehst du im Universum vollkommen allein da. Ich kann dir sagen: Die Gesellschaft ist durch und durch unmoralisch! Und – das ist auch gut so."

Im Hintergrund war jetzt ein Klatschen zu hören. Signor Gatti, privater Gemäldesammler aus Vicenza, war zum Brunch erschienen. „Darf man eintreten?", lispelte er. „Ich habe erst gestern spätabends erfahren, wer das Talent ist, das hinter diesem ‚Giovanni Battista' steht! Mir ist zu Ohren gekommen, Emilianas Tochter scheue das Rampenlicht. Es ist wohl nur ein Gerücht, doch behauptet man, die Kleine sei puritanisch erzogen worden." Gatti kicherte hinter vorgehaltener Hand und fügte hinzu: „Ich möchte das Mädchen nur allzu gern näher kennenlernen."

Die Chief Designerin legte ihren Finger auf den Mund und deutete in Siles Richtung. Diese kauerte immer noch mit eingefallenem Kopf und angezogenen Beinen da, ohne sich nach dem Besucher umzudrehen. Gattis Enttäuschung beim Anblick der vielversprechenden Malerin, für die er sich bereits die passende Lobrede ausgedacht hatte, lähmte seine Bewegungen für Minuten. Der Mann mit dem langen, zum Zopf frisierten Silberhaar, elfenbeinfarbenen Schuhen und einer Vorliebe für jugendliche Begleiterinnen, blickte sich ratlos nach Anna um. Diese zupfte schmunzelnd ihr Sakko zurecht. An ihrer Brust, wo man eine Art Krawatte erwartet hätte, war nichts als nackte Haut zu sehen, vom Kinn bis zum Nabel, über dem ein kostbarer Edelstein saß. Anna beruhigte den alten Herrn, Signorina Ciardi sei unpässlich und daher für heute entschuldigt. Daraufhin streckte sie Gatti ihren Arm entgegen und geleitete ihn hinaus.

Die Tür war offengeblieben. Vorn an den Beeten ersetzte der Gärtner alte Lavendelstauden durch neue. Der Tag hatte sich eingetrübt. Der raschere Flug der Wolken, die Bangigkeit kleiner Vögel vor dem heranziehenden Regen, das alles hatte an Bedeutung verloren. Der Duft nach Feiertagen, nach Zeiten des Innehaltens war plötzlich verflogen. Sile glaubte, nie wieder malen zu können. Ihre Leinwände, Pinsel und Tuben muteten an wie ein sinnloses Spiel. Wenn sie den Kopf hob, wehten ihr nicht, wie sonst, alte Erzählungen entgegen. Auch als sie an die Tür trat und ins Offene spähte, fand sie unter den Bäumen nichts, was zum Träumen einlud. Hier im Eingang des Arkadenhauses zu stehen, ohne ein Ziel vor Augen, schmerzte sie in der Seele.

So verschloss sie die Tür und schlich in einem Bogen den Zaun entlang hinunter zum Fluss. Dort lehnte sie ihren Kopf an den Stamm einer Weide. Efeuranken umschlossen die Rinde bis zu den Baumwipfeln und quollen von dort in schweren Trauben herab. Das Blattwerk verschloss sich dunkelgrün hinter Siles Schultern und Armen.

Sie hörte Carla einige Male rufen. Und irgendwann später war auch das niederschwellige Pfeifen von Emilianas Wagen zu hören, ein Ton, als hebe weit in der Ferne ein Fluggerät ab. Die beiden Frauen rollten hinter Panzerglasscheiben durch das Gartentor, auf die Straße und zurück auf die Autobahn Richtung Mailand.

# Koloquinten

 Wasserperlen hingen in Carlas Haar. Sie stellte keine Fragen, als sie Sile endlich am Flussufer fand. Es hatte geregnet, doch unter den Bäumen war nur die Schwere davon zu spüren. Nun lösten sich die Wolkenhaufen langsam in den Zweigen auf und zogen als helle Nebelgirlanden fort. Mitten in dieser Verwandlung entfaltete Carla ein Stofftaschentuch und wischte sich den nassen Schleier aus dem Gesicht. Sie fragte vorsichtig, ob sie störe? Ob sie wieder gehen sollte? Doch Sile bat sie zu bleiben.

„Ich weiß nicht mehr weiter", begann sie ihre Not zu erklären, ohne die richtigen Worte dafür zu haben. Sie ließ die Verflechtung ihrer erstarrten Arme los und tat einen tiefen Atemzug. Und erst, als sie weitersprach, über Malerei und bekannte Namen aus der Geschichte der Kunst aufzählte, verstand Carla, dass ihre Signorina von Zweifeln sprach, von einer Schaffenskrise, wie sie sie bisher noch nicht erlebt hatte.

Als Carla von Siles Zusammenprall mit Anna hörte, bemühte sie sich sogleich, die Worte der Modemacherin zu entkräften. „Scharlatane gab es schon immer!", meinte sie. „Man muss ihnen nicht so viel Aufmerksamkeit schenken." Soweit Sile zurückdenken konnte, klangen ihr die Trostworte ihrer Erzieherin im Ohr. Sile war es bisher nicht in den Sinn gekommen, an diesen Formeln und ihrem hundertfältigen Echo zu zweifeln. So fragte sie jetzt: „Doch auch in der Kunst? Sind auch Künstler gierige ‚Ungeheuer' wie die Mächtigen, von denen da Vinci in seinen geheimen Notizen spricht? Sind auch sie Egoisten, die keine Rücksicht auf unsere Erde nehmen?"

Die treuherzige Erzieherin hob, wie zur Abwehr eines fliegenden Geschosses, die Hände und beteuerte: „Es gibt immer noch viel Gutes, das täglich geschieht. Jeder Einzelne kann etwas bewirken, auch für das Klima."

So war es schon immer gewesen. Carla hatte ihr fromme Geschichten erzählt und ihr Märchen vorgelesen, in denen kindliche Unschuld am Ende über das Böse triumphierte. Auch später hatte sie ihren Schützling im Internat mit verstaubten Mädchenromanen und Predigten über Tugend versorgt. Aus rätselhaften Gründen hatte Emiliana dies nicht unterbunden.

Doch Carlas Augen zwinkerten erwartungsvoll. Sie konnte es dieser guten Seele nicht verübeln, dass sie sie zu trösten versuchte. Und hatte sie ihre Gouvernante nicht selbst darum gebeten, alle Störgeräusche der Welt von ihr fernzuhalten? War ihr Rückzug aus der Gesellschaft nicht allein ihre Entscheidung? Und hatte sie nicht geahnt, dass ein Tag wie dieser kommen würde, an dem ihre Schutzmauer in sich zusammenbrach? Vielleicht sollte sie Anna Mescolini sogar dafür danken, ihr die Augen geöffnet zu haben! Aber im Moment fühlte sie nur diesen Schmerz.

Die Erzieherin wartete immer noch auf eine Entgegnung. So fuhr sich Sile durchs Haar und stöhnte: „Ich kann nicht mehr malen!" Carla war ratlos. „Aber weshalb?", rief die Mittfünfzigerin mit den roten Äderchen auf den Wangen. Sie bat Sile händeringend darum, ihre neuesten Arbeiten sehen zu dürfen, und diese konnte es ihr nicht verwehren.

So führte sie ihre mütterliche Freundin ins Atelier. Natürlich fand Carla ihre neuen Bilder außerordentlich schön. Sie kämpfte vor Bewunderung sogar mit den Tränen. Sile fiel nichts ein, womit sie sie beruhigen sollte. So legte sie ihr den Arm um die Schultern und nannte sie sanft „Carlina!" Darauf dankte sie ihr und meinte, sie helfe ihr bereits sehr, indem sie für sie da sei. Trotzdem gebe es Dinge, die ihr niemand abnehmen könne, auch sie nicht. Sie müsse in nächster Zeit einfach über Verschiedenes nachdenken.

Tatsächlich verbachte Sile den Sommer 2019 mit Grübeln. In den düstersten Momenten halfen ihr auch Guglielmos idyllische

Landschaften nicht, nicht einmal die Erhabenheit seiner Dolomiten. Sein Trost wurde brüchig und schal. Auch Appelle an die Vernunft oder philosophischen Erklärungen vermochten sie nicht zu retten. Stattdessen flüchtete sie sich in Märchenbücher und alte Romane, in denen Gott noch selbstverständlich existierte und über die Welt und die Menschen wachte. Allein der Gedanke, es existiere ein höchstes Wesen, das die Erde erschaffen habe, tröstete sie.

Zwischendurch suchte sie in Guglielmos Bibliothek nach weiteren Büchern. Dort, im gewölbten, an der Decke mit Engeln bemalten Raum, war es Sile unmöglich zu lesen, ohne nach jedem Umblättern innezuhalten und über einzelne Sätze nachzudenken. Wieder war es das Sonnenlicht, das ihrer Fantasie den Weg wies.

Es fiel durch eine halb verwitterte Fensterrose und erweckte die Bücher auf sonderbare Weise zum Leben. Sile staunte über die Schönheit des steinernen Kreises, der aus dem Innern erblühte, zwölfblättrig, inmitten von Stängeln und Säulen. Sie formten ein festes Bündel aus Strahlen, die sich über den Fußboden zerstreuten. Der Raum war früher eine private Kapelle gewesen, angebaut an das Haus, um den Blick seiner Bewohner nach oben zu ziehen. Warum sonst, dachte Sile, hätte der Architekt hier vor Jahrhunderten ein Fenster zur Ewigkeit eingefügt, wenn nicht, um an eine höhere Welt zu erinnern? Und auch an den Tod?

Währenddessen wuchsen die alten Bücher, aufgestapelt rund um Siles Leseplatz, zu einer schützenden Mauer empor. Darunter war auch ein Band zur Gotik, den sie aufgeschlagen vor sich hinlegte. Die sanften, blassen Gesichter mittelalterlicher Maler waren der einzige Schmuck, den sie im Moment ertragen konnte. Sie träumte davon, falls sie je wieder arbeiten konnte, den Betrachtern ihrer Bilder auf ähnliche Weise Trost zu spenden. „Ist es möglich, in die Gotik zurückzukehren?", fragte sie sich immer wieder. Hatten dies nicht auch die frommen Nazarener des 19. Jahrhunderts getan?

An den folgenden Tagen unternahm sie Spaziergänge fernab der Straßen, die Felder entlang. Dabei entdeckte sie neue Pflanzen, die sich unscheinbar an Wegränder schmiegten. Darunter war auch ein winziges Leimkraut, nicht weiß, sondern rötlich. Der Blütenkelch erinnerte wiederum an eine Rose. Oder sie beobachtete das Aufblühen einer wilden Kürbispflanze, auch Koloquinte genannt. Es war eine Art, die bisher nur in Nordafrika oder Südasien vorkam. Sie war von der Hitze angelockt worden und hatte sich hier in Flussnähe niedergelassen. Die am Boden kriechenden Ranken fielen ihr durch die Form ihrer Blätter auf. Auch in ihnen lag eine Lieblichkeit, die durch das Öffnen der goldgelben Blüten noch weiter gesteigert wurde. Ihr Wachstum war für sie wie ein Sieg über den Staub. Bilder wie diese erschienen Sile bedeutsam wie Zeichen, die erst irgendwann in der Zukunft einen Sinn ergeben würden.

Die wenigen Dorfbewohner, die ihren Weg kreuzten, grüßten von Weitem und wichen ihr fast erschrocken aus, ohne dass je ein Gespräch mit ihnen zustande kam. Nur mit einem verwirrten Mann mit kindlichem Gesicht wechselte sie einige Worte. Er stand meist nur da, starrte einen an und grüßte umständlich. Und doch bemerkte sie dabei, wie sehr sie sich danach sehnte, andere Menschen kennenzulernen. Der Heimweg führte sie durch schütter gewordenen Lavendel und Rosmarin. Auch die Blätter von Zwergpalmen, Eukalyptus und Lorbeer hingen eingerollt oder halb verwelkt herab. Es war die Zeit der drückendsten Hitze.

Einmal beobachtete sie einen Vogel, der sich am Brunnen vom künstlichen Regen berieseln ließ. Er drehte sich wieder und wieder im Kreis, zwitscherte vergnügt und führte unter seiner Dusche einen Freudentanz auf, während Sile, erschöpft von ihrem Ausflug bei brütenden 40 Grad, in einiger Entfernung dastand. Es war, als wollte das Vögelchen ihr erklären, was Leben bedeutet. Und tatsächlich fühlte sie seit Wochen eine Starre in ihrem Körper, als existiere sie nur noch in ihrem Kopf. Denn Sile hatte bei all dem kein einziges Mal einen Bleistift oder Pinsel zur Hand genommen.

## Saharastaub

>> Darauf folgte eine Reihe düsterer Tage. Die Hitze trug einen Mantel aus braunem Segeltuch. Schlieren aus Staub trieben beständig über das Meer, die Küste und weiter über die Alpen. Der Südwind hatte Saharasand mitgebracht und jede Schönheit ausgelöscht. Statt schneeweißer Wolkentürme und klarer, leicht bewegter Luft lastete ein düsterer, sinnloser Nebel über der Ebene. Kein Sonnenstrahl tanzte mehr durch den Park. Auch die Ufervögel saßen im Dickicht und schwiegen. Sile vermisste ihr quirliges Rufen. Dieser Tag brachte ihre alte Trauer zurück: über verschwundene Wiesenblumen, die in früheren Sommern auf dem Hügel des alten Erdkellers wuchsen, über weiße und violette Sumpforchideen, die sie jetzt vergeblich am Flussufer suchte, über selten gewordene Eidechsen und Schmetterlinge.

Sie litt darunter, besonders an diesem Tag, an dem ein Schmutzigorange die Sonne versteckte. Wie oft hatte sie sich schon gefragt, was sie tun konnte, um den Wandel des Klimas aufzuhalten? Sie aß weder Fisch noch Fleisch und auch vom Gemüse nur, was ein Bauer aus der Umgebung in einer Kiste an die Tür brachte. Seit Jahren bestieg Sile kein Auto oder Flugzeug mehr. Carla nähte ihr noch immer die Kleidung. Ihr Gärtner ließ Grasflächen unberührt stehen, zur Nahrung für Bienen und Hummeln. An diesem trüben Tag wusste ihr auch der weißhaarige Mann in seiner erdfarbenen Kleidung keinen Rat mehr zu geben. So irrte sie auf dem Grundstück umher, bis sie zum Schuppen gelangte. Ohne eine Vorstellung davon zu haben, was sie hier wollte, öffnete sie den metallenen Türriegel und spähte hinein.

Bald bemerkte sie in einer Kiste mit altem Spielgerät einen kleinen Metalleimer. Daneben lag eine Art Kohlenzange. Sie hob die sonderbaren Werkzeuge hoch. Sie waren rau, mit Rost überzogen und rieben an ihrer Haut. In einer Schachtel bemerkte sie auch ein Paar Kautschukhandschuhe, die sie sich überstreifte, und eine Pflanzenpinzette. Damit konnte sie weder die Atemluft filtern noch der Hitze Einhalt gebieten. Doch sie wollte irgendetwas für Großmutter Erde tun. Auch wenn es nur dazu gut war, ihr Gewissen zu beruhigen.

Mit ihrer Ausrüstung suchte Sile das Ufer ab, vom Zaun beim Schilf bis zum Zaun am Radweg, wo der Abfallkorb stand. Tatsächlich fand sie hier weggeworfene, halb im Kies und Schlamm vergrabene Getränkedosen. Sie ergriff sie mit der Kohlenzange und legte sie in den Eimer. Da und dort hatten sich Angelschnüre mitsamt den Haken im Schilf verfangen. Kleinere Gegenstände wie Glasscherben hob sie mit der Pinzette auf. Es war ihr, als zupfe sie Splitter aus dem Boden, dem Körper einer sanften, müde gewordenen Riesin. Sie konnte es nicht dem Gärtner überlassen. Dieser Schmerz gehörte ihr. Am Ende leerte sie ihren Eimer in den naturfarbenen Zuckerrohrsack und schloss den Deckel.

Ein kurzes Scheppern drang durch die taube, sinnlos gewordene Luft und brachte die Trauer zurück. Sile hatte ihr Spielgerät zurück in den Schuppen gestellt und sah jetzt Carla auf sich zu kommen. Carla war bestürzt. Die Signorina setze sich, klagte sie, entgegen aller Vernunft, ohne Sandalen oder einer Kopfbedeckung dem Tod aus! Sie befürchtete, es sei erneut etwas vorgefallen, das Sile quälte. Diese zuckte jedoch nur die Achseln.

Trotzdem eilte Carla kurzentschlossen zu einem der Nebengebäude und kehrte mit der Gartenleiter und einer Baumwollmatte zurück. Was hatte sie vor? Die freundliche Erzieherin lächelte, kletterte auf zwei nebeneinanderstehende Pinien und verknotete das Tuch in den Ästen. An ihren Enden fielen lose geflochtene Bänder herab und baumelten über der Erde. Eine Siesta, schlug sie vor und strich sich eine Haarlocke aus dem Gesicht. Um zu beweisen, dass die Hängematte sicher befestigt war, zerrte sie nochmals mit aller Kraft an beiden Enden des Tuches. Sie redete aufmunternd weiter, und endlich entschloss sich Sile, in die vorbereitete Liege zu steigen. Ihr Körper versank darin. Sie griff nach den herabhängenden Seilen, zog daran und ließ los. So pendelte sie durch die Luft, die Baumkronen wankten und wiegten ihren Körper wie einen Säugling.

Doch schaukelte sie nur Carla zuliebe. Die Erzieherin sollte ungestört ihren freien Nachmittag antreten. Siles Weigerung hätte sie womöglich am Wegfahren gehindert. Während sie also zuließ, dass Ammenarme sie umfingen, sträubte sich ihr Rücken gegen die gleichförmige Bewegung und auch ihr Hals und die Beine blieben angespannt. Es war Siles Widerstand gegen eine Idylle, der sie nicht mehr vertraute. Sie suchte gerade das Gegenteil davon, eine realistische Sicht auf die Welt.

Damit brach sie mit ihrem Urururgroßvater Guglielmo. Die Menschen, die er gemalt hatte, ertranken im Feiertagslicht. Verträumte Fischer, wassertragende Mägde, Bauern, versunken in ihre Feldarbeit, alles eingebettet in Poesie. Und doch hatte er ihnen meist keine Gesichter gemalt. Seine Menschen blieben schemenhaft, ein Teil der Landschaft, der sie entstammten. Industriearbeiter kamen in seinen Gemälden nicht vor. Und doch war Guglielmo damals durch Vororte von Manchester gereist, vorbei an Elendsquartieren und offenen Müllhalden. Der Anblick rauchender Fabriksschlote musste ihm nur allzu vertraut gewesen sein. Auf Guglielmos Bildern sah man keine Maschinen, und dennoch quietschte und ratterte er im Dampfzug Jahr für Jahr über die Alpen.

Vielleicht hatte er die Hässlichkeit nicht ertragen? Wollte er diese Dinge einfach nicht sehen? Einige seiner Malerkollegen hatten damals jedoch den Verismo entdeckt. Telemacho Signorini etwa, dem er in Florenz und Neapel begegnet war, beschränkte sich nicht auf leere Schablonen. Er hatte tatsächlich Menschen gemalt, vor allem aus unteren Klassen, abgemühte Gesichter, Alltagsszenen, berührend und schön. Auch Signorini stammte aus einem wohlhabenden Haus, und doch fürchtete er den Anblick des Elends nicht. Auf der Suche nach zeitgenössischen Motiven hatte er enge, schmutzige Gassen durchstreift, hatte Märkte, Ghettos, Gefängnisse und sogar Irrenhäuser besucht. Das alles mit offenen, menschenfreundlichen Augen.

Eines von Signorinis Gemälden, an das Sile jetzt denken musste, zeigte eine Gruppe erschöpfter Knechte, die man vor einen Pflug gespannt hatte. Ihre Schatten legten sich gespenstisch über das Feld. In einiger Entfernung von ihnen ging ein vornehm gekleideter Gutsherr mit auffallend steifem Hut vorbei, ohne die Arbeitenden zu beachten. Er führte sein Töchterchen an der Hand. Und plötzlich folgte das Hündchen des Mädchens seiner Neugier und riss sich los! In diesem Moment wandte sich das Kind um und erblickte die Wahrheit: Hier wurden Menschen wir Tiere behandelt, die keine Würde besaßen! Was für ein Unrecht! Ja, Sile wollte durchaus dieses Mädchen sein, das sich umwandte! Auch wenn Guglielmo ihr gleichsam ein niedliches weißes Spitzenkleid angelegt hatte und sie immer noch fest an der Hand hielt. Sie wollte das Mitgefühl, ja, Menschenliebe und Gerechtigkeit, zu der Signorinis Gemälde aufrufen, zu einem Teil ihrer künftigen Malweise machen. Sie fühlte, es war an der Zeit, ihre Augen für die Not anderer Menschen zu öffnen!

„Morgen gibt es Regen!", trällerte Carlas Stimme. „Der Wetterdienst hat es gemeldet!" Sie trug jetzt städtische Kleidung und, zum Schutz gegen die Sonne, ihr helles Kopftuch. Sonntagnachmittags besuchte sie ihre Eltern am Stadtrand Trevisos. Gegen Abend würde sie wieder zurück sein. Sie hatte eine Kanne Eiswasser auf den Tisch gestellt. Sile blickte ihr nach, wie sie ihr Fahrrad nahm, mit einer raschen Handbewegung den Rock hochraffte, in den Sattel stieg und hinter den Bäumen verschwand.

Mit einem Seufzer wand sich nun auch Sile aus ihrer Schaukel und rieb sich benommen die Augen. Sie trank vom Eiswasser, holte ihren Rucksack aus dem Haus und schlug eines der Bücher auf, die sie darin verwahrte. Hinter dem Zaun hörte sie die Stimmen zweier Wächter, die von nun an zweimal am Tag unauffällig das Gelände durchstreiften. Sie trugen Tropenhüte wie auf einer Safari.

## Flussabwärts

 Als sie aufblickte, kam ein junger Mann vom Fluss auf sie zu. Er lüftete den Hut, grüßte, schlüpfte aus seinen Pantoffeln und fragte, ob er sich setzen dürfe. Einen Moment lang glaubte Sile, er sei einem Gemälde entsprungen. Er ließ sich auf der gepolsterten Bank nieder, sprach über das Restaurant seines Großvaters ganz in der Nähe und über die Hitze. Dabei gestikulierten seine Hände über dem Tisch, als sei Sile eigentlich nicht beschäftigt und als zählten ganz andere Dinge. Sie bot ihm etwas zu trinken an. Pietro, so lautete sein Name, folgte ihr ins Haus und verlangte nach Wein, sie aber fand nur Limonade, dazu Aufstrich, Brot und Oliven, von denen er, in der Küche stehend, aß. Anschließend füllten sie nochmals den Krug mit Wasser und kehrten zurück ins Freie.

Ihr Gast hatte im Schuppen eine zweite Hängematte entdeckt, die er sich wie einen Mantel über die Schultern legte. Wieder war es nur eine flüchtige Bewegung mit seinem Kopf: Ob er sie in den Bäumen festbinden könne? Doch alles, was er tat, schien an diesem düsteren Tag selbstverständlich. Hier war ein Mensch! Ein wenig fragte Sile sich, an wen sie das Mahagonihaar des jungen Mannes nur erinnern mochte? Er benötigte keine Leiter, seine nackten Füße umklammerten den Stamm einer Kiefer, und, so gesichert, wickelte er die Seile mit raschen Drehungen gleich um mehrere Äste. Als er sein Werk vollendet hatte, johlte er vom Dach seines Baumes ein siegreiches „Hurra". Wieder auf dem Boden, stieg Pietro sogleich in die neue Hängematte, verfluchte noch einmal die Hitze, schaukelte eine Weile und schlief ein. Die Zipfel seiner Liege lösten sich und streiften am hellen Webmuster entlang, das seinen Körper wie Papyruswände umschloss.

Die Kiefern ächzten leise. Zuweilen war ein Röcheln von ihm zu hören. Sile atmete auf. Etwas an diesem jungen Mann flößte ihr Furcht ein. Nicht sein Aussehen, sie wusste nicht, was es war, vielleicht der nachlässige venezianische Dialekt, den er sprach. Es fiel ihr schwer, ihn überhaupt zu verstehen. Seinen Sätzen fehlten Anfang und Schluss, als seien sie von harten Stößen getrieben, seine Worte stürzten klein zerstückelt zu Boden. „Was ist im Leben dieses Menschen geschehen, was ihm den Hals zugeschnürt hat?", fragte sich Sile.

Plötzlich fühlte sie sich gedrängt, ihn zu zeichnen. Es ging ihr nicht mehr darum, erst ihren eigenen Stil zu finden. Sie schüttelte die Last all ihrer Bedenken ab, holte einen Skizzenblock und die Stifte aus ihrem Rucksack und alles Weitere kam von selbst. Sie war bereit, einen Schritt vorwärtszugehen, wie der kleine badende Vogel oder die Koloquinte über der dunklen Erde. Ihre Hände kreisten überm Papier und schufen ein schützendes Dickicht, das den Schlafenden aufnahm. Sie zeichnete in den Hintergrund, nicht ohne Schaudern, auch die Erschöpfung der Bäume, die der Trockenheit irgendwann nicht mehr standhalten würden. Und als sie diesen Menschen in seinem Bett aus Bleistiftstrichen betrachtete, konnte sie ihn und sein Leben zumindest ein wenig besser verstehen.

Es verging keine Stunde, da rollte einer der Zeichenstifte vom Tisch, klapperte über die Terrassensteine und weckte Pietro aus dem Schlaf. Sein Kopf tauchte aus der Hängematte hervor und drehte sich verwirrt nach allen Seiten um. Auch seine Beine hoben sich aus der schweißnassen Vertiefung und suchten wieder auf den Boden zu kommen. Als er Sile erspähte, sprang er die Treppe herauf und bat sie atemlos: „Lass uns ins Haus gehen! Wir sterben hier draußen!" Seine Augen zwinkerten gequält, sein Mund entblößte unter geheimnisvollen Grimassen die Zähne und sein Arm deutete auf die Tür. Doch sie weigerte sich. „Warum nicht?", beharrte Pietro hartnäckig auf seiner Forderung und wiederholte die Gesten. „Wir schwimmen eine Runde im Pool oder setzen uns in euer kühles Wohnzimmer?"

Als Siles weiter nur den Kopf schüttelte, zog sich das Gesicht ihres Gastes ratlos in die Länge. Er füllte sein Glas, bis die Flüssigkeit über die Ränder schwappte, und murmelte: „Verfluchtes Wetter!" Sile erschrak und erhob sich ebenfalls. Zuletzt standen sie nebeneinander und blickten nach der Sonne, die hinter dem rötlichen Dunst zu einer belanglosen Scheibe verblasst war.

„Dark Souls", zischte Pietro und meinte, eines Tages mache der Scirocco sie noch alle verrückt. Die aufgewirbelten Staubkörner schwebten wie Mücken vor seinem Gesicht. „Die Zukunft wird düster", stellte er grimmig fest. „Das alles nimmt seinen Lauf. Wir sind gefangen in einem tödlichen Spiel." Er hob abwehrend die Hände, als wollte er sich gegen solche Aussichten wehren und gegen ein Gitter aus Sand, das seinen Körper umschloss. Mit einem weiteren Fluch im Mund schlurfte er hinüber zum Brunnen. Hier wusch er sich die Fingernägel. Er tat es feierlich, einen Nagel nach dem andern, wie man Angelhaken wäscht. Zuletzt tauchte er auch noch sein Haar in das Becken und schwang es in einem Bogen durch die Luft. Für Sekunden dampfte die Erde.

„Komm mit!", rief er darauf, nahm seinen Hut und die Sandalen in je eine Hand und wandte sich wieder dem Fluss zu. Er drehte sich nicht mehr um, als würde sie ihm ohne weiteres folgen. Doch sie war sich nicht sicher. Im Gehen schwankte sein Oberkörper hin und her. Eine nasse Haarsträhne löste sich in seinem Nacken. Plötzlich erschrak Sile. Etwas an Pietro war ihr seltsam vertraut! Er sah, von hinten betrachtet, aus wie Guglielmo! Sie stieg die Stufen hinab und starrte ihm angestrengt nach. War es 1860? Guglielmo war damals achtzehn Jahre alt gewesen. Oder nein, es war kein Gemälde, eher eine frühe Fotografie, leicht koloriert. Der Künstler stand, mit dem Rücken zum Betrachter, im Freien vor seiner Leinwand. Ihr Herz pochte.

Nun schloss sich für einen Moment hinter Pietro das Schilf. Die Halme zitterten. Einen Plötzlich schnellte eine Ruderstange empor. Sein Arm schwenkte sie wie eine Fahne. Er schrie, aufs Wasser deutend, Siles Namen. „Ist das Boot nur Dekoration oder lässt es sich auch gebrauchen?", trompetete er herüber. Als sie noch immer nicht antwortete, wiederholte er nochmals: „Komm!" In dem Augenblick hielten sie dieses Haus und der Park nicht mehr fest. Sie holte eilig ihren Rucksack mit der Wasserflasche und lief den sanft abfallenden Weg hinunter.

Als Pietro sie auf sich zukommen sah, verschränkte er, bis zu den Knien im Fluss stehend, die Arme und meinte, sie brauche ja ewig. Er fragte: „Welchen Lack hat euer Bootsbauer benutzt?" Die Planken rochen nach Harz und Bienenwachs. Sile vermutete eine Mischung daraus, dazu Leinöl? Jedenfalls eine nachhaltige Rezeptur. Da verzog er den Mund. Es schien ihn nicht weiter zu interessieren. „Du isst bestimmt auch kein Fleisch, kaufst nichts im Supermarkt, trägst Ökokleidung, verzichtest aufs Fliegen und rettest den Regenwald." Es war eine Feststellung. „Ja!", nickte sie, was sollte sie anderes sagen?

Das Boot schwamm, tief eingebettet, im Wasser. Luigi Ciardi hatte es selbst gezimmert, nach Art einer Barke. So etwas gab es eigentlich nur mehr in Museen. Nach einigen Versuchen gelang es Pietro, das rechteckige Segel zu setzen. Obwohl sich das Wasser sanft bewegte, als sickerte es aus Taubecken, spürten sie die Frische der unterirdischen Quellen. Jeder von ihnen tauchte eines der Ruder ein und die Strömung trug sie fast lautlos flussabwärts. Am Grund des Wassers schimmerten Sandbänke und Kieshügel. Pietro stand vorn am Bug, das Gesicht in Fahrtrichtung. Nochmals erinnerte es sie an ein Bild Guglielmos mit einem Fährmann, eigentlich trug es den Titel „Mühle am Fluss". Er hatte immer wieder dasselbe Motiv gemalt. An den Getreidemühlen standen anfangs noch Wäscherinnen in bunten Kitteln. Doch in den Jahren danach wurde es immer stiller um diesen Fährmann, der sich, ebenso wie der Fluss, nicht von der Stelle bewegte. Er schien zu warten, die Ruderstange in seinen Händen, träumend in sich gekehrt. Hut und Kleidung spiegelten sich im tiefgrünen Wasser, das selbst zum Bild geworden war. Man ahnte die Nähe der Stadt. Denn die Schultern des Jünglings waren mit einem sanften Goldton überzogen. Aber auch der Fährmann verschwand irgendwann aus den Bildern! Sile schauderte es beim Gedanken daran. Ja, Guglielmo hatte nichts von der Landschaft übriggelassen, es gab keine Menschen und keine Farben mehr. Mühle und Wasser und Himmel verschmolzen beinahe zu einem alles verdeckenden Grau.

Jetzt stieß Pietro seine Begleiterin an. Sie hatte vergessen, ihr Ruder einzutauchen. „Träumst du?", fragte er nüchtern. „Ja", gestand sie. Er bot ihr an, ihre Stange zu nehmen. Sie ließ es aber nicht zu, sondern bremste die Fahrt und sagte: „Ich denke an ein Gemälde, du kennst es wahrscheinlich nicht." Doch da irrte sie sich. Pietro war gar nicht erstaunt über ihre Gedanken. Er begann von berühmten venezianischen Malern zu reden. Ihren überraschten Blick schien er erwartet zu haben. Er kannte die Familie Ciardi, Guglielmo, seinen Sohn Luigi und natürlich Emma, die Besitzerin der Villa in Quinto. Und er wusste noch mehr zu erzählen. Vielleicht war es das Wasser, das ihn immer gesprächiger machte. Denn er plauderte über die Geschichte des Hauses, in dem Sile wohnte, wie Luigi sich im Jahr 1900 das Dachgeschoß ausgebaut hatte, obwohl seine Frau Elsa Garzoni, eine vornehme Triestinerin, das Leben am Fluss nicht ertrug. „Die Gegend war ihr nicht fein genug", spottete Pietro. Woher wusste er das alles?

„Von meinem Großvater! Und auch aus gedruckten Broschüren! Ich gebe sie an deutsche Touristen weiter!", erwiderte er. Er habe mit ihnen hier schon einige Bootstouren gemacht. Jemand wie er hielt sich mit kleinen Jobs über Wasser. „Mir sind Guglielmos Bilder ständig vor Augen", gestand Sile. „Soll ich dir Bilder herbeirufen?", fragte Pietro. Sie nickte, ohne darauf vorbereitet zu sein, dass er im nächsten Moment, aus Ärger oder zum Spaß, sie wusste es nicht, sein Ruder mit einem Schrei aufs Wasser klatschen ließ. Für Augenblicke waren sie in einen Flimmernebel gehüllt. „Was sagst du dazu?", brüllte er jetzt, als durchqueren sie einen Wasserfall. „Ist das nicht ebenso schön wie deine Träume?" Der dunkle Flussspiegel sah sie wie aus Perlmuttaugen an. Als er seine Begleiterin lächeln sah, ergriff Pietro kurzerhand beide Ruder und trieb das flache Fahrzeug in geübten Schwüngen voran. Welchen Beruf hatte er erlernt? Den des Gondoliere?

„Psst", flüsterte er jetzt und beugte sich übers Wasser. Sein Arm zeigte auf Spiegelungen, die an ihnen vorüberzogen. Nein, seine Finger deuteten nochmals, tiefer. Sile sah grünglänzende Steine, auch Pflanzen, die sich wie Palmenfächer bewegten. Von der Seite trieb ein schillernder Schlangenleib auf sie zu, verschwand und tauchte unter dem Boot hindurch. „Ein fetter Karpfen!", japste Pietro. Sile hielt sich an den Planken fest und erwartete, dass der glänzende Riesenfisch im nächsten Augenblick an die Unterseite des Fahrzeugs stieß. Doch das Wassertier kehrte wieder zurück in seine versunkene Welt. Je weiter ihre Augen den grünen Schimmer durchdrangen, desto deutlicher konnte sie Farnpflanzen erkennen, Moosblumen und Medusenhaar schaukelten ineinander. Die Ruder baumelten mit der Strömung. In der Stille ließ sich ein Vogel auf einem der Ufersträucher nieder, dessen Anblick sie nur aus Lehrbüchern kannte.

Es fiel ihr nicht auf, dass Pietro nebenbei eine Angelschnur ausrollte und sie seitlich ins Wasser warf. Siles Fingerspitzen streiften an Blätter, die an der Oberfläche trieben. Plötzlich machte das Boot einen Ruck und Pietros Arme stemmten sich gegen einen unsichtbaren Widerstand. „Glück gehabt!", keuchte er, während er die unsichtbare Leine einholte. Ein Fisch hatte angebissen. Da er fürchtete, die Angel könnte zerreißen, holte er mit dem Ruder aus und traf das Tier genau auf den Kopf. Es wehrte sich einen Moment lang verzweifelt. Blut breitete sich rund um das Boot aus. Er schlug ein zweites Mal zu, und die Spannung der Angel ließ nach.

„Was sagst du?", fragte Pietro. Sie war entsetzt. Er habe immer etwas Brot dabei, lachte er, und einen Fang wie diesen lasse er sich nicht entgehen. Über den Bootsrand gebeugt, riss er Schilfgras ab und wickelte das immer noch blutende Lebewesen darin ein. „Um deinen Kahn nicht zu beschmutzen!", erläuterte er und drehte ihm den Haken aus dem Maul. Das aufgeweichte Stück Nahrung, durch das das Tier zur Beute geworden war, löste sich in einem hellrosa Schaum auf.

# Josche

 Schließlich steuerten sie auf ein einzelnes Holzhaus zu. Es lag zur Hälfte im Schilf, doch am Zugang ragte eine Terrasse hervor. Darauf standen Tische und Sessel. Eine Treppe lastete schwarz im Wasser. Pietro zügelte die Fahrt und räusperte sich: „Das Restaurant! Wir statten meinen Großeltern einen Besuch ab!" Er warf sein Graspaket an Land und streckte sich nach seiner Begleiterin aus, um ihr beim Ausstieg zu helfen. Sie aber wollte seine Hand nicht ergreifen, sondern lieber im Boot auf ihn warten. Nach dem dritten „Per favore!" ließ er verärgert von ihr ab und verschwand bald danach in der Tür.

Siles Gefährt schaukelte und begann sich langsam vom Ufer zu entfernten. Pietro hatte das Seil nur notdürftig angebunden. Es löste sich vom Holzpfeiler und sank langsam hinab. Sile gondelte dem Schilf entlang. Sie stellte sich vor, irgendwann in die Lagune und aufs offene Meer hinauszutreiben. Doch plötzlich spürte sie ein Ruck. Ihr Fahrzeug war an einen überhängenden Baum gestoßen. Sie hätte die Hand ausstrecken und sich an seiner Wurzel festhalten können. Doch stattdessen sah sie nur zu, wie sich das

Heck zur Seite drehte und in einem Gewirr aus Ruten verfing. Als hätte der Fluss den Arm um sie gelegt.

Da hörte sie Pietros Stimme. Er stieß eine seiner Verwünschungen aus und eilte ihr nach. Auf einem vorspringenden Baumstumpf kniend, gelang es ihm, das Seil aus dem Wasser zu fischen und das Boot unter Biegen und Brechen des Schilfs wieder stromaufwärts zu ziehen. Am Ende wischte er sich den Schweiß aus der Stirn und verknotete das Seil zur Sicherheit gleich dreifach. Seine Beute hatte er abgeliefert und sich, wie er beteuerte, auch die Hände gewaschen. Jetzt versuchte er es noch einmal mit einem schmachtenden Blick. Sie sollte seine Großeltern zumindest begrüßen, meinte er, es gehöre einfach dazu. Sile war ihm dankbar für seine Rettung und ließ es zu, dass sein ausgestreckter Arm sie nun mit raschem Schwung auf die Bretter zog. Aus dem Innern des Hauses waren Stimmen zu vernehmen. Zum letzten Mal zögerte sie, doch schließlich polterten sie nebeneinander über den Steg.

Das Restaurant glich einer Fischerhütte, man hatte sie nur durch einen hölzernen Anbau erweitert. Hier kehrten, wie Pietro erklärte, Gäste aus der Umgebung und manchmal auch Touristen ein und bestellten einfache Gerichte, wie man sie in der Gegend zuzubereiten pflegte. Siles Augen mussten sich an die Dunkelheit erst gewöhnen, die sie beim Eintritt empfing. Bald weitete sich aber der Raum und eine kleine, gemauerte Feuerstelle wurde sichtbar. Darüber lag ein eiserner Rost, auf dem Calamari, Zucchini und Radicchio brieten. „Ah, Gegrilltes!", freute sich Pietro. Ein hagerer weißhaariger Mann, um dessen Leib eine Schürze gebunden war, stocherte in den Kohlen. Er blickte kaum vom Feuer auf, auch nicht, als Sile ihm „Guten Tag!" wünschte. Seine Gedanken schienen sich im Glanz des Feuers zu verlieren. Nur die um vieles kleinere runzelige Frau, die jetzt aus der Küche trat, einen rauchenden Suppenteller in ihrer Hand, bemerkte, dass Pietro nicht allein gekommen war. Sie nickte seiner Begleiterin zu, versorgte jedoch zuerst ihren Gast, der am Fenster saß. Dann kam sie wieder und grüßte. Pietro stellte ihr „Signorina Ciardi" vor und erntete bei der Alten ein erstauntes: „Oh!"

Doch sogleich hatte sie sich wieder gefasst und stieß ihren Mann von der Seite an. Während der Gast, ein Einheimischer, seinen Oberkörper nach vorn beugte, um seinen Eintopf zu schlürfen, schweiften die versonnenen Augen des Alten zu seinem Enkel herüber. Seine Frau brachte Wein und Gläser, eine feierliche Handlung, die er aufmerksam mitverfolgte. „Wir fühlen uns geehrt", lächelte die Gastwirtin, ohne ihre Zähne zu entblößen. „Komm, Alfredo, setz dich zu uns!"

Der Angesprochene drehte und schob die gut gebräunten Stücke nochmals auf dem Rost hin und her, langte nach einem Teller und richtete sie bedächtig nebeneinander an. „Wir essen am Abend nur Fisch und Gemüse", erklärte er, näher an sie herantretend. Über seiner Hand thronte ein halb gefüllter Teller. Er setzte ihn vorsichtig am Rand der Tischplatte ab und rückte ihn Stück für Stück näher. Zuletzt holte er einen Korb mit Brot vom Schrank und setzte sich damit auf die Bank. „Seit wann kennt ihr euch?", wollte er wissen. Pietro winkte ab: „Noch nicht lange."

Nun richtete die Alte, ihr Name war Elisabetta, das Wort an Signorina Ciardi: „Man sieht deine Mutter hier in der Gegend nie. Was ist sie eigentlich von Beruf?" Elisabetta erwartete gespannt eine Antwort. „Modedesignerin", versetzte Sile knapp. Es war ihr unangenehm, über das Unternehmen zu sprechen. Doch Alfredo stützte seinen Oberkörper nun auf beide Ellenbogen und wollte, dass sie die Signorina in Ruhe ließ. Man konnte sehen, dass es ihm um den Wein leidtat, den seine Frau auf den Tisch gestellt hatte, oder aber, dass er nicht gut genug war. So schob er ihn etwas abschätzig zur Seite und sagte, er trinke lieber Klares aus den Dolomiten. Daraufhin ließ Elisabetta die Flasche wieder verschwinden und holte hinter der Theke gekühltes Mineralwasser hervor.

Grillstücke wurden auf Brotscheiben gelegt. Pietros Großvater zögerte. Er strich über das eingerissene Etikett der schwitzenden

Flasche, auf der ein Herkunftsname zu lesen war: „Recoaro". Er nickte und begann scheinbar unzusammenhängend zu erzählen: „Die Faschisten, nein, nicht die unseren, die aus dem Norden, hatten dort einen Stützpunkt. Das wisst ihr Jungen natürlich nicht. Es ist lange her. Mein Vater kämpfte damals in Libyen und Ägypten." Er fuhr sich mit beiden Handflächen übers Gesicht. Dann wandte er sich plötzlich an seinen Enkel: „Pietro! Habe ich dir schon erzählt, wie es war, als die Bomben fielen? Nein? Ich war damals zehn oder elf. Alarm gab es fast jeden Tag. Aber 1944, an einem Karfreitag, da war der Himmel rot!", erzählte er, plötzlich atemlos, und deutete in die Luft.

„Lassen wir die alten Geschichten!", mischte sich Elisabetta ein. „Das ist alles vorbei." Der Alte hing jedoch weiter seinen Gedanken nach. „Es war Mittag", erinnerte er sich. „Nach und nach erschienen Flugzeuge, wie ein Heuschreckenschwarm kamen sie angeflogen. Wir hörten ihre Motoren und dazwischen immer wieder Alarm, der die Leute in ihre Keller rief. Es war dunkel, eine Dunkelheit, man hätte denken können, es sei bereits Nacht. Bisher waren die Bomber an uns vorübergeflogen. Was interessierte sie auch eine Stadt wie Treviso. Doch nun zischten unzählige Feuerflammen aus ihren Leibern hervor, Feuer, vermischt mit Asche. Meine Mutter und ich fanden in den Luftschutzkellern keinen Platz, wir kamen ja von außerhalb. So flüchteten wir mit unserem Boot flussabwärts. Sie meinte, auf dem Wasser seien wir vor den Bomben sicher.

Wieder machte er eine Pause und trank, blickte zur Baumreihe am anderen Ufer und setzte fort: „Wenn ich den roten Sand durch die Luft flirren sehe, muss ich an diese Hölle denken. Das Feuer fraß sich damals von oben herab in die Dächer. Fontänen von Rauch und Staub wehten empor. Die Mutter ruderte und ich blickte schaudernd zurück auf die Stadt. Der Himmel spie mindestens tausend dieser Mördergeschosse. Niemand konnte sie zählen. Und nach wenigen Minuten war der Angriff vorüber."

Elisabetta erhob sich, denn der Gast wollte zahlen. Pietro hatte das letzte Stück Calamari verzehrt und forderte nun seinen Großvater auf, noch etwas über Siles Familie zu erzählen. Alfredo hob die Augenbrauen, musterte ihr Gesicht und meinte mit einem seltsamen Lächeln: „Emma Ciardi war eine vornehme Frau. Ich habe sie nur ein einziges Mal gesehen. Sie ging fast nicht unter Leute, so jemand hat Diener, die er zum Markt schickt. Doch damals im Krieg war es anders. In ihrer Villa in Quinto hatten sich Soldaten einquartiert. Ich weiß nicht mehr, ob es die unsrigen waren oder die Deutschen oder die Alliierten. Sie zogen bald wieder ab. Was sollten sie auch hier in der Gegend?"

„Hast du nicht auch von Josche erzählt?", unterbrach ihn Pietro, der offensichtlich auf ein bestimmtes Ereignis hinauswollte. „Ja, ja", nickte Alfredo. „Monigo. Ein Konzentrationslager ganz in der Nähe. Man hielt dort Zivilisten gefangen, Männer, Frauen und Kinder. Viele starben. Doch wir alle haben damals gehungert." Als seine Erinnerung wieder stockte, half Pietro nach: „Du hast gesagt, Emma habe einen Häftling bei sich aufgenommen." Wieder nickte der Großvater: „Ja, er blieb eine Weile dort wohnen."

„Und? Und?", versetzte sein Enkel und der Alte lächelte: „Er hieß Josche, mehr weiß ich nicht, ich glaube, er stammte aus Istrien. – Worauf willst du hinaus?", fragte er plötzlich streng. „Ich kümmere mich nicht um die Angelegenheiten vornehmer Leute!" Damit stand er auf. Elisabetta legte ihren Arm auf Alfredos Schulter: „Es gibt eben Arme und Reiche. Wir sind zufrieden und es geht uns heute so weit gut, stimmt doch, Alfredo?"

Die letzten Sätze hatten in den Gesichtern, die Sile anstarrten, etwas verändert. Ihre Neugier nahm mit einem Mal feindselige Züge an. Elisabetta hob das Kinn und presste die Lippen zusammen. Ihr Blick beschönigte nichts. Was Sile umgab, war keine Kulisse, keine Idylle mit friedlichen Fischern. Plötzlich war sie, Signorina Ciardi, nichts als die Nachfahrin einer privilegierten Klasse. Sie fühlte sich als Ausbeuterin, die gekommen war, um sich bedienen zu lassen, anstatt, wie es ihre Aufgabe gewesen wäre, etwas von ihrem Geld hierzulassen.

Einen Moment lang überlegte sie, ob sie das rasch noch tun sollte, doch hatte sie nicht einmal etwas dabei. Sie trug auch weder Ketten noch Ringe, die man ihr vom Leib hätte reißen können. Die Nähe der Menschen, das einfache Leben, flößte ihr plötzlich Furcht ein, eine Furcht, beschimpft oder angespien zu werden. Nun bemerkte sie auch die fehlenden Zähne in Alfredos Gebiss, einen Flicken auf Elisabettas Schürze. Auf dem Nebentisch lag eine blutgetränkte Fliegenklappe.

Für kurze Zeit hatte Sile gemeint, durch eine heile Landschaft zu fahren, durch ein zum Leben erwachtes Gemälde. Nun brachen die Farbschichten auf und eine verschlissene Leinwand kam zum Vorschein. Wieder musste sie an Leonardos Verfluchung der Reichen und Mächtigen denken. Und ihre Familie gehörte plötzlich dazu. Als nichts mehr aus seinen Großeltern herauszubekommen war, tat Pietro geschäftig und erklärte, er werde zu Hause erwartet. Sile warf ihm einen dankbaren Blick zu, als er das Boot losband und es mit kräftigen Ruderschlägen wieder flussaufwärts lenkte.

Zwischen ihnen fiel erst einmal kein Wort. Ihre Fahrt folgte einer ungefähren Linie in der Mitte des Wassers. Doch dann kramte Pietro aus seiner Hosentasche ein Mobiltelefon hervor, das er neben sich auf die Bank legte. Quer über dem Bildschirm klaffte ein Sprung. Er tippte mit seinem Zeigefinger mehrmals dagegen, bis ein Scheppern ertönte, das er hastig wieder abzustellen versuchte. Endlich verebbten die Nebengeräusche und eine geschmeidige Männerstimme hob an zu singen. Siles Begleiter fühlte sich beflügelt, Kurven zu fahren. Ein Schlager aus vergangenen Sommern sprudelte aus der Lautsprecheröffnung hervor, die Akkorde umspülten das Boot wie lauwarmer Sirup.

Für Sile war es ein Gefühl, in einen Berg mit süßem Schaum einzutauchen.

Noch eine Spur langsamer fahrend, schüttelten Pietros gefällige Klänge sie in eine eigentümliche Taubheit hinein. Sein Kopf bewegte sich zum Rhythmus der Sätze: „Erst jetzt blicke ich dich an, in deinem Schweigen verliere ich mich …"

Und zuletzt, sie näherten sich bereits ihrem Haus, erschallte „Romantica". Sie drifteten ins Schilf, Gräser strichen über den Bootsrand und ihr männliches Gegenüber machte Anstalten sie zu küssen. Er flüsterte die Worte des Liedes mit: „Ich bin der letzte Dichter, romantisch, romantisch, ein Freund der Wolken, wie du …"

Damit stieß das Boot an die hölzernen Pfähle. Eine plötzliche Drehung, die Pietro nicht erwartet hatte. Er wickelte rasch das Seil um einen der Pfeiler und verlangte weinerlich: „Wenigstens einen Kuss!"

Als Sile „Nein!" sagte und ihre Arme verschränkte, vergaß er jede Schönfärberei und zischte: „Emma Ciardi ist im Alter verrückt geworden. Luigi hat sich eine Kugel durch den Kopf gejagt. Deine Mutter ist eine Emanze. Ihr seid nicht so vornehm, wie ihr tut, sondern bloß eingebildet und habt massenhaft Geld."

## Das Porträt

 Sekunden später war Pietro verschwunden! In seiner Verachtung hatte er sich nicht einmal mehr verabschiedet. Nur das Boot stieß unruhig an die Pfeiler. Hatte er sich in Schilfrohr verwandelt? Aus dem Schutz der Bäume trat jetzt Carla, begleitet von zwei Wächtern. Sie hätten, sagten sie, im nächsten Augenblick eingegriffen. Die beiden Männer nahmen ihre Kopfbedeckungen ab und grüßten ernst. Die Gouvernante erzählte mit dramatischer Miene, sie hätten beobachtet, wie sich der Fremde mit dem Kopf voraus durch ein Schlupfloch im Zaun gezwängt habe. Eben jetzt sei er hinüber zum Radweg gelaufen. Die Wächter beteuerten, das Gitter vor wenigen Tagen noch überprüft zu haben. Sogleich knieten sie sich auf den Boden und untersuchten die schadhafte Stelle. Carla wollte morgen einen Handwerker kommen lassen, um die Sache wieder in Ordnung zu bringen.

Währenddessen hallten in Siles Kopf die letzten Worte ihres Touristenführers nach. Worte wie hölzerne Ruten, die ihre Familie auf wenige Äußerlichkeiten beschränkten. Und doch hatte er ihr den Namen eines ihrer möglichen Urgroßväter geschenkt, Josche. „Hat Emma diesen Josche geliebt?", fragte sich ihre Urenkelin. „Hätte sie ihn sonst bei sich aufgenommen, einen Gefangenen, über alle Standesgrenzen hinweg? Und hätte sie sich dafür entschieden, von ihm schwanger zu werden?" Sile erinnerte sich an kein einziges Bild, auf dem Emma einen einzelnen Mann dargestellt hätte. Schon gar nicht einen, der nicht ihrer Gesellschaftsschicht angehörte. Sie hatte auch sonst keine Menschen aus der Umgebung gemalt, nur zuweilen den einen oder anderen bunten Fleck in der Landschaft, der sich von Bäumen und Sträuchern unterschied.

Damals im Krieg ließ Emma all ihre Gemälde in Sicherheit bringen, flussabwärts, hierher ins Landhaus ihres verstorbenen Vaters. Es hieß, sie hätten es auf einem unauffälligen Pferdekarren geladen und sie so noch rechtzeitig davor bewahrt, den Nazis in die Hände zu fallen. War es Josche, der den unauffälligen Wagen lenkte und die wertvollen Bilder unter den Bodenbrettern des Ateliers verbarg? Letztlich holte Emma ihre Gemälde aber nicht wieder nach Quinto zurück. Und nach Emmas Tod landete alles, außer den in Paris und London entstandenen Werken, auf einer Mailänder Kunstauktion.

Sile schlüpfte durch die offene Salontür ins Haus. Hier empfing sie ein weitläufiger Raum, der früher großen Geselligkeiten diente. Die Mahagonimöbel hatte Guglielmos Ehefrau Mariella in Glasgow gekauft. Schlanke Riemen und Bügel hielten die Stühle zusammen, auch die Tische zeigten nur an den Beinen, flach eingraviert, das Motiv ineinander verschlungener Blüten. Erst aus der Nähe wurde die feine Einlegearbeit sichtbar: Glassteine in Weiß und blassem Türkis.

Sie waren mit der Eisenbahn den ganzen Weg über den Brenner bis Treviso transportiert worden. Es gab Fotos, auf denen Mariella im bodenlangen Kleid, mit einem städtischen Hut auf dem Kopf dastand, als man die Kisten vor dem kleinen, ländlichen Bahnhof entlud. Auch damals waren es Pferdefuhrwerke, die solche Lasten an den Fluss und zuletzt auf Frachtbooten weiter zu den Anlegeplätzen der Häuser brachten.

Der Raum ähnelte heute einem privaten Museum. An einer der Seitenwände erhoben sich mehrere Vitrinen, ausgelegt mit Familienfotos von drei Generationen von Malern. Dazu kamen persönliche Genstände: Taschenuhren, Zigarettenschachteln, abgenutzte Skizzenhefte und ein Bündel Briefe, die Guglielmo und Mariella Rossini einander während ihrer Verlobungszeit geschrieben hatten.

Sämtliche Wände des Raumes waren von Guglielmos Gemälden bedeckt. Sile bewunderte sein feines Gespür für Lichteffekte und Farben. Der Maler hatte die Welt noch einmal erschaffen, von den Gipfeln der Dolomiten bis hinab zur Lagune und den Bauwerken Venedigs mit seinen Brücken, Gassen, Kanälen, Plätzen und Inseln. Und, fast stereotyp, zielte Guglielmos Blick zwischen Fischerbooten hinaus aufs offene Meer. Auch hier am Fluss hatte sein Pinsel die Landschaft in eine Idylle verwandelt. Auch die zahlreichen Kiesgruben, in denen ein Heer von Arbeitern geschuftet hatte, waren auf den Bildern ihres Urahns zu sanften romantischen Buchten geglättet.

Seit ihrer Kindheit beruhigte es Sile, die Welt mit Guglielmos Augen als Garten und heile, geordnete Landschaft zu sehen. Doch seit diesem Sommer tröstete sie ihr Anblick nicht mehr. Es drängte sie, hinter die Fassaden zu schauen. Gedankenversunken wusch sie sich im Bad den Staub aus den Haaren. Doch während das Duschwasser sie einhüllte, geschah es zum ersten Mal, dass sie eine innere Stimme vernahm, die nicht zu ihr zu gehören schien. Es war ihr, als rufe Guglielmo nach ihr, sie möge noch einmal zu ihm hinunter in den Salon kommen! War es ihre Einsamkeit, die da sprach? Und obwohl sie bereits die abendliche Müdigkeit im Nacken fühlte, hatte dieser Ruf sie zu sehr aufgewühlt, um sich jetzt schlafen legen zu können.

Sie machte alle Lichter in diesem privaten Museum an, auch einen Strahler. Er zeigte auf eine hölzerne Kiste mit Ledergriffen und eisernen Beschlägen, Guglielmos alten Reisekoffer, den er 1915 auf seiner Reise zur Weltausstellung nach San Francisco mit sich geführt hatte. Er war damals eingeladen worden, im italienischen Pavillon auszustellen. Und am Ende war er mit großen Ehrungen, doch auch schwerkrank, nachhause zurückgekehrt. An der Vorderseite zwischen Metallbügeln waren die Initialen „G. C." eingeprägt. Darüber hing das einzige erhaltene Selbstporträt des Künstlers.

Der Mann auf dem Bild blickte nur kurz von der Arbeit auf und musterte sein Gesicht im Spiegel. Seine Augen hatten sich zu schmalen Schlitzen verengt, um jedes Detail zu erkennen. Der Kopf mit dem sorgfältig über der Stirn gescheitelten Haar trat für einen flüchtigen Moment aus der Leinwand, die ganz ohne Grundierung auskam. Auch für Hemdkragen, Revers und die dunkle, knapp gebundene Schleife genügten wenige Striche. Stirn und Wangen waren angespannt bis zum Kinn. Die Lippen blieben geschlossen, wie bei jemandem, der angestrengt nachdenkt.

Doch der Lichtpunkt auf den Pupillen fehlte! Und an den Augenlidern trat eine rote Stelle hervor. Sonst waren sie schwarz wie das Sakko und hielten den Betrachter davon ab, näherzutreten. Hier verlief eine Grenze, die der Maler nicht überschritt. Das Private blieb ausgeklammert. An der Anspannung seiner Haltung wurde Sile bewusst, dass Guglielmo nicht die Absicht hatte, in diesem Selbstbildnis persönliche Gefühle zu offenbaren. Er hatte an der Befreiung der Seele nicht teilgenommen, die damals von den Modernen ausgerufen worden war. Er hatte auch nicht, wie die Romantiker, ans Genie geglaubt.

Sile versuchte diesen Menschen, der aus der Romantik gekommen war und kurz vor der Moderne Halt gemacht hatte, tiefer zu verstehen. Hatte er sich dagegen verwehrt, als Künstler generell Menschen darzustellen? War sein Widerstand noch der Rest eines Zögerns, das zweite Mosaische Gebot zu brechen und das „Abbild Gottes" zu malen? Und doch hatte Siles Vorfahr weniger sich selbst als Person dargestellt als vielmehr diesen kurzen Moment der Konzentration. Sile wusste nicht, ob Guglielmo an göttliche Inspiration geglaubt hatte. Doch er hatte der Macht seines Handwerks vertraut.

Natürlich folgte dieses Porträt jahrhundertealten Mustern. Darauf kam es Sile an diesem Abend jedoch nicht an. Sie wollte Guglielmo, den ersten ihrer Väter, der sich der Malerei zugewandt hatte, in seinem Wesen verstehen. Ihm fehlte es nicht an Temperament. Doch hatte er seine Leidenschaften, so schal es für heutige Ohren auch klang, in geordnete Bahnen gelenkt.

Sie setzte sich dem Porträt gegenüber an den großen Speisetisch und versuchte sich eine Malweise vorzustellen, die ihr entsprach. Auch sie wollte eine solche Zurückhaltung wahren! Auch ihr widerstrebte es, sich selbst in den Mittelpunkt ihrer Arbeit zu stellen. Stattdessen wies sie demütig auf Großmutter Natur hin. Oder gab es etwas Höheres, das Sile noch nicht kannte?

Für Guglielmo, den Meister des feinen Pinsels, war es das Licht! Sein Auge folgte dem Spiel der Sonnenstrahlen in den Wolken, auf dem Wasser, in den Bäumen und über der Landschaft. Er hatte die ideale, sanfte, poetische Stimmung gesucht. Eine Atmosphäre, abgehoben von gesellschaftlichen Problemen der Zeit. Man konnte ihn einen Feiertagsmaler nennen, der seinem Betrachter hundertfach Wundöl und heilenden Balsam hingestreut hatte.

Dieser Trost hatte jedoch nicht ausgereicht, um seinen Sohn Luigi zu heilen. Dieser war der Malweise seines Vaters bedingungslos gefolgt. Ihre Landschaftsbilder ließen sich, bis auf die Signatur, kaum unterschieden. Doch Luigi hatte den 1. Weltkrieg mitgemacht. Der Tag der Ruhe, auf den ihn Guglielmos Malerei zu vertrösten suchte, war nicht gekommen. Weder der Impressionismus noch die Perfektion seines Handwerks hatten ihn vor dem Suizid bewahren können. Was sein Vater ihn gelehrt hatte, war Harmonie für die Salons vergangener Epochen.

Das alles funktionierte plötzlich nicht mehr. Und heute hatte nicht nur die menschliche Seele, sondern auch die Landschaft Schaden erlitten. Sogar jedes der Elemente für sich, Erde, Wasser und Luft! Nur das Feuer breitete sich Jahr für Jahr weiter aus. Sile hatte in der Zeitung Fotos von ausgetrockneten Flüssen und brennenden Wäldern gesehen und über tagtägliche Verwüstungen gelesen, die den weltweiten Wandel des Klimas begleiteten. Auch das Gesicht des Flusses vor ihrem Haus hatte begonnen sich zu verändern. Bisher hatte sie die Lektüre der Zeitung Carla überlassen. Sie hatte das alles eigentlich nicht sehen wollen!

Damit kehrten Siles Gedankengespenster zurück. Wie Luigi, hatte sie ursprünglich geplant, Guglielmos Weg fortzusetzen. Doch hatte nicht auch Emma mit dem Belcantostil ihrer Väter gebrochen? Und war sie damals nicht in Siles Alter? Und plötzlich fühlte die Nachfahrin Guglielmos: Was sie tat, war eigentlich Selbstbetrug! Ja, noch schlimmer: Sie malte, eigentlich nur für sich selbst! Dazu kam, dass sich auch die Techniken und Materialien inzwischen verändert hatten. Die ganze Art des Kunstunterrichts war inzwischen eine andere geworden.

Siles Finger zeichneten unwillkürlich Kreise auf die glatte Tischoberfläche. Sie fühlte, es war für sie an der Zeit, die Mittel und Werkzeuge zu gebrauchen, die heute zur Malerei gehörten! Und mit einem Mal war ihr klar, dass für sie kein Weg an einem Studium der Schönen Künste vorbeiführte!

Sie richtete sich auf und begann zwischen diesen makellosen Wänden auf und abzugehen. Auch Guglielmo hatte ja an der Accademia de Belle Arti in Venedig studiert. Einer seiner Lehrer hatte ihm mit der Pleinairmalerei bekannt gemacht. Auch Sile wollte in der Gegenwart leben und die Gegenwart malen, wie Emma. Dazu gehörten auch Straßen mit Menschen, heutige Gesichter, Körper aus Fleisch und Blut, dazu Augen, die Geschichten erzählen. Wie hatte sie nur, fragte sie sich verwirrt, bisher der Betrachtung ihres Gartens all ihre Aufmerksamkeit schenken können? Selbst die Vergangenheit, der sie nachhing, hatte es so vielleicht gar nicht gegeben. „Ja", entschied sie, „ich möchte in der Sanftheit verbleiben, möchte weiterhin von den Alten lernen, auch von Guglielmo, aber doch ein entscheidender Schritt weitergehen!"

„Ein Studium! Schon ab diesem Herbst!", sagte sie sich. „Und ich muss dafür gar nicht nach London oder Madrid reisen. Es genügt mir Venedig. So brauche ich in kein Auto oder Flugzeug zu steigen, sondern kann den verschlungenen Fluss hinabgleiten bis zur Lagune."

Sile fürchtete sich plötzlich nicht mehr davor, ein Leben fernab des schützenden Gartens zu führen. Vielmehr wünschte sie sich Gemeinschaft, ein Leben und Arbeiten zusammen mit anderen Menschen! Und sie wollte ehrliche Worte hören.

Und sie brauchte auch weder einen Leibwächter noch ihre Gouvernante. Zumindest für eine Weile. Sile stellte sich vor, nicht in einem der vornehmen Hotels oder Patrizierhäuser zu wohnen, sondern in einem kleinen Apartment wie andere Studenten. Am besten nicht weit von der Universität entfernt. Vielleicht zwischen Akademie und Santa Maria della Salute, im Dachgeschoß eines ehemaligen Kinderspitals? Zwischen Blumentöpfen und bestickten Gardinen wollte sie hinaus aufs offene Meer blicken. Unter ihr würden Linienschiffe schaukeln und kleinere Boote. Sie benötigte kein persönliches Atelier, nur eine Ecke für Malsachen, eine zweite Jacke, die hinter der Tür von einem Haken hing. „Kleine Räume disziplinieren den Geist", hatte Leonardo seine Schüler gelehrt, „große Räume schwächen die Konzentration."

Die Glastür, die hinaus ins Freie führte, war von der Nacht verschlossen. Erst jetzt bemerkte sie, dass sie vor einem Spiegel stand. Und darin wankte der schmale Umriss ihrer Gestalt. Es war ihr, als sei sie herausgefallen aus diesem Raum ihrer Vorfahren. Doch nicht, um verloren zu gehen, sondern um hinaus ins Offene zu treten.

Trotz der Intensität ihrer Gefühle war Sile nicht darauf gefasst, dass ihr Besuch im Salon in dieser Nacht noch ein Nachspiel haben würde. Sie träumte. Vor ihr stand niemand Geringerer als ihr Urururgroßvater Guglielmo Ciardi. Hut, Sakko, Fliege, anliegende Beinkleider, handgenähte Schuhe. Er sagte mit einer etwas schleppenden Stimme: „Komm!", und sie folgte ihm erwartungsvoll in sein Atelier. Hier war vieles anderes als Sile es heute kannte. Im Traum zeigte er auf Staffeleien mit halbfertigen Bildern. Man erkannte mit zarten Strichen vorgezeichnete Gebäude, mit dem Lineal gezogene Linien, Andeutungen satter und magerer Schatten. Einige mit Leinwand bespannte Rahmen rochen nach frischer Grundierung. Auf einem Arbeitstisch verteilt lagen Pulverfarben, Malmittel, Tuben, Lederetuis und Pinsel in allen Stärken. Sile bemerkte beschriftete Metalldosen, Fläschchen mit gut verharzenden Ölen und, ordentlich aufgereiht, spitze und flache Spachteln.

„Ich zeige dir, wie es geht!", sagte er ein wenig streng und nahm seinen Hut ab. Er zog sich ein weites, knielanges Hemd mit Farbflecken an und begann vor Siles Augen zu malen. Seine Nähe fühlte sich seltsam vertraut an. Sie staunte über die Sicherheit seiner Handbewegungen und die gerade, ruhige Haltung. Aus dem offenen Fenster drang Vogelgezwitscher. Er schien sich zu konzentrieren. Sie hatte den Eindruck, er wolle sie lehren, richtig zu malen, wie davor schon Luigi und Emma. Einmal räusperte er sich. Er hatte den Pinsel in eine graue Farbverdünnung getaucht und zeigte Sile seine Ausführung der Wolken. Es entstand ein Himmel, wie er ihr von vielen seiner Bilder vertraut war. Die Landschaft erinnerte sie in ihrer Wildheit sogleich an den Fluss.

Und bald darauf schimmerten auch schon sanfte Wellen durch das Gestrüpp. Guglielmo schuf eine dunkelgrüne Bucht mit Schwänen. Er nahm Zinkweiß und setzte den Pinsel an, um Hälse und Flügel zum Leuchten zu bringen. Darüber verteilte er wieder Grau und noch einmal Schwanenfabe, dazu Spuren von wässrigem Blau.

Sie waren zusammen in diesem Raum, in dem ihr nur das Licht der Fenster vertraut war. Davor lag ein verschlungener Park, hinter ihnen der Fluss. Sile glaubte, von fern auch den Gleichklang eines Wasserrades zu hören. Der Künstler im Traum schien keine Eile zu haben. Sie hätte ihn über vieles befragen können, doch spürte sie, es ging in diesen Momenten nicht um Erklärungen, sondern um diese Nähe. Und als die Traumszene sich aufzulösen begann, erkannte sie erst, welches Bild Guglielmo in dieser Nacht für sie gemalt hatte. Sie schlug die Augen auf – und es war „Flusslandschaft", das Ölbild in ihrem Zimmer.

## Buchmalerei

Eines Tages traf ein Paket für Sile ein. Aus Freude über die jüngsten Pläne ihrer Tochter hatte Emiliana sich entschlossen, ihr Zeitschriften und Kataloge mit zeitgenössischer Kunst zu schicken, „Gegenwartsfutter!", stand auf der beiliegenden Karte. Eine Mailänder Buchhandlung war mit der Auswahl der Titel beauftragt gewesen. Carla hatte den Karton zusammen mit dem Verpackungsmüll bereits zum Altpapier entsorgt und seinen Inhalt auf den großen Terrassentisch gelegt.

Sile ging ihm erst einmal aus dem Weg. Der Herbst war für sie noch ein unbeschriebenes Blatt, das so lange wie möglich weiß bleiben sollte. Die Vorstellung „Dachzimmer, Blick auf das Wasser" genügte ihr erst einmal. Sie wollte auch die Bibel mit nach

Venedig nehmen und dort in im Apartment lesen. Denn, sagte sie sich, in den Malschulen der Alten hatte die Heilige Schrift lange Zeit zur Pflichtlektüre gehört. Manche Stellen studierte man damals bis in den hebräisch-griechischen Urtext hinein. Dabei dachte Sile etwa an die Verkündigung Mariä mit dem Erscheinen des Engels, die wunderbare Geburt in Betlehem und das Paradies mit Apfel und Schlange. Ihr Weg führte am Zaun entlang, der das Grundstück umgab. Er bestand aus roten Ziegeltürmen und schmiedeeisernen Gittern. Jeder der gemauerten Säulen war ein Blütenkopf aus weißem Marmor aufgesetzt. Ihre verwitterten Formen wirkten wie Büsten von Kindern. Rosenstöcke wuchsen zwischen den Zaunstäben empor und verflochten sich mit ihnen zu einer schwarz-rot-grünen Hecke.

Als sie den Fluss erreichte, sah sie im Wasser einen seltsam braunen Schatten treiben. Sie strengte ihre Augen an und erkannte in ihm den Leib eines verendeten Tieres! Sein Fell und der Kopf hatten sich mit Wasser vollgesogen. War das Tier zu nahe ans Ufer getreten? Hatte es sich zum Trinken zu weit nach vorn gebeugt und den Halt verloren? Erschrocken fragte sie sich, ob es vielleicht noch zu retten sei? Der schmale Rücken wurde bereits von der Strömung fortgetragen. Sile lief eine Strecke am Ufer entlang und konnte nur noch mitansehen, wie der regungslose Körper an eine Wurzel stieß, sich überschlug und noch tiefer hinabsank. Sie konnte dem armen Geschöpf nicht mehr helfen und kehrte erschöpft wieder um.

Unterm Sonnensegel lagen Magazine, Ausstellungskataloge und Zeitschriften in den Farben seltener Papageien, Chamäleons, Schmetterlinge oder Feuersalamander. Alle gedruckt auf schweres, spiegelglattes Papier. Sile konnte sich nicht überwinden, die Seiten anzufassen, auch nicht mit den Augen. Ihr graute davor, ihren Geist den darin lauernden Provokationen, Schocks und Frivolitäten auszusetzen und sich vom allzu Neuen aus der Ruhe bringen zu lassen. Allein die Flut an Bildern, die den zeitgemäßen Lebensstil zelebrierten, drohte sie zu überfordern. Sie fürchtete, es könnte sie erneut in ihrer Arbeit lähmen und ihr den Mut rauben, ihre letzten Entscheidungen umzusetzen. Eigentlich fürchtete Sile, sich selbst zu verlieren. Emilianas gutgemeintes Geschenk fühlte sich wie ein Angriff auf ihre Freiheit an. Und im Herbst würden weitere solcher Angriffe folgen. Als junge Studentin würde man sie mit Informationen und Bildmaterial überschütten.

Plötzlich wurde Sile bewusst, dass ihr Zögern und diese Vorsicht nicht bloß persönliche Schwächen waren, die es zu überwinden galt, sondern auch ihrem Schutz dienten. Sie gehörten zu ihr und prägten auch bisher schon ihre Arbeit. Es war legitim, selbst zu entscheiden, welchen Sinnesreizen sie sich aussetzte und welchen nicht. Ihre persönliche Meinung durfte von der heute vorherrschenden abweichen, auch wenn andere sie als seltsam kritisierten. Ja, einiges am Studienbetrieb im Herbst würde sie innerlich aus dem Gleichgewicht bringen. Damit rechnete sie. Doch es ging nicht nur um bloßes Unbehagen, um Überforderung oder Beleidigung ihres Geschmacks. Auch ihre Eigenart, ihr Wesen, ihr Denken standen auf dem Spiel! Und wer würde Rücksicht auf ihre Empfindungen nehmen? Sile wollte sich selbst weder verlieren noch verraten, auch wenn sie noch Zeit brauchte, um unbestimmte Energien, die sie in sich fühlte, in eine konkrete Richtung zu lenken. Solche Eigenheiten konnten sogar der Schlüssel zu ihrem späteren Werk sein! Es ging nicht um Gesundheit oder Krankheit, sondern darum, ihr Innerstes zu entfalten ohne es zu verleugnen. „Ist nicht das, was man früher ‚Seele' nannte, heute zum gefährdeten Raum geworden?", fragte sie sich, „einem Raum, der besonderen Schutz nötig hat?"

Sie erinnerte sich an ein Wort Leonardos: „Die Wahrheit war immer schon eine Tochter der Zeit." Jede Epoche hatte für sich neue Wahrheiten hervorgebracht und hatte Forderungen und Werturteile an sie geknüpft. Warum sollte es in der Gegenwart anders sein? War etwas etwa wahr, nur weil es mit der ganzen Raffinesse einer technisch hochentwickelten Zeit präsentiert wurde? „Wenn ich künftig vermehrt unter Menschen gehe", dachte sie, „müsste ich dies in der Art einer Weinbergschnecke tun, die ihren Rückzugsraum immer mit sich trägt." Sie musste schmunzeln, weil sie sofort an ihren Rucksack denken musste.

Im Internat hatte sie eine Liste selbst auferlegter Regeln befolgt. Sile war Konfrontationen ausgewichen, auch den üblichen Flirts. Sie hatte, wenn möglich, mehr aus Schulbüchern gelernt als im direkten Unterricht und es auf diese Weise vermieden, von ungefilterten Informationen überschüttet zu werden. Nun brauchte sie dringend einen neuen persönlichen Kodex! Ja, und Stifte und einen Bogen Papier!

Je näher sie dem Arkadenhaus kam, desto entschlossener wurden ihre Schritte. Im Atelier fiel ihr Blick auf ein weiteres Zitat Leonardos aus dem „Trattato della pittura": „Ein Maler soll die Wahrheitssuche nicht den Philosophen überlassen! Vielmehr soll er sein Auge ständig schärfen, bis er schließlich alle Fragen der Menschheit beantworten kann." Was der Meister hier forderte, war ihr bisher viel zu erhaben erschienen. Doch nun traf es genau den Punkt. Ihre Wahrheitssuche konnte nicht einfach in der Übernahme zeitgenössischer Ansichten und Urteile bestehen. Für echte künstlerische Erkenntnis, fühlte Sile, benötigte sie Distanz, sowohl zur Gegenwart als auch zur Vergangenheit! Sie wollte ihre Wahrnehmung schärfen, ohne die Welt nach Art vieler Wissenschaftler und Philosophen als bloßes Skelett zu betrachten. Der bloße Verstand schuf windschiefe Türme zu Babel, die oft von selbst in sich zusammenfielen.

Die Alten hatten die Wahrheit mit dem verschleierten Bildnis zu Sais verglichen, das Vergangenheit, Gegenwart und Zukunft in sich vereinte. Sile stellte sich ebenfalls eine solche zeitlose Wahrheit vor. Leonardo hatte seine Umgebung mit allen Mittel erforscht, hatte sie vermessen, gewogen und seziert. Doch am Ende hatte er die Einzelteile und Ergebnisse seiner Forschung in seinen Bildern zu neuen Einheiten zusammengefügt. Er hatte den Erscheinungen in ihrer Unendlichkeit nachgespürt und sie auf der Fläche des Bildes noch einmal erschaffen. Auch Sile hatte erlebt, wie Gemälde mitten im Entstehen plötzlich zu etwas Ganzem geworden waren. Ein Schimmer der Vollendung hatte sich auf sie gelegt. Das Wehen eines größeren Zusammenhangs. Es waren Momenten, in denen der Maler wusste, er konnte den Pinsel absetzen und sein Bild so belassen.

Ein großes Zeichenblatt lag unter ihren Händen. Sie begann damit, Worte zu malen und gegeneinanderzustellen. Ein neuer Kodex entstand! Da sie auch verschiedenfarbige Kreiden verwendete, glich er am Ende einem Bogen Buchmalerei. Die Schriftzüge hingen an kunstvollen Initialen und waren von Disteln und Kletterpflanzen umrahmt. Aus der Mitte des Blattes wuchs dieser wilde Kürbis mit seinen strahlenförmigen Ranken, Blättern und Früchten. Es war die zweite Zeichnung seit ihrer Krise.

Danach griff sie zu ihren Mappen der Alten Meister. Sie hatte über die Jahre verschiedene Gemälde gesammelt, die ihr bedeutsam erschienen waren. Eine dieser Sammlungen war mit Werken der Gotik gefüllt. Sie nahm sie aus dem Schrank und blätterte darin. Namenlose Künstler des christlichen Abendlandes hatten den Menschen bis an den Hals in schlichtes Leinen gehüllt. Er trug lange, blasse Gewänder und stand mit niedergeschlagenen Augen da, den Kopf erhoben und gekrönt von nichts als seiner Hoffnung auf himmlische Gnade. Dieser Mensch verzehrte sich mehr nach dem Wohlwollen seines biblischen Schöpfers als nach jedem weltlichen Gut. Ihm leuchtete auch bei Dunkelheit eine überirdische Sonne, deren Gold aus himmlischen Guckkästen floss. Das Recht, Häuser zu bauen, sich von den Früchten der Erde zu nähren oder auch nur zu atmen, erwarb er sich durch Demut und frommen Lebenswandel. Giovanni Battista: „Bedenkt das Ende!" Der Arme wurde erhöht und der mächtige Herrscher erniedrigte sich. Sogar der geharnischte Ritter beugte bereitwillig die Knie. Und in Kreisen aus Licht thronte Er, der Vater! Selig war, wer Ihm diente und die Sphärenleiter zu Ihm emporstieg!

Der Künstler, halb Mönch, verzichtete auf Wappen und Namen. Er suchte Offenbarung von oben, weihte sich und gelobte, jener höheren, immerwährenden Ordnung zu dienen. Er wollte den Betrachter mit dem Himmel versöhnen, indem er malend göttliche Boten herabrief. Und er ließ Engel vor den samtenen Vorhang treten und Frieden verkünden! Dieser Künstler war berufen, den menschlichen Blick emporzuheben und die verwundete Seele zu heilen. So malte er den christlichen Glauben an die Wände und in die Köpfe vieler Jahrhunderte, bis herauf zu Carla und ein Stück weit, fühlte Sile, auch bis zu ihr. In all dem war sie seit ihrer Kindheit erzogen worden: Edelmut, Sanftmut und Schlichtheit anstelle von Üppigkeit, Bescheidenheit anstelle von Prunk, Zurückhaltung, nicht Gier, auch nicht die Gier nach Farben.

War dies der Weg, den sie suchte? Eine Rückkehr zum gotischen Stil? Immerhin fehlten diesen Gemälden weder Leidenschaft noch Begeisterung, auch nicht der Wille zur Wahrheit. Und dennoch war jede Erkenntnis an ein Märchen, nämlich die Existenz dieses Gottes geknüpft. Jene Maler sahen Ihn noch als Person, als gütigen weißbärtigen Mann mit dem Blick eines Adlers. „Gibt es Ihn vielleicht wirklich?", fragte sich Sile. „Gibt es ein Auge mitten im Universum? Einen goldgepflasterten Weg zur himmlischen Stadt, und zwischen weißen Säulen einen Thron der Ewigkeit, auf dem Er, der Vater des Himmels, sitzt, unveränderlich, wissend, vergebend, ebenso mild wie streng, in den Händen beides, Lohn und Strafe?" Nur eine leise Melodie führte dorthin. Vielleicht hatte der Mensch einfach aufgehört sie zu hören?

Draußen vor den Fensterscheiben durchzogen immer noch Staubnebel die Luft. Bekümmert darüber schob Sile die Mappe zur Seite und öffnete vor sich auf dem Tisch ihre Mappe zur Venezianischen Malerei. Doch als sie darin blätterte, wurde sie den Gedanken an Mode nicht los. Die Ikonen, Mosaiken und prunkvollen Bilderrahmen erinnerten sie an eine ehemalige Sommerkollektion ihrer Mutter, die sie „Goldenes Tafelkleid" genannt hatte.

Dieses Gold überzog die gesamte venezianische Malerei, Herrscher und Heilige, Aufmärsche, Siegesfeiern und Masken! Selbst die nackte, durch rote Kleider umrahmte Haut. Es legte sich auf eroberte Landstriche, auf Berge und Felder und wurde zum Siegel Venedigs, zum festlichen Schatten des Löwen. Alles, was seine Hand berührte, wurde verwandelt. Ein Midassegen. Und nach jeder siegreichen Schlacht, jeder durchgestandenen Pest, wurden neue prachtvolle Kirchen errichtet. Kein Leviathan lauerte mehr in der Tiefe. Und rechts oben in Seinem Winkel verblasste das allesdurchdringende Auge. Die Menschen wollten Gott nicht mehr weiter bemühen und sagten: „Er hat Sein Werk längst beendet!" Ehe Er aus den Gemälden verschwand, winkte Er ihnen zu, müde und alt, hinter geflügelten Kinderköpfen, Bischofsmützen und Fahnen.

## Aus dem Schlamm

Am nächsten Morgen klebte ockerfarbener Staub an den Fenstern. Die Luft hatte sich aufgeweicht. Sile atmete auf. Am Frühstückstisch wurde sie heute von Carla in festlicher Kleidung erwartet. „Es ist Ferragosto!", lächelte sie, „Hochsommer, der große Feiertag!"

Im Atelier betrachtete sie die neuen Skizzen, zu denen ihr Pietro unabsichtlich Modell gestanden hatte. Sie wollte sie auf eine Leinwand übertragen. Zunächst entschied sie sich für einzelne Farben, die sie miteinander mischen wollte. Carla hatte ihr sogar ein Foto von ihrem Touristenführer gezeigt. Die Wächter hatten es gemacht. Darauf konnte man Pietros gebückte Gestalt am Zaun erkennen. Im Profil wirkte er seltsam fremd.

So rührte sie ein durchsichtiges Graugrün an, mit dem sie erste Konturen auf den Untergrund übertrug. Sie wollte rund um den Fischer auch diese staubverhangenen Nachmittage malen, den Schleier, der über Tage die Sonne verdeckte. Während sie sanft den Pinsel bewegte, wirkte ihr Strich verändert, irgendwie klarer und sicherer als noch vor ihrer Krise! Ihre Hand fuhr wie von selbst über die Oberfläche, als wüsste sie mehr als sie selbst, als könnte sie eine Geschichte erzählen. Pietro, in weißem Hemd, zeigte mit seinem Finger auf die verdunkelte Sonne. Ein verkehrter Giovanni Battista.

Sile hatte es hinter der Staffelei nicht sofort bemerkt, dass Carla vor ihrer Tür stand. Sie meldete der Signorina, dass der Fremde, Pietro, von dem sie beim Frühstück gesprochen hatten, draußen an der Straße stehe und hereingelassen werden wolle. Carla machte den Vorschlag, ihm den Zutritt zu ihrem Grundstück zu verwehren! Doch Sile sah keinen Grund dazu. Sie versorgte rasch ihre Pinsel. Und so standen sie und Carla nebeneinander im Flur, als er das Haus betrat, seine Kappe abnahm und grüßte. Man konnte es riechen, er hatte im Fluss gebadet.

„Touristen!", schimpfte er, ließ die Sandalen sinken und stapfte weiter in den Salon. Der junge Mann fiel kopfschüttelnd in einen der Ledersessel. Seine Kleider klebten ihm noch an der Haut. Jetzt erschien Amani und bat ihn in ihrem somalischen Akzent, sich nochmals zu erheben, damit sie das Polstermöbel, das er benutzte, mit einer alten Decke schützen könne. Pietro stöhnte, er habe kaum geschlafen, sondern gearbeitet, die halbe Nacht hindurch. „Touristen!", wiederholte er nochmals und überkreuzte die Beine. Er meinte einige Männer aus Mailand. „Verrückte", nannte er sie, da sie keiner Arbeit nachgingen und mit ihrem Geld sorglos um sich warfen. „Aus reiner Langeweile setzen sie sich in Sportwägen und suchen nach Abenteuern!", schimpfte er. „Natürlich Schnaps im Gepäck, Tabletten, Kokain. Sicher sind es Söhne reicher Fabrikanten. Sie führen sich auf wie Adelige auf der Jagd!" Daraufhin lehnte er sich behaglich zurück.

Er hatte eine Geschichte an Land gezogen, der auch Carla, auf eine Stuhllehne gestützt, gespannt lauschte. Sie versäumte vielleicht gerade den Gottesdienst. An Pietros Dialekt, der immer wieder Silben verschluckte, begannen sich seine Zuhörerinnen langsam zu gewöhnen. „Kapitalisten wie sie", setzte Pietro zufrieden fort, „verwüsten den letzten Flecken unberührter Natur. Ja, hier am Fluss gibt es noch Paradiese. Wir werden aber nicht zusehen, wie diese Herrschaften kommen, um sie aufzukaufen, um hier ihre Partyvillen zu bauen!"

Jetzt blickte er Sile an und vergewisserte sich, ob sie ihm überhaupt zuhörte. Amani erschien noch einmal und stellte ein Tablett mit Kaffeekanne, Tasse, Zucker, Brotscheiben, Butter und Käse vor Pietro hin. Dieser begann sich wie selbstverständlich daran zu bedienen. Kaffee schlürfend, erzählte er nun von seinem Erlebnis: „Ich verbringe also, wie schon oft, die Nacht auf dem Wasser. Dann, als der Morgen graut, hole ich mein Netz ein und liefere den Fang im Restaurant ab. Dort wird heute Fischsuppe gekocht. Doch auf dem Heimweg höre ich plötzlich Quietschen und lautes Geschrei! Krachen! Und dann einen Aufprall. Ich lenke mein Boot näher heran und sehe: ein Unfall! Und ich bin gerade rechtzeitig zur Stelle. Denn jetzt tauchen nacheinander die Köpfe bärtiger Männer aus dem Fluss auf, allesamt natürlich betrunken. Zwischen ihnen treibt das Heck eines offenen Sportwagens. Seine Spitze hat sich in den Schlamm gebohrt. Der Schlitten ist über die Böschung gestürzt und füllt sich nun glucksend mit Wasser."

Siles Gast verzehrte in großen Bissen ein belegtes Brot und sprach weiter: „Die Bande steigt prustend an Land. Ihr Anführer nennt sich Tommaso Retti, ein Schnauzbart, so Mitte dreißig. Der Kerl ist mir sofort unsympathisch. Ich gehe also auf ihn zu. Er mustert mich abschätzig. Du musst dir diesen feinen Herrn einmal vorstellen! Weiße Hosen, weiße Schuhe, weißer Hut, jetzt natürlich alles beschmutzt. Er steckt sich, gerade dem Schlamm entstiegen, eine Zigarre an. Natürlich ist sie verdorben und brennt nicht. Er wankt, spuckt aus und sucht seinen Gefährten auf alle Arten zu imponieren. Sie beginnen ein schallendes Gelächter. Tatsächlich ist keiner von ihnen verletzt. Ich frage mich, ob sie überhaupt an einer Rettung interessiert sind? Zwischendurch wird eine Flasche Schnaps herumgereicht. Sie haben sie aus dem gestrandeten Fahrzeug gefischt. Künstler!", schimpfte Pietro von Neuem. „Einer nach dem anderen torkelt ins hohe Gras. Sie feiern ihre weiche Landung. Denen ist alles egal. Sie kümmern sich um nichts. Und auf solche Leute stützt sich unsere Kultur!"

Jetzt machte Pietro wieder eine Pause, um sich Kaffee einzuschenken. Dann fuhr er fort: „Ich gehe also zu ihrem Fahrzeug und hebe es an der Karosserie etwas hoch, um nachzusehen, wie weit es sich in den Boden gebohrt hat. Mir ist sofort klar: Mein Onkel und ich können den Wagen ohne viel Aufwand herausziehen. Natürlich überlege ich, ob ich diese Touristen nicht besser ihrem Schicksal überlassen soll. Doch schließlich mache ich ihnen den Vorschlag: ‚300 Euro, und ich ziehe euren Schlitten an Land! Keine Polizei.' – ‚Wir werden gerettet!', johlen sie. ‚Basta', sagt der mit dem Schnauzbart, greift in die Tasche und holt die verlangten Geldscheine hervor, ja, er legt noch einen drauf. Das Geld habe ich natürlich sofort eingesteckt." Pietro klopfte sich zufrieden auf die Brust und prahlte: „In weniger als einer halben Stunde schafften wir es, die Karre mit einem Seil aus dem Schlamm und die Böschung hinaufzuziehen. Währenddessen streifen diese Touristen ihre nassen Klamotten ab. Nach und nach erscheinen jetzt unsere Nachbarn, um die noblen Herren in Unterhosen zu sehen. Da ich weiß, dass sie zahlen können, schicke ich sie hinüber zu unserem Haus. Meine Mutter quartiert die dreckverschmierten Kerle sogleich bei uns ein. Hier schlafen sie ihren Rausch aus. Den Schnauzbart hat sie dummerweise genau in mein Bett gelegt! Das heißt, er hat mich heute Nacht um den Schlaf gebracht." Der Erzähler griff sich mit schmerzverzerrter Miene an seinen Nacken.

Schließlich zog Pietro ein zerdrücktes Stück Papier hervor. Damit kehrte wieder das verwegene Lächeln in sein Gesicht zurück. „Das hier hat er liegen gelassen!", erklärte er und faltete das zerdrückte, mit fetten Lettern beschriebene Blatt auseinander.

Eine Zeitungsbeilage? Ein Flugzettel? „Der Leviathan", war als Überschrift zu lesen und an der Seite prangte eine seltsame Tuschezeichnung: Ein schwarzer Schnurrbart, der sich zum Drachen auswuchs.

Pietro drückte es Sile mit der Bemerkung in die Hand: „Vielleicht interessiert es dich ja!" Danach streifte er, die Wirkung seiner Geschichte auf die Zuhörer auskostend, die Brotkrümel von seinen Fingern, erhob sich und lud seine neue Freundin, wegen des Feiertags, wie er meinte, zu einer Bootstour ein. Diesmal flussaufwärts nach Quinto. Es sei eine Fahrt, die er schon einige Male mit deutschen Urlaubern unternommen habe. Sile erklärte jedoch, sie sei leider beschäftigt. Auch Carla wandte ein, eine solche Fahrt komme für Signorina Ciardi keinesfalls in Frage. So blieb Pietro nichts anderes übrig, als wieder zu gehen. Das Flugblatt war auf dem Kamin liegen geblieben.

## Übermenschen

Kurz nach Mittag stand Carla ein zweites Mal, totenbleich im Gesicht, das Telefon in der Hand, vor dem Arkadenhaus. Sie hatte schon von Weitem Siles Namen gerufen. „Ein Unfall!", stöhnte sie. „Signora Ciardi hat sich mit dem Auto überschlagen!" Als Sile es hörte, musste sie zuerst an die sonderbare Geschichte denken, die Pietro am Morgen erzählt hatte. Nur mit Mühe gelang es ihr, eine Verbindung zu ihrer Mutter herzustellen. Carlas Mund stammelte: „Emiliana Ciardi schwebt in Lebensgefahr!" Als sie plötzlich diesen Vornamen gebrauchte, erschrak Sile vollends. Carla klagte, man habe sie eben verständigt! Sie könne es ihrer Signorina nicht vorenthalten. Man wisse bisher nur, dass Signora Ciardi unbestimmten Grades verletzt sei! Sie liege im San Raffaele auf der Intensivstation. Besuche seien vorerst nicht möglich. „Gott steh ihr bei!", flehte

Carla, das Mobiltelefon zwischen ihren betenden Händen. Und nochmals: „Gott steh ihr bei!" Niemand könne sich diesen Unfall erklären, schluchzte die Gouvernante weiter. Sofern es überhaupt ein Unfall gewesen sei! In den regionalen Nachrichten werde bereits das Gerücht verbreitet, sie habe sich selbst das Leben nehmen wollen. Auch ein Attentat auf die bekannte Modeunternehmerin stehe im Raum. Die Polizei suche nach jeder Spur.

Wieder läutete Carlas Telefon. Es war Anna. Auch sie, Emilianas engste Vertraute, war verstört. „Wie konnte das nur passieren?", wiederholte sie immer wieder. Sie meinte, vor allem der Zeitpunkt sei ungewöhnlich gewesen. Sie und Emiliana hatten bereits gepackt, um an Ferragosto nach Kapstadt zu fliegen. Wie üblich, gab es in der Firma ein Abschiedsessen, man habe sich über die Mailänder Modewoche im September unterhalten. Mannequins hätten ein paar neue Ideen vorgeführt. Nichts Ungewöhnliches. Und mitten in der Präsentation sei Emiliana von ihrem Platz verschwunden. Sie habe in der ersten Reihe gesessen, um sie herum nur Freunde und enge Mitarbeiter, kaum Fotografen. Nicht einmal Presse sei zugelassen gewesen. Sie hätten, wie gewöhnlich, Sekt getrunken. Keiner habe in der Feierstimmung darauf geachtet, dass Emiliana sich an den Leuten vorbei gedrängt und die Partyhalle verlassen habe. Minuten später habe man sie dann gefunden, eingequetscht in ihrem Bugatti. Nicht einmal Anna hatte eine Erklärung dafür. Was hatte die Firmenchefin bewogen, plötzlich wegzulaufen und in ihren Wagen zu steigen? Wohin wollte sie fahren?

Jetzt bat Sile um das Telefon. „Hast du eine Vermutung?", fragte sie ins Mikrophon. Anna zögerte, gestand aber dann etwas heiser, dass Emiliana seit Jahren Stimmungsaufheller zu sich nahm, was in ihren Kreisen auch völlig normal sei. An diesem Nachmittag habe sie jedoch eine auffallend niedrige Dosis genommen, zu niedrig vielleicht, um den Stress abzufedern. Mehr fiel Anna dazu nicht ein. So wanderte das Telefon wieder zu Carla zurück. Die ganze Firmenleitung lag im Moment auf Annas Schultern.

Plötzlich wurde Sile schwarz vor den Augen. Sie machte ein paar Schritte nach hinten und ließ sich auf eine Gartenbank fallen. Ihr Herz pochte bis hinab in die Zehen. Sie hoffte nur, ihre Mutter werde diesen Unfall heil überstehen. „Emmi", dachte sie, „ich will sie jetzt Emmi nennen." Sie sah sie vor sich, ihr perfektes Äußeres. Die Verantwortung, die sie trug, die aufreibende Hektik im Betrieb. Das alles verlangte von ihr, sich in eine Art Übermenschen zu verwandeln. Und doch hatte sie sich vielleicht kurz vor dem Urlaub von diesen Zwängen befreien wollen? Seltsam, wie wenig sie ihre Mutter doch kannte. Oder steckte etwas von Luigis Melancholie in ihr, dass sie die von Anna genannten Substanzen brauchte? Gerade Emmi, die nie eine Schwäche zeigte?

Sile erinnerte sich an einen Nachmittag, als sie zusammen mit Anna auf der Terrasse in diesen Modemagazinen geblättert hatten. Anna hatte einen Rotstift in der Hand gehabt und neben das eine oder andere Modell ein Ausrufezeichen gesetzt. Ein Schaudern hatte Sile damals erfasst. Immer wenn sie diese Magazine zu sehen bekam, wenn Carla sie nicht sofort wieder an ihren Platz zurücklegte, erschrak sie, als blickte sie in neuzeitliche Folterkammern oder Gefängniszellen. Was geschah, hatte sie sich oft schon gefragt, eine Schicht tiefer mit der Seele eines Menschen, der diesem Modebetrieb ausgesetzt war? War es überhaupt möglich, dass jemand, der dieses unwürdige Schauspiel mitmachen musste, innerlich nicht zu Schaden kam? Wie weit hatte Emmi sich dem allen bereits unterworfen? Wollte sie an diesem Abend einfach ein Stück weit sie selbst sein?

Immer noch stand Carla da, blass im Gesicht, das Telefon am Ohr. Sile nickte ihr nur wortlos zu und zog sich mit gesenktem Kopf ins Haus zurück. Sie suchte diesen Stapel Journale in Emmis Büro, in denen es meist auch einige Seiten mit ihrem eigenen Label gab. Es kostete sie Überwindung, sie anzufassen.

„Colletione Emiliana" hieß eine persönliche Marke ihrer Mutter, und das bedeutete: Puppen, die ihre spitzen Schultern reckten, halbierte, zerstückelte Wesen, Schatten am Rand der Verzweiflung, hager, ausgezehrt, wütend, wirr, mit verdrehten, gesenkten Blicken, als stolzierten sie über Trümmer und niedergebrannte Städte. Und ihre Kleidung glich heruntergerissenen Spinnennetzen. Annas rote Ausrufezeichen züngelten an den zerschlissenen Silhouetten empor, als drohten sie ihnen den Feuertod an. Im Hintergrund Rauch. „Die Erde brennt!", tönte es in Siles Kopf. Es war eine durch und durch befremdliche Welt bloßer Oberflächen, Masken und Retuschen. Und alles das war bestimmt von einem abwertenden Blick auf alles Menschliche, auf Frauen ebenso wie Männer oder Personen ohne erkennbares Geschlecht. Dieser Blick war es, den Sile im Innersten nicht ertrug.

Wie oft hatte Emiliana den einfachen Kleidungsstil ihrer Tochtermit dem Satz kommentiert: „Rétour à la nature! Rousseau ist nicht mehr im Trend!" Auch Bemerkungen wie: „Natur ist nichts als der Sumpf, in dem Paradiesvögel brüten, ehe sie sich in die Lüfte erheben!", war sie inzwischen gewohnt. Dabei entzog sich Sile ganz bewusst dem Gezerre des alles beherrschenden Marktes! Es waren leinene Schutzschilde, die sie am Leib trug und die Carla an langen Abenden für sie nähte. Nur einmal hatte Emiliana verzweifelt gerufen: „Das alles mache ich nur für dich!" Sie meinte damals den täglichen Druck, eine große Summe an Geld zu verdienen. Ja, ein wenig fühlte Sile sich mitschuldig am Unglück ihrer Mutter. Das Argument, Emmi hätte es längst nicht mehr nötig gehabt so viel zu arbeiten, sie hätte die Firma übergeben oder verkaufen können, galt plötzlich nicht mehr. Ihre Tochter machte sich Vorwürfe, immer noch von den Einkünften dieses Unternehmens abhängig zu sein, auch wenn das Vermögen der Familie vor allem der Malerei ihrer Vorfahren zu verdanken war.

Doch nun zählte das alles nicht, denn das Leben ihrer Mutter war in Gefahr! In Angst und Schuldgefühlen setzte sich Sile ans

Klavier. Sie berührte nur sanft die Tasten. Es brauchte für sie keinen Ton, schon gar nicht Akkorde. Ihre Finger strichen kurze Sequenzen, die wieder abbrachen. Es war ein holpriges, zerrissenes Spiel, das niemandem zu gefallen suchte.

Carla sah kurz zu ihr herein, sie hatte von Anna Aufträge erhalten, musste im Büro nach alten medizinischen Befunden suchen, die Klinik verlangte danach. Auch erwartete sie einen wichtigen Anruf der Polizei. Sile wusste nicht, wie lange sie so dagesessen hatte, als Carla mit der erlösenden Nachricht wiederkam: „Signora Emiliana ist über den Berg! Sie ist eben zu Bewusstsein gekommen!" Und etwas später meldete Carla, sie könnten sie bald, ja, vielleicht schon morgen, für eine Stunde in der Mailänder Klinik besuchen. Auf diese erlösende Nachricht hin eilte sie wieder fort.

# Jagdtrophäen

》 Plötzlich räusperte sich jemand in Siles Nähe und schnarrte: „Zu Ferragosto macht man Besuche!" Die Tür des Salons stand offen und, ihr Gesicht gegen die Helligkeit gerichtet, sah sie Pietro dort stehen. Irgendetwas hatte sich an ihm verändert. Er hielt seinen Kopf aufrecht, schien einen Kamm durchs Haar gezogen zu haben und trug Feiertagskleider, dazu geschlossene Schuhe, die er bedeutungsvoll neben sich auf den Boden stellte. Mit seinem Erscheinen verscheuchte er in diesem Moment die grauen Gespenster, die sich zuletzt um Sile aufgetürmt hatten. Er sah sich etwas gelangweilt um und stammelte, ohne ihr sein Gesicht zuzuwenden: „Meine Eltern wollen dich kennenlernen!"

„Warum?", stieß Sile unwillkürlich hervor und schloss langsam den Deckel des Klaviers. Ein Brummen. Er wisse nicht warum, sie seien eben altmodisch! Dabei glättete er seine Hosenbeine mit den beiden Handflächen und setzte sich erst einmal auf die Couch. Offenbar strengte ihn der Feiertagsauftritt an, denn er bettete seinen Kopf erschöpft nach hinten in die weiche Lehne. Eine kurze Weile, und sein Atem verlangsamte sich und die Augenlieder fielen ihm zu. In Sile keimte die Hoffnung, er sei vielleicht eingeschlafen. Am liebsten wäre es ihr, er würde den Nachmittag verschlafen und diese Einladung vergessen. Er war zurückgekehrt, obwohl sie ihn erst am Vormittag höflich verabschiedet hatten. Zweifellos war er nicht durch das Gartentor, sondern wieder von der Flussseite aus gekommen. Er musste auch die Wachen ausgetrickst haben. Sile wusste nicht, wie sie sich ihm gegenüber verhalten sollte. Auf keinen Fall würde sie ihn begleiten.

Sie erhob sich also und schlich möglichst geräuschlos über die Teppiche Richtung Flur. In der Küche hoffte sie auf Amani zu treffen, die ihr zumindest körperlich beistehen konnte. Als sie gerade die Vitrinen erreichte, hörte sie aus Pietros Richtung ein Räuspern. Sie blickte sich um und sah, dass er sich gerade wieder erhob. Er kam auf sie zu. Ihre Flucht hatte direkt vor Luigis Jagdszenen geendet. Hinter Glas, direkt vor ihren Augen, gewahrte sie erlegte Wildtiere, die von einem Mann in dunkelgrünen Kniehosen, wahrscheinlich Luigi selbst, mit sonderbarer Genugtuung am Geweih, an den Ohren oder den Flügeln gehalten wurden. An dieser Vitrine, die dem Heldenmut ihres Ururgroßvaters gewidmet war, ging Sile an anderen Tagen vorüber.

Luigi Ciardi, geboren 1875, hatte damals den Eintritt Italiens in den Ersten Weltkrieg herbeigesehnt. Vierzigjährig, von seiner Ehefrau Elsa Garzoni verlassen, war Emmas Vater freiwillig mit den Alpini gezogen und hatte seither nichts als Jagdszenen und Schlachten gemalt. Der Wechsel zum Futurismus wollte ihm nicht gelingen. Er hatte Marinetti verehrt, ebenso Mussolini, und dennoch hatten sie und der Kunstbetrieb des Fascismo ihn als „Impressionisten" beschimpft. Und seine Bilder trotziger Männlichkeit hingen noch immer wie Spinngewebe vor den Umwälzungen jener Zeit.

Plötzlich trat Pietro näher und nannte sie schnurrend beim Namen. Sie erschrak, als sei sie in eine Falle getappt! Er blickte ihr über die Schulter, indem er sein Kinn auf ihr Schlüsselbein presste. Sie wies ihn ärgerlich ab. „Fein hast du's hier", meinte er nur und grinste. Die gediegene Einrichtung, die Wertgegenstände und Teppiche, das alles gefiel ihm. „Nicht schlecht!", zischte er durch die Zähne. Dann tippte er mit dem Finger ans Vitrinenglas und erklärte: „So etwas würde auch ich mir zuhause aufstellen! Ist das Luigi Ciardi?" Vor allem die verschiedenen Tiere interessierten ihn: Hasen, Fasane, ein Hirsch, durchwegs leblose Körper. Auf einer der Fotografien stand Luigi in Stiefeln da, das Gewehr geschultert, ihm zu Füßen sein Jagdhund. Ja, nickte Pietro, er habe gehört, dass Luigi ein leidenschaftlicher Jäger gewesen sei. Daher habe er sich auch selbst diese Kugel in den Kopf gejagt. So etwas komme in den besten Familien vor! Sein eigener Witz brachte Pietro zum Lachen. Doch ihm würde das niemals passieren, vorher erschieße er alle anderen hier im Dorf.

Sile überhörte diesen letzten Satz irgendwie. Ihm schien jeder Bezug zu fehlen. Doch mit ihm hatte ihr neuer Bekannter all seine Scheu verloren. Nichts in diesem Landhaus, und auch nicht sie selbst, flößte ihm jetzt noch Respekt ein. Er schimpfte nicht mehr über den Luxus, in dem Sile lebte. Mit einer neu erlangten Selbstverständlichkeit legte er nun auch seine Hände auf ihre Schultern. „Das möchte ich nicht!", sagte sie laut und deutlich und befreite sich ärgerlich wieder davon. „Ach, ach", meinte er nur und begann damit, die Beschriftungen in den Vitrinen vorzulesen, eine nach der anderen. Er behandelte das alles wie amüsanten Kram.

„Ah! Das Bild kenne ich!", rief er jetzt und ging hinüber zu einem Aquarell, das Luigi als Frontmaler in Südtirol angefertigt hatte. „Was ist so ein Bild wert? Ich meine, wenn man es verkauft?" Sile wusste es nicht. Und plötzlich hatte sie das Bedürfnis, ihn hinauszuwerfen. Er hielt in seinem Besichtigungsrundgang inne und meinte: „Weißt du, ich komme immer mehr zu dem Schluss, dass unsere Familien gar nicht so verschieden voneinander sind." Darauf nahm er, angestrengt durch das Vitrinenglas spähend, einen Zeitungsartikel über Luigi in Augenschein und las laut vor: „Hohe, massive, quadratische Schultern, langsamer, bedächtiger Gang, ruhiges Sprechen, aufgeweicht durch ein feines Lächeln, das Gesicht scharf geschnitten, doch gemildert durch den charakteristischen Bart, leuchtend blaue Augen, die tiefe Stirn gefurcht von markanten, willensstarken Linien ..."

Pietro räusperte sich, verzog seine Miene und kommentierte: „Hört, hört! Etwas dick aufgetragen, findest du nicht?" Als er sich Siles Aufmerksamkeit sicher war, las er weiter: „Luigi Ciardi steht für überlegene Kultur, profundes Wissen, Feingefühl und grenzenlose Güte. Gemessen im Wort, ruhig im Urteil, einfach in der Art, bescheiden und zuverlässig, liebt er es, sich mit jedem zu unterhalten und ein einfaches, bescheidenes Leben zu führen ..." Wieder meinte Pietro sarkastisch: „Oh! Luigi, der Gefühlvolle, der Sanfte, der Bescheidene. Er sprach auch mit einfachen Fischern. Ja, das gefällt dir, wenn dein Ururgroßvater auf diese Weise gelobt wird. Meiner wurde damals leider auf einem dieser Dolomitenpässe erschossen. Künstler waren vom Kriegsdienst ja ausgenommen, zumindest Künstler von Luigis Format!"

„Leider muss ich dich bitten, zu gehen!", formulierte Sile bereits im Kopf. Andererseits fand sie, er habe mit seiner Kritik nicht ganz Unrecht. Doch auch wenn dieser Zeitungsartikel nur aus Schmeicheleien bestand, störte sie doch Pietros Spott. Das Unverschämte, Untergriffige in seiner Stimme und in seinem ganzen Gehabe! Sie wollte sich mit ihm weder über Luigi unterhalten noch über irgendein anderes Thema, ja, und auch nicht mit ihm zusammen in diesem Raum sein. Wie war es so weit gekommen, dass er plötzlich hier stand und ihre Familie lächerlich machte? Tat er es aus dem fragwürdigen Recht heraus, dass Sile nur eine Frau war?

So forderte sie ihn jetzt auf, er möge auf der Stelle gehen! Pietro erwiderte: „Ja, wenn du mitkommst?" Und er wiederholte, seine Eltern wollten sie kennenlernen. „Danke für die Einladung", sagte sie wieder, „ich möchte nicht." Natürlich glaubte Pietro, sie meine es nicht so, Mädchen zierten sich eben. „Verstehe!", raunte er nur und hob bereits seine Hände, um Sile ein weiteres Mal anzufassen. Sie wich nach hinten aus und erklärte, er möge diesen Raum verlassen und auch das Haus!

Als er sie noch immer nicht ernst nahm und sich stattdessen breitbeinig und mit verschränkten Armen vor Guglielmos Selbstporträt aufbaute, um weitere Kommentare abzugeben, wandte sie sich kurzerhand selbst der Terrassentür zu. Sie stieg, barfuß und eiliger als sonst, die Außenstiege hinunter, packte nichts ein, blickte sich auch nicht nach ihm um, sondern wollte ihn geradewegs zu seinem Loch im Zaun geleiten, durch das er vermutlich gekommen war. Er aber holte sie nach wenigen Schritten ein.

Direkt an der Uferstelle wartete heute ein Motorboot. Pietro schob das Schilf zur Seite und streckte ihr seine Hand entgegen. Es kam Sile nicht in den Sinn, einzusteigen und mitzufahren. Er aber ergriff ihren Unterarm und zog sie, wenngleich sie sich am Schilf festzuhalten versuchte, an Deck. Ein Griff am Startseil, eine Drehung des Schlüssels, und der Motor sprang an. Der Ruck des losfahrenden Gefährtes und die Klammer seiner kräftigen Fischerhand erzeugten einen Schmerz, der Sile erschrocken nachgeben ließ. Ihr Körper landete in einer dreieckigen Schale vor ihm am Bug, während Pietro auf dem schwarz gepolsterten Stuhl des Fahrers Platz nahm. Ihr Schrei hallte über das Wasser. Zwei andere Boote fuhren an ihnen vorbei, Motorgeräusche fauchten gegeneinander und überschlugen sich.

Das grün-weiß-rote Fähnchen flatterte über ihnen im Wind. Pietro hatte sein Ziel erreicht und einen menschlichen Fisch gefangen. Er tat, als sei es das Natürlichste von der Welt, auf diese Weise mit Frauen umzugehen. Dass Sile vor Furcht zitterte, schien ihn dabei nicht zu stören. Stattdessen prahlte er: „Das

Boot gehört meinem Onkel, Marke Herzanker. Ein fabelhaftes Gefährt! Ist zwar aus Kunststoff, also nicht der feine Geschmack, den du gewöhnt bist, aber wir sind damit hundertmal schneller als mit der Ökogondel."

Er steuerte stromaufwärts und hob seinen Blick über Sile hinweg auf das Wasser, schimpfte wieder über Villenbesitzer, die sich zwar den Anschein respektabler Menschen gaben, weil sie biologische Lebensmittel kauften, denen aber in Wahrheit alles um sie herum zu minder sei. „Gib zu, ihr wollt mit uns einfachen Leuten nichts zu tun haben!", spottete er. „Ekelt es dich vor meinen groben Händen? Sag! Wir schwitzen und riechen nach Fisch, trinken Wasser aus Plastikflaschen, tragen billige Shirts und können es uns nicht leisten, länger als nötig zur Schule zu gehen." Jetzt schaltete er den Motor auf eine höhere Stufe und auch seine Stimme nahm noch einmal an Lautstärke zu: „Vielleicht kannst du ja nichts dafür. Also sei's drum."

Sile suchte wie betäubt nach der Armlehne, um sich festzuhalten und nicht bei jeder Kurve hin und her geworfen zu werden. „Die Menschen sind schlecht", murmelte Pietro grimmig. „Ich muss es dir sagen, weil du das noch nicht weißt. Aber ich weiß es. Die Welt ist voll übler Kerle, Ausbeutern, Halunken, korrupten Leuten. Wenn du nicht ebenso bist wie sie und dich nicht gegen sie wehrst, hast du verloren. Und wenn du verlierst, hilft dir niemand. Niemand!", wiederholte er noch eine Spur lauter, um mit Sicherheit den Lärm des Motors zu übertönen.

Siles Körper stellte sich tot. Sie fühlte nichts, auch nicht sich selbst, und konnte noch immer nicht glauben, was mit ihr gerade geschah. Sie hatte körperliche Gewalt niemals zuvor erlebt. Ihr Arm war gerötet. Doch es gab in diesem Moment kein Entfliehen. Wenig später erreichten sie den Anlegeplatz des Nachbardorfes.

# Die Frau des Fischers

>> Es war eine ehemalige Kiesgrube, eine Bucht, wo über Zäunen Fischernetze zum Trocknen aushingen. Ein Trampelpfad führte die Böschung hinauf und verschwand am Horizont. Von oben kommend, trottete jemand, nur mit Badehose bekleidet, dem Ufer zu. Er stieß einen grellen Pfiff aus und rief Pietro beim Namen. Sile wachte aus ihrer Betäubung auf, vermochte aber noch immer keinen klaren Gedanken zu fassen. Da sie nicht im Boot bleiben wollte, ließ sie sich von Pietro aus der schwankenden Bugschüssel helfen. Sie ging ein paar Schritte und blickte nach oben, wo einzelne Dächer aus dem Gebüsch hervorragten. Es gab nur diesen einen staubigen Weg.

Aus den Häusern roch es nach den Resten des Feiertagsessens. Niemand zeigte sich auf der Straße. Es war die Zeit des Nachmittagsschlafs, Jalousien waren heruntergelassen. Pietro nahm Sile, wie schon zuvor, am Handgelenk und zog sie hinter sich her. Ohne dass sich ein Gartentor oder eine Haustür geöffnet hätte, fand sie sich plötzlich in einem engen Flur wieder. Sie sah nur diese abgearbeitete Frau, den gebrochenen Blick, stumm, wie nach einem Streit oder einer Zurechtweisung. Der Mann stand vor dem Küchenradio, Sile erinnerte sich später an kein Gesicht. Vom Regal herab hing ein blauweißer Wimpel der Lega Nord.

Dem Gast wurde am Tisch ein Platz angeboten, nein, man drängte Sile dorthin, jede Bewegung im niedrigen Raum erzeugte Enge. Während sich die beiden Männer auffällige Blicke zuwarfen, schnürte es ihr die Brust zu. Jeder Stuhl in diesem Raum war eine Demütigung. Hier wohnten Armut und Mangel, doch gleichzeitig hatte man sich wie mit Zement in einer selbstgewählten Erstarrung eingerichtet, die eine seltsame Arroganz mit sich gebracht hatte. Der Tisch, von einer ebenso knappen Bank umgeben, war eine Feier des hart gewordenen Brotes. Das Ganze: das Bild einer Hässlichkeit, eines Elends, das außer der Besucherin offenbar niemandem auffiel. Am Fenster, mit einer Zierdecke unterlegt, vergilbte ein Strauß bunter Plastikblumen.

Die Frau des Hauses verharrte noch immer in diesem namenlosen Winkel der Stube wie ein Schatten, ein Schatten des Mannes. Sie trat nicht hervor, auch nicht, als sie dem Gast stumm etwas hinschob und gleich wieder zurückwich. An ihrem Kopf verkümmerte das Haar. Nur Pietros Vater richtete sich auf, als wollte er etwas sagen. Es folgte jedoch kein Wort, nur ein zahnloses Drohen, an das dieser Raum längst gewöhnt war.

Vor Sile stand ein Korb mit zerrissenen Netzen, einige Fäden quollen über den Rand. An einem der Henkel haftete eine Schlammspur, als wäre der Korb eben hierhergestellt worden und die Flickarbeit dulde keinerlei Aufschub. Der Rest der Stube war ängstlich aufgeräumt. Sile versuchte dem Korb auszuweichen, verhedderte sich jedoch mit dem Fuß in den überhängenden Fäden. Als sie das Garn abzustreifen versuchte, schwankte der Korb mit seinem wirren Inhalt und drohte zu kippen. Sile stemmte sich vorsichtig dagegen, konnte jedoch nicht verhindern, dass Teile daraus auf den Boden glitten. Sie zog sie als Fessel mit in die Ecke, ohne sich daraus befreien zu können. Trotzdem rückte sie nochmals ein Stück weiter, um in den Schlurf zwischen Tisch und Bank zu gelangen und Platz für die Hausfrau zu machen, die sich ohnehin nicht zu setzen wagte. Schließlich beugte sie ihren Kopf nach unten, um sich loszubinden. Ein Geruch nach alten Putztüchern stieg vom abgeschabten Boden herauf.

Plötzlich hörte man vorn auf der Straße Bremsgeräusche. Die Tür wurde aufgestoßen und ein breitschultriger Mann zwängte sich unter dem Türbalken hindurch. Er pflanzte sich in der Stube auf: weißer Hut, weiße Hose, schwarzes Hemd, roter Schlips, breiter, hochgezogener Schnurrbart. Sile schielte über die Tischkante, zog ihren Kopf jedoch erschrocken wieder zurück. Der Herr in der Tür sah Pietros Eltern durchdringend an und verlangte seine „Papiere"! Die beiden wichen zurück und Pietro antwortete für sie: „Die Mutter hat alles abgesucht. Es ist nichts da!" Der Fremde trat wieder einen Schritt auf ihn zu. Doch Pietro keifte: „Wir wissen nicht, was Sie wollen, Signor Retti! Ein lächerliches Stück Zeitungspapier! Wir verwenden so etwas, um Köder einzuwickeln. Keinen von uns interessiert das! Niemand in diesem Dorf hat Zeit es zu lesen!"

Retti, der die Nacht in diesen niedrigen Räumen verbracht hatte, reckte seinen Kopf und drohte abwechselnd Pietro und dem in die Ecke gedrängten Paar: „Ich traue euch nicht! Verlogenes Pack!" Er trat mit der Schuhspitze gegen den Küchentisch. Und als die Kehle der Fischersfrau einen Angstschrei ausstieß, entdeckte er Sile, die sich, wie er meinte, dahinter verbarg. Er tat neugierig einen Schritt zur Seite, rüttelte am Korb mit den kaputten Netzen und warf achtlos eines davon in die Luft. „Pack!", ätzte er. Die Mutter begann erneut, die Ecke abzusuchen, in der sie gerade stand, hob ein Paar Hausschuhe auf und ließ sie wieder sinken. Als Sile ihren gequälten Bewegungen folgte, die sich schon wieder im Ungewissen verloren, erwachte sie wie aus einer Ohnmacht! Sie fühlte mit ihr, einen langgezogenen grauen Schmerz! Wie war es so weit gekommen? Was hatte diese Person so sehr erniedrigt, dass sie völlig ihre Würde verloren hatte?

Mit dieser Frage richtete sich Siles Kopf empört in die Höhe. Sie wusste später nicht, wie sie aus ihrem Schlurf wieder hervorgekommen war, doch ihre Füße stiegen über alle Fesseln hinweg und strebten der Tür zu. Dort stellte sich ihr dieser Mann in den Weg und seine Augäpfel stierten auf sie herab. Sie sah Schweißperlen an seiner Stirn. Der hochgedrehte Schnurrbart haftete an seiner gelblichen Haut. Sie wich seinem Atem aus. Und auf einmal kam ihr diese Comicfigur eines Mannes bekannt vor. Sie hatte den Sonderling irgendwann auf einem Foto gesehen. Vielleicht war es an Emilianas Geburtstag gewesen. Gehörte er zu ihren Bekannten oder gar Freunden? Sile war sich nicht sicher. Doch da bemerkte sie auch die Tasche, die er quer über der Brust trug.

Eine Damenhandtasche mit den Initialen „EC". Emiliana war eine der wenigen Frauen, die das „DG" für „Dolce&Gabbana" durch ihr eigenes Monogramm ersetzen ließ.

Während Sile erschrocken zu ihm aufsah, begann Retti schallend zu lachen. Vielleicht weil er meinte, das ängstlich wirkende Ding sei nicht ganz richtig im Kopf. Es ließ ihn für einen Moment lang den Grund seines Kommens vergessen. Das machte nun auch Pietro Mut und er begann, Retti zu duzen: „Du! Was glaubst du, wer du bist! Nur weil du Geld hast, eh! Sollen wir vor dir kriechen?" Der Vater krächzte: „Entschuldigen Sie, Signor, mein Sohn meint es nicht so!" Die Mutter drückte ihren Leib an den fahlen Küchenblock und bedeckte ihr Gesicht mit den Händen. „Klar meine ich es so!", ätzte jetzt Pietro. „Wir haben dich aus dem Dreck geholt, und das ist der Dank dafür! Feine Leute, seid ihr!", fauchte er, eine Grimasse schneidend.

Retti ballte seine Rechte zur Faust und drückte sie gegen Pietros Brust. Plötzlich verdrehte er lauschend seinen Kopf. Von draußen waren Stimmen zu hören. Da ließe er hastig vom Jüngeren ab. Am Ende spuckte er nur verächtlich auf den Boden und machte kehrt. Die Tür blieb offen und von der Straße hörte man, wie er aufs Gaspedal trat und den Motor seines Wagens aufschreien ließ.

In der Stube war es still geworden. Nur ein hilfloses Zucken der Frau echote dem Geschehen nach. Der Mann stieß sie an und sie erstarrte wie zuvor. Sile verabschiedete sich. Pietro wollte sie am Weggehen hindern und rief: „Der kommt nicht wieder!" Doch Sile wartete, bis er zur Seite getreten war, und machte sich zu Fuß auf den Heimweg. „Ich bring dich nach Hause!", rief Pietro ihr verwirrt hinterher. Doch sie, immer noch barfuß, beschleunigte ihren Schritt und war bereits bis ans Ende der Siedlung gelangt, als er sie mit einem Motorrad einholte. „Komm doch, setz dich hinter mich auf den Sattel!", verlangte er. Sein Gefährt brüllte. „Die Maschine gehört meinem Vater!", rief er in den Lärm hinein. Sile schüttelte nur den Kopf und sagte: „Ich möchte dich nie wieder sehen!"

Darauf stellte er den Motor ab und brummte, er verstehe nicht, dass sie aus einer kleinen Streitigkeit gleich eine Tragödie mache. Ihm bereiteten solche Auftritte Spaß, es seien willkommene Gelegenheiten, es diesen Komikern heimzuzahlen. Sile richtete ihre Augen auf einen Baumwipfel am Ende der Straße, dem sie entgegenstrebte. Wieder folgte ihr Pietro, und schließlich schien ihm das Zufußgehen und Schieben seines Motorrads zu gefallen. Er erklärte beiläufig: „Dieser Retti ist ein komischer Kerl, aber offenbar hat er studiert. Ich habe mir seine politischen Ideen angesehen. Gar nicht so dumm, was er da geschrieben hat. Dir wird das nicht gefallen und schon gar nicht deiner Mutter, der Emanze, aber ich persönlich stimme ihm zu, dass Frauen hinter den Herd gehören. Und was die Zukunft betrifft, wird es wohl so kommen, wie er es vorhersagt." Dabei griff er unter sein Hemd und holte wieder eines der gesuchten Flugblätter hervor. Er schwenkte es wie ein Banner in der Luft: „Ich habe noch mehr davon!", triumphierte er. Als Sile einfach weiterging, steckte er das Papier wieder ein und begann die neue Hymne der Lega zu pfeifen, bis er zu einer Stelle kam, an der er den Text gut hörbar rezitierte: „Warum hängst du so stumm i-in den Wei-i-i-den?"

Nun hielt Sile an und blickte in dieses Gesicht mit der spiegelnden Sonnenbrille und dem schütteren Oberlippenbart. Zum ersten Mal bemerkte sie auch den stramm trainierten Oberkörper und die sehnigen Finger, die sich um die Griffe des Motorrads legten. Pietro stellte das Fahrzeug ab und grinste erwartungsvoll. Sie aber verschränkte jetzt ihre Arme und fragte: „Hast du schon einmal über dich selbst nachgedacht?" Er sah sie verdutzt an. Sie fuhr fort: „Und hast du darüber nachgedacht, wie respektlos du dich Frauen gegenüber verhältst? Wie du über sie sprichst? Zum Beispiel über meine Mutter?" Er war diese Art von Unterhaltung nicht gewohnt und blickte verlegen zu Boden. „Weißt du, dass du mich heute mit Gewalt gezwungen hast, in dein Boot zu steigen?"

Sie zeigte ihm ihr Handgelenk, das noch immer gerötet war. Er verteidigte sich erschrocken: „Aber ich wollte dich doch nur meinen Eltern vorstellen. Du gefällst mir eben. Ich mag die geschminkten Gören nicht …"

„Ich habe ganz klar nein gesagt!", rief sie. „Aber du glaubst wohl, du brauchst einer Frau nicht zuzuhören. Versuch es einmal! Beginn damit bei deiner eigenen Mutter!" Aber Sile war schon am Gartentor angelangt und gab den Code ein, um es zu öffnen. Und als sie ihm Lebewohl sagte, grinste Pietro noch einmal breit und erklärte: „Merk dir! Ich bin der einzige hier in der Gegend, der dich im Notfall beschützen kann." Er sah ihr nach, wie sie zwischen den Bäumen verschwand. Danach bestieg er das Motorrad und rauschte davon.

## Rete*verde

Der unfreiwillige Besuch im Dorf hatte nicht länger als eineinhalb Stunden gedauert. Als Sile das Haus betrat, beschäftigte sich Carla noch immer mit Emilianas Unfall. Sie strahlte, sie habe mit der Signora bereits am Telefon gesprochen. „Eigentlich hat sie nur nach ihrer Handtasche gesucht!", fasste Carla den rätselhaften Hergang des Unglücks zusammen. „Sie wollte nachschauen, ob sie im Auto liegengeblieben war. Und als sie sie dort nicht fand, wollte sie in ihre Wohnung fahren, um danach zu sehen." Mehr gebe es dazu nicht zu sagen. „Wir können die Signora schon morgen in Mailand besuchen!", schlug Carla mit strahlenden Augen vor. Auch Sile musste lächeln. „Schon morgen?" – „Ja! Mit dem Bus nach Mestre? Oder ausnahmsweise mit einem Taxi?", überlegte Carla schmunzelnd. Auch der Commissario habe darum gebeten, Signorina Ciardi persönlich zu sprechen.

Sile erzählte ihr nichts von ihrem Abenteuer, obwohl sie es noch deutlich in ihren Gliedern spürte. Und als sie nochmals an Rettis Auftritt zurückdachte, kam ihr der Gedanke, dass er etwas mit dem Unfall ihrer Mutter zu tun haben könnte. War es Emilianas Handtasche, die er bei sich getragen hatte? Ein vermögender Mann wie er hätte einen Diebstahl im Grunde nicht nötig gehabt. Doch vielleicht tat er so etwas aus purem Spaß? Oder er hatte am Abschiedsessen der Firma teilgenommen und die Tasche durch Zufall gefunden? Da erinnerte sich Sile auch an das von Pietro zurückgelassene Flugblatt. Es würde ihr vielleicht etwas über Rettis Absichten verraten. Sie fand es auf dem Kamin, glättete das Papier mit den Händen und überflog das Geschriebene. Es ging darin klar um rechtspopulistische Propaganda.

Ein Schriftstück dieser Art hatte sie noch nie in ihren Händen gehabt. Gab es tatsächlich Menschen, die sich von solchen Parolen beeinflussen ließen? „Weckruf!", lautete die tiefschwarze Überschrift, „An alle freidenkenden Menschen im Land! Es geht um Italiens Zukunft." Es folgten Behauptungen und Forderungen, untereinandergeschrieben: Der Klimawandel sei eine Erfindung linker Intellektueller, die im Grunde die Weltherrschaft an sich reißen wollten. Die einfache Bevölkerung laufe Gefahr, von den grünen Eliten ausgerottet zu werden. Die Reichen dieser Welt seien längst damit beschäftigt, sich auf den dritten Weltkrieg vorzubereiten. Sie besäßen hochentwickelte Waffen, errichteten Bunker und horteten Nahrungsmittel für die nächsten fünfzig Jahre! Ein Bürgerkrieg Reich gegen Arm stehe bevor, die kleinen Leute müssten aufstehen und sich zur Wehr setzen! Rettis Antwort darauf lautete: „Bewaffnet euch! Schützt euch und eure Familien!"

Auf der Rückseite beschrieb er ein menschenleeres Europa, in dem jeder, der es sich leisten konnte, seinen Wohnsitz mit hohen Mauern oder Elektrozäunen umgab, beschützt von Robotern, Wachhunden und privaten Milizen. Im Rettis Land der Zukunft regierte das Recht des Stärkeren. Zum Trost versprach der

Schreiber des Blattes, das Recht der „einfachen Leute" zu schützen, nämlich das Recht, sich selbst zu verteidigen. Er kündigte an, eine Welt zu retten, in der bewaffnete Horden ums Überleben kämpften. Unterschrieben: „Dottore Marinetti". „Was", dachte Sile, „wenn dieses Flugblatt in die Hände von Menschen gerät, die noch an das Gedruckte glauben?" Sie beschloss, es mit nach Mailand zu nehmen und dem Commissario zu übergeben.

Am Morgen wirkten Carlas Augen geschwollen. Sie tappte etwas unsicher durchs Haus. Vor Aufregung, gestand sie, habe sie kaum geschlafen. Sile hatte für Emilianas Kunstzeitschriften vergeblich einen Platz in ihrem Zimmer gesucht. Es gab diesen Platz einfach nicht, auch nicht in die Bibliothek. So nahm sie sie jetzt und packte sie kurzerhand in eine von Carlas selbstgenähte Tragetaschen, um sie in Mailand in einem Tauschladen abzugeben. Dafür hoffte sie, etwas nach ihrem Geschmack zu finden.

Denn in Guglielmos Bibliothek stand die Geschichte der Malerei und des Denkens still. Die letzte Welterklärung, die ihre Vorfahren hier hinterlassen hatten, war Marinettis Manifest des Futurismus. Gugliel-mo hatte es in seinem Umschlag belassen und zur Seite gestellt wie etwas Verbotenes, wie Gift, von dem er nicht wusste, ob er es rasch entsorgen oder zur Warnung für seine Nachfahren ausstellen sollte. Luigi hatte es mit Sicherheit aufmerksam durchstudiert. Sile hatte ihre Schutzmauer aus antiken, in Leder gebundenen Abhandlungen zurück in die Regale gestellt und mit ihnen auch die alten Märchenbücher. Ihr bevorzugter Leseplatz am Fenster war damit frei für neue Lektüren.

Auf Siles ausdrücklichen Wunsch frühstückten sie und Carla heute gemeinsam. Und während des Essens bat sie ihre Gouvernante, ihr, wie schon einige Male zuvor, von der einzigen Liebe ihres Lebens zu erzählen, Anzio, einem Fußballspieler. „Das ist nun aber lange her", begann Carla. „War es schön?", fragte Sile. Carla nickte. „Wie hat er ausgesehen?" Ihre Gouvernante meinte, sie würde ihn heute nicht mehr erkennen, vielleicht seine Haltung, seinen Gang. Es sei seltsam, dass einem von manchen Menschen nur mehr die Haarfarbe und die Art, sich zu bewegen, in Erinnerung bleibe. Alles andere verblasse mit den Jahren. Ja, sagte sie, sie liebe ihn noch immer. „Warum?", fragte ihre Zuhörerin. Carla wusste es nicht. Vielleicht habe sie es einfach so gewollt, ja, sie hatte sich damals gewünscht, sich zu verlieben, und dann sei es geschehen. Und ein wenig habe Anzio sie auch an ihren Vater erinnert. Ihre Eltern führten ja eine so schöne Ehe, mehr als fünfzig Jahre seien sie nun schon zusammen. Von einer solchen Beziehung habe sie damals geträumt. Doch als es mit ihr und Anzio zu Ende gewesen sei, habe sie die Stelle bei Signora Ciardi angenommen. Und dies sei die beste Entscheidung ihres Lebens und ihr Glück gewesen!

Sile wiegte ihren Kopf hin und her und schob das Tablett zur Seite. „Und was erwartest du dir von der Zukunft?", fragte sie. „Gutes!", war Carlas stereotype Antwort. „Dass es so bleibt, wie es ist!" – „Könnten wir uns nicht duzen?", fragte Sile. Jetzt holte die kleingewachsene Frau mit dem Lockenhaar tief Atem. „Es wäre nicht recht!", meinte sie empört. Sie begann, Brotkrumen aufzusammeln. Danach fuhren sie auf ihren Fahrrädern zur Bushaltestelle. Sie hatten auch ihre Jacken dabei, obwohl es nach wie vor heiß war. Carla trug ihren geblümten Rock und Sandalen. Es war ein hoher grauweißer Bus, der sie bis Mestre brachte. Dort bestiegen sie den Linienzug und kamen kurz vor Mittag in Mailand an.

Emiliana konnte schon aufrecht sitzen. Sie hatte Schmerzmittel bekommen. Ihre Unterarme zeigten hellrote Kratzer. Um den Hals trug sie eine übergroße Manschette. Man hätte darin auch einen modischen Kragen vermuten können. Ihre Knie waren in weiße Verbände gewickelt. Auch sonst wurde hier alles für sie getan. Emiliana freute sich, ihre Tochter wiederzusehen, und drückte sie überraschend fest an sich. Noch einmal erzählte sie, ihre Handtasche sei gestohlen worden. Und als sie plötzlich bemerkt habe, dass sie nicht neben ihr auf dem Sessel lag, sei sie aufgestanden und habe sie im Auto gesucht. Dann sei sie auch dort nicht zu finden gewesen und es sei ihr eingefallen, sie könnte sie zuhause in ihrer Wohnung gelassen haben. Den Autoschlüssel verwahrte sie stets im Büstenhalter.

Die Ärzte erlaubten es ihr noch nicht, viel zu sprechen, aber Emiliana war es wichtig, Sile von ihren neuen Ideen zu erzählen. Sie sagte, sie werde nach diesem Unfall ihr Leben radikal umstellen! Es hätte schließlich auch ihr Ende sein können! Sie habe Glück gehabt und könne das Spital in ein, zwei Wochen verlassen. Doch sei ihr klar geworden, dass vieles in der Firma in eine falsche Richtung laufe. Es seien die Produktionsbedingungen, die Ausbeutung der Näherinnen, ja, und auch die Verschmutzung der Umwelt, die ihre Branche in Verruf gebracht hätten!

Sile horchte auf. Dann erklärte ihre Mutter feierlich: „Ich werde den Betrieb jetzt auf Öko umstellen! Ich beginne schon im Frühjahr mit einer neuen Linie, die ich ‚Rete*verde' nenne! Wir werden Lumpenwolle dafür verwenden, Stoffe aus recyceltem Material, darunter Fischernetze. Das tue ich eigentlich auch für dich, meine Tochter!" Damit strich sie mehrere Male über Siles Hand.

Darauf holte Emiliana noch weiter aus: Als sie ihr erstes Kleid entworfen und selbst genäht habe, sei sie so stolz darauf gewesen, wie nie wieder in ihrem Leben! Sie habe es getragen, bis es verwaschen war. „Ich möchte zurück an den Anfang!", rief sie und dämpfte gleich darauf wieder die Stimme. „In Zukunft werde ich keine kurzlebigen Looks mehr entwerfen, sondern haltbare, schöne Kleidung. Das möchte ich tun, um mir selbst, meinen Angestellten und Kundinnen ihre Würde zurückzugeben! Ich werde von nun an das edle, langsame Handwerk fördern. Denn die Massenerzeugung hat in unserer Branche längst alle Beteiligten zu Sklaven gemacht. Auch ich werde fortwährend von einer mächtigen Wirtschaftsmaschine dazu getrieben, Schund für den Augenblick zu erzeugen! Die Geschäftswelt besteht", so Emiliana, „bald nur noch aus nervösen, gestressten Menschen, die hinter Publicity herjagen. Ja", verblüffte sie ihre Zuhörerinnen, „ihr wundert euch, dass gerade ich als Unternehmerin so etwas sage!"

Ein verwegenes Lächeln zog über Emilianas Gesicht, das heute weniger stark geschminkt war als sonst. Sie fügte hinzu, insgeheim freue sie sich darüber, dass Sile mit all dem verschont worden sei. Ihre Tochter habe sich auf ihre Weise einem entwürdigenden Jahrmarkt entzogen! Dann bat sie Carla, ihr ein bestimmtes Kleid aus dem Kasten zu reichen. Sie selbst war es, die in der Firma streng über die Arbeit der Näherinnen wachte.

Während sie mit der Handfläche über das Kleidungsstück strich, prüfte sie nicht, wie sonst, gerade verlaufende Nähte, genau aneinandergefügte Kanten und den richtigen Fall der Ärmel, sondern sie sprach von ausgebeuteten Fabriksarbeiterinnen, kranken, lumpenbehangenen Baumwollpflückern, von Färbern mit verätzten Fingern, von Flüssen, die sich pink oder blitzblau färbten – nicht hier in Europa, sondern weit weg, dort, wo die Sklaverei auch äußerlich sichtbar sei. Der Duft dieser neuen Kleider, darauf komme es an in der Branche, dafür kaufe man immer die letzte Mode. Kaum getragen, werde sie wieder verworfen. Man rieche es nicht, doch Emiliana wisse längst von den schädlichen Chemikalien in den Stoffen, die die Fasern glänzend und teuer aussehen ließen.

Sie zog ihr Gesicht in Falten. Auch sie selbst habe solches Gift in die Welt gesetzt. Was ihre Finger anfassten, nannte sie nun „nichts als schmutzige Élégance". Im Grunde seien es Missgeburten, styled in Italy, made in Bangladesh! Das alles sei ihres Namens nicht würdig. Es gehöre eigentlich nicht zu ihr! Das Kleid glitt ihr aus der Hand, doch sie wollte es nicht einmal vor dem Fallen bewahren. Dann besann sie sich wieder, fasste es mit einem zornigen Seufzer an den Ärmeln und versuchte, es mit bloßen Händen zu zerreißen. Es hielt jedoch stand. Die Näherinnen hatten ordentliche Arbeit geleistet.

Man sah es Emiliana an, dass es ihr nach der körperlichen Anstrengung Mühe kostete, ihren Blick auf jene neue, bessere Zukunft zu lenken, in die sie ihr Unternehmen führen wollte. Mit schwacher Stimme versprach sie noch, es werde nicht bloß Greenwashing sein, sondern jedenfalls weiter gehen. Auch Vanni wolle sie davon überzeugen. Doch dann sank Emiliana erschöpft auf ihre Bettlehne zurück. Röchelnd erwähnte sie noch ihren Nachbarn am Fluss, einen Bauern, der dem Gärtner ab und zu half, die Außenanlagen zu pflegen: „Dieser Mann lebt wie seine Väter vom Feldbau, repariert seine Maschinen selbst, seine Frau zieht Gemüse, alles, was sie tun, hält für ein ganzes Leben. Wir müssen von Menschen wie ihnen lernen!", hüstelte sie. Nochmals wiederholte sie den neuen Namen „rete*verde", lauschte seinem Klang, einem Klang nach gutem Handwerk und ökologischen Standards. Sie meinte, es brauche im Business Mut und Visionen. Ihr gehe es von heute an nicht mehr um schnöden Gewinn, sondern um Menschenwürde.

Sile konnte ihre Begeisterung nicht zurückhalten. Sie dankte ihrer Mutter und küsste sie auf die Wange. Danach verabschiedeten sie sich von Emiliana und fuhren mit dem Stadtbus zur Polizeistelle, die den Unfall untersuchte. Sile legte dem Commissario das mitgebrachte Flugblatt auf den Tisch und berichtete von der Handtasche, die sie bei Signor Retti entdeckt habe. Der Leiter der Ermittlungen sprang erregt auf. Er dankte Sile für diesen Hinweis und informierte seine Mitarbeiter sogleich über diese wichtige Spur. Als sie das Büro verlassen hatten, nahm Carla Siles Hände und stammelte, sie sei untröstlich, gestern in der Aufregung nichts von ihrem Ausflug ins Dorf bemerkt zu haben. „Was hätte nur alles passieren können!", meinte sie mehrere Male.

# Trost der Farben

Es war nicht leicht, in Mailand ein Lokal zu finden, das Carlas Vorstellungen entsprach. Ein Luxusrestaurant kam nicht in Frage, am ehesten noch eine gehobenere Trattoria. Carla schüttelte jedes Mal den Kopf, wenn sie ihn durch eine der Türen schob und gleich wieder zurückzog. So liefen sie und Sile weiter durch die Straßen und kamen dem Hauptbahnhof immer näher. Auch die Gegend behagte Carla auf einmal nicht mehr. So schlug ihr Sile vor, einfach eine Straßenpizza zu essen, und das taten sie auch. Bis zur Abfahrt ihres Zuges blieb danach noch genügend Zeit, um in den Tauschladen für gebrauchte Bücher zu gehen. Dort stellte Sile ihren Rucksack ab und legte die ihr von Emiliana geschenkten Magazine und Kunstkataloge auf den hölzernen Verkaufstisch. Die Inhaberin dankte ihr für ihre Spende und begann sofort damit, Etiketten mit dreistelligen Nummern zu beschriften und sie jeweils wie Briefmarken auf die, wie sie sagte, „neuwertige Ware" zu kleben. Im Gegenzug dazu konnten Sile und Carla sich aus den Regalen nach Wunsch etwas auswählen.

Auch Carla war an Kunst interessiert. Gemeinsam hatten sie in den vergangenen Sommern Bahnreisen nach Frankreich und in die Schweiz unternommen, um Kunstausstellungen aus allen Epochen zu sehen. Sile kannte Carlas Geschmack. Sie reichte ihr nach einigem Stöbern einen Band mit italienischen Spätimpressionisten. Seine Vertreter hatten meist einfache Landarbeiter gemalt. Sile selbst blätterte in breiten Darstellungen zur Geschichte der europäischen Malerei, die davor in bürgerlichen Wohnzimmerregalen gestanden hatten. Vergeblich durchkämmte sie ihre Register nach Namen, die sie noch nicht kannte. Und im Kanon der stets Genannten fehlten die kunstschaffenden Frauen des 19. und 20. Jahrhunderts. Dabei hatte jemand wie Guglielmo schon vor hundertfünfzig Jahren Frauen in Kunst unterrichtet, als ihnen der Zugang zur Universität noch verwehrt war. Seiner Ehefrau Mariella Rossini, einer gelernten Kupferstecherin aus Ravenna, hatte er zur Hochzeit eine eigene Staffelei geschenkt. Kein anderer seiner Malerkollegen hätte damals so etwas getan!

Unter den Monografien fand Sile dann einen Band zu van Gogh, mit dem sie, wie es die Ladenbesitzerin freundlich gestattete, zu einem runden Glastisch ging, um in Ruhe darin zu blättern. Auch Carla hatte hier Platz genommen. Schon van Goghs Umschlagbild, eine Landschaft unter dem Nachthimmel, veranlasste Carla zur geflüsterten Bemerkung: „Hier hat jemand Trauer gemalt!" Sile entgegnete nichts darauf. Auch sie malte ja seit Jahren Trauer. Sie kannte die Lebensgeschichte des Niederländers bereits, staunte nun aber doch darüber, dass es ihm gelungen war, seine Einsamkeit und Verzweiflung auf der Leinwand in Trost zu verwandeln. Das veraltete Buch aus den 1970er Jahren interpretierte van Goghs Leben aus einem theologischen Blickwinkel. Der Autor, ein Kirchenhistoriker, zitierte aus Briefen des Künstlers, in denen dieser davon sprach, dass „Finsternis" die Welt regiere. Vincent hatte an seinen Bruder Theo geschrieben, sämtliche Priester, die er kennengelernt habe, allen voran sein eigener Vater, seien in die Irre gegangen. Sie verachteten die Bedürftigen und verbündeten sich mit den Reichen. Van Gogh selbst hatte in den belgischen Steinkohlendörfern, in die er als Geistlicher versetzt worden war, seine gutbürgerliche Kleidung abgelegt und sich mit den ausgebeuteten Minenarbeitern verbrüdert, um ein Gleicher unter Gleichen zu sein. Und gerade wegen seiner Nächstenliebe hatte man ihn als Prediger entlassen! Keiner seiner Vorgesetzten war bereit, die Wahrheit zu hören! „Das Licht ist ausgelöscht!", hatte der Maler in seiner Verzweiflung geschrieben. Und hier stand auch ein Bibelvers, nämlich Micha 3, 6:

„Darum kommt die Nacht über euch,
in der ihr keine Visionen mehr schaut,
und Finsternis, in der ihr nicht wahrsagen könnt.
Die Sonne geht unter für die Propheten

und der Tag über ihnen wird schwarz."

„Diese Idee der Verfinsterung des Himmels", las Sile in diesem Buch, „begleitete van Gogh sein ganzes restliches Leben."

Sie fragte sich, ob sie der Meinung des Kirchenhistorikers glauben sollte? Denn sie spürte sie im Werk dieses Malers dennoch dieses herzliche Mitgefühl für Schwache und Notleidende. Er umgab die Menschen, die er malte, förmlich mit einem Schutzpanzer gegen die Bösartigkeit der Welt. Doch van Goghs Himmel, ob Tag oder Nacht, war wie mit Steinplatten verschlossen. Sonne und Mond und Gestirne standen als Mahnmale über der Landschaft, ja, als Zeugen einer neuzeitlichen Finsternis. Der Maler hatte erlebt, dass das herrschende Christentum die Kraft verloren hatte, die menschliche Seele zu heilen.

Dazu kam die Maltechnik des Künstlers. Er verschloss jeden Spalt, durch den ein Lichtstrahl von außerhalb der Welt oder aus dem Inneren der Körper in die Bildfläche eindringen konnte. Es gab nichts mehr, was dazu einlud, hier nach etwas Höherem zu suchen. „Verlust des Glaubens!", urteilte der Kirchenhistoriker. Diese Worte echoten durch Siles Kopf. Dennoch hatte van Gogh in seiner Seelenqual die reinsten Farben verwendet, er hatte darum gerungen, seine Landschaften mit allem Trost und aller Liebe zu füllen, deren er fähig war. Schließlich sagte sie sich: „Hier hat gewiss kein Scharlatan gemalt!"

Jetzt flüsterte Carla, die bisher schweigend in ihrem Buch geblättert hatte, Sile möge einen Blick auf die Gemälde Giuseppe Pellizza da Volpedos werfen! Eine besondere Verehrung empfand Siles Erzieherin für das Monumentalwerk „Der vierte Stand", an dem der geborene Bauernsohn Pellizza mehr als drei Jahre gearbeitet hatte. Sie war nicht nur vom Fleiß und der Sorgfalt des Italieners beeindruckt, der zahllose Farbpunkte eng nebeneinander auf die Riesenleinwand gesetzt hatte, sondern auch von der Würde, die er den „einfachen Menschen der Straße", wie Carla sagte, durch seine Darstellung verlieh. Sile fiel auf, dass hier zur gleichen Zeit zwei Künstler aus ähnlichen Beweggründen gemalt hatten, und zwar aus Menschenliebe! Auch Pellizza hatte reine Farben verwendet. Die Bewohner seines norditalienischen Heimatdorfes hatten ihm geduldig Modell gestanden und er hatte sie und die Arbeiter seiner Umgebung als Helden verewigt. In seinen Gemälden waren auch Betende, Trauernde und Kinder in ein sanftes Licht getaucht.

Zum ersten Mal wurde Sile bewusst, dass es wohl die edelste Triebfeder eines Künstlers sein musste, besonders solchen vom Schicksal benachteiligten Menschen einen ehrwürdigen Rahmen zu geben und ihrem Leben etwas wie Gerechtigkeit widerfahren zu lassen! Und doch waren auch Pellizzas Bilder voll von Dunkelheit! Nur hin und wieder kündigte sich weit hinten am Horizont ein hellerer Tag an.

Im Zug von Mailand zurück nach Mestre legten Sile und Carla ihre mitgebrachten Bücher auf kleine graue Klapptische und vertieften sich weiter darin. Carla las Pellizzas Lebensgeschichte und konnte sich plötzlich nicht darüber trösten, dass sich dieser begabte Maler am Ende selbst das Leben genommen hatte. Sile blätterte in einer Anthologie des Expressionismus. Die Kapitel waren mit „Sturm", „Sturz und Schrei", „Weltende", „Krieg", „Angst", „Großstadt", „Rausch", „Wahnsinn" und „Untergang" überschrieben. Bis auf wenige Farbdrucke war darin vieles noch in Schwarzweiß gehalten. Junge Künstler hatten vor 1914 in Erwartung eines Weltendes auch das Ende der Höflichkeit und des Friedens verkündet. Und doch war es kein stiller Zusammenbruch wie bei van Gogh, sondern Wut und Provokation, die sich gegen den Kunstgeschmack der Alten wandte.

Sile war vom Anblick dieser Bilder, auch viele Jahre danach, ganz einfach schockiert. Aus ihnen war selbst der düstere Himmel verschwunden. Der angehenden Studentin war es, als hätte sich plötzlich die Grabkammer einer Höhlengesellschaft vor ihren Augen geöffnet. Das Grelle, Ungehobelte, Fratzenhafte dieser Kunst machte ihr Angst. Das Handwerk des Malers reduzierte sich hier auf den Holzschnitt. Wie sollten Plakate, die alle menschlichen Tugenden auslöschten, zu mehr Menschlichkeit beitragen? Der Künstler zerriss die Fesseln der Zivilisation. Er wütete, gebärdete sich ohne Rücksicht auf Form und Moral, verstümmelte sich selbst, posierte über Trümmern und wertlos gewordenen Frauenkörpern, einäugig, gorillahaft in zersplitterten Räumen oder vor aufgebrachten Massen. Und einige Seiten später mündete der Wutausbruch der jungen Generation in den Krieg.

Sile konnte mit Bildern Hingeschlachteter und Verstümmelter vor Augen nicht den restlichen Tag verbringen. So wandte sie sich einem weiteren Buch zu, das sie im Laden gefunden hatte, einem Bildband zu Marc Chagall. Auch den ostjüdischen Künstler kannte sie bereits. Und doch war sie plötzlich versucht, seine Gemälde unter demselben Blickwinkel zu betrachten, wie noch vor einer Stunde van Gogh, ohne zu wissen, ob dies eine kunstwissenschaftlich zulässige Herangehensweise war. Und sofort fiel ihr zu Chagalls Bildern ein: „Hier gibt es noch Licht!"

Im Mittelpunkt seiner Dorfplätze stand eine innere Wärme, die Sile sich nicht zu erklären wusste. Allein die Farben und rohen Pinselstriche rührten sie fast zu Tränen! Sie fragte sich, wie ein gleichsam geistiges Licht ganz alltägliche Gesichter, Gestalten und Straßenszenen erfüllen konnte! Während der weiteren Bahnfahrt erfuhr sie aus diesem Buch von religiösen Symbolen, die Chagall hier hineinverwoben hatte, und von der Liebe des Malers zum jüdischen Schtetl Witebsk, in dem er aufgewachsen war. Strahlte hier tatsächlich ein alter Glaube an Gott aus den Gemälden? War es die biblische Religion, der diesen Menschen und ihren Ritualen trotz aller privaten Verzweiflungen und Finsternisse, denen sie ausgesetzt waren, eine gewisse Rettung verlieh?, fragte sie sich. „Besitzt Glaube die Macht, die Gesellschaft zu heilen?"

Bei diesem Gedanken blickte sie zu Carla hinüber, die ihr Buch noch immer mit beiden Händen umschlossen hielt. Es wirkte wie eine Umarmung. Dabei sah Carla schweigend aus dem Fenster und betrauerte das tragische Schicksal eines jungen Malers, der für eine gerechtere Welt gekämpft hatte. Sile hatte ihre Erzieherin noch nie mit der Bibel in der Hand gesehen, obwohl sie wusste, dass Carla täglich darin las. Vermochte der Glaube ihrer Erzieherin auch das tragische Sterben Pellizzas ein Stück weit zu heilen? Vielleicht betete sie ja im Stillen für den Verstorbenen, für diese Dorfbewohner und ihrer aller Seelenheil.

Und als Sile weiterlas, dass Chagall gesagt haben soll, in der Kunst wie im Leben sei alles möglich, wenn es auf Liebe gegründet sei, wusste sie, dieser Maler gehörte für immer zu ihr.

# Aperto!

» Es war kein Ort für ruhigen Schlaf. Und doch trafen noch immer Reisende ein, oft auch nur für einen Tag. In den Souvenirläden standen Kartons mit neongelben Gummistiefeln und Regenmänteln zum einmaligen Gebrauch. Die Möwen hatten aufgehört, die Wasserfläche nach springenden Fischen abzusuchen und spähten stattdessen nach kranken Tauben. Wie aus heiterem Himmel stürzten sie sich auf die schwachen, im Winkel hockenden Tiere und fraßen sie mit knirschenden Schnäbeln auf.

Die Plätze vor den Cafés waren leergeräumt, nur ein paar Gastgärten entlang der Fondamenta delle Zattere hielten noch offen. Hier konnte man seine Beine ausstrecken und zusehen, wie das Meer die salzige Zunge hob, gegen die Randseine leckte und seinen Speichel in winzige Tropfen zerstieben ließ. Überall auf den Gehwegen hatten sich Pfützen gebildet. Der Oleander vor Vittorios Lokal triefte vom nächtlichen Regen. Doch für ihn war schlechtes Wetter kein Grund, sich vom angestammten Platz vertreiben zu lassen. Er rieb die Stühle mehrmals am Tag mit trockenen Lappen ab und verteilte Wolldecken an alle seine Gäste. Zu ihnen zählten jetzt meist nur Studenten. Man erkannte sie am schlaffen Gang und den ausgebeulten Jeans. Haare, Schals und Kapuzen ließen von ihren Gesichtern nur Dreiecke übrig. Ihr Schuhwerk war klobig und hochgeschnürt wie für eine Expedition. Hier unter freiem Himmel, nur einen Schritt von den Passanten entfernt, brüteten sie eine neue Weltordnung aus.

Ein junger Mensch beugte sich über seinen offenen Rucksack. Man sah nur die dunkle Strickmütze und den braunen Haarschopf. Er zog ein Buch hervor, das nach getrockneten Orchideen roch. Ein Mangel ging davon aus, ein Hunger, wie man ihn bisher nicht kannte. An der Luft verflog der gesammelte Staub welker Epochen und rührte an eine Hoffnung, noch einmal aufzukeimen und unerwartet Blüten zu treiben. Michele, der Kellner, tippte dem Gast auf die Schulter. Und als dieser aufblickte, war es das Gesicht einer Frau, ungefähr zwanzig.

Erst gestern hatte Michele mit ihr zusammen das Schild mit der Aufschrift „Aperto!" aus dem Wasser gefischt. Ein Passant war über die schwarzen Metallbeine gestolpert. Gleich darauf hatte der schwere Wind es erfasst und ins Meer gekippt. Michele war eilig zum Ufer gelaufen, hatte sich auf den Boden geworfen und es im letzten Augenblick an einem der Füße festgehalten. Sile war ihm mit einem Seil gefolgt, das sie mehrmals um das Schild wickeln konnte, bis es ihnen gelang, es hochzuziehen. Sonst läge es jetzt auf dem Meeresboden zusammen mit anderen untergegangenen Dingen.

Am Nebentisch drückte ein Liebespaar seine Knie aneinander. Sie blickten einander an, als würden sie sich jeden Moment über die Wolken erheben. „Es gibt sie also noch, Verliebte und Kellner mit Engelsgesichtern", dachte Sile und meinte mit dem Engel Michele, der nun die Speisekarte brachte und umständlich eines der Papiertischtücher entfaltete, um es vor ihr auszubreiten. Solange jemand wie er hier lebte, konnte ein Ort nicht verflucht sein. Verflucht? „Ja", erzählte er. „Der taiwanesische Koch behauptet es und hat heute Morgen gekündigt." Michele hatte er dringend geraten, ebenfalls von hier fortzugehen, wenigstens einige Kilometer weiter aufs Festland. Der blondgelockte Jüngling sah nach den grauen, unruhig dahindriftenden Wolken. Auch Vittorio kam dazu und sprach über sein Haus in Mestre, an dem er seit Jahren gemeinsam mit seinem Vater baute. „Nur mein kleiner Bruder beschäftigt sich lieber mit Weltpolitik!", meinte er und fasste Michele ans Haar. Doch er, Vittorio, stehe natürlich hinter den Aktivisten. Hier, auf dem Vorposten Europas, sei es umso dringender, etwas für das Klima zu tun. Doch wenn von der Lagune nur mehr die Kirchtürme übrigblieben, wenn die Stadt zuletzt zum Unterwassermuseum werden sollte, das die

Touristen mit U-Booten durchqueren, hätte er drüben auf dem Festland schon längst seine neue Trattoria eröffnet.

Ihn störte es nicht, wenn seine Gäste erschöpft und durchnässt von den Kundgebungen kamen. Es gab im hinteren Teil des Lokals eine Ecke, in der sie ihre Overalls ablegen konnten, ehe sie im Gastgarten die besten Plätze einnahmen. Wichtiger als der Kampf gegen große Schiffe und Umweltverschmutzung könne der schnöde Profit gar nicht sein, pflegte Vittorio zu sagen. Jedem, der danach fragte, erklärte er, weshalb er seinem Restaurant den Namen „La Tanica" gegeben hatte, wo er doch Dosengemüse verabscheute und seine Speisen ausschließlich aus frischem Gemüse zuzubereiten pflegte. Und dann verschränkte er meist die Arme und sagte, dass hier am Kanal von Giudecca im Zweiten Weltkrieg ein Vorratslager gestanden habe. Sein Urgroßvater sei einer der Offiziere gewesen, die es rund um die Uhr bewachten. Über die Wand des halbdunklen Innenraums zog sich, auf Tapetenpapier gedruckt, ein Schwarzweißfoto aus dieser Zeit. Darauf sah man den schneidigen Maresciallo zwischen seinen Kameraden auf dem Boden hocken und einen flaschengroßen Gegenstand in die Kamera halten. Sein Urenkel war sich nicht sicher, ob es tatsächlich eine Konserve war. Denn im Krieg wurde alles Metall an die Waffenfabriken geliefert. Achtzig Jahre danach spielte es eigentlich keine Rolle mehr. Denn die Studenten, die hier ihre Pasta aßen, nannten das Lokal nur „Die Titanic".

Auch Zeynep und Olivia kauerten seit dem Morgen unter einem der Wärmestrahler und entwarfen Kostüme, Rot für brennende Erde, Blau für versunkene Stadt. Ihre Gesichter übten den Schmerz. Der Wind wehte beständig, die Nacht würde neuerlich Regen bringen, und den November konnte niemand vorhersehen. Auf den Tischtüchern aus weichem Recyclingpapier war ein alter Kupferstich Venedigs gedruckt: eine schwimmende Taube, die Flügel gefaltet, die Füße ängstlich unters Gefieder gezogen. Der Kopf sank nach vorn wie eine Last. Unter dem schmachtenden Vogelleib schwankte Giudecca wie ein löchrig gewordenes

Boot, das zur Rettung nicht taugte. Vorn, im blinden Auge der Stadt, einem leeren Spiegel, stauten sich Tränen.

Doch der Tod schreckte hier niemanden mehr. In den Kirchen brannten Tag und Nacht Kerzen, und fast unter jeder Mauernische verbargen sich Särge und alte Gebeine. Michele hatte inzwischen kassiert und räumte den Nebentisch ab. Das Pärchen war händchenhaltend von einer Gruppe Menschen weggespült worden. Wie er die Teller hob und nachlässig übereinanderlegte, ließ Michele keinerlei Zweifel daran, dass dieser Job für ihn bloß eine Notlösung war. Er bediente hier erst seit dem Sommer. Davor hatte auch er einige Semester Schöne Künste studiert.

Wieder an Siles Tisch, stellte er das Tablett ab und stützte seinen Kopf auf die Unterarme, um sich dem Gesicht seiner Freundin zu nähern, die ihr Buch etwas zur Seite schob und gedankenverloren in die Vergrößerung seiner Pupillen sah. Michele beschrieb stockend ein Bild, bis er, leiser werdend, das Wort „Feuer" auf eine Weise aussprach, dass Sile einen Augenblick lang in ihrem Kopf Flammen emporlodern sah. Sie begann zu verstehen. Er sprach von den Alpträumen der vergangenen Nacht. Auch wenn gerade niemand sonst in Hörweite war, drosselte er seine Stimme und suchte nach Worten für das Grauen, das ihn erfasste. Er hatte, wie schon oft nach solchen Visionen, mit aufgerissenen Augen dagelegen. Selbst jetzt war es ihm nicht möglich, die Bilder abzuschütteln. Das Zittern seiner Hände übertrug sich auf den Tisch und das Wasser in Siles Glas.

Nun schloss er einen Moment lang die geröteten Augen. Als er sie wieder öffnete, füllten sie sich mit Tränen, die er achtlos mit dem Fingerknöchel zerdrückte. Seine Freundin dachte angestrengt nach, womit sie Michele trösten könnte? Noch im Sommer hatte er einen seiner Träume in unverdünnten Acrylfarben gemalt, von Blutrot bis zum kältesten Schwarz, hatte mit breiten Spachteln die Angst verscharrt. Nun bedeutete ihm das alles nichts mehr. „Solange die Erde brennt", erklärte er, „sollen Farben und Pinsel schweigen." Er versuchte es stattdessen mit beruhigender Musik aus der Dose, elektronischen Harfen, Vogelstimmen und Wälderrauschen. Ein Studium der Malerei, wie es Sile eben begonnen hatte, konnte seiner Meinung nach niemanden retten. Dennoch erschien er hin und wieder in einem der Zeichensäle der Accademia di Belle Arti, um Modell zu sitzen. Sein Lohn als Kellner reichte nicht aus, um die Klimabewegung in einer Weise zu unterstützen, wie er es gern getan hätte. Was er entblöße, spottete er, sei nichts als das Fell eines Säugetiers.

Wieder schoss eine Welle hoch und sprühte Nebel über den Kai. Die Wassertropfen auf Micheles Gesicht vermischten sich mit den Tränen. Er und die Aktivisten der Fridays-for-Future-Gruppe Mestre-Venedig erwarteten Aqua alta, ein Ereignis, in dem die Bedrohung längst einen Namen gefunden hatte. Sie begleiteten die jährliche Flut mit Aufrufen und lautstarken Protesten. Es waren Tage, an denen die Angst plötzlich allen gehörte. Der Anstieg des Meeresspiegels und der prognostizierte Weltuntergang wurden für Wochen greifbar und rüttelten an den Grundfesten einer ebenso taub wie blind gewordenen Menschheit. Der Jüngling mit den sanften Gesichtszügen blickte prüfend zwischen den Fußgängern hindurch auf den Riesenkörper des Meeres, eines urzeitlichen Titans, der gerade dazu anhob, die Fesseln zu sprengen und sich über seine Grenzen hinaus zu erheben.

Doch Michele und seine Gruppe standen dagegen auf. In Sozialen Gruppen und Blogs war schon seit Tagen der Ruf zu hören: „Tide is rising and so are we!" Auch im Gastraum lagen Einladungen und Broschüren mit dringenden Appellen auf. Sie sammelten Unterschriften gegen Mose, Fast Fashion, große Schiffe und den Bau einer Tankstelle in Mestre. Wenn Michele durch Venedig spazierte, so tat er es, um Hochwasserschäden zu fotografieren. Er wollte kein Bild mehr malen, keine Nachkommen mehr zeugen, kein Haus mehr bauen, sondern für den Rest seines Lebens auf die Straße gehen oder irgendwo Bäume pflanzen. Wieder schloss er darüber die Augen. Er war einer von den früh erwachsen Gewordenen, die bereit waren, dafür ihr Leben zu opfern.

„Es geht um den Erhalt der Spezies Mensch!", skandierte Michele trocken. Sile schluckte. Auch ihr bangte vor der Zukunft. Nach Hunderttausenden von Jahren, nach Homo erectus, Pleistozän, dem Gebrauch des Feuers, der Erfindung des Rades ging es heute plötzlich um alles. „Damit wird Kunst zum unmoralischen Luxus!", raunte Michele wieder. Sie sei nichts als ein Zeitvertreib, abgehoben, eine Eitelkeit, die Unmengen an staatlichen Förderungen verschlang. „Was könnte mit diesem Geld doch Nützliches für die Umwelt getan werden? Aber sei's drum!", schimpfte er. „Der Abriss überflüssiger Kirchen ist nur eine Frage der Zeit! Sie interessieren ohnehin niemanden mehr. Auch den Verlust von Theatern, Konzertsälen und Museen wird die Menschheit verschmerzen. Venedigs Schätze lassen sich weder atmen noch essen!"

Doch seine Zuhörerin widersprach ihm, wie schon so oft, mit dem Satz: „Du weißt, Michele, ich kann ohne Kunst nicht leben." Ihr Blick streifte über die Salzblumen, die aus den Haussockeln wuchsen und die Fassade in ihrer ganzen Breite überzogen. „Möge doch Mose das alles retten!", murmelte sie „Und wenn nicht Mose, so Noach oder Henoch, dem es gelang, seine Stadt in die Luft zu erheben!"

Der kellnernde Engel spottete über das seltsame Stoßgebet. „Wenn du noch immer an deine Kunst glaubst, so mal mir Rettung! Ja, mal mir die Rettung der Welt!" – „Ich weiß nicht, ob ich das schaffe", lenkte Sile ein. „Aber ich versuche, Liebe zu malen", gab sie zur Antwort. „Ja!", ätzte er, „dann mal mir Liebe! Aber erst einmal nehme ich deine Bestellung auf." Und damit zog er seinen zerknitterten Block aus der Jackentasche und kritzelte „1 x Pasta" darauf. Halb zur Seite geneigt, meinte er noch, er habe gestern jemanden kennengelernt, der vielleicht auch sie überzeugen werde, einen gewissen Rodolfo Montecarro. Michele nannte ihn einen „politischen Kopf". Zwar studiere er Musik oder

Komposition, doch offenbar mit klaren politischen Zielen. Ihm traue er es zu, im Klimakampf etwas voranzubringen.

Im Wasserglas war es still geworden. Hoch über Sile verschloss eine Wolkenkuppel aus Korallenskeletten den Himmel. Ihre halb geöffneten Augen suchten den Horizont ab. Nur im Süden erhellten blasse Lampenschirme den Mittag. Ein grauer Wind blies gegen sie an, bis sie irgendwann nicht mehr zu sehen waren. Vor diesem aufgelösten Hintergrund näherte sich ihr der Umriss eines jungen Mannes. Er bewegte sich wie Donatellos David. Seine Kapuze ersetzte den lorbeerbekränzten Hut. Er fragte, ungewohnt höflich, ob der Platz an Siles Tisch noch frei sei. Als sie nicht sofort reagierte, streifte er die Kopfbedeckung ab und schob sein Haar mit einer raschen Handbewegung aus der Stirn. Ein blasses, tief eingekerbtes Gesicht kam zum Vorschein. Schwere Augenbrauen über einer geraden, weit vorspringenden Nase. Sile musste kurz an Charlie Chaplin denken. Und nachdem er ihr auch seinen Namen genannt hatte, „Rodolfo", starrten sie einander an, ohne zu bemerken, dass Minuten darüber verstrichen.

## Schule der Menschlichkeit

>> „Mein Bruder ist in einer Besprechung", erklärte Vittorio. Er selbst brachte die Gemüsepasta heraus und grüßte von weitem eine Gruppe Studenten. Als sie nähertraten, rief er ihnen entgegen: „Es gibt Minestrone! Mit und ohne Fleisch!" Sie kamen direkt aus ihrem Hörsaal. Neben Sile wurden weitere Tische zusammengerückt. Stühle wurden über die Köpfe gehoben und im Halbkreis aufgestellt, bis jeder, in eine der Decken gehüllt, Platz gefunden hatte. Auch Zeynep und Olivia wechselten mit ihren Kostümen am Arm zu ihnen herüber. Fast jeder bestellte zuerst einmal Tee. Danach entsperrten sie ihre

Smartphones. Die Wetterdienste prophezeiten Hochwasser für die kommende Woche, nicht nur auf dem Markusplatz, sondern auf siebzig Prozent der Lagune. Die im Kreis Sitzenden zeigten einander die Warnsymbole. Es kostete sie nur ein Lächeln. Im Vergleich dazu ging die Gefahr eines Erdbebens da, wo sie saßen, fast gegen null. Die Luftwerte waren nahe dem Meer sogar besser als auf dem Festland. Sonnenschein gab es zurzeit nur auf Sizilien und in den Bergen.

Auf Siles Tisch wurden die Fusilli kalt. Das Besteck lag noch immer unberührt da. Sie und Rodolfo schwiegen sich an und hatten ein seltsames Lächeln im Gesicht. Vor Sile hatte sich ein Paradiesvogel niedergelassen. Er erinnerte sie an ein Märchen, in dem ein Vogel Irrenden den Weg wies. Rodolfos Augen erzählten von einer bizarren, kauzigen Welt voller Farben. Unter seinem halblangen Haar sah ein Paar abstehender Ohren hervor. „Wer bist du?", fragte sie sich. Und ein wenig bangte ihr davor, dieser verschlossene Mund könnte plötzlich etwas Belangloses sagen. Und wenn nicht, fürchtete sie, vielleicht alles, eingeschlossen sich selbst, an ihn zu verlieren.

Währenddessen gingen die im Halbkreis sitzenden Studenten ihre Nachrichten durch und entdeckten einen von Michele weitergeleiteten Spruch. Lore las ihn mit feierlicher Stimme vor: „Es braucht eine Schule der Menschlichkeit." Fast jeder hatte diesen Satz schon gehört, doch als sie ihn Wort für Wort wiederholte, hielten auch die anderen inne. Mattia, ein Student aus Udine, widersprach: „Zuerst braucht es einen Systemwechsel!" Er war seit Herbst in Politikwissenschaften immatrikuliert. Ebenso seine Schwester Chiara. Sie schwiegen wieder und Vittorio servierte die bestellten Getränke. Die anderen in diesem Kreis waren Studierende aus dem Norden, die mit den Aktivisten marschierten. Philip, in Haremshose und Nepalhemd, atmete gedankenverloren den Dampf des heißen Tees ein. Er verzog seinen Mund zu einem zufriedenen Lächeln, das aus dem Nichts kam und wieder erstarrte. Der freundliche Litauer erhob seinen Blick zu den Dächern und forderte: „Mehr liebende Güte!"

Jetzt schickte jemand einen Link in ihre Gruppe. Ein Video. „Michele kennt es vielleicht noch nicht!", sagten sie. Es war eine neue Simulation des Weltuntergangs, wie sie ihnen schon im Schulunterricht gezeigt worden war. Sie berücksichtigte aktuelle Messungen und Prognosen. Auch die Grafik hatte sich inzwischen verbessert. Die Katastrophe werde schneller vorangehen als bisher vermutet, war die Botschaft des dreiminütigen Bilderbogens. Es war der Alptraum der jungen Generation: Erderwärmung, Polschmelze, Artensterben, Ausbreitung der Wüsten, Überflutung der Küsten. Und am Ende kam, wie jeder wusste, der Untergang allen irdischen Lebens. Die Kapuzen rutschten wieder tiefer in ihre Stirnen.

„Ein Horror!", hauchte Réka und bedeckte ihr Gesicht mit den Händen. Sie sehnte sich nach dem Fell ihres Hundes, den sie in Ungarn zurückgelassen hatte. Auch Olivia machte es Angst und Lore stöhnte: „Wenn das eintritt, bin ich hoffentlich schon tot." Sie lebte seit Jahren vegan und mied jede Art von Verpackung. „Leute, es ist zu spät!", spottete Frederic, „es lässt sich nicht mehr rückgängig machen! Wenn ich so etwas sehe, bekomme ich Lust, einen Burger zu essen." Das sagte gerade jemand wie er, der Umweltmanagement studierte. Lore schubste ihn von der Seite an und schimpfte: „Verfluchter Konsum. Es ist die Gier. Warum tut niemand etwas dagegen?" Anders, ein Wirtschaftsstudent aus Norwegen, meinte, die Menschheit verstehe es einfach nicht und verdiene wohl auch nichts Besseres. „Vielleicht", fragte Réka, „heilt die Erde sich selbst und ich werde dann wiedergeboren?" Und Zeynep begann zu predigen: „Es steht auch schon im Koran. Die Menschheit wird nur überleben, wenn sich alle zu Gott bekehren. Denkt nach und betet!" Und in die betretene Stille, die folgte, mahnte sie: „Auch die Bibel sagt es. Wir schaffen es nur durch Glauben."

Jeder hier starrte erschrocken in ihr vom hellen Kopftuch umrahmtes Gesicht. Sie sprach von Lösungen, die gleichermaßen für Hippies und Asketen geeignet erschienen und doch wie Drohungen klangen. Philip erhob sich. Für ihn war es zwecklos, über die Zukunft zu spekulieren: „Es erzeugt nur künstlichen Stress! Lebt besser im Jetzt und versucht mit euch selbst im Einklang zu stehen!", meinte er und rief seine Freunde zum „Gedankenfasten" auf. Damit legte er einen Fünfeuroschein auf den Tisch und schlenderte summend davon. „Vielleicht hat er recht", sagte jemand. „Müssen wir ständig darüber reden?" Olivia klagte, sie leide längst unter Klimastress. Ihr Psychiater habe es letzte Woche gesagt. Sile hätte jetzt gern etwas Tröstliches erwidert. Doch die Kehle war ihr wie zugeschnürt. Viele hier opferten ihre Seele für die Rettung der Bienen und Elefanten, kasteiten sich, stellten öffentlich ihre Verzweiflung zur Schau und zogen wie mittelalterliche Geißler durch die Städte, um vom Ende aller Dinge zu künden. Es fehlte nur noch der Ruf nach Umkehr und Buße.

Anders hob seinen Blick vom Display und meinte: „Niemand weiß heute genau, was passieren wird. Auch dieses Video ist nicht neutral. In einem der Kommentare steht, es sei von der Ökoenergielobby finanziert. Man kann heute einfach keinem mehr trauen." Und Zeynep ergänzte: „Klimaforscher sind keine Propheten." – „Egal!", schnitt ihr Mattia das Wort ab. „Es gibt Verantwortliche! Die Politik, die großen Konzerne! Das System lässt sich ändern, nur muss es bei denen da oben beginnen. Act Now! Stand up for climate change! Tide is rising, and so are we!" In seiner Stimme entlud sich überfällige Wut. Sie hallte über den Platz vor der Titanic und ließ die Zuhörenden in nur noch größerer Erschöpfung zurück. Die meisten hier entsperrten wieder ihr Smartphone, um nach belangloseren Themen zu suchen.

Jetzt kam Michele an ihren Tisch und fragte: „Habt ihr meine letzte Nachricht erhalten?" Sie nickten, doch ihre Blicke blieben gesenkt. Ihr Freund wusste Bescheid und wandte sich an Rodolfo mit der Frage, ob er, der Neue, zu ihnen reden wolle? – Als Rodolfo sich erst einmal verlegen durchs Haar fuhr und nach Worten suchte, verschränkte Michele die Arme und bat um Aufmerksamkeit für eine Geschichte. Rodolfo habe sie ihm gestern erzählt. Im Grunde sei es ein Gleichnis. Darin gehe es um drei Verwandlungen des Menschen. Anfangs trage der Mensch die Last vieler Jahrhunderte, sein Rücken sei gebeugt und krumm. Er sei, mit einem Wort, ein „Kamel". Willig gehe er auf die Knie, lasse sich fesseln und alle nur denkbaren Lasten aufbürden. Er trotte genügsam durch Wüsten und brauche kaum Wasser und Schlaf. Dies gehe eine Weile so fort, bis er kurz davor sei, unter seiner Bürde zusammenzubrechen und deshalb beschließe, kein Kamel mehr zu sein. So verwandle er sich über Nacht in einen zornigen Löwen, zerreiße seine Fesseln und werfe all seine Lasten zu Boden. Der auf diese Weise befreite „Löwe" zerschlage mit seinen Pranken die Schätze von Jahrhunderten und empfinde dies als Erlösung. „Doch wenig später", erklärte Michele, „blickt unser Löwe um sich. Und in seiner frei gewordenen Seele erwacht eine Lust zu spielen. Und er verwandelt sich in ein Kind. Ihr fragt euch: Was kommt danach? Die Antwort lautet: Erst das Kind kann in seiner Unbeschwertheit das Neue erschaffen!"

Das Gleichnis, so anschaulich wiedergegeben, tat seine Wirkung. „Sage ich es nicht schon die ganze Zeit?", rief Mattia. „Unsere Aktionen sind immer noch viel zu nett. Aktivisten in anderen Städten schrecken nicht mehr davor zurück, die Reifen fetter Limousinen aufzuschlitzen. Zum Glück gibt es so etwas hier auf der Insel nicht, dafür aber jede Menge Schaufenster, die wir einschlagen könnten! Es muss den Schuldigen wehtun!" Nicht zum ersten Mal forderte jemand aus der Bewegung unverblümt, den Protest zu verschärfen. Michele wog seinen Kopf unschlüssig hin und her. Sile aber erklärte: „Ich möchte dieses Kamel sein."

Nun stand Rodolfo auf. Sein Gesicht war noch eine Spur blasser als zuvor. Er räusperte sich und sagte: „Ihr dürft das Gleichnis von den drei Verwandlungen nicht auf politisches Handeln beziehen. Es geht darin um kreative Prozesse. Ideen werden verworfen oder spielerisch weiterentwickelt. Es passiert im Kopf, auf dem Papier, auf der Bühne, nicht auf der Straße oder im öffentlichen Leben. Hier würde es unweigerlich Schäden anrichten. In der Geschichte der Kunst wurden immer wieder Positionen und Weltanschauungen neu formuliert. Es ist ein Prinzip des Schöpferischen." – Mattia entgegnete: „Was hat das mit unserer Bewegung zu tun? Wer von uns interessiert sich im Moment für Kunst? Kunst ist nur etwas für Eliten." – Darauf erwiderte Rodolfo, dessen Stimme langsam sicherer wurde: „Ihr unterschätzt das! Kunstschaffende haben ein großes Potential, die Welt zu verändern!"

Er erntete Achselzucken. Neben Michele hatten auch andere in dieser Gruppe ihre geisteswissenschaftlichen Studien abgebrochen, um tüchtige Ingenieure oder Diplomaten zu werden. Doch Rodolfo ging noch weiter und erklärte: „Die Arbeit von Malern, Schriftstellern oder Komponisten ist für den Erfolg der Klimabewegung ebenso wichtig wie die Naturwissenschaften. Denkt an die Macht der Bilder, an Film, Theater, Bildende Kunst und Musik! Wie sehr verändern sie doch die Gesellschaft! In der Kunst werden ständig neue Maßstäbe gesetzt. Ist euch noch nicht aufgefallen, dass Künstler auf gesellschaftliche Wandlungen wie Seismografen reagieren? Auch ich spüre diese Wut, diese Ohnmacht, wenn ich an den Klimawandel denke. Sobald ich aber eine aufrichtige Antwort darauf suche, kann ich mich nicht damit begnügen, politische Parolen zu verbreiten. Eigentlich kann ich diese Antwort nur in Form von Musik geben."

Michele erklärte: „Ihr müsst wissen, unser neuer Freund Rodolfo studiert Komposition." Während die meisten diese Erklärung mit einem mitleidigen Lächeln quittierten, zogen Olivia und Zeynep plötzlich ihre selbstentworfenen Kostüme hervor, erhoben sich von ihren Stühlen und hielten diese, für jeden sichtbar, hoch. Alle waren verblüfft, als sie so in Meerblau und Feuerrot dastanden, sich im Kreis drehten und am Ende verbeugten. Olivia erklärte, sie werde ihre blaue Toga auf der nächsten Kundgebung tragen.

Rodolfo applaudierte. „Genau das meine ich! Es geht um einen Tanz!" Und während Zeynep und Olivia die langen Stoffbahnen wieder zusammenfalteten, rief er: „Der Mensch muss kreisen, um die Zukunft zu gebären!" – „Nach deiner Musik?", fragte Mattia provokant. „Jedenfalls nicht nach den Trommeln des Marktes!", gab Rodolfo zurück. „Und wenn du mich so direkt fragst, ja, ich möchte Musik schaffen, die dem Konsum etwas entgegensetzt. Der Mensch funktioniert in seinem Innern noch immer nach einfachen, ursprünglichen Melodien. Wenn wir sie hören, erinnern wir uns daran, wer wir sind. Alle bisherigen Welterklärungen enden mit einem Fragezeichen! Auch die der Wissenschaften! Wir sind keine eindimensionalen Verstandesmenschen, wie es uns die Aufklärung weismachen wollte! Jeder von uns besitzt ein schöpferisches Potential, das er entwickeln sollte, um zu sich selbst zu kommen. Und ich glaube, wir können dieser Untergangsstimmung etwas entgegensetzen!"

„Ja, wenn wir nächsten Freitag auf die Straße gehen!", erwiderte Frederic. „Ja", gab Rodolfo zurück, „doch es ist unsere Begeisterung und Kreativität, um die es dabei geht. Mein Ziel ist die Erweckung der Sinne, die Überwindung der Taubheit, die uns gefangen hält. In jedem Menschen steckt jede Menge kreatives Potential. Stellen wir uns die Frage: Was macht das Menschsein aus? Was ist wesentlich?"

Rodolfo hatte leidenschaftlich gesprochen und immer wieder auf Sile geblickt, als spräche er vor allem zu ihr. Michele hatte es bemerkt und brummte: „Du meinst wohl so etwas wie: Make love not war?" Für einen Moment lang spielte ein Lächeln über die Gesichter in dieser Runde. Sile konnte ihr Erröten nicht verhindern. Währenddessen forderte Donatellos David seine Zuhörer auf, sich mit ihm zu einem „Künstlerkreis" zusammenzuschließen! Er nannte ihn auch „Brüderbund", eine Gemeinschaft nach Art der Nazarener oder der alten venezianischen Scuole.

Michele wusste nicht, was er davon halten sollte. Mattia spottete: „Gib zu, du willst mit deinem Kunstgerede bloß Eindruck machen! Wie alt bist du eigentlich? Du hörst dich an wie mein Urgroßvater." – „Vielleicht möchte ich genau so jemand sein!", strahlte Rodolfo, der nun beide Hände zu seinen Worten bewegte. „Viele von euch leben heute schon wie Asketen. Lasst uns diesen Ernst und diese Askese mit einem freudigen, schöpferischen Geist verbinden! Gehen wir gemeinsam einen Schritt weiter: Weihen wir uns der Verbesserung der Welt!"

Rodolfos Aufforderung klang in den Ohren dieser Millennials seltsam, wie aus der Zeit gefallen. Matteo wog „Weltverbesserer" einen Moment lang auf seiner Zunge und begann zu lachen. Aus Micheles Mund war ein Hüsteln zu hören: „Das haben wir nicht besprochen, Rodolfo. Und überhaupt, wir sind keine Träumer!" – „Naiv, schwammig", nannte es Frederic. „Mit einem solchen Projekt würden wir uns nur lächerlich machen!" – Lore hatte „Brüderbund" gegoogelt und las vor: „Nazarener, äußere Merkmale: Langes Haar, in der Mitte gescheitelt, enthaltsame Lebensweise, siehe Mönchstum." – Michele winkte ab: „Das geht in eine ganz andere Richtung. Eine eigene Gruppe? Wozu?" – Auch Anders wehrte ab: „Wir sind keine Mönche." – Lore stieß die neben ihr sitzende Olivia an und meinte: „Zumindest tragen die meisten von uns Kapuzen."

Doch eigentlich behagte der Vorschlag niemandem außer Sile, die ihre Hand ausstreckte und sagte: „Ich weihe mich!"

„Weshalb?", fragte Mattia, „lass dir nichts einreden!" Sile aber blieb dabei und verschnürte wie zur Besiegelung ihren Rucksack. In diesem Kreis hatte man sich an ihre Entschlossenheit schon gewöhnt. So bemerkte Frederic etwas zynisch: „Ja, dir traue ich es zu, du warst auch bisher schon für Askese." – Doch Michele verstand die Welt nicht mehr: „Gerade du, die das Geld und den Namen hätte, um auch politisch etwas voranzubringen, lässt dich auf ein nebuloses Experiment ein? Verstehst du nicht, uns geht langsam der Atem aus. Es gibt keine Zeit mehr für Kindereien."

– Doch Sile erklärte: „Eine Schule des Nachdenkens ist genau das, was ich im Moment am nötigsten habe."

Frederic verdächtigte Rodolfo, eine neue Sekte gründen zu wollen. „Willst du uns eine Religion aufschwatzen?", protestierte nun auch Anders. Rodolfo meinte: „Dieser Bund ist in alle Richtungen offen. Es geht um Menschlichkeit und Heilung durch die Mittel der Kunst. Bei all dem ist auch eine Art Gottsuche möglich." – „Es interessiert mich schon, was daraus wird!", entschuldigte sich Olivia. „Aber ich will mich hier nicht verpflichten. Ihr wisst, ich habe noch andere Projekte und dazu meinen eigenen Blog." – Auch Lore genügten neben dem Studium die wöchentlichen Straßenaktionen. Ähnlich sahen es die anderen Studenten. Engagement für das Klima, ja, aber außerhalb der Universität über Ethik oder gar Gott zu diskutieren, ging ihnen einfach zu weit.

Michele atmete auf: „Stimmt! Wir sollten unsere Energien nicht verzetteln. Es braucht eine klare Marschrichtung, um die Klimaziele noch zu erreichen. Die Zeit drängt. Wir alle, die wir hier sitzen, sind eine betrogene, enteignete Generation, die sich zur Wehr setzen muss! Verzeih Rodolfo, deine Vorstellungen gehen in eine etwas andere Richtung. Doch hoffe ich, du bleibst der Bewegung erhalten?" – Dieser nickte, suchte aber nochmals Unterstützung in Siles Gesicht. Er erklärte: „Im Unterschied zu dir stelle ich mir weniger einen Klassenkampf vor als vielmehr Reparaturen." – „Ah! Ein Konservativer!", rief Anders, die Nase rümpfend. „Du und Prinzessin Sile habt euch gefunden!" – Und Michele redete nochmals auf seinen vormaligen Hoffnungsträger ein: „Glaub mir, Rodolfo, für das, was du meinst, ist es bereits zu spät! Der Zug ist abgefahren. Die Gesellschaft ist schon zu tief gespalten, Revolution ist der einzige Weg! Die Herrschaft des Geldadels muss fallen! Zum Teufel mit diesem ungerechten System."

„Ja", versetzte Rodolfo, „auch ich finde, dass der Kapitalismus langsam ausgedient hat, dass wir kein Wachstum mehr brauchen, sondern Verzicht. Die Wirtschaft muss schrumpfen, die Ressourcen und Güter gehören gerechter verteilt. Aber wird sich diese Menschheit allein durch eine Revolution, die vielleicht irgendwann auch zu den Waffen greift, zum Besseren verändern? Ich zweifle daran. Wo sind die Politiker, die in Zukunft mit ehrlicher Hand den Reichtum verteilen sollen? Wo sind die vielen edel gesinnten Beamten, die eine bessere Welt verwalten werden? Oder träumst du vom Überwachungsstaat? Revolutionen, auch wenn sie im Namen des Klimaschutzes geschehen, bringen nicht unbedingt einen besseren Menschen hervor! Einen, der nicht käuflich ist, der aus eigenem Antrieb Ressourcen schont, der Frieden sucht, seine Gier beherrscht, seinen Egoismus im Zaum hält, seine Kaltblütigkeit und Ignoranz überwindet und Empathie besitzt. Ja, es geht um Veränderung, aber eine Veränderung, die an den Wurzeln des Menschseins ansetzen muss."

Lore strahlte und wiederholte das anfangs vorgetragene Zitat: „Es braucht eine Schule der Menschlichkeit!" – Doch Mattia schlug sich mit der flachen Hand gegen die Stirn: „Ihr fallt auf Phrasen herein! Sollen wir dasitzen und nichts tun? Wollt ihr unsere Politiker gewähren lassen, während wir selbst vor die Hunde gehen? Wir haben es lange genug mit gesitteten Diskussionen versucht! Meinst du, Brugnaro lässt mit sich reden? Ja, er redet mir uns, doch sein Wort ist nichts wert! Das sind keine Menschen, es sind Monster!" – Michele pflichtete ihm bei: „Während er seine Lügen erzählt, versinkt die Stadt! Hat er nicht auch einmal Architektur studiert? Und was ist daraus geworden?" Ihre Stimmen hatten sich überschlagen. Rodolfo antwortete auffallend ruhig: „Wir sollten nicht in Panik geraten." – Michele fragte empört: „Was soll das heißen?"

Da wiederholte Zeynep noch einmal: „Denkt nach und betet!" Wieder waren aller Augen auf sie gerichtet. Sie hielt noch immer ihr Kostüm im Arm und lächelte. Schließlich legte Michele Rodolfo die Hand auf die Schulter und versprach, seinen Vorschlag nochmals zu überdenken. Daraufhin erweckten die Studenten ihre dunkel gewordenen Displays wieder zum Leben. Sile entschuldigte sich, sie müsse zu Professor Bertini. – „Il Polveroso!", scherzte jemand. Rodolfo bat sie um ihre Telefonnummer und fragte, ob er sie später am Abend anrufen dürfe.

## Bevilacqua

Siles Windjacke verlor sich in der Karawane Menschen, die den Kanal von Giudecca entlang Richtung Santa Maria della Salute spazierte. Immer wieder zweigten Gruppen nach Norden ab, andere strebten kreuz und quer durch den Leib dieser Stadt, der immer noch dalag wie von Canaletto gemalt. Es war die tägliche Feiertagsprozession. Man zelebrierte den Sieg der Schönheit über den Tod. Ein Meer von Fotos lieferte den Beweis dafür. Man hielt das Wunder des Überlebens mit seiner Kamera fest, bewahrte es auf für morgen, das Ende oder die Ewigkeit, stattete sich mit Südsee- und Venedigidyllen private Räume aus, machte sie zu Pyramidengräbern des Überlebens, heilend und voller Trost.

Sile schlüpfte an ihnen vorbei. Der Abstand zwischen den Fußgängern nahm zu und der Geruch nach gedrosseltem Schweiß und Parfum verpuffte in einer aufkommenden Brise. Es war das letzte Stück gepflasterter Kai vor der Accademia di Belle Arti. Am Abend würde sie sich an das eine oder andere Gesicht erinnern, sie würde Züge skizzieren und vielleicht eines von ihnen im Studentenatelier zu malen versuchen. Sie wünschte sich, menschliches Licht zu retten, ehe es stumpf und gleichgültig wurde. Michele gehörte dazu. Und nun auch Rodolfo. „Denkt nach und betet!", hatte Zeynep gesagt. Vielleicht tat es Sile bereits, nicht erst seit diesem wolkenverhangenen Tag.

Im gepflasterten Innenhof standen Klappstühle in Reihen nebeneinander. Ihnen gegenüber stapelten sich schwarze Kartons und Bühnenrequisiten. Einige Schauspieler, halb Karneval, halb griechisches Drama, standen in einer Gruppe zusammen. Eine Kamerafrau drehte an ihrem Stativ. Sile eilte an ihnen vorüber zum Säulengang und weiter ins Innere des villenartigen Baus, in dem drei Generationen von Ciardis studiert und später auch unterrichtet hatten. Eine Haarsträhne löste sich und fiel unter ihrer Mütze hervor. Sie schob sie sich hinters Ohr und stieg weiter die Treppen zum oberen Stockwerk hinauf.

Ein Türflügel des Instituts für Kunstgeschichte stand offen. Im Innern hörte man die monotone Stimme des Professors diktieren. Il Polveroso, ein hagerer Mann in abgestoßenen Kleidern, formulierte lange Sätze und schlug zwischendurch in einem der Bücher nach, um ein wörtliches Zitat abzulesen. Signora Nero tippte es in den Computer. Er sah der eintretenden Studentin etwas verwirrt entgegen. „Ah, Signorina Ciardi!", grüßte er und drehte sich nach der Wanduhr um. „Sie sind pünktlich!" – Er reichte Sile die Hand und führte sie in den dahinterliegenden Raum. „Ich möchte Ihnen zeigen, was ich letzte Woche bei einem Besuch im Museo Correr entdeckt habe. Sie werden staunen: Es handelt sich um das Tagebuch Giambattista Bevilacquas!"

Damit wies Professor Bertini auf einen etwas schäbigen Tisch in der Mitte des Raumes, auf dem verstreute Manuskripte und alte Drucke lagen. Er zwinkerte seiner Studentin zu und erklärte, es gehe um ihren Urururgroßvater. Sie nickte nur freundlich, da sie es eigentlich erwartet hatte. Bertini hob einzelne Blätter einer losen Handschrift hoch und hielt sie ans Licht. „Wie Sie sich aus meiner Vorlesung erinnern werden, wirkte der Schreiber dieser Erinnerungen, der heute zu Unrecht vergessene Maler und Restaurator Bevilacqua, in der ersten Hälfte des 19. Jahrhunderts. Und es überrascht mich nicht, dass er auch mit einigen vornehmen Familien Venedigs befreundet war, darunter der des Goldschmieds Ludovico Ciardi, Guglielmo Ciardis Großvater mütterlicherseits! Und nun kommt das für mich Überraschende: Dieses Tagebuch offenbart uns endlich auch die Umstände von

Guglielmos Geburt sowie den Namen seines illegitimen Erzeugers!"

Nachdem er die Seiten geordnet hatte und das Deckblatt zuoberst lag, machte Bertini seiner Studentin Platz und ließ sie Seite 16 aufschlagen. Sie blätterte bis zum Einlegezettel, und der Finger des Professors wies auf das Datum 13. September 1842, den Geburtstag eines, wie er sagte, der begnadetsten italienischen Maler des 19. Jahrhunderts. „Lesen Sie sich nur alles in Ruhe durch. Wenn Sie wollen, können Sie die Seite oder das ganze Manuskript zum privaten Gebrauch ablichten. Ich selbst habe vor Jahren einen Lexikonartikel über ihren Urahn verfasst, ohne dessen Vater namentlich zu kennen. Die Chronik der Akademie verriet bis dahin nur, dass er österreichischer Beamter gewesen war. Bevilacqua ist es zu verdanken, dass wir ihn nunmehr kennen: Er hieß Isaac von Türrn."

Siles Blick versuchte der haarigen Schrift zu folgen. Der Beginn jedes dieser Absätze war von Fragezeichen umrahmt, die ihn auflösten und zugleich nur umso sicherer dastehen ließen. Das Dokument roch, als hätte man es aus dem Meer gefischt. Noch immer spürte sie Bertinis Atem im Hintergrund. Einiges auf diesen Seiten, entschuldigte er sich, sei eines Künstlers vom Rang Bevcilacquas nicht würdig. Er meinte Klatsch und eine Vorliebe für Kuriositäten. Damit habe sich der Restaurator die Zeit vertrieben, während ihm kirchliche Aufträge fehlten.

Schließlich begab sich Bertini zurück ins Vorzimmer zu Signora Nero. Während er weiter diktierte, las Sile Bevilacquas Tagebucheintrag:

„13. September 1842. Als ich den heutigen Abend, wie jeden Montag, gemeinsam mit Teodoro im Haus unseres Freundes Ludovico Ciardi beim Kartenspiel saß, meldete ihm die Jungfer, dass seine Tochter Signorina Elena eben einem Sohn das Leben geschenkt habe! Unser Gastgeber ließ ausrichten, er werde kommen, sobald die Partie zu Ende sei. Tatsächlich spielten wir noch eine ganze Weile fort. Darauf entließ er uns, ohne über das Ereignis ein weiteres Wort zu verlieren.

16. September: Nochmals zu dieser Geschichte. Eben erfuhr ich, dass der Knabe in der Kirche San Stefano getauft worden ist und den Namen Guglielmo erhalten hat. Der Vater des Kindes, verriet mir der Priester, sei ein gewisser Isaac von Türrn, ein Österreicher. Für mich ist er nichts weiter als ein Besatzer und Feind unserer Freiheit. Ich kann nicht begreifen, warum Signorina Elena sich mit diesem Fremden einlassen konnte! Ja, es schmerzt mich maßlos, da ich ihr seit Jahren meine Aufwartung mache und bisher keinerlei Zeichen ihrer Geneigtheit erhielt. Was zählt die Kunst in den Augen unserer Zeit? Handlanger sind wir für sie, nicht mehr, Kleckser nennt uns der überhebliche Adel. Gelobt sei mir die Kirche, ich wüsste nicht, wo ich ohne sie wäre."

Sile ging die Stelle ein zweites Mal durch und blätterte dann noch weiter zu Listen von Aufträgen, begonnenen und fertiggestellten Gemälden, Fresken, die Bevilacqua aufgefrischt, und abgeblätterten Farbschichten, die er erneuert hatte. Schließlich fand sie vorn unter den ersten Eintragungen die rot kolorierte Skizze eines Vulkans, umgeben von dunklen Rauchschwaden. Sie quollen über die Zeichnung hinaus und schwärzten die darunter geschriebenen Zeilen. Zuerst dachte die junge Studentin an den Untergang Pompejis, ein klassisches Bildmotiv. Doch hier war die gesamte Seite mit Rußpartikeln übersät. Bevilacqua nannte es: „Das Unheil von 1816". Weiter schrieb er:

„Seit Monaten herrscht Finsternis über Europa. Letzte Woche las ich in der Wiener Zeitung, es handle sich um Aschewolken eines Vulkans, der weit weg auf den indonesischen Inseln ausgebrochen sei. Gott steh uns bei! Ich gehe jetzt öfter zur Beichte. Doch auch wenn mir der Himmel Venedigs verstellt ist, werde ich nicht aufhören den Glanz dieser Stadt zu malen: Das Gold der Throne, den Purpur der geistlichen Roben, das Braun der Kreuze, das Schwarz der Gondeln, das Weiß der heiligen Jungfrau. Dazu eine Prise Azur und etwas Grafit für die Sphären, in denen Engel und Märtyrer wohnen. Doch was meine Kunst noch immer entbehrt, ist das Grün des Lorbeers!"

Am Ende des Tagebuchs, man schrieb das Jahr 1848, war Bevilacquas Schrift blass und brüchig geworden. Es schien, er habe die Tinte mit Wasser verdünnt. „Revolution!", kritzelte er mit kraftlosen Fingern. „Es herrscht Krieg! Die Stadt ist am Verhungern! Und jetzt ist auch noch die Cholera ausgebrochen! Die Ärzte sind machtlos. Mein unbedeutendes Leben erlischt am Busen der Schönen!"

Das Vermächtnis des Kirchenmalers beschwor in Sile Bilder herauf, die sie an Micheles Träume erinnerten: Epidemien, Kriegslärm, Schreie von Sterbenden, Katastrophen. Endlich bemerkte sie, dass Bertini schon eine Weile andächtig neben ihr stand und zusah, wie seine Studentin sich in das alte Manuskript vertiefte. Endlich räusperte er sich. Die Sekretärin war bereits nach Hause gegangen. So fragte er nach, ob Signorina Ciardi über ihren Vorfahren Isaac von Türrn noch ein weiteres Detail erfahren wolle. Diese drehte sich nach dem Professor um, während er für sich einen Stuhl heranschob und erklärte: „Im Verzeichnis der Adelsfamilien der Österreichisch-Ungarischen Monarchie fand ich seinen Namen und ein Schloss Türrn oder Dürrn in Kulfberg, Tirol."

Felsen, Hochgebirge, echote es in Siles Kopf. „Was hat dieser neue Großvater in meinem Leben zu bedeuten?", fragte sie sich. Bertini maß der Sache eine Wichtigkeit zu, die Sile zunächst nicht nachvollziehen konnte. Doch Il polveroso lächelte, wobei man plötzlich auch seine Zähne sah, und sagte in vertrautem Ton: „Ich habe mich über Türrns Werdegang informiert. Sein Name findet sich auch im Lexikon der Bauingenieure Venedigs. Er wurde für seine Verdienste um die Planung der Eisenbahnstrecke Mailand – Venedig geadelt."

Sile murmelte: „Ingenieur? Ein Mann des Fortschritts?" – „Ja", bestätigte Bertini. „Bauingenieur war zu dieser Zeit ein aufstrebender Beruf, der die Beherrschung modernster Techniken verlangte. Er verfügte über umfangreiche Kenntnisse in Mathematik, Geometrie, Geografie, Baukunst, Mechanik und perspektivischem Zeichnen." Er legte seine flache Hand auf die Tischplatte und fügte er hinzu: „Türrn war vielleicht nicht nur an der Errichtung der alten Eisenbahnbrücke beteiligt. Ich vermute, er hat auch an der Planung des Bahnhofs in Mestre mitgewirkt. Dieser wurde ja 1842 eröffnet, genau in Guglielmos Geburtsjahr!"

„Mein neuer Urahn war einer von den Besatzern", überlegte Sile bei sich. „Den Venezianern war er verhasst, da er den Fortschritt vertrat. Bald darauf folgte die Revolution." Doch Bertini räusperte sich noch einmal. Seine Stimme war auffallend leise geworden, als er hinzufügte: „Und von Türrn tat, was im damaligen Österreich nicht unüblich war, er änderte mit Empfang seines Adelsbriefes auch den Familiennamen. Geboren wurde er als Isaac Ascher, Sohn des jüdischen Kaufmanns Abraham Ascher in Meran." Darauf lächelte der alte Mann in ungewohnter Süße. Jeder wusste, dass auch er seine Familiengeschichte erforscht hatte und angeblich von einem italienischen Heiligen des neunten Jahrhunderts abstammte.

Die neuen Namen und Orte pochten in Siles Kopf, als sie die Stufen hinabstieg. Im Erdgeschoß blieb sie an einem der Getränkeautomaten stehen. Sie ließ sich Zitronentee zubereiten, den sie nur trank, wenn sie nervös war. Mit dem heißen Papierbecher in der Hand suchte sie auf ihrem Smartphone nach Isaacs Vater. Abraham Ascher war einer der ersten jüdischen Kaufleute gewesen, die sich in Meran niedergelassen hatten, erfuhr sie. Davor war es Angehörigen seines Volkes verboten, hier Handel zu treiben. Er hatte es rasch zu Wohlstand gebracht. Die Familie ließ sich, wie damals üblich, in ihrem Wohnzimmer malen, biedermeierlich gekleidet, ernst und würdevoll. Abraham trug noch den grauen Vollbart, Isaac, er war auf dem Bild vielleicht siebzehn, einen ersten Flaum an den Schläfen und an der Oberlippe. Man konnte am Ernst seiner Augen ablesen, dass er unter allen Umständen Haltung bewahrte. Die Ähnlichkeit mit Guglielmo ließ sich nicht leugnen.

Sile nahm einen Schluck vom viel zu süßen Getränk und betrachtete nacheinander diese Familienangehörigen, die, verfolgt und angefeindet, quer durch Europa gewandert waren. Um 1800 hatten sie in Meran eine Heimat gefunden. Sie alle waren längst gestorben, und doch blickten sie aus dem Gemälde hervor, als seien sie gegenwärtig. Und Sile empfand: Sie gehörten zu ihr! Hatte die Kirche Elenas Heirat mit Isaac verboten, da er jüdischer Abstammung war? Ging es um Religion? Oder geschah es aus dem Geist des Risorgimento?

„Egal", sagte sie sich, „ich bin Jude!", und entsorgte den Papierbecher in einem der Abfallcontainer. „Meine Väter waren Abraham, Isaak, Jakob und Juda. Meine Mütter waren Sara, Rebekka und Lea. Meine Abstammung führt mich zurück bis nach Ur in Chaldäa. Eine Stadt am Meer wie Venedig." War nicht auch sie untergegangen? Und war nicht auch Abraham damals aus Ur geflohen, um sich der Verderbtheit der Gesellschaft zu entziehen? Er lebte, hieß es, fortan in der Wildnis, hütete Vieh und mied ummauerte Städte. War dies die Lebensform, die der Gott der Hebräer vorsah? Gott, schon wieder stießen ihre Gedanken an diesen Berg, fern, mächtig, ein Fragezeichen jenseits des Meeres, schimmernd wie Lapislazulistein. Das Blut ihrer Vorfahren rief förmlich nach Ihm, nach Opferaltären, Steinmalen und Schafherden am Roten Meer.

# Flucht auf die Felder

 Der Himmel gärte. Als sie in die Gasse der Unheilbaren einbog, trug ihr der Wind, weggeworfen und aufgebläht, einen durchsichtigen Regenmantel entgegen. Der Anblick des Ballons verwunderte Sile zu sehr, als dass sie ihn sogleich als Müll zu erkannt hätte, der aufgehoben werden sollte. Erst als die hüpfende Plastikwolke auf den Kanal zu schwebte, lief sie ihr hinterher, bis sie an ihr einen Ärmel zu fassen bekam. Sile zog sie bis zur Abfallinsel hinter sich her. Auch das umständliche Hineinstopfen der sinnlos gewordenen Blase befreite sie nicht vom Gefühl, wieder ein Stück weiter in die Vergangenheit abzudriften.

Bertini hatte in Siles Ahnenreihe nicht nur Maler und Kupferstecher in Triest zu Tage gefördert, sondern auch Töpfermeister in Rom, von denen es ein Zweig, der den Namen Ciardi führte, in Venedig als Goldschmiede zu Wohlstand gebracht hatte. Frauen wurden in den Zunftbüchern ja nicht erwähnt. Zwischen stolzen Handwerkern und Großmüttern mit Rüschenhauben und im Schoß gefalteten Händen sprang jedoch eine blutende Wurzel hervor. Man hatte sie sorgsam zugedeckt. Der Erfolg der Ciardis war zäh errungen. Man trug seine Zeichen der Zunft und Herkunft bei kirchlichen Prozessionen stolz vor sich her. Doch Sile war es, als spüre sie plötzlich die Last alter Thorarollen auf ihren Schultern.

Benommen stützte sie sich auf ein gemauertes Brückengeländer. Unter ihr bog der Kanal um die Hausecke und verschwand. Aus dem offenen Fenster irrten Stimmen herüber. Es klang nach vertrauten Familiengesprächen. Jetzt glitt unter der Brücke eine Gondel herein, ein einzelner dunkel gekleideter Herr hob den Kopf und blickte Sile geradewegs ins Gesicht. Er lüftete den Hut und sie glaubte für einen Moment, es sei Isaac von Türrn, der den Rio de Toresele herabfuhr. Es war nur eine Vorstellung, sie versuchte sie abzuschütteln. Sie riss sich vom Brückengeländer los und begann zu laufen, zurück an einen Ort mit heutigen Menschen.

So landete Sile im Portal einer Bank. „Realinstitut", stand über dem Eingang zu lesen und: „Vertrauen Sie uns". Es war eine alltägliche Handlung und sogar notwendig, an einem dieser Tage Bargeld zu beheben. Auch wegen Acqua alta und den angekündigten Schließungen. Im Foyer galt es zu warten, eine Nummer zu ziehen. Man betrat die Hochsicherheitszone und harrte in einer Schlange stumm gewordener Menschen aus. Doch wenn Sile sich umblickte, erinnerte sie hier alles an Dantes Kreise der Qual. Sie war nicht, wie ausgeschildert, an einen Ort des Vertrauens gelangt, sondern in eine mit Samt ausgekleidete Kapsel fern aller Realität. Das Flüstern hinter verschiebbaren Wänden hörte sich an wie ehernes Schweigen. Das Gesprochene war ohne Sprache. Stahlgraue Wände verzahnten sich mit den Schaltknöpfen eines Bunkers und hechelten Sicherheit, wo es keine Sicherheit gab, nur graue Kunststoffpulte. Ein seltsamer Tod beherrschte die Räume, in denen über Geld auf eine Weise gesprochen wurde, als sei es der Gipfel der Welt. Leise, denn es ging um den König, unsichtbar, allgegenwärtig, mächtig, den Lenker des Schicksals.

Sile konnte keine Lichter erkennen, nur versteckte Ovale über ihr an der Decke, die trotz angeschaltetem Strom wie verdunkelt erschienen. Alle Klarheit war auf die glatten, eng bedruckten Geldscheine gerichtet. Sile erschrak, als die von ihr gezogene Nummer auf dem Bildschirm erschien. Hinter beschattetem Panzerglas zählten weiße, ölige Finger ihr den Betrag vor, Zuckerzähne öffneten sich weich, als man den Namen ihrer Mutter hörte. Erst als sie zurück auf die Gasse gelangt war, konnte sie wieder frei atmen.

Und hier stand jemand mit einem Kindergesicht. Sie hätte diesen Menschen am liebsten am Ärmel gefasst und mit sich gezogen. Und sie besann sich erst, als ihr klar wurde, dass sie ja nichts für ihn tun konnte, als ihn an diesem Abend zu malen. Er blieb ebenfalls stehen und wühlte eine Einladung aus seiner Tasche, reichte sie ihr und ging weiter. Er gab sie niemandem sonst. Sile sah ihm nach, bis er in der nächsten Gasse verschwand.

Es war eine Ausstellung im Ca' Pesaro. Geworben wurde mit einem Gemälde Chagalls. Sile war gar nicht verwundert darüber, plötzlich Chagall in ihren Händen zu halten. Er gehörte schon lange zu ihr, zu ihr und zu ihren Vätern, die unvermutet in ihr

Leben traten. Sie blieb stehen und sah diese Tiere, Vögel, Schafe, gerettet und weiß. Einen Hahn. Das Herz eines Liebespaars. Diese Liebenden wohnten, selig umarmt, in der Luft. Ein Engel schüttete sanfte Dunkelheit über die Stadt. Die Mutter, das Kind, der Esel. Erzählte Geborgenheit. Der Weg führte an Gräbern und blühenden Bäumen entlang. Am Ende erwartete sie der Schlaf und eine nächtliche Flucht auf die Felder.

Die nächste Gasse war bereits überflutet. Sile fühlte es weich unter den Schuhen, als habe sie in all der Feuchtigkeit bereits Wurzeln geschlagen. Als sie an der Libreria Toletta vorbeikam, fiel ihr ein, sie müsse noch das Skriptum für die morgige Vorlesung kaufen. Der Vortragende hatte es den Studenten dringend empfohlen. In der Buchhandlung war man damit beschäftigt, den Verkaufsraum bis auf die Höhe von einem Meter leerzuräumen. Es gab eine Wendeltreppe zum oberen Stockwerk, die unentwegt knarrte, als man verpackte und unverpackte Bücher auf die darüberliegende Ebene trug. Der Karton mit den letzten Bestellungen stand noch ungeöffnet im hinteren Magazin.

Auf der Gasse blies ihr frischer Regen ins Gesicht. Sie setzte ihre Mütze auf und überlegte, ob sie nochmals zu Vittorio gehen sollte. Doch es war bereits Abend und die Flut stieg. Sie hörte es am dumpfen Ton des andrängenden Meeres. Die Laternen glommen auf und verblassten wieder, wie auf alten, nachgedunkelten Gemälden. Sile schlug den Weg zu ihrem Apartment ein. Als sie im Halbdunkel den Namen der Gasse las, Calle della Scuola, war es, als habe sie längst auf Rodolfo und dieses Bündnis gewartet. Allein, dass sie hierher nach Venedig gekommen war, in diese Gasse, hatte sie darauf vorbereitet! Unwillkürlich war sie an eine Thoraschule erinnert, und sie wiegte im Gehen verträumt den Oberkörper hin und her wie zur Melodie einer gesungenen Sprache. Als sie das feuchte Treppenhaus betrat, fiel ihr zum ersten Mal ein Geruch auf, der aus der Parterrewohnung drang. Es roch nach alten Kleidern und Eintöpfen, denen die Gewürze fehlten. Sie zuckte zusammen, so roch eine Behausung für Arme.

Seit Ende September, als Sile hier eingezogen war, hatte sie nicht bemerkt, dass jemand hier wohnte. Bevilacqua hatte in solchen Verhältnissen vor sich hingesiecht.

Als spürte der Mensch hinter der Tür, dass jemand davorstand, erschallte jetzt ein Husten. Sile war unentschlossen, ob sie weitergehen oder anklopfen sollte. Im nächsten Moment trat eine überraschend hochgewachsene Frau aus der Tür. Sie war mit Mantel und Haube bekleidet. Sie bückte sich, um in den Flur zu gelangen. Sile grüßte die würdevolle Erscheinung, doch es war nicht hell genug, um ihr Gesicht deutlicher sehen zu können. „Guten Abend. Brauchen Sie etwas?", fragte Sile knapp, während sich ihre Augen langsam an die Dunkelheit gewöhnten und auch die Nase und eine der Wangenpartien erkannten. Ein schönes Gesicht, nur gealtert, das Haar hochfrisiert, ganz Venezianerin, vermutete sie.

„Wohnen Sie unterm Dach?", fragte die Frau zurück. Sile nickte und die Frau erriet in ihr sogleich eine Kunststudentin. Sie selbst stellte sich als Veronica Maurer vor. Ein deutscher Name. „Wohnen Sie schon lange hier?", fragte Sile wieder und Signora Maurer bejahte. Die Nachbarin mit der Türnummer 2 machte eine Bewegung, an der Sile bemerkte, dass sie weitermüsse. „Wir sehen uns!", schlossen sie die flüchtige Konversation. Und als Signora Maurer einen kleinen Handkarren ergriff, mit dem alte Leute ihre Einkäufe nach Hause schafften, tat sie es, ohne sich nochmals umzudrehen.

## Die Sonne Venedigs

》》 Geräusche von Klappsesseln und anschwellenden Stimmen füllten den Hörsaal. Sile war eine Stunde früher gekommen, erste Reihe, das druckfrische Buch auf dem Schoß. Sie war hier, obwohl sie gestern aus dieser Blockvorlesung geflohen war, mit allen Symptomen von Übelkeit, Schwindel und dem Gefühl, sich übergeben zu müssen. Ronaldo Russo, Gastdozent aus Rom, der wandelnde Quader, feierte an drei Tagen hintereinander die Provokateure von gestern, das Niederreißen klassischer Ideale und das Neue um jeden Preis. „Die Moderne als Schöpferische Zerstörung!", lautete die von ihm gedrechselte Formel und auch der Titel seiner gut subventionierten Publikation. Wenn er vom Aufstand der Individualisten gegen die breite Masse sprach, vom glorreichen Siegeszug der Avantgarde, deren Verdienste er mühsam vom Bildschirm ablas, wusste jeder im Saal: Hier redet jemand in eigener Sache.

Den meisten von ihnen war nichts anderes übriggeblieben, als die gedruckte Story zu kaufen. Wenn den Zwanzigjährigen etwas vertraut war, dann Popups für neue Produkte. Wer kaufte, befreite sich von der Pflicht, auf seinem Klappsessel auszuharren. Doch mitten in seiner Predigt hatte Russo gestern zu lachen begonnen, ein groteskes, dekonstruierendes, dadaistisches Lachen. Ein Lachen, das er als anarchischen Impuls für die Revolte der Kunst verstand, als Instrument der Skepsis, Sinnstörung und Umwertung überkommener Werte. Dieses Lachen hatte Sile vor vierundzwanzig Stunden aus dem Hörsaal getrieben und auf der Titanic an Land gespült.

Vielleicht war es Rodolfos Anruf gewesen, seine Nüchternheit, die ihr gestern spätabends die Kraft gegeben hatte, hierher zurückzukehren. Er hatte sie um ein erstes Treffen gebeten, irgendwann am heutigen Nachmittag, er wollte sich noch bei ihr melden.

Der Professor öffnete auf dem Beamer Kapitel 2 seiner Präsentation. Nach der gestrigen Einleitung ging er nun auf die Grundlagen der Moderne ein. Dabei folgte er fast wörtlich seinem titelgebenden Buch. Unter den Studenten war ein erleichtertes Murmeln zu hören. „Die Kunst", las Russo vor, „ist zum Skandal geworden, zum Protest, zur Erregung, zum Aufbruch, zu einer Krise, einem Elend, einem Irren, einem Irrsinn, einer Krankheit, einem Scheitern."

Der Professor atmete schwer. Jetzt zeigte er Edward Munchs „Schrei" und rief die Zuhörer dazu auf, das Gemälde zu interpretieren. Der Hilferuf unter orangem Himmel zerriss das klassische Ideal der Schönheit. Er kam jedoch nicht aus dem Mund eines brüllenden Löwen, fand Sile, sondern dem eines Gespenstes der Verzweiflung. Keiner von den Hörern meldete sich zu Wort. Man hatte sich seit Jahrzehnten an verstörende Bilder gewöhnt. Was interessierte einen Millennial der Aufschrei einer weit zurückliegenden Generation? Ihre Welt war heute erfüllt von Zukunftsangst und dem Geschrei der Märkte. Munchs Protest hatte längst in Ohnmacht oder Panik umgeschlagen, er war zum alltäglichen, billigen Aufmacher geworden, auf den selbst Plakate, die zum Burgeressen einluden, nicht mehr verzichten wollten.

Danach warf der Professor im Sekundentakt Fratzen und zerstückelte Körper durch den Raum, Gewalt, Schmerz, Elend, Bilder des Wahnsinns in grellen, üppigen Farben. Sile konnte diese Hetzjagd nicht mitansehen, da es Russo offenbar nur um Beweise für seine Thesen ging. So blätterte sie im Buch auf ihrem Schoß zurück an den Beginn, zu jenem Abschnitt, den sie gestern versäumt hatte. Sie stieß dabei auf William Turners venezianische Meditationen, seine Auflösung der Stadt in der blendenden Sonne oder im Nebel. Sein Abendlicht brannte wie Feuer. Die Aquarelle trugen Titel wie von Gedichten: „Der Morgen", „Der Abend", „Lagune". Die Stadt ertrank in Luft und Wasser, die Horizonte fehlten. Von den Menschen blieben nichts als Striche, weiß und schwarz, zwischen Himmel und Meer zurück. Turners Nebel kam einer Auslöschung gleich.

Zuletzt wurde sie von einem rätselhaften Bild angezogen. In seiner Mitte trieb ein Segelschiff voll bunt gekleideter Männer. Sie machten sich auf, um zwischen ruhenden Fischerbooten aufs Meer hinauszufahren. Im Hintergrund, blass angedeutet, war das Fundament einer Häuserfront zu erkennen. Es schwebte über dem Wasser. Auf dem hohen, vom Wind geblähten Segel war die Aufschrift zu lesen, die dem Bild den Titel gegeben hatte: „Die Sonne Venedigs". Ein roter Schatten knapp vor dem Bug glühte geheimnisvoll auf.

Aber je länger Sile darauf starrte, desto mehr verwirrte sie dieses Rot. Als wäre die Farbe mit Blut vermischt! Es zog den Blick des Betrachters mit sich in die Tiefe. Plötzlich schmerzte es sie mitanzusehen, wie dieses Rot alles Leben in sich aufsog. „Ein Menetekel des Todes!", kam ihr in den Sinn. Auch die wirren Striche am Horizont wirkten plötzlich wie Striemen und frisch geschlagene Wunden. Und während sie ihre Augen nicht davon abwenden konnte, begann dieses Schiff mit seinen Menschen darauf rund um das Rot zu zerfallen. Zurück blieb eine sinnlose Leere! Die Verlockung von Wärme war für den Betrachter zur Falle geworden. Turner hatte keine morgendliche Ausfahrt gemalt, sondern spöttisch hingeworfene Trümmer, die im Meer versanken. Auch den Menschen hatte er zur Marionette gemacht, unfähig, sich der Auflösung der Welt, äußerlich ebenso wie innerlich, entgegenzustellen. Auf der Such nach einer Erklärung las Sile zuletzt auch den Vers, den Turner auf die Rückseite seines Gemäldes gekritzelt hatte: „In grimmiger Ruhe – erwartet der Dämon – den Einbruch der Nacht."

Darauf schloss sie hastig das Buch. Es fiel zu Boden. Ein kurzer Hall. Ihre Hände zitterten. Sie starrte regungslos auf eine der Türen, über der das Zeichen für Notausgang hing. Ein gefirnisster Holzrahmen mit sechs eingefügten Kassetten in waagrechter und senkrechter Reihe. Wie ein geschlossenes Fenster.

Bald danach unterbrach Russo jedoch seinen Vortrag und schlug eine Kaffeepause vor. Zehn Minuten, schränkte er ein. Doch Sile hatte für heute genug gesehen, schulterte ihren Rucksack und strebte zusammen mit anderen Hörern die Sesselreihen entlang zum Ausgang.

# Graue Periode

» Sie floh am Buffet vorbei, die Wände entlang. Verschlossene Türen. Sie sucht nach Halbdunkel, nach einem Ruhepunkt für ihre Augen. In einem Seitengang verlangsamte sie ihre Schritte. Über ihr hing nur ein einziges Bild, eine ganz in Grau gehaltene Landschaft, von einem schlichten Holzrahmen umgeben.

Sile blieb stehen, um es näher zu betrachten. Hier gab es nur eine Linie für den Horizont, in der Himmel und Erde zusammentrafen. „Die Sonne Venedigs ist endgültig untergegangen!", dachte sie für einen Moment. Plötzlich erkannte sie rechts in der Ecke Guglielmos Signatur. „Das kann nicht sein!", rief sie halblaut aus, dass es widerhallte. Doch auch das Täfelchen an der Seite bestätigte es, „Venedig, 1885".

Wie William Turner, hatte der Sohn Isaacs von Türrn diese Stadt in einer ihr nicht näher bekannten Phase seines Schaffens ausgelöscht! – Wie war dies möglich? Was hatte Guglielmo dazu bewogen, den feinen Pinsel aus Rotmarderhaar, die Krönung seines Handwerks, mit groben Spachteln zu vertauschen, von einem Tag auf den anderen Farbe mit Erde zu versetzen, eine klobige Masse über die Leinwand zu streichen, zu schaben, zu kratzen und die Welt in graues Sackleinen zu hüllen?

Sile betrachtete sorgenvoll die leergeräumte Bühne, die Guglielmo von seiner Geburtsstadt übriggelassen hatte. Schließlich wusste sie, ihr blieb jetzt nur noch die Bibliothek! Dort, dem Aufbewahrungsort unzähliger Bücher, musste es Literatur über ihren Vorfahren geben, die sie noch nicht kannte.

Der Lesesaal war ein von weißen Säulen getragener Raum mit gut beleuchteten Tischen und schwarzen Stühlen. Vor einem einzelnen Bildschirm rief sie den Bibliothekskatalog auf, um darin eine wissenschaftliche Arbeit über Guglielmo Ciardi zu finden.

Tatsächlich gab es im Magazin ein Werk, das sich mit seinem Leben befasste, eine Doktorarbeit aus den 1950er Jahren. Sie gab die Katalognummer ins System ein und wartete gespannt.

In diesem ehemaligen Kirchenraum der Akademie hatte Sile schon etliche Nachmittage verbracht. Sie trat jetzt näher an den Schalter heran und begrüßte den Beamten, der in gebückter Haltung dasaß. Er sah Sile stets auf eine Weise an, als wisse er mehr über sie als es die Ausweiskarte verriet. Seine Stimme, die sich über die Jahre ans Flüstern gewöhnt hatte, benötigte etwas Zeit, um das Schutzfenster zu durchdringen. Hinter ihr lag ein leerer Saal.

Endlich erhob sich der Mann und reichte ihr ein mit dem Stempel des Magazins versehenes, noch mit Schreibmaschine auf Durchschlagpapier getipptes gebundenes Typoskript durch das Fenster. Als sie es aufschlug, bestätigte ihr schon das Inhaltsverzeichnis, dass es in Guglielmos Leben eine „Graue Phase" gegeben hatte!

Sile beugte sich über die etwas unregelmäßigen Zeilen. Der seltsame Leimgeruch störte sie ein wenig. Doch sie blätterte weiter. Der Haarknoten an ihrem Hinterkopf löste sich langsam auf. Sie befestigte ihn notdürftig. Von Guglielmos Gemälden waren hier im Anhang nur schlechte Schwarzweißkopien zu sehen. Der Doktorand, ein gewisser Mario Zetto, schrieb, die Werke aus Guglielmos Grauer Phase ließen sich auf den ersten Blick nicht als seine erkennen. Diese Phase währte nur wenige Monate. Als Auslöser für sie gab Zetto eine Begegnung Guglielmos mit dem Engländer John Ruskin an. Sie hatten sich spätestens 1885 in Venedig kennengelernt.

Der 1819 geborene Kunstphilosoph reiste damals durch Europa, um sich gegen die Ausbeutung der Textilarbeiter einzusetzen. Er, der selbst ausgesprochen vermögend war, führte Gespräche mit Besitzern italienischer Stoffmanufakturen, um sie davon zu überzeugen, die Arbeitsbedingungen der Weber erträglicher zu gestalten. Er soll gesagt haben: „Die Grundlagen der Gesellschaft sind erschüttert, nicht weil die Massen zu wenig Brot, sondern weil sie keine Freude an der Arbeit mehr haben, mit der sie ihr Brot verdienen." Das alles entnahm Sile dieser wissenschaftlichen Studie. Guglielmo hatte schon Jahre zuvor versucht, Ruskin in London zu treffen. Der vielbeschäftigte Mann war jedoch gerade auf Reisen gewesen. Auch sonst empfing er selten Besucher. Zetto ging davon aus, dass ihr Ahnherr einige von Ruskins Schriften gelesen hatte, darunter „Die Steine Venedigs", ein Buch, das in England damals zu den meistverkauften Publikationen gehörte. Guglielmo bewunderte, schrieb Zetto, den grandiosen Stil und die Erhabenheit von Ruskins Denken. Auf einer der nächsten Seiten wurde ein Brief zitiert, den Guglielmo seiner Frau am 2. August 1885 aus Venedig schrieb, abgedruckt mit Erlaubnis seiner Enkelin Emma:

„Geliebte Mariella! Dieser Brief eilt mir voraus, er soll Dich hoffentlich ein wenig trösten! Ich weiß, dass Du mich dieser Tage wegen deiner Sorge um unseren Sohn Luigi bei Dir haben möchtest. Doch verzeih! Mich hielt gestern eine außergewöhnliche Gelegenheit in Venedig zurück. Du wirst es sofort verstehen, wenn Du davon erfährst. –

Mister John Ruskin ist gerade zu Gast bei Borsato, gemeinsam mit einem gewissen William Hunt. Erinnerst Du Dich noch daran, wie wir damals vergeblich versucht haben, ihn in England zu treffen? Nun erfuhr ich durch Zufall von seinem Besuch in meiner Heimatstadt und ließ mich sogleich auf die Gästeliste setzen. Um mir Deine Vergebung bereits vorab zu sichern, will ich Dir kurz schildern, wie der gestrige Abend verlief. –

Man hatte uns einen Vortrag versprochen. Und so stellte ich mich in den aufmerksam lauschenden Kreis, der sich um den gefeierten Londoner Kunsthistoriker und Kenner Venedigs gebildet hatte. Und das erste, was Ruskin sagte, war: ‚Meine Herren! Sie kennen mich wahrscheinlich als Autor der ‚Stones of Venice'. Aber in den dreißig Jahren seit dieser Abhandlung bin ich zu neuen Einsichten gelangt, die ich Ihnen heute kurz darlegen werde. Nach wie vor glaube ich, dass es die Bestimmung des Künstlers ist, die Welt zu verschönern, jedoch vermag die Kunst die notwendige Ästhetisierung des Lebens nicht allein zu bewirken. Meine Brüder von der Arts-and-Crafts-Bewegung und ich halten es für dringend notwendig, dem Handwerker künftig denselben Rang wie dem Künstler zuzugestehen! Es gilt, den Zimmerleuten, Schuhmachern, Schneidern, Bauleuten, Schmieden und Töpfermeistern wieder den gebührenden Respekt und die öffentliche Beachtung zurückzugeben. Das gilt auch für unsere Arbeiter! Ich finde es unerträglich, dass die fortschreitende Industrialisierung ihnen jede Möglichkeit zur Muße und schöpferischen Betätigung raubt. –

Als ich 1860 mein Werk „Unto this Last" verfasste, brach ich mit der elitären Kunst. Fortan verkünde ich ein Evangelium der allseits verständlichen, frei verfügbaren Schönheit! Ich fordere, allen menschlichen Wesen in ihrem jeweiligen Lebensbereich ein Recht auf Schönheit einzuräumen! Sie sollen wieder lernen zu sehen! Sie sollen mit allen Sinnen Freude am Dasein finden und genügend Freizeit erhalten, um die Majestät der Natur begreifen zu lernen! Kunst, Politik und Wirtschaft müssen wie vor alters zu einer Einheit zusammenwachsen! Wenn Sie so wollen, meine Herren, bin ich Sozialist geworden.' –

Natürlich staunten wir alle über diese unerwartete Predigt. Doch Mister Ruskin stellte in der Folge nur umso radikalere Forderungen auf: ‚Kapitalismus bedeutet Bereicherung Weniger auf Kosten Vieler! Das ist Ausbeutung, meine Herren! Es kommt nicht auf Wachstum und Fortschritt an, sondern auf soziale Gerechtigkeit! Wir müssen den Sklaven unseres Fortschritts das ihnen Geraubte zurückerstatten!' –

Er sagte, er plane unter anderem, Zeichenschulen für Ungebildete einzurichten, Arbeiterkindern Musikunterricht zu erteilen und Kunstwerke für die breite Bevölkerung zu reproduzieren. –

Mehr über Ruskins Ausführungen will ich Dir mündlich mitteilen. Du weißt, dass ich ihm in einigem beipflichte, was die

Würde der Arbeit betrifft, denn er sagt auch, jede Kunst sei nur so gut wie ihr Handwerk. Aber sein jüngster Sinneswandel irritiert mich, wie Du Dir denken kannst, nicht wenig. Besonders, weil er sich plötzlich, obwohl umfangreich gebildet, einer geradezu gewöhnlichen Sprache bedient. Er hofft damit ein breiteres Publikum zu erreichen.

Sei es wie es sei. In einer Stunde sehe ich ihn wieder, ehe er abreist. Er hat versprochen, mir seine letzte Vorlesung in gedruckter Form auszuhändigen, sie nennt sich ‚The Storm Cloud'. Darauf bin ich natürlich gespannt. – Bitte gib auf Dich acht, Mariella! Nimm eine Decke für Deine Füße, wenn Du im Garten sitzt.

Dein Guglielmo."

Das genannte Buch war in Venedig erschienen, kurz zuvor, im Juli desselben Jahres. Sile vermutete, dass sich das Exemplar der „Sturmwolke" mit der Widmung „Für Guglielmo Ciardi, 3. August 1885", unterzeichnet vom Autor, zuhause unter Guglielmos Bücherschätzen befand. Zetto vertrat die These, Ruskins Wetterbeobachtungen seien zweifellos für die seltsame Graue Phase im Leben des Künstlers verantwortlich gewesen. Ohne zu zögern, bestellte Sile nun auch Ruskins meteorologische Schrift. Während sie darauf wartete, wies sie der Beamte am Schalter auf eine Sonderausstellung hin, die dieses Jahr in einem Seitenraum der Bibliothek zu sehen war. Auch John Ruskin werde darin gewürdigt. Da er meinte, die Bestellung würde vielleicht länger dauern, folgte sie seinem ausgestreckten Arm.

Die Installation trug den Titel „Das Jahr dreier Propheten". Bisher war sie daran vorübergegangen. Ihr Blick fiel als erstes auf keinen Geringeren als Leonardo da Vinci, dessen fünfhundertsten Todestag man heuer beging. Die Bibliotheksleitung hatte eine kostbare Buchausgabe mit einigen seiner Weissagungen ausgestellt. Fünf Zukunftsbilder waren daraus zitiert: „Der Wüstenwind wird sich erheben und den Himmel verdunkeln", „Die Sintflut wird zurückkehren", „Die Welt wird in Flammen aufgehen",

„Die Mächtigen werden in ihrer Gier die Natur verwüsten" und „Eine verheerende Seuche wird die Welt überziehen". Das letzte Wort, das er schrieb, lautete jedoch „etcetera", was man als Relativierung alles zuvor Gesagten interpretierte.

Auch Tintoretto wurde hier als Prophet gewürdigt. Er kam zur Welt, als da Vinci starb. Doch es war Ruskin, der dritte hier vertretene Seher, der Tintoretto während seiner Aufenthalte in Venedig wiederentdeckt und ihm zu spätem Ruhm verholfen hatte. Und über Ruskin, vor zweihundert Jahren geboren, gut zwanzig Jahre vor Guglielmo, stand hier geschrieben, er habe gleichfalls den Weltuntergang prophezeit und sogar den Wandel des Klimas in allen Einzelheiten beschrieben. Sofort tippte Sile Ruskins Namen nochmals ins Katalogfenster ein und bestellte weitere seiner Schriften.

Der Bibliothekar hatte inzwischen ein Schild hinter die Scheibe geklebt, das auf die mögliche Schließung des Lesesaals in einer Woche hinwies. Das graue Gesicht riet der Studentin, dringend benötigte Bücher rechtzeitig mit nach Hause zu nehmen.

Als sie dann all diese Werke vor sich auf dem Tisch liegen hatte, blätterte sie erst einmal in den „Steinen Venedigs". Manches darin klang für sie wie ein Echo ihrer eigenen Gedanken, anderes erschreckte sie in seiner Strenge und Deutlichkeit. Denn der Autor lehnte fast die gesamte nachmittelalterliche Kultur Europas als Irrweg ab! In Venedig interessierten ihn nur, wie er schrieb, „Ideen". Er ging durch die Stadt mit der Vorstellung, dass sie das neuzeitliche Babylon sei, ein Sündenpfuhl, ein dem Untergang geweihter, da moralisch ebenso wie künstlerisch verderbter Ort. Einzig um Tintorettos Werke tat es dem Kunsttheoretiker leid.

Den Rest Venedigs beschrieb er als apokalyptisches Warnzeichen für die zeitgenössische Gesellschaft. Auch ihr prophezeite er den Verfall und ein baldiges Ende. Er nannte die Stadt verächtlich „das Gespenst am Gestade der See, so schwach – so still – so beraubt allen Besitzes, nur nicht seiner Lieblichkeit, dass man im Zweifel sein kann, wenn man ihr mattes Abbild in der Spiegelung der Lagune erblickt, welches die Stadt und welches ihr Schatten ist." – „William Turner!", schoss es Sile erneut durch den Kopf. Solche Bilder hatte Turner von Venedig gemalt. Und am Bug dieses venezianischen Schiffes starrte dem Betrachter der Dämon des Niedergangs ins Gesicht!

Nachdem sie bis zum frühen Nachmittag über Ruskins Schriften gebrütet hatte, entdeckte sie auf ihrem stumm geschalteten Telefon einen Anruf Rodolfos. Sie ging damit vor die Tür und rief ihn zurück. Er sagte, er sei gerade in der Nähe ihrer Wohnung. „Ich bin noch an der Uni, eigentlich in der Bibliothek", flüsterte sie. „Was liest du? Darf ich dich abholen?", fragte er. „Ruskin", antwortete sie, und er meinte darauf: „Ich werde beim Eingangstor auf dich warten!" Sile beeilte sich, die Bücher über das Wochenende zu reservieren und den Rucksack aus dem Schließfach zu holen. Als sie sich dem Ausgang näherte, sah sie Rodolfo schon von Weitem dort stehen. Er blickte nach oben, sein Haar wirkte dunkler als gestern und roch, als sie nähertrat, nach Regen.

Sie zogen sich ihre Kapuzen über den Kopf. Sile vergaß, als sie nebeneinander über das Pflaster schlenderten, erst einmal alles Gelesene. Er fragte auch nicht mehr danach. Ihr fiel auf, dass er dieselbe rasche Gangart hatte wie sie. Über ihnen hingen Fäden von Silbertang. „Kannst du die Farbe des Himmels deuten?", fragte sie Rodolfo. „Ja", entgegnete er und wies auf das Wasser. „Regen und Acqua alta stehen bevor!"

„Wohin führst du mich?", fragte sie von der Seite, und er erklärte: „Ich lade dich ins Konservatorium ein! Palazzo Pisani." Sie überquerten den Toresele, den Rio di San Vio, den Campo di Sant'Agnese und hielten auf der Ponte dell'Accademia an, wo sie sich nebeneinander im Kreis drehten, um die Stadt rund um den großen Kanal als Panorama zu sehen. Im Bezirk San Marco hatte man bereits Holzstege für Fußgänger errichtet. Sie versuchten zur Übung darauf zu gehen.

## Zur Ehre Gottes

>> Der Pförtner des Palazzo Pisani akzeptierte ihre Erklärungen und Rodolfo schleuste seine Begleiterin zwischen den Schranken hindurch. Er hatte sie schon darauf vorbereitet, dass dieser Palast den Ehrgeiz besaß, der größte und prächtigste der Stadt zu sein. Trotzdem war Sile erstaunt über die Höhe des Foyers, in dem ihre Schritte widerhallten.

„Ist das steingewordene Musik?", flüsterte sie. Ihm, der hier täglich aus und ein ging, fiel es nicht auf. Er blickte sich nur beiläufig um. Es sei, meinte er, eigentlich selbstverständlich, dass die Musik in solchen Gebäuden residiere. Seine ehemaligen Besitzer hätten vielleicht ihre eigene Ehre im Sinn gehabt, doch Bauwerke dieser Art empfingen ihre Berechtigung letztlich daraus, dem geistigen Fortschritt der Menschheit zu dienen. „Oder sagt Ruskin etwas anderes?", fragte Rodolfo, während sie weiter der offenen Treppe zustrebten.

Sile erklärte schmunzelnd: „Ruskin hielt in dieser Stadt nur Tintoretto und die Gotik für erhaltenswert. Was in den Jahrhunderten danach gebaut oder gemalt worden war, gab er leichten Herzens dem von ihm prophezeiten Untergang preis. Über Musik wusste er offenbar nichts zu sagen." Rodolfo blies ein „Tsss" durch die Zähne und gab zurück: „Wahrscheinlich war er Puritaner. Für die Protestanten galt die Musik als sinnliche, teuflische Leidenschaft. Vielleicht, weil Musik die Kraft hat, Gefühle freizusetzen, die manche lieber verdrängen." Seine Stimme war noch eine Spur ernster geworden.

Im ersten Stock betraten sie einen mit Teppichboden ausgelegten Übungsraum. Rodolfo zog seine regennassen Schuhe aus und sah Sile bedeutungsvoll an. In der Mitte des Raumes stand neben dem Klavier auch ein antikes, kunstvoll bemaltes Cembalo. Sile nannte es „eine Synthese aus Malerei und Musik", denn das antike Instrument war an der Innenseite des aufgeklappten Deckels und auch an den Seiten mit Pflanzenmotiven bemalt.

Rodolfo schien ihr nicht zugehört zu haben. Er wirkte angespannt. Schließlich fragte er: „Gestattest du mir, dir etwas vorzuspielen?" Es klang, als handle es sich um ein Ereignis, von dem Leben und Tod abhingen. Sile nickte vorsichtig, und er zog nochmals die Augenbrauen hoch, um sich zu vergewissern, ob sie tatsächlich bereit war, durch eine geweihte Pforte ins Reich der Musik einzutreten.

Ohne seine Unsicherheit abzustreifen, setzte er sich an den Flügel, prüfte einige Tasten, wiegte zu den Klängen den Kopf, strich mit den Handflächen mehrmals über seinen Pullover, streckte seinen Rücken, rieb sich die Finger und fuhr sich zuletzt übers Gesicht. Danach richteten sich seine Augen auf das Instrument, als wäre es von nun an ein Teil seines Körpers. Mit veränderter Stimme erklärte er nun: „Was du jetzt hören wirst, ist noch im Entstehen. Lass uns erst einmal nicht darüber reden. Noch nicht."

So beugte er sich etwas nach vorn und begann mit einem einzelnen Ton, wie aus der Mitte eines Beckens gezogen, umspielte ihn und verwob ihn zu Melodien, die wie Wasser über gläserne Mühlräder flossen. Dann sank sein Spiel ein, lief sanft einen Hügel hinauf, schwebte unbestimmt in der Luft und stürzte sich schließlich in einem dramatischen, schier nicht enden wollenden Schwall in die Tiefe.

Damit brach es ab. Rodolfo stand auf, blickte sich nicht mehr nach dem Klavier um und ging auf eines der Fenster zu. Es gebe erst diesen einen Teil, erklärte er und verharrte eine Weile mit abgewandtem Gesicht vor dem verschlossenen Glas.

Doch dann streckte er seinen Körper noch einmal durch, lockerte jeden seiner Finger und wies auf das zweite, kleinere Tasteninstrument, das auf seinen zerbrechlichen Beinen etwas verloren dastand. „Hast du schon Bekanntschaft mit dem Cembalo gemacht? Nein?", fragte er. „Ich stelle es dir vor." Er holte einen zweiten Hocker, auf dem Sile ihm gegenüber Platz nahm.

Als er wieder so ernst wurde und über dem Resonanzboden einzelne Saiten prüfte, war es ihr, als sitze sie einem Instrumentenbauer gegenüber, der zwei Klangkörper aufeinander einzustimmen versuchte. „Hast du dich schon für eine bestimmte Richtung entschieden?", fragte er jetzt. Er sprach von ihrem Studium der Malerei. „Nein", gab sie zurück, „ich stehe ja erst am Beginn." – „Mir ist es ebenso ergangen", nickte er. „Zuerst versuchte ich mich in experimenteller Musik, doch mir wurde bald klar, dass ich es nicht lange aushalten würde. Mein Ziel war immer schon die Komposition! Dafür brauche ich das Klavier. Doch das Cembalo inspiriert mich wie kein anderes Instrument. Man hat mir angeboten, ab dem kommendem Jahr in einem Barockorchester zu spielen."

Daraufhin rückten seine Hände nochmals den samtenen Sitz zurecht, legten sich einen Moment lang auf seine Oberschenkel, und in dieser Haltung kündigte er eine Sonate von Domenico Scarlatti an: „Ich versuche, dir einen Eindruck von alter italienischer Musik zu geben. Die Saiten des Cembalos werden gezupft, nicht gehämmert, wie beim Klavier, und man kann die Lautstärke weder verstärken noch dämpfen. Im Fall Scarlattis muss ich auch ein wenig die Violine ersetzen, die er hier vorgesehen hat. Du hörst einfach zu und sagst mir, was dir dazu einfällt." – „Einfach mein Gefühl?", fragte Sile. Er nickte und griff in die Tasten.

Was er spielte, war subtil, phantasiereich, lebendig. Es dauerte gut zwei Minuten. Danach blickte er auf und fragte: „Und?" Sile war unmittelbar davon ergriffen und sprudelte hervor: „Ich war auf einer Reise in einem hölzernen Fluggerät mit unzähligen Rädern und Klappen, in denen der Wind spielte. Ich bewegte mich mit einer Leichtigkeit vorwärts, als wäre die Landschaft, und mit ihr ich selbst, nur gezeichnet oder fantastisch geträumt. Die Sonne schien, kleine Kugelwolken durchzogen den Himmel, unter mir sah ich Felder, ein ganzes Königreich, sauber geordnet mit freundlichen Bewohnern. Es hörte sich an wie Bleistiftskizzen aus der Zeit Canalettos, die unversehens in Bewegung geraten."

Rodolfo erklärte ihr, er werde ihr weiter einzelne Proben vorspielen und sie sollte ihm dazu ihre Eindrücke schildern. „Bononcini!", kündigte er an. Nachdem er seine Hände von den Tasten gelöst hatte, beschrieb seine Zuhörerin: „Ich wurde in einer Sänfte durch einen kunstvoll gestalteten Garten getragen. Dabei musste ich an Gärten denken, wie sie meine Urgroßmutter gemalt hat."

Sie war aufgestanden, doch er bat sie, sich nochmals zu setzen. „Es folgt Frescobaldi!", sagte Rodolfo. Wieder spielte er nur einige Passagen. Sile antworte: „Ich sitze mit anderen Personen bequem im großen Salon. In unserer Mitte tritt ein Erzähler auf, er kommt aus fernen Gegenden und schildert wundersame Ereignisse. Ich sehe prächtige Schiffe, seltsam gekleidete Menschen, exotische Pflanzen und Tiere vor mir."

Danach spielte Rodolfo ein Stück von Pasquini, und ihr schien, sie drehe sich auf einem Karussell im Kreis. Es folgte ein Kammerstück von Vicentino. Rodolfo fragte sie wieder nach ihrem Eindruck. Sie hatte das Gefühl gehabt, durch einen hell funkelnden Raum zu tanzen. Während einer Komposition von Domenico Paradies schien es ihr, als drehe sie sich mit einer zweiten Person im Kreis. „Ein Gesellschaftstanz", vermutete sie, „bei dem Paare aufeinander zugehen, sich an den Händen halten und wieder loslassen." Und nochmals spielte er ein paar Sätze von Bononcini, bei denen ihr war, als sei sie mit jemandem, es könnte Rodolfo selbst sein, zu einem Spaziergang aufgebrochen, während dem sie sich angeregt unterhielten.

Den Schluss bildete dann Vivaldi. Und als Rodolfo geendet hatte, murmelte Sile: „Drama in einem Akt! Man kommt aus dem Staunen nicht mehr heraus. Sturm und Gewitter, Blitze, Flammen, der Himmel lodert wie Feuer! Ein Beben! Kurz darauf Stille. Die Wolkendecke hat sich gehoben und lässt einen Lichtstrahl durch. Und auch dieses Licht übersteigt an Glanz und Herrlichkeit alles, was es auf Erden gibt! Es breitet sich kometenhaft aus und erhellt am Ende jeden Winkel einer paradiesischen Welt."

Vivaldis Musik hatte Sile auch körperlich mitgerissen. Sie sprang auf. Es war nicht nur die Musik, sondern auch das abrupte Ende, das die Zuhörerin taumeln ließ. Als Rodolfo sie darauf ansprach, gestand sie ihm, dass sie der Energie, die in diesem Stück freigesetzt wurde, nicht lange standgehalten hätte.

Ihr Gegenüber zeigte sich mit den Antworten zufrieden. „Du hast dir einen unmittelbaren Zugang bewahrt! Beim Spielen sehe ich ähnliche Bilder vor mir. Du sagtest gerade: drinnen, draußen, Enge, Weite, Wind, Donner, Blitze, Regen, Geräusche des Daseins. Musik gibt mir erst das Gefühl, zu leben. Sie ist meine Freiheit, ein nach allen Seiten offener Raum. Meine Vorliebe gehört seit kurzem der Alten Musik. Sonst ist mein Musikgeschmack abhängig von der jeweiligen Stimmung. Das wechselt manchmal öfter am Tag. Beethoven, den ich bewundere, finde ich zuweilen etwas vorhersehbar, sogar der himmlische Mozart ist mir in seinen Verzierungen manchmal etwas zu verspielt – ich hoffe, ich beleidige jetzt nicht deinen Geschmack! Aber es gibt auch Tage, da kann ich nicht ohne ihn sein. Du magst wahrscheinlich Chopin?"

Sie nickte. „Ich spiele ihn mit Verzweiflung", gestand er. „Doch zurzeit liegt er, der Poet, der alle Tore der Schönheit für uns geöffnet hat, auf meinem Opfertisch! Gerade wegen seiner ungeheuren Ausstrahlung. Und weil er die feinsten Empfindungen aufspürt und die schöpferischen Möglichkeiten der Musik enorm erweitert hat, muss ich ihn meiden. Er verbaut mir den Weg zu meinem eigenen Stil. Wenn ich komponiere, suche ich nach Musik, die ich – ich benutze jetzt ein sehr starkes Wort – eher hasse! Musik, die meinen Widerstand weckt. Zum Beispiel Wagner. Und die Ablehnung, die Wagner in mir erzeugt, zwingt mich dazu, mein eigenes Profil zu schärfen oder überhaupt erst zu finden! Aber ich verspreche dir, wieder zu Chopin zurückzukehren."

Rodolfos Stimme hatte sich wieder entspannt. Er deutete vorsichtig an, dass seine Oper unmittelbar mit der Idee des mit ihr geschlossenen Nazarenerbündnisses zusammenhing.

Nach diesem Geständnis sprach er nochmals über Chopin: „Sogar seine Liebeserklärungen zeugen von absoluter Selbstbeherrschung. Chopin hat seine Gefühle nur in der Musik ausgelebt. Im realen Leben war er viel zu gehemmt, um sie zuzulassen."

Diese letzte Feststellung Rodolfos hörte sich wie ein Seufzer an. Die Augen, die sie wieder unverwandt anblickten, kämpften jetzt mit den Tränen. Nach einigen Minuten inneren Ringens presste er hervor: „Verstehst du, dass auch ich eine solche Klarheit brauche? Dass eine herkömmliche Beziehung, wie sie Menschen meines Alters beginnen, meine Arbeit gefährden würde? Außerdem fließt meine gesamte Kraft in dieses Projekt." Rodolfos Gestalt verkrampfte sich. „Und doch", fügte er leise hinzu, „brauche ich Menschen wie dich, um darüber zu reden."

Sile bekannte ihm, dass sie bisher nicht über eine Beziehung nachgedacht habe. Auch sie sei zu sehr mit ihrer Arbeit beschäftigt.

„Hast du Geschwister?", fragte er nun. Sie verneinte. „Dann bin ich von jetzt an dein Bruder!", rief er und begann in seinen Strümpfen lautlos und doch energisch den Raum abzuschreiten. Jetzt kam er auf Luigi Nono zu sprechen, einen Komponisten aus der zweiten Hälfte des 20. Jahrhunderts, der schon mit Elektronischer Musik experimentierte, ehe der Personal Computer erfunden worden war.

„Wegen Nono bin ich eigentlich nach Venedig gekommen! Er wollte mit seiner Musik zur Revolution aufrufen. Nicht unbedingt im politischen Sinn. Eine seiner Forderungen lautete: ‚Das Ohr aufwecken!' Damit meinte er die Kraft der menschlichen Seele. Auch Che Guevara soll gesagt haben, Schönheit und Revolution seien kein Widerspruch. Doch obwohl Nono immer einer meiner Vorbilder bleiben wird, kann ich seine Musik nicht mehr spielen. Sie ist auch nur bedingt zum Hören geeignet. Wenn du willst, können wir einmal sein Grab besuchen! Es liegt draußen auf San Michele!"

Das wollte Sile gern tun. Und Rodolfo setzte mit gerunzelter Stirn fort: „Ich folgte Nono bis zu dem Punkt, an dem er begann, die Grenzen zwischen Musik und Sprache zu überwinden. Er vertonte Gedichte. Mich haben seine ‚Lieder', wie er sie nannte, jedoch nicht in die Zukunft der Neuen Musik geführt, sondern im Gegenteil, sie haben mich Jahrhunderte zurückgeworfen. Du musst wissen: Die Gedichte, die Nono vertonte, stammten von keinem Geringeren als Friedrich Hölderlin. Hast du vom deutschen Lyriker schon gehört?"

Wieder musste Sile verneinen. Sie hatte ihren Rücken an eine Fenstersäule gelehnt. Nun blieb auch Rodolfo stehen und suchte nach ihrem Blick. Er hatte sich wieder gefasst: „Einige halten Hölderlin für den bedeutendsten Lyriker überhaupt. Auch für mich ist er das. Er hat eine Sprache gefunden, die an reine Poesie grenzt. Eine Sprache ohne Schnörkel. Sein Denken, seine Wortfindungen und Metaphern sind kühn und eigenwillig. Er beherrschte nicht nur meisterhaft antike Versmaße, sondern verinnerlichte sie zu einer Musikalität, wie kein anderer Dichter, den ich kenne. Seine Verse schweben in der Luft wie Gesang. Nirgendwo, auch nicht in den Jugendgedichten, ahmte er zeitgenössische Vorbilder nach. Was er schrieb, schon als Knabe, entsprang unmittelbar einer höheren Quelle, falls es so etwas überhaupt gibt. Er verstand sich als ‚Sänger'. Er wollte Wahrheit verkünden und Menschen auf eine geistigere Ebene führen. An manchen Stellen wird er für mich visionär. Du siehst, ich komme aus dem Schwärmen nicht mehr heraus."

Sile staunte über Rodolfos Leidenschaft für diesen in Italien kaum bekannten Dichter. Er meinte, er selbst lese ihn auf Deutsch, aber inzwischen gebe es auch eine gute italienische Übersetzung. Als Rodolfo dann, fast atemlos, weitersprach, sprang seine Begeisterung förmlich auf sie über. Dabei fühlte sie sich mit ihm auf eine Weise eins, wie sie dies noch nie bei einem

Menschen erlebt hatte. Und doch hatte sie ihn erst gestern kennengelernt.

Wie Franz von Assisi, erklärte er weiter, habe Hölderlin die Natur und die Gestirne seine „Geschwister" genannt. Er habe in seinen Gesängen Quellen und Ströme, Berge, Bäume, Jahreszeiten, Wind und Morgenröte angerufen. Alles im Universum sei für ihn miteinander verwoben gewesen. Und dennoch habe Hölderlin auch den christlichen Gott gepriesen. Ihn, den er den „Einen", „Einzigen", „Unnennbaren", „Herr der Welten" und „Vater" nannte, einen Schöpfergott, der, wie er glaubte, alles mit Leben erfüllte. Es war das erste Mal, dass jemand zu Sile von einem „Vater im Himmel" sprach.

„Da ich Hölderlins Hymnen wie Offenbarungen oder Gebete lese", bekannte Rodolfo, „hat sich durch sie auch mein Weltbild verändert. Ich kann, genau gesagt, nicht mehr vom ‚Klima' sprechen, wie wir es in Micheles Gruppe tun! Ich beginne an ein allumfassendes, durch und durch geordnetes Ganzes zu glauben. Stell dir einmal einen Kosmos vor, in dem alles Bedeutung hat!"

Angeregt durch die vorangegangenen Cembalostücke, fiel es Sile leicht, ihre Augen zu schließen und sich himmlische Sphären vorzustellen. Rodolfo zögerte eine Weile und erklärte weiter: „Natürlich verwarf Hölderlin, der Geistlicher hätte werden sollen, die damalige Kathederreligion! Auch ich hätte das getan. Hölderlin hatte seinen persönlichen Glauben. Einen Glauben, der sich mit antiken Mythen und Göttergestalten verband, mit Naturkräften und einer Harmonie der Elemente. Er klagte über die stumpfen, rohen Vergnügungen seiner Zeitgenossen und über den Starrsinn vernunftbesessener Professoren. Und er litt unter dem Verlust der Frömmigkeit! Er nannte es ‚geistige Finsternis'! Und er meinte, in einer von den Göttern verlassenen Welt zu leben. In seiner Verzweiflung wurde der Dichter zuletzt von einer Nervenkrise erfasst. Manche behaupten, er habe sich nur verstellt, aus Angst vor politischer Verfolgung. Ich selbst weiß nicht, ob es tatsächlich ‚Wahnsinn' war, wie man meint, oder eine Art Gotteskrankheit."

Die Verzweiflung, von der Rodolfo sprach, war auch in seinem Gesicht zu lesen. Sile musste für einen Moment die Augen schließen. Sie dachte an ihre eigenen seelischen Schwankungen. War auch Rodolfo anfällig dafür? Wie konnte ihn das Schicksal dieses Dichters so sehr bewegen, dass er neuerlich mit den Tränen rang?

Doch wie in Trance stammelte er weiter: „Sobald der Mensch aufhört, die Himmlischen anzurufen, sobald die Ehrfurcht vor ihnen nachlässt und die Rose des Glaubens verblüht, sagt Hölderlin, beginnt sein Untergang! Und ist es nicht heute so weit gekommen? Der Geist, der alles beseelt, zieht sich von der Erde zurück. Die Folge davon ist eine ‚Weltnacht', eine Finsternis, die im Geistigen ihren Anfang nimmt und nach und nach auch an der Natur sichtbar wird. Mir wird es immer plausibler, an solche Zusammenhänge zu glauben. Solange der Mensch mit den Göttern in Verbindung stand, durch Gebete, Anrufungen, Preisgesänge, befand sich die Welt im Gleichgewicht."

Als er geendet hatte, schlug Sile das Herz bis zum Hals. Rodolfos Hingabe und der Glaube seines Dichters hatten sich ihr tief eingeprägt. War dies die Wahrheit, nach der auch sie gesucht hatte? Allein der Gedanke daran machte sie taumeln, als stünde sie direkt vor jenem Berggipfel, den sie bisher nur aus der Ferne wahrgenommen hatte.

Rodolfo bemerkte, dass ihr Körper schwankte. Er fürchtete, sie könnte umkippen, und machte sich bereit, sie aufzufangen. Doch sie fasste sich wieder und bat ihn, weiter über Hölderlin zu erzählen.

So fuhr er nach kurzem Nachdenken fort: „Sein Blick auf die Natur ist ein völlig anderer als der Vivaldis. Aus der Sicht dieses Dichters bestimmen die Götter ebenso das Schicksal der Menschen wie auch den Lauf der Geschichte und halten, für heutige Begriffe, auch das Klima im Gleichgewicht. Ehrfürchtige Gesänge bewahren uns, meint er, nicht nur ihr Wohlwollen, sondern könnten auch ein goldenes Zeitalter zurückrufen, ein ‚seliges Griechenland', wie er es sich vorgestellt hat. Sollte die geistige Finsternis voranschreiten, sieht Hölderlin den Einbruch einer ‚Mitternacht' vorher. Doch auf diesem Zustand chaotischer Gottesferne sollte wieder ein neuer Morgen folgen, eine Rückkehr der Götter auf unsere Erde. Und, meine Schwester, dies halte ich auch für das Ziel der gegenwärtigen Kunst und Musik! Es ist an der Zeit, die Götter zurückzurufen! Ich will es durch diese Oper tun!" Rodolfos Gesicht durchzog jetzt ein Lächeln.

Sile, die immer wieder den Atem angehalten hatte, um ihn möglichst nicht zu unterbrechen, schloss Hölderlin an diesem Tag in ihr Herz ein. Ebenso Rodolfo. Nachdem sie eine Weile geschwiegen hatten, sagte er: „Einen Pantheisten, Pietisten oder Idealisten nennen ihn manche. Doch für mich ist Hölderlin genau der Hintergrund, den ich suche." – „Die Rettung heißt also: Gott?", murmelte Sile. Rodolfo ging wieder zwischen Flügel und Cembalo auf und ab und drückte seine Fußsohlen auf den Boden, als versuche er gerade, aus einer höheren Sphäre wieder auf die Erde herabzusteigen.

Nun blieb er ruckartig stehen und meinte: „Wenn wir Geschwister sind, so liebst du sicher auch Bach?" Er beugte sich dabei über die Tasten des Klaviers und intonierte eine flüchtige Melodie, als suche er bloß die Berührung. „Von dir oder von Bach?", fragte Sile. „Von mir", antwortete er belustigt. „Man hat mich von Kindheit an gefördert und erwartet eigentlich von mir, ein zweiter Bach zu werden. Meine Mutter ist ebenfalls Pianistin, deshalb."

„Schreibst du auch Gebete wie König David?", fragte Sile. „Leider bin ich für einen Mystiker noch nicht fromm genug", gestand er. „Doch ich arbeite daran. Mein Vater besuchte früher hin und wieder die Synagoge, doch mehr aus Tradition. Zu Hause hatten wir keine religiösen Symbole. Meine Mutter wollte mich damit nicht belasten. Doch ich denke, würde Bach heute komponieren, wäre es eine andere Welt. Ich könnte es spüren."

Sile stellte sich vor, Bach säße gerade irgendwo in einer Kirche in Deutschland und führe ein neues Orgelwerk auf. Sie fragte verwirrt: „Du meinst, es gäbe diesen Wandel des Klimas nicht?" Rodolfo lachte über die kindliche Frage. Er meinte, einem Bach von heute würde es mit seiner Musik zumindest gelingen, Frieden zu stiften und eine neue Frömmigkeit zu erzeugen. „Für Bach war die Musik göttlichen Ursprungs", erklärte er. „Du kennst wahrscheinlich die Formel, mit der er seine Partituren unterschrieb: ‚Soli Deo Gloria – Allein zur Ehre Gottes'?"

Sile nickte. „Ich nehme das aber nicht unbedingt wörtlich", lächelte Rodolfo. „Seine Zeitgenossen hielten ihm vor, nicht fromm genug gewesen zu sein! Seine Musik, meinte man entsetzt, sei erregend und sinnlich! Doch ist laut dem Christentum nicht auch der Gottessohn Fleisch geworden? Ich denke, Bach hat mit seinem Werk bessere Kirchenräume geschaffen als so mancher Architekt es vermochte! Er hat sakrale Gebäude in gewisser Weise überflüssig gemacht. Ähnliches gilt für Monteverdi. Solche Musik erhebt uns – auch ohne Kreuze und Pastoren. Bach und Monteverdi – auf ihren Gott blickend – schaffen es, uns Jahrhunderte später immer noch in den Himmel emporzutragen. Nur wenige Konzertbesucher sind, wie du weißt, heutzutage religiös. Doch viele berichten über spirituelle Erlebnisse während der Aufführung ihrer Werke. Solche Musik hilft ihnen, einen Zipfel der Ewigkeit zu erfassen."

Von draußen waren jetzt Stimmen zu hören. Rodolfo sah auf die Uhr und stellte fest, dass seine Übungsstunde vorüber war.

## Spezialmenü

》》 Auf dem Platz vor dem Konservatorium empfing sie neuerlich Regen, begleitet von einem Wind, der ihnen das Haar ins Gesicht trieb. Die Pflastersteine waren schon von einer dünnen Schicht Meerwasser bedeckt, das man bei jedem Schritt vor sich herschob. Rodolfo zog wieder seine Kapuze in die Stirn und schlug vor, heute nicht mehr die Galerie der Akademie zu besuchen, auch wenn sie in Kürze schließen sollte.

Doch beim Überqueren der Brücke blieb er noch einmal stehen und fragte: „Oder brennst du darauf, mich hier einzuführen?" Sile schüttelte nur den Kopf und meinte: „Bisher kam ich fast immer hierher, um ein einzelnes Bild zu betrachten." – „Immer dasselbe?", wollte Rodolfo wissen. „Manchmal ja", lächelte sie. „Aber im Moment möchte ich lieber deine Unterrichtsstunde auf mich wirken lassen und eigentlich keinen weiteren Tempel der Kunst betreten." So kamen sie überein, nach Michele und den anderen zu sehen.

Als sie den Gastgarten der Titanic erreichten, stand ihr gemeinsamer Freund bereits in der Tür. Er grüßte, seine Augenhöhlen wirkten noch dunkler als sonst. Sile begann abermals, sich Sorgen um Michele zu machen. Sie hatte schon viele Male versucht, ihn aufzuheitern. So fragte sie jetzt, was es Neues gebe? Michele winkte ab und wollte einfach, dass sie hereinkämen. „Im Gastgarten wird nicht mehr serviert!", meinte er trocken. Sie folgten ihm also an den Schanktisch und er stellte sich, da es kaum Gäste gab, dahinter auf und verschränkte die Arme.

„Wie steht es mit der Verbesserung der Welt?", stieß er gelangweilt hervor. Auch Vittorio steckte seinen Kopf aus der Küche und fragte: „Habt ihr schon etwas gegessen?" Micheles älterer Bruder schaffte es, wie schon so oft, die Situation zu entspannen. Tatsächlich hatte Sile heute nicht daran gedacht, sich etwas aus der Kantine zu holen, auch Rodolfo nicht. So zückte Michele seinen Block und notierte sich ihre Bestellung. „Der Preis spielt, wie gewöhnlich, keine Rolle?", fragte er, ohne aufzublicken. Sie und Rodolfo hoben die Achseln. Daraufhin empfahl ihnen Vittorio sein Spezialmenü und begann gleich damit, es zuzubereiten.

Als Micheles Blick mehrmals zwischen ihr und Rodolfo hin und her schweifte, wurde Sile sich wieder einmal ihrer finanziellen Sorglosigkeit bewusst und hätte am liebsten einen Stapel Geldscheine vor ihn hingelegt, um sich dafür zu entschuldigen, wie sie lebte. Bisher unterstützte sie die Arbeit der Klimabewegung mit Beträgen, die ihr von Emilianas monatlicher Überweisung übrigblieben. Michele selbst lehnte ein Mehrfaches an Trinkgeld meist ab. Und sie wusste natürlich, dass mehr nötig war, um einem leidenden Menschen zu helfen. Jetzt hob er seine verschränkten Arme und mit ihnen die Schultern, als wollte er zur Mauer erstarren. So vor ihm stehend, fand Sile nicht das rechte Wort, um die Distanz zwischen ihnen zu überwinden. Als sich sein Engelsgesicht gleich darauf von ihr abwandte, blieb ihr nichts übrig als Rodolfo zu folgen, der bereits an einem der Fenstertische auf sie wartete. Während sie Platz nahm, griff er das Thema ihres vorherigen Gesprächs wieder auf. Michele, der die Tischdecke brachte, schüttelte nur verständnislos den Kopf und murmelte: „Willkommen in Wolkenkuckucksheim!"

Als er sich wieder entfernt hatte, sprach Sile es an: „Für Michele sieht es so aus, als befassten wir uns mit Lächerlichkeiten, jedenfalls im Vergleich zu den Notwendigkeiten, mit denen er Tag für Tag zu kämpfen hat. Im Unterschied zu uns muss er arbeiten, um sein Leben zu finanzieren." Rodolfo zog seine Stirn in Falten. „Du meinst den Vorteil unserer Geburt? Dass wir Eltern haben, die uns nach wie vor unterstützen? Ich sehe das weniger fatalistisch. Sie tun es in meinem Fall nur, solange ich studiere und weil mir von verschiedenen Leuten Talent nachgesagt wird, das sie fördern wollen. Ich bezweifle, ob Michele mit mir tauschen würde. Und noch direkter gesagt: Wir beide arbeiten ebenfalls. Entscheidet sich nicht jeder ein Stück weit selbst dafür, wie er sein Leben verbringt?"

Sile wiegte nachdenklich den Kopf. „Deine letzte Frage muss ich leider verneinen! Damit jemand überhaupt die Möglichkeit erhält, sich für ein Kunst- oder Musikstudium zu entscheiden, bedarf es einer ganzen Kette von Privilegien. Mir fällt dazu gleich einmal ein: Herkunftsland, Einkommen der Eltern, frühkindliche Förderung, Zugang zu Bildung, Berufschancen, Einhaltung der Menschenrechte."

Michele kam wieder, um die Getränke zu bringen. Seine Angriffslust war verflogen. Wieder neigte sich sein Körper sorgenvoll zur Seite. Da fragte ihn Rodolfo: „Soll ich dich einmal nächste Woche hier vertreten, ich meine in deinem Job als Kellner? Dann hättest du einen freien Tag!"

Michele zischte einen unverständlichen Laut durch die Zähne und richtete sich abrupt auf. „Du?", äffte er spöttisch. „Nein danke, das mache ich lieber selbst." Es klang bitter und vielleicht auch ein wenig eifersüchtig gegenüber Rodolfo, der ihm gewissermaßen eine Freundin ausgespannt hatte. So zog sich Michele wieder hinter den Schanktisch zurück. Seine beiden Gäste blickten versonnen aus dem Fenster. Man sah dort weiterhin Touristen in Regenmänteln über die Gehwege irren.

„Als ich Michele das erste Mal sah", gestand Sile, „wünschte ich mir, ihn zu retten." Sie erntete einen verwunderten Blick von Rodolfo. So fügte sie hinzu: „Du fragst dich, wovor? Ein wenig vor sich selbst und vor –" Sie sprach nicht weiter, doch Rodolfo ergänzte: „– seinen Problemen?" Sile nickte: „Mir ist bewusst, dass ich meine Möglichkeiten dabei überschätze. Falls es die rettende Lösung für die Sorgen unserer Generation überhaupt gibt, so ist sie mir bisher nicht greifbar."

„Doch du hast sie vielleicht für dich selbst gefunden. Ist es nicht so?", fragte Rodolfo. Sile seufzte und gab zurück: „Mich rettet die Malerei!"

Rodolfos Augenbrauen zogen sich zu einem dunklen Gewölk zusammen. „Du malst dagegen an! Ich werde bisher noch nicht von Alpträumen verfolgt, doch kämpfe ich mit schöpferischen Blockaden. Die Arbeit bringt es einfach mit sich. Niemand von uns bleibt von persönlichen Krisen verschont. Bei Michele und einigen anderen ist es der Wettlauf gegen die Zeit, Rückschläge und Enttäuschungen stehen im Klimakampf an der Tagesordnung. Dagegen erfreuen wir uns am Beistand der Musen. Angenommen, morgen würde die Welt untergehen, würde ich bis zum letzten Atemzug Bach spielen oder jemand anderen, den ich liebe. Wäre kein Instrument zur Hand, würde ich summen, klopfen und singen."

Sile stellte sich Rodolfo summend, klopfend und singend auf einer Bootsplanke vor. Sie wünschte sich plötzlich, am Tag der befürchteten Weltkatastrophe mit ihm zusammen zu sein. Doch Rodolfo hielt sich bei diesem schlimmsten aller Fälle nicht auf. „Ein Künstler vermag seine Ängste in schöpferische Energie zu verwandeln", erklärte er. „Kompensation! Das ist es. Die Anspannung steigt heute allerorten. Auch unter den Musikern. Dem Verlust des Glaubens folgt die Verzweiflung. Depressionen sind jedoch kein neuzeitliches Phänomen. Schon in den ersten literarischen Aufzeichnungen lässt sich dieser Riss in der Seele erkennen. In jedem von uns tun sich Abgründe auf, die sich durch vernünftige Argumente nicht überbrücken lassen, wohl aber durch Religion und schöpferische Arbeit. Dem Homo sapiens fehlt etwas, er ist von sich aus kein heiles, abgerundetes Wesen. Es sehnt sich nach metaphysischem Trost!"

„Vielleicht hast du recht", murmelte Sile. Doch Rodolfo fuhr unbeirrt fort: „Ich habe vor allem mich selbst erforscht! Wenn ich tatsächlich von einem höheren Wesen erschaffen worden bin, so gewissermaßen mit dieser inneren Wunde. Das betrifft nicht nur den Tod. Der Schöpfer hat sich ein Loch in meiner Seele freigehalten, um zu verhindern, dass ich meine Erfüllung im Irdischen finde! Er ruft mich dazu auf, einen Sinn jenseits des Materialismus zu suchen und Brücken der Kunst zu bauen! Und noch persönlicher gesagt: Ich fühle mich zur Musik gezwungen! Und das ist gleichbedeutend mit dem Auftrag, irgendwann auch mit diesem Gott in Verbindung zu treten."

Er machte eine Pause und bedeckte sein Gesicht mit den Händen. Und als er sie wieder sinken ließ, brummte er: „Alle weiteren Erklärungen gehen eigentlich in Musik über. Doch genau an dieser Schnittstelle entsteht für mich Inspiration. Ich bin mir meiner inneren Abgründe bewusst. Doch die Musik hilft mir irgendwie, einen Tag nach dem anderen zu überleben."

Dann griff er nach seinem Glas und leerte es in einem Zug. Es schien, als wolle er den Ernst wegspülen, der sich erneut über ihr Gespräch gelegt hatte. „Ist dir schon aufgefallen", bemerkte er nun in verändertem Ton, „dass diejenigen, die ihre Geistesgesundheit am dreistesten betonen, oft die größten Psychotiker sind? Das gilt zumindest für Mussolini und seinen deutschen Kollegen von damals."

Dem allen hätte Sile noch gern etwas hinzugefügt. Ihr war mitten in seinen Erklärungen in den Sinn gekommen, dass es außer Kunst und Religion noch etwas geben musste, durch das der Mensch ganz werden kann. Sie stellte sich Liebe als einen solchen Raum vor. Auch in ihr wirkten Kräfte, die einen über dem Abgrund schweben ließen. Doch sie sprach den Gedanken nicht aus, da sie fürchtete, Rodolfo könnte es zu persönlich nehmen oder aber als bloßen Mythos abtun. Sie selbst empfand ihm gegenüber seit diesem Nachmittag mehr als Seelenverwandtschaft oder die von ihm geforderte „Brüderlichkeit". Sie glaubte, damit gegen die Regeln ihrer Scuola zu verstoßen.

Laut fragte sie: „Besteht die Rettung der Welt für dich also in der Rettung der Seele?"

„Sofern Menschen sich darauf einlassen, ja!", schränkte er ein. „Ich habe Michele zu erklären versucht, was mir angesichts des Klimawandels immer noch Hoffnung gibt. Er meinte nur, ich betrüge mich selbst. Dieses Wort ‚Hoffnung' allein ist heute verpönt, da es an ‚Glaube' erinnert."

„Man hat Ersatzworte dafür gefunden!", erwiderte Sile. Doch Rodolfo wies aus dem Fenster, vor dem die Menschen jetzt nur mehr schemenhaft zu erkennen waren, und sagte: „Der Mensch bewegt sich im Grunde mehr auf einer unsichtbaren vertikalen Leiter auf und ab als auf allen gut sichtbaren Horizontalen. Unsere Generation hat nur die Wahrnehmung dafür verloren. Es ist auch kein einfacher Weg. Jeder von uns schwebt ständig zwischen Paradies und Hades, Glückseligkeit und Verzweiflung auf und ab. Wenn wir diesen inneren Zustand für andere sichtbar machen wollten, müssten wir uns als Hüpfende darstellen, Gestalten wie Platons Seelenpferde. Oder besser noch als Tanzende!"

Er lehnte seinen Oberkörper zurück und der alte Kupferstich Venedigs auf dem Tischtuch wurde sichtbar. Sile wies ihn darauf hin und meinte: „Es gibt Gnadenbilder, zu denen sich Menschen einst flüchteten und denen sie eine rettende Macht zuschrieben. Auch diese Stadt ist möglicherweise eines davon. Ihre Schönheit, oder mehr noch, ihr Schweben zwischen Erde und Himmel, hat Generationen getröstet und tut es noch heute. Sie verehren ein Bild, das Jahr für Jahr dem prophezeiten Untergang trotzt. Sind wir nicht aus demselben Grund hier?" Die Frage beantwortete Rodolfo mit einem Lachen. „Das gilt vielleicht für dich und andere", wandte er ein. „Nicht für mich!" Zum Beweis dafür verriet er ihr, dass seine Oper ganz ohne den Glanz der Serenissima auskommen werde.

Diese und andere bisherige Andeutungen zu seinem Projekt versuchte Sile nicht weiter zu hinterfragen. Sie verstand, dass Rodolfo selbst erst unbestimmte Vorstellungen davon besaß, die ihn im Hintergrund ihrer Gespräche beschäftigten, dass er jedoch, wie sie selbst, noch nach der geeigneten schöpferischen Sprache dafür suchte. Da es bereits dunkel geworden war, begleitete er sie nach dieser ersten Zusammenkunft ihres Brüderbundes bis vor die Tür. Sie standen noch kurz im engen Schlurf dieser ehemaligen Schulgasse und lächelten einander im Licht eines verregneten Fensters an. Er wies schräg über die Dächer, wo er nur wenige Häuser weiter wohnte.

## Veronicas Tintoretto

》 In der folgenden Nacht irrte Sile durch wirre Träume. Sie erinnerte sich nach dem Erwachen an keine Einzelheiten mehr. Doch als sie sich mit einem Tee an den kleinen Schreibtisch setzte, wusste sie unbestimmt, dass heute Feiertag war. Der erste November, Allerheiligen, fiel ihr ein. Sie hatte mit Emiliana zusammen ein einziges Mal das Familiengrab in Treviso besucht. Es gab dort nur eine weiße Marmorplatte in der Größe zweier nebeneinanderliegender Körper und die Gravierungen von vier Namen, Guglielmo, Mariella, Luigi und Emma, der Schriftzug in Gold. Die Platte ruhte auf einem stufenartigen Sockel und war von einem Zaun aus Steinsäulen und schwarzen Metallstangen umgeben. Keine Blumen. Und Josche fehlte. Vielleicht hatte er Emma ja überlebt? Was war aus ihm geworden? Wusste Emiliana überhaupt von ihm? Margherita hatte sich damals in den neunziger Jahren bereits für eine Verbrennung entschieden.

So schwebte Sile immer noch zwischen Totengedenken und ihren seltsamen Träumen, als Rodolfo anrief. Er fragte nach, warum sie heute Morgen nicht zur Kundgebung gekommen sei. Sie alle wärmten sich gerade bei Vittorio auf. Darauf hatte Sile völlig vergessen. Natürlich, es war ein Freitag und somit Streiktag! Sie habe, gestand sie, verschlafen, fragte aber, ob sie jetzt hinüberkommen sollte? Doch Rodolfo meinte, sie alle seien durchnässt, wollten sich umziehen gehen. Und er müsse am Nachmittag vier Stunden Cembalo üben.

Seine Stimme klang überraschend heiter. Er erklärte, er und Micheles Gruppe hätten ihre Freitagsdemo kurzerhand abgebrochen, als sie erfuhren, dass ein Lokal auf dem Lido bereits unter Wasser stand. Rodolfo beschrieb ihr genau die Handgriffe, die sie dort ausgeführt hatten, und allein die Ausführlichkeit, mit der er davon erzählte, überraschte sie. „Es war für mich das erste Mal, dass ich jemandem in Not helfen konnte", gestand er. „Wir haben fast das gesamte Hab und Gut des dortigen Lokalbesitzers in Sicherheit gebracht. Wir sind nebeneinander im Wasser gestanden und haben den Gastraum mit Eimern ausgeschöpft. Am Ende montierten wir neue Schwellen vor die äußeren Türen, die höchsten, die es in der ganzen Stadt gab. Man kann nur hoffen, dass sie dem Meer standhalten werden."

Es klang ein wenig wie der Bericht eines Reporters, und doch spürte Sile in seiner Stimme, wie sehr ihn die praktische Hilfsaktion beeindruckt hatte. Er freute sich über eine, wie er meinte, gute Tat. Als sie noch immer schwieg, fügte er eine weitere Erklärung hinzu: „Ich habe bisher nicht gewusst, wie schön einfache manuelle Arbeit sein kann!"

Sie hörte im Hintergrund die Stimmen von Mattia, Frederic und den anderen Studenten. Lachen. Sie unterhielten sich über ihre Erlebnisse. Auch die Rivalitäten gegen Rodolfo schienen sich an diesem Tag im Wasser aufgelöst zu haben. Am Ende rief Michele ins Telefon: „Wir haben Rodo gezeigt, dass es noch etwas anderes gibt als Selbstoptimierung! Ansonsten, Sile, mach dir nichts draus, dass du nicht dabei warst! Der Job wäre nichts für dich gewesen!"

Rodolfo entschuldigte sich sofort für Michele, der nur aus Jux zu einem Klischee gegriffen habe, oder auch nur, um sie zu trösten! So hatte sich die Welt an diesem Vormittag ein Stück weit verwandelt.

Sile blieb also in ihrem Apartment und arbeitete, bis dann am Nachmittag jemand die Treppe heraufkam. Da sie in diesem Haus die einzige Bewohnerin eines Dachzimmers war, hatte sie das Knarren näherkommender Schritte bisher nur selten vernommen. Sie dachte an Rodolfo und schlüpfte rasch in ihren Pullover. Es klopfte an der Tür, begleitet von einem „Hallo!" der Stimme ihrer Nachbarin Veronica Maurer.

Sile öffnete ihr sofort. Der steile Aufstieg hatte Signora Maurer außer Atem gebracht. Da war sie nun, lächelte und hielt Sile in einem kleinen Terrakottatopf eine Pflanze entgegen. Dabei stellte sie sich noch einmal mit ihrem Namen vor. Aus Veronicas Händen wuchsen rote Dahlienköpfe. Die beiden Frauen lächelten einander durch den Türrahmen an und, obwohl es im Stiegenhaus keine Beleuchtung gab, strahlte Veronicas welkes Gesicht lebhaft und hell.

Die Überbringerin der Blumen wollte sogleich kehrtmachen und die Treppe wieder hinabsteigen, doch Sile hielt sie an der Hand zurück und lud sie ein, mit ihr heute essen zu gehen. Veronica räusperte sich erfreut. „Eine Einladung? Für mich?", fragte sie. Sile nickte und bat sie, eine Minute zu warten. Sie stellte den Blumentopf ans Fenster, griff nach ihrem Rucksack und der Regenjacke und ging Veronica voran, um sie, falls sie unsicher werden sollte, aufzufangen. Es sei nicht nötig, meinte diese. Darauf schlüpfte Veronica noch kurz durch ihre Wohnungstür, und erschien danach in einem abgetragenen, immer noch eleganten Mantel, einem passenden Hut und ihrem Regenschirm im Flur. „Ich hoffe", erklärte Sile, „Ihnen gefällt das Tanica auf der Zattere ai Gesuati? Man trifft dort meist nur Studenten!"

Der Regen machte gerade Pause. Sile war es feierlich zumute, mit der alten Dame den Gehweg entlangzuspazieren. Ihre neue Freundin war einen halben Kopf größer als sie, hielt sich jedoch über ihren Stock gebeugt, sodass sie sich etwa auf gleicher Höhe bewegten. Vom ersten gemeinsamen Schritt an berichtete Veronica aus ihrem Leben. „Hier ist ein Mensch", dachte Sile, „der fast nur Vergangenheit in sich trägt." Sie hätte ihre Urgroßmutter sein können! Aus Rücksicht auf Veronicas Stock hatte sie ihr übliches Tempo gezügelt und beobachtete aufmerksam die Bewegungen ihrer Begleiterin, das Spiel ihrer Gesichtszüge und die sanften Gesten, mit denen Veronica ihre Worte unterstrich.

Der Gastgarten war zum Glück an diesem Nachmittag geöffnet. Von den Studenten war niemand mehr da, auch Michele nicht. Sile fand einen Platz für Veronica unter der Wärmeglocke, packte sie in Decken ein und bestellte Vittorios Spezialmenü. Nicht lange, so hatten sie auch ihre Trinkgläser vor sich stehen. Und ehe Signora Maurer von ihrem Wasser trank, faltete sie unauffällig die Hände und bekreuzigte sich. Sie gehe tatsächlich noch jeden Sonntag zur Messe, berichtete sie, oft auch während der Woche, ganz wie es Christen geboten war.

Sile blickte sie erstaunt an. Es war ihr, als sei Veronica durch dieses Bewahren des Alten vor allem Unheil geschützt. Man sah ihr die Disziplin an, die sie fähig machte, in einer winzigen Wohnung zu überleben, in der es nur eine Waschgelegenheit gab. Ihre Toilette befand sich draußen im winzigen Innenhof, wo auch die Mülltonnen standen. Jetzt streiften Veronicas Augen umher und entdeckten ein Plakat der heurigen Biennale, das weiter entfernt an der Mauer angeschlagen war. Sie bekreuzigte sich gleich noch einmal und erklärte, der Priester habe die Messbesucher in seiner Predigt vor den heurigen Ausstellungen in den Giardini gewarnt und gemeint, sie würden Unheil heraufbeschwören. Sie stünden unter einem chinesischen Fluch. Die Worte wollte sie aus Vorsicht nicht wiederholen.

Stattdessen nahm Signora Maurer Siles Hand und dankte ihr nochmals für die Einladung. Sie komme wenig in Gesellschaft. Es sei schön, nicht ganz allein bei Tisch zu sitzen. Während des Essens erzählte sie ihr, woher sie stammte. Sie sei in der Nähe von Treviso zur Welt gekommen, oben am Fluss. Doch seit ihrem siebten Lebensjahr, seit sie zur Schule ging, lebe sie nun in Venedig.

Sile war es seltsam zumute, dass Veronica aus derselben Gegend kam, wie sie selbst. Auch erinnerte sich Veronica noch daran, dass ihr Vater ein vornehmer Mann gewesen sei. Sie und ihre

Mutter, eine deutsche Köchin, hatten ihn stets „Gnädiger Herr" genannt. „Er wollte meine Mutter sogar heiraten", betonte Veronica, „doch leider starb er einen plötzlichen Tod." Sie und ihre Mutter konnten danach nicht mehr im Haus bleiben. Sie sei ja nur eine Angestellte gewesen.

Wieder dachte Sile: „Könnte es Luigi gewesen sein?", und fragte entgeistert nach Jahreszahlen. „Ach so", antworte Veronica, „mein Geburtsjahr ist 1933." Woran erinnerte sie sich noch? „An nicht sehr viel", meinte sie nachdenklich. „Es gab einen Park, in dem ich spielte. Auch eine Schaukel. Und im letzten Sommer dort, es war 1940, habe ich Zeichenunterricht erhalten." Eine seltsame Ahnung schnürte Sile die Kehle zu. Doch sie fühlte sich einfach nicht in der Lage, Veronica in ihre Gedanken einzuweihen.

Die Sonne zeigte sich kurz. Da Vittorio alle Stühle nach Süden ausgerichtet hatte, saßen sie nebeneinander und blickten auf den bis an den Rand mit Meerwasser gefüllten Kanal. Es war die Zeit vor Sonnenuntergang. Die Fotoapparate der Spaziergänger klickten. Die seltsame Vorstellung, Veronica Maurer könnte Luigis Tochter sein, erschien Sile immer wahrscheinlicher. Mit einem leichten Goldschimmer auf ihren Wangen bestellte Siles Tischgenossin nun auch Kaffee.

„Meine Mutter stammte aus Bozen", erzählte sie weiter. „Sie hieß Hedda Maurer." Sile sah plötzlich Luigi vor sich. Ihn und seinen Schrank mit Gewehren. Seinen Revolver. Und dann seine Hände, die den feinsten Pinsel ergriffen, um ein Fensterkreuz nachzuziehen. Er, der Sanfte, hatte die Poesie seines Vaters erlernt! Doch trotz aller Feinheiten seiner Kunst zog es ihn in den seelischen Abgrund, von dem Rodolfo gesprochen hatte, hinab. Seine Ehe war schnell in die Brüche gegangen. Elsa war mit Emma nach Venedig gezogen. „Wenn Veronica ihre Halbschwester war, müssten sie zumindest voneinander erfahren haben", dachte Sile. Es gab außerdem zwei Gemälde, auf denen Luigi ein ländliches Mädchen dargestellt hatte, beide Male mit einem Strohhut in der Hand.

Das alles erschien Sile so wunderlich, dass sie Veronica, die sie noch immer siezte, unentwegt von der Seite anstarrte. Wusste Emiliana etwas darüber? „Der gnädige Herr", erklärte Veronica weiter, „hat es versäumt, für meinen Unterhalt vorzusorgen. So zog meine Mutter mit mir nach Venedig, um Arbeit zu finden. Hier bin ich dann aufgewachsen und zur Schule gegangen." Sie hatte die Jahre der Faschisten und Alliierten erlebt. Ihre Mutter hatte in wechselnden Haushalten gearbeitet. Die erste Zeit in Venedig sei schwer gewesen, aber damals, meinte sie, habe man einander geholfen. Sile fragte nicht nach, stellte sich aber vor, dass auch Veronica selbst bei Herrschaften beschäftigt gewesen war, dass sie Kleidung geschenkt bekommen hatte, anstatt für ihre Arbeit bezahlt zu werden.

Vittorio, der Signora Maurer über vergangene Zeiten reden hörte, freute sich, eine ehrwürdige Zeitzeugin Venedigs bei sich zu begrüßen. Er fragte die alte Dame, ob sie sich noch an ein Vorratslager in diesem Haus erinnern könne? Sie war sich nicht sicher und entschuldigte sich, sie sei damals noch sehr jung gewesen und habe in einem anderen Stadtteil gewohnt.

Vittorio half ihr jedoch auf die Beine und führte sie plaudernd mit sich in den Gastraum, um ihr die Fototapete zu zeigen. Währenddessen arbeitete es ununterbrochen in Siles Kopf. Warum kam Luigi in ihren Träumen nicht vor, wie Guglielmo oder Emma? Als wären ihre Träume ein Maßstab für irgendetwas, von dem sie im wachen Zustand nichts wusste. Dass er ein Anhänger Mussolinis war, hatte sie von Emiliana erfahren. Doch sie wollte nicht weiter darüber nachdenken. Vielleicht irgendwann später. Doch was konnte sie für Veronica tun? Sollte sie ihre Urgroßtante, die sie vielleicht war, in ihr Haus aufnehmen? Sie hatte offenbar keine Angehörigen hier. Währenddessen kehrte Signora Maurer zurück und blickte in die untergehende Sonne.

Sile erhob sich und bot ihr den Arm. „Wenn Sie neben mir gehen, brauche ich keinen Stock!", scherzte sie. „Aber nun muss ich Maria noch einen Besuch abstatten!" – „Wem?", fragte Sile verduzt. „Ich muss zur Kirche hinüber!", verkündete Veronica für alle Umsitzenden deutlich hörbar. „Das ist meine tägliche Runde!"

„In welche Kirche?", wunderte sich ihre Begleiterin, und Signora Maurer deutete auf die Chiesa Santa Maria del'Rosario, die nur wenige Schritte von ihnen entfernt war. Gerne wollte Sile sie dorthin begleiten. Die auffallend hohe Fassade am Kanal von Giudecca war für sie bisher nicht mehr als eine Kulisse gewesen. Das Gebäude werde nur mehr selten benutzt, erklärte Veronica, eigentlich nur für Hochzeiten oder Taufen. Sile stützte sie wieder am Arm, als sie die wenigen Stufen emporstieg.

Der Innenraum war von einzelnen Seitenlichtern erhellt. „SILENTIO!", stand gleich beim Eingang auf einer Tafel. Tatsächlich gab es hier nur zwei Besucher, die still in den Bänken saßen. Jetzt ließ Signora Maurer Siles Arm los und ging, sich auf eine der Banklehnen stützend, kurz in die Knie. Daraufhin bekreuzigte sie sich mehrere Male, erhob sich, knickste wieder und wieder vor Bildern und Skulpturen, entfernte überfließendes Wachs von den brennenden Kerzen und zündete schließlich selbst eine von ihnen an.

„Die ist für Sie!", flüsterte sie Sile zu. Dann tappte sie zu einem Seitenaltar und holte dahinter einen Federwisch hervor. Mit ihm trat sie an die lebensgroße Marienstatue heran und begann deren prächtige Kleider zu putzen. Mit besonderer Sorgfalt entfernte sie den Staub von der goldenen Krone, dem weißen Spitzenumhang, dem glatten, fromm geneigten Gesicht und den Händen, die den Rosenkranz hielten. Üppiger Samt und Brokat umhüllten auch den Körper des Jesuskindes, das sie am Arm hielt.

Sile kannte eine ähnliche Ehrfurcht von Carla. Veronica machte ihre Arbeit mit einer Hingabe, als müsse sie, wie Rodolfo es bisher nur Bach und Hölderlin zuerkannt hatte, die Welt damit im Gleichgewicht halten. Es war das genaue Gegenteil zu Russos schöpferischer Zerstörung, kam es Sile in den Sinn. Veronica war ein Kamel, einsam und doch glücklich in ihrer Wüstenei.

Als sie wieder draußen angelangt waren, bestätigte sich der Eindruck, den Sile von ihr gewonnen hatte. Denn Veronica erklärte, sie kümmere sich darum, dass hier alles in Ordnung sei, meist gieße sie auch die Blumen. Dasselbe mache sie auch in ein, zwei anderen Kirchen. Und während ihre Nachbarin täglich die Welt rettete, blieb auch ihre eigene Welt von einem Tag auf den anderen Tag heil.

Jetzt fragte Sile erstaunt: „Und gibt es hier ein Gemälde, das Ihnen besonders gefällt?" – „Ja", lächelte sie, „die Kreuzigung von Tintoretto, vor der ich immer bete!" Jetzt hielt Sile sie am Mantel zurück. An den Wänden der Klosterkirche hatte sie lediglich Marienbilder und Dominikaner mit Heiligenschein bemerkt. Und Tintorettos Kreuzigungsbild befand sich doch in der Scuola Grande di San Rocco, zusammen mit vielen anderen seiner Gemälde!

„Kommen Sie mit!", rief Veronica nun eifrig, „ich zeige es Ihnen!" So machten sie nochmals kehrt und Siles Freundin eilte zu einem Seitenaltar, vor dem sie jetzt umständlich niederkniete und sofort in ihr Gebet versank. Während Veronica zu Füßen des Gemäldes flüsterte, stellte Sile nach kurzer Betrachtung fest, dass es tatsächlich ein Tintoretto war. Er hatte aus seinem monumentalen Kreuzigungsbild von San Rocco hier nur die Mitte herausgeschält. Der Gekreuzigte litt nicht mehr einsam in unerreichbarer Höhe, sondern war dem Betrachter näher gerückt und das Licht, das von ihm ausging, durchstrahlte den Horizont. Unter ihm, zu Boden gesunken, war noch die Gruppe der Frommen verblieben, ergriffene, weinende Frauen und Jünger. Und mit ihnen der gläubig gewordene römische Hauptmann. Das Licht der göttlichen Gnade leuchtete hell für jene, die an diesen Gekreuzigten glaubten und ihn verehrten. Auf Veronicas Heiligenbild vollzog sich vor den Augen des Betrachters die von Christus verheißene Erlösung! Und die vor ihm Betende war ein Teil davon.

Die Kreuzigungswand von San Rocco zeichnete im Unterschied dazu ein beängstigendes Bild! Tintoretto hatte die Szene in gespenstische Kälte getaucht und den Himmel apokalyptisch verdunkelt. Abgestumpfte Henker betrieben ihr grausames Handwerk. Eine umtriebige, mit sich selbst beschäftigte Gesellschaft lüsterner Gaffer reckte und drängte sich in den Vordergrund des Bildes. Andere ritten hoch zu Ross einher, mit feisten, gleichgültigen Mienen. Währenddessen ballten sich über ihnen die Wolken des Letzten Gerichts zusammen. Metallene Finsternis verhieß den biblischen Weltuntergang. Die Gottlosen würden dem ewigen Schuldspruch verfallen. Beim Anblick von Tintorettos Gemälden hatte seine Zeitgenossen das Grauen gepackt, denn sie verstanden die Sprache der Farben.

Veronica war aufgestanden. Ihr Blick strahlte, als wollte sie sagen: „Hier ist mein Platz!" Sie diente den Statuen, Bildern und Räumen ihres Gottes und damit ihrem Gott selbst. Sie tat also mehr als bloß zu glauben. Und ihre Welt war rund wie ihr Rosenkranz.

Als sie ins Freie traten, verhüllte das Dämmergrau bereits die monumentalen Skulpturen an der Fassade. Sie stellten weltliche Tugenden dar, die, wie Sile meinte, der gegenwärtigen Gesellschaft ebenfalls nützlich sein konnten. Links unten die Tapferkeit, rechts die Mäßigung, darüber Klugheit und Gerechtigkeit. Die meisten Plätze vor Vittorios Lokal waren inzwischen mit Reisenden besetzt. Doch es war Zeit, Veronica nach Hause zu bringen. Engel, Liebende, Dichter, Kamele, zählte Sile in Gedanken auf. Auch Veronica gehörte von nun an dazu.

Sie gingen schweigend nebeneinander. Siles Arm war bereits an den Rhythmus gewöhnt, mit dem er an diesen Mantel streifte. Sie sagte, als sie vor Veronicas Haustür standen: „Wenn Sie etwas brauchen, hier ist meine Nummer!", und schrieb sie auf die Rückseite einer Eintrittskarte. Veronica drückte Siles Hand und nannte sie „mein gutes Kind". Das alles ging ihr näher als sie es zeigen wollte.

Dann bat Signora Maurer Sile noch auf einen Schritt in ihre Wohnung. Sie konnte nicht nein dazu sagen. Es war tatsächlich nicht viel mehr als ein Schritt, und Sile stand in diesem winzigen Vorraum, in dem ihre Nachbarin ihren Kasten öffnete. Daraus zog sie ein vollständig in Nylon gehülltes Brautkleid hervor. Bodenlang, am Dekolletee mit Perlen bestickt. „Es ist so schön!", meinte Sile. „Stammt es von Ihrer Hochzeit?" – „Nein, lächelte Veronica und erzählte mit feierlicher Stimme von einer sehr vornehmen Frau, von der sie es geschenkt bekommen habe. Das war 1953, damals sei sie gerade 20 gewesen. „Eine sehr schöne Dame war es." Sie habe auch Schmuck von ihr erhalten, dazu Bargeld, das sie damals dringend benötigt habe.

„Könnte es Emma gewesen sein?", dachte Sile wieder. Auch das Kleid, breit ausgestellt, erinnerte sie an Emmas vornehmen Geschmack. Hatte ihre Urgroßmutter von dieser Halbschwester gewusst und sie besucht? Veronica kostete Siles Staunen und anschließendes Schweigen und Innehalten aus, schrieb es allein diesem Kleid zu und nahm es dann doch wieder an sich. Sie umgab es mit seiner Schutzhülle und hängte es zurück in den Schrank. Nun wandte sie sich entschieden um und sagte: „Sie müssen jetzt sicher gehen. Dann gute Nacht!" Dabei erhob sie ihre Hand wie zum Segen.

An diesem Abend konnte Sile nicht anders, als Signora Maurer zu zeichnen und anschließend mit einfachen Wasserfarben zu kolorieren. Und hier war sie: mit diesem Kleid in der Hand, kniend vor ihren Bildern und wie sie im Abendschein ihren Karren vom kleinen Lebensmittelgeschäft nach Hause zog. Während sie arbeitete, sagte sich Sile: „Ich werde für Veronica etwas tun. Auch Geld kann hier zum Guten eingesetzt werden. Ich werde mit Emiliana darüber reden." – Es geschah selten, aber mitten im

Skizzieren legte sie ihren Stift zur Seite, wählte Emilianas Nummer und erzählte ihr von ihrem Verdacht.

Ihre Mutter hörte es sich an, versicherte Sile jedoch, ihr sei diese Geschichte bekannt. Doch es sei ganz und gar ausgeschlossen, dass sie Emmas Halbschwester sei! Denn, sagte sie, Luigi habe diese Köchin erst 1938 bei sich angestellt und ihr erlaubt, ihr Kind mitzubringen. Dass Luigi der Vater sei, hielt Emiliana für eine erfundene Geschichte der Köchin, die sich vor dem Kind herausreden wollte. Luigi habe sich seit seiner Trennung von Elsa – die Ehe war ja niemals geschieden worden – nicht mehr für Frauen interessiert, schon gar nicht im vorgerückten Alter. Dennoch war Emiliana bereit, ihrer Tochter zusätzlich Geld zu überweisen, falls dies nötig sei, damit sie der bedauernswerten Frau unter die Arme greifen könne. Zuletzt fragte sie noch, ob sie selbst nicht lieber in eine etwas bessere Gegend ziehen wolle. Ihre Sekretärin könnte dies umgehend organisieren!

Nach dem Gespräch musste Sile ganz einfach weinen. Ihre Mutter hatte profane Erklärungen und Lösungen bereit für Erlebnisse, die solche tiefen Gefühle in ihr ausgelöst hatten. Ihre Entdeckung einzelner Vorfahren gaben ihr erstmals das Gefühl, einer Familie anzugehören!
Sie hatte bisher niemandem davon erzählt. Rodolfo war es gewohnt, einen Vater und Großeltern zu haben, auch Michele, doch nicht Sile. Auch lagen die Zufälle, die ihr in letzter Zeit begegnet waren, längst jenseits aller Wahrscheinlichkeit.

Warum konnte ihre Mutter nicht einfach nur erstaunt sein oder zumindest bereit, mit ihr gemeinsam ein paar Minuten zu träumen? Warum war es nicht möglich, einander unrealistische Fragen zu stellen, ohne bereits fertige Lösungen bereit zu haben? Konnte Emiliana nicht einfach einmal Dinge vergessen, die sie für unumstößlich hielt, auch ihre Herkunft, das Unternehmen, die Gewinne, den Kontostand, ebenso wie sie wahrscheinlich ihr Greenwashing nicht so genau hinterfragte und es bei Äußerlichkeiten beließ? Dieses Trennende zwischen ihnen beiden hatte Sile bisher oft ohnmächtig zurückgelassen. Und Geld war ihr als Ersatz für Nähe nur allzu vertraut.

## Malunterricht

» Die Träume der folgenden Nacht brachten Sile alles andere als die erwartete Klarheit. Zunächst schwebte sie mit Veronicas Kleid in der Hand über der Stadt und wusste, dass es nur ein Gemälde war. Diesmal erinnerte es sie an Chagall. Und dann, als sie aus seinen Bildern herausfiel, landete sie sanft auf einem Rasen, der dem vor ihrem Haus am Fluss ähnelte. Hier wartete ein blondes Mädchen mit Zöpfen, das sie fragte, ob sie mit ihr spielen wollte. Obwohl das Haus von außen einen ungewohnt schäbigen Eindruck machte, war der Himmel voll freundlicher Kugelwolken. Veronica hatte sie ihr geschenkt.

Im zweiten Teil ihres Traumes sah sie Professor Russo auf einem alten Motorrad ihre Einfahrt entlangrattern. Dann hielt er ruckartig an und rutschte vom Sattel. Er trug einen Lodenmantel und in der Hand eine Mappe. Russo näherte sich der Haustür wie ein schwabbelnder Berg, wie ein Mensch aus zwei Leibern geschnitten. Er rastete keuchend, ehe seine fleischigen Füße, in Sandalen gequetscht, die Stiege betraten. „Aussichtslos!", knarrte er laut vor sich hin, „dem Kind einer Hausangestellten Kunst beibringen zu wollen! Sie wird später vielleicht für ein Taschengeld Schatullen bemalen." Da lief ihm auch schon Veronica entgegen und sah ihn erwartungsvoll an.

Er kniff sie in die Wange und begann seinen Unterricht, indem er die Siebenjährige alle Gemälde im Salon abstauben ließ. Während das Mädchen mit einem Federwisch die Leiter auf und ab stieg und sich bemühte, ihre Sache möglichst richtig zu machen, stellte der Lehrer Betrachtungen an. Über Kunst, oder besser noch, Kunst und gesunde Moral. Er habe nichts gegen den

Realismus, sagte er und rieb sich die rotunterlaufenen Hände, aber es gebe auch Kunst, die nichts im Museum zu suchen habe. So etwas, hustete er, gehöre verbrannt. „Ins Feuer damit!", entschied er. Veronica erschrak, als er mit dem massigen Unterarm über die Tischfläche wischte. Doch war ihr nicht klar, was er meinte, und seine Drohung verhallte.

Die Augen des blassen Kindes ruhten auf den Landschaften, die ihr Herr gemalt hatte. Ja, sie wusste: Es war ein vornehmes Haus mit schönen Bildern. Wieder hatte sie die Leiter weitergeschoben und ihren Staubwedel am Fenster ausgeklopft. „Was mache ich nur mit dir?", fragte Russo und streckte die Beine von sich. Sie lächelte ihn an, kletterte höher und lächelte wieder. Und mit einem versonnenen Blick in die Luft murmelte dieser Mensch, in der Meinung, das Kind verstehe ihn nicht: „Oder ich werde dich formen, ja, sieh mich nur so einfältig an, du wirst Professor Russo noch dankbar sein!"

Veronica rückte die Leiter näher an die Zeichnungen ihres „gnädigen Herrn" heran. „Nicht schlecht", rief der Lehrer herüber! Er meinte die Darstellung schwer bepackter Offizierspferde auf einem Bergweg. Er bückte sich und zog aus seiner Mappe ein speckiges Buch, spuckte auf seinen Zeigefinger und begann darin zu blättern. „Sieh her!", befahl er. Veronica gehorchte sofort und er wies auf monumentale Gebäude, säugende Mütter, halbnackte Athleten und Familien, sie sich ängstlich um einen Stubentisch drängten. Seine Fingerspitze klopfte gegen die Seite: „Das ist Kunst, merk dir das! Alles andere macht uns krank. Wir halten uns schön an die klassischen Ideale: Rechtes Maß, gesunde Moral. Auch die alten Römer haben nichts anderes getan!"

Hedda Maurer stand währenddessen in der Küche über dampfenden Suppenkesseln. Sie tischte Russo nach seiner Unterrichtsstunde ein ganzes Menü auf, das er sich, über den Teller gebeugt, an den schlaffen Wangen vorbei in den Mund schob.

„Wo ist Luigi?", fragte sich Sile im Traum. Und an dieser Stelle öffnete sich die rückwärtige Tür zum Garten. Dort stand die

Statue eines Mannes im grünen Jagdrock, den Revolver in der erhobenen Hand. Sile erschrak. Sie versuchte, ihre Augen aufzureißen, doch der Traum hielt sie gefangen, bis zuletzt dieser Schuss fiel.

## Gegen den Fluch

In Micheles Kurznachricht fehlte die Anrede, auch ein weiterer Zusatz. Er gab an diesem Morgen nur Termine bekannt: „08.11. Treffen bei Moria, anschließend Zara-Protest. 13.11. Vortrag Luftverschmutzung, Vorbereitung Block Friday". Es klang, als gelte es von nun an, jeden unnötigen Aufwand zu vermeiden. Emiliana hatte ihr gestern nebenbei mitgeteilt, dass man die Anklage gegen Tommaso Retti fallengelassen habe. Seine Familie besitze in Italien weit mehr Einfluss, als ihr Anwalt erwartet habe. So konnte Retti seine Flugblätter und Aufrufe, ob gedruckt oder im Internet, ungehindert verbreiten und unbedachte Menschen wie Pietro weiterhin in die Irre führen. In letzter Zeit veröffentlichte er auch geschickt gemachte Videos, in denen sympathische junge Leute seine Parolen skandierten.

Sile war darüber entsetzt. Während sie hier in ihrer Dachkammer saß, produzierte dieser Mensch Hetzkampagnen, stellte Halbwahrheiten als Gewissheiten dar, predigte Krieg, schürte Todesängste und versprach dem, der seine Waffen kaufte, das Überleben. Als Leiter eines „Kommunikationszentrums", wie er es nannte, hatte Retti sich ganz nach dem Rat Anna Mescolinis zu einer Ikone gestylt. Er modellierte seinen Schnurrbart zum Dreizack und beschäftigte für seine Auftritte ein Team von Werbetextern, Maskenbildnern, Musikern, Schauspielern und Kameraleuten. Es schmerzte Sile, dass Männer wie er sich für seine grelle Propaganda junger Menschen bedienten. Im Gegensatz dazu blieb der Widerhall von Friedensinitiativen und weltverbessernder

Kunst, wie sie ihr und Rodolfo vorschwebten, weitgehend ungehört. Nach dem Alptraum der Nacht befürchtete Sile plötzlich auch den Ausbruch eines weltweiten Krieges.

Mitten in dieser trüben Stimmung lächelte sie von einer ihrer letzten Zeichnungen Veronica an! Sie hielt Kerzen und Kirchenblumen in ihren Händen. Auch die Skizze, auf der sie dem Betrachter den in Papier gewickelten Topf mit Dahlienköpfen entgegenstreckte, verscheuchte die dunklen Wolken. „Die Skizzen verlangten dringend nach Farbe!", sagte sie sich. Hier im Apartment stand ihr nur ein kleiner Aquarellkasten zur Verfügung, Malsachen für die Reise, aber keine deckenden, pastosen Farben, die sie sich für Veronica vorgestellt hatte.

So entschloss sie sich, diese Arbeiten heute im Zeichensaal fortzusetzen und packte die Blätter in ihren Rucksack. Anschließend wollte sie in die Bibliothek, und eigentlich hatten sie und Rodolfo vereinbart, sich später an diesem Tag zu treffen. Als sie sich auf ihrem Weg zur Akademie weitere Einzelheiten überlegte, die sie dem Bild Veronicas hinzufügen wollte, fühlte sie plötzlich den Drang, diese Stadt zu segnen! Priesterlich, wie es spätgotische Künstler vor ihr getan hatten. Sie wollte dem Fluch, den Veronica fürchtete, und ebenso ihren eigenen Ängsten etwas entgegensetzen! Sie wollte trotz des Kriegslärms, der ihr in den Ohren gellte, Frieden verkünden!

Der Malsaal, eigentlich ein Großraumatelier, wurde von Zwischenwänden und langen Klapptischen in Kabinen unterteilt. Siles Platz lag, auf diese Weise verschachtelt, unweit eines der Fenster. Es war ihr angenehm, dass sie hier an diesem Samstag allein war. Das Licht der Morgensonne streifte flüchtig den Raum. Aus dem Innenhof waren noch keine Stimmen oder Geräusche zu hören. Eine große, grau grundierte Leinwand stand da und war genau das, was sie brauchte, um ihren Entwurf umzusetzen. Sile mischte auf der Palette nur wenige Farben. Aus dem Rosa der Dahlien ergaben sich weitere Rottöne und Übergänge zu Braun und Grün. Sie zeichnete mit dem Pinsel vorsichtig vor und arbeitete sich damit weiter voran, bis sie fürchtete, bereits zu viel Ölpaste aufgetragen zu haben. Sie wollte es aber nicht mehr rückgängig machen, sondern legte eine Pause ein, um das Bild erst einmal trocknen zu lassen.

Mit dem Plakat, das sie Michele versprochen hatte, kam Sile nicht recht voran. Es sollte Venedig erkennbar im Hintergrund zeigen und auch Platz bieten für aktuelle Termine der Klimabewegung. Schon die Darstellung der Stadt bereitete Sile Probleme. Jeden Standort, von dem aus sie sich ein Bild Venedigs vorzustellen versuchte, hatten schon Fotografen und Maler vor ihr entdeckt und mehr oder weniger zum Abklatsch gemacht. Die Stadt als Motiv war außerdem gerade Thema in einem der Kurse, die sie besuchte, nicht hier, in einem anderen zur Akademie gehörenden Gebäude.

Sie musste an Emmas Venedigbilder denken, die sich nicht davor scheute, die Perspektive Canalettos einzunehmen, und durch ihre Maltechnik dennoch eine überraschend offene Atmosphäre zu erzeugen.

Am letzten Tag seiner Blockvorlesung hatte Professor Russo Sile auf ihre Urgroßmutter angesprochen. Er hatte sie mit seinen Augen fixiert, seine Mappe auf den Boden gestellt und die Hände vor seiner Brust verschränkt. „Meiner Meinung nach war Emma Ciardi eine Surrealistin!", hatte er ohne Umschweife geurteilt. „Ihr angeblicher Rückzug ins Rokoko kurz nach dem Krieg war auf eine Weise fantastisch, dass es mich wundert, warum ihre Zeitgenossen die Provokation dahinter nicht merkten! Emma Ciardi hat in den fünfziger Jahren hölzernen Puppen gemalt, die sie in ihrem Atelier aufstellen ließ, mitsamt den altertümlichen Kleidern. Ich halte sie für Metaphern des Nihilismus. Es stimmt also nicht, was man dieser Künstlerin nachsagt. Sie hat ganz und gar nicht in der Vergangenheit gelebt, sondern in Wahrheit konventionelle Kunstauffassungen ad absurdum geführt! Ich werde ihr Werk in der nächsten Auflage meines Buches jedenfalls unter diesem Gesichtspunkt beleuchten!"

Sile staunte über Russos These. Sie selbst hatte bisher vergeblich nach einer Erklärung für Emmas seltsame Entwicklung gesucht. „Ich halte grundsätzlich nichts davon, Kunst psychologisch zu interpretieren!", hatte Russo seine Position noch untermauert. „Für mich gehört Ihre Urgroßmutter in die Nachfolge von Braque, Dali und Picasso!" Das waren große Namen. Er hatte gegrüßt, seine Mappe aufgenommen und sich geräuschvoll entfernt.

Tatsächlich malte Emma seit Ausbruch des 2. Weltkriegs nur mehr französische Gärten. Zwischen geometrisch beschnittenen Bäumen und antiken Ruinen spazierten höfisch gekleidete Damen in Reifröcken und Seidenhüten umher, Sonnenschirme in ihren Händen. Kavaliere in weißen Kniehosen vergnügten sich beim höfischen Ballspiel, livrierte Diener servierten Tee. Emma hatte duzende solcher Szenen gemalt, mit immer denselben skurrilen Figuren! Und sie bewegten sich wie Gespenster durch die Luft, ohne mit ihren Füßen den Boden zu berühren. Einige Kritiker deuteten diese späten Arbeiten als Hommage an den Karneval, andere verglichen sie wegen der düsteren Farbpalette mit Tiepolo. Niemand sonst in Italien oder anderswo auf der Welt brachte Mitte des 20. Jahrhunderts, als man gerade die Pop Art entdeckte, eine Adelsgesellschaft des Rokoko auf die Leinwand.

In diesem Augenblick vibrierte Siles Mobiltelefon. Rodolfo sandte ihr eine Kurznachricht, in der er darum bat, ihr heutiges Treffen zu verschieben, und zwar auf Montag. Er habe leider gerade zusätzliche Übungstermine mit dem Studentenorchester erhalten und bereite sich erstmals auf einen Auftritt mit dem Cembalo vor. In den nächsten Tagen werde er nichts anderes tun als üben, wenig schlafen und sich von Tiefkühlgerichten ernähren.

# Die Wolke

>> Sile entschied sich, den Nachmittag in der Bibliothek zu verbringen. Sie hatte mit der Lektüre von Ruskins Schriften ja erst begonnen und wusste nicht, wie lange der Lesesaal noch geöffnet blieb. Erst danach wollte sie zu Hölderlin übergehen. Als sie vor diesen Büchern saß, griff sie als erstes nach der schmalen Abhandlung mit dem Titel „Die Sturmwolke des neunzehnten Jahrhunderts".

Schon das meteorologische Thema ließ sie an Micheles Alpträume denken. Und nicht nur das, Guglielmos Krise war ein Stück weit zu Siles eigener geworden. Der englische Kunstphilosoph sprach, nicht ganz wissenschaftlich, von „Gespenstern"! Eine „Riesenwolke", ein „graues Nebelwesen" soll Mitte des 19. Jahrhunderts die Sonne verdunkelt haben. Der Autor suchte fast stammelnd nach Namen für die seltsame Lufterscheinung. Sie habe nach und nach den Himmel über England und auch, wie er meinte, dem gesamten Festland Europas eingenommen. Das von ihm beschriebene Phänomen erinnerte an Bevilacquas Bericht vom Vulkanausbruch, doch hatte Ruskin seine Messungen rund fünfzig Jahre später vorgenommen.

Ursprünglich waren es Vorträge, die er vor Studierenden hielt, sie wurden damals jedoch zugleich Kapitel für Kapitel in einer Wochenzeitung abgedruckt. Ruskin zitierte in seinen Berichten seitenweise aus seinen meteorologischen Tagebüchern. Sile staunte über die akribischen Wetterbeobachtungen des Engländers über einen Zeitraum von fünfzig Jahren hinweg, während denen sich, wie er behauptete, ein „Pestwind", eine „Sturmwolke" in der Atmosphäre ausgebreitet habe.

Dieses für ihn, nicht aber für andere sichtbare Ereignis habe, so war er überzeugt, auch andere Lufterscheinungen nach sich gezogen, üble Gerüche, trübe Farben, heftige Windgeräusche, die in seiner Jugend noch nicht vorhanden gewesen seien. „Ich habe noch nie einen so schmutzigen, schwachen, faulen Sturm gesehen!", schrieb er an einer Stelle. An einer anderen sah er einen „trockenen schwarzen Schleier", den kein Sonnenstrahl zu durchdringen vermochte.

Weiter berichtete sein Tagebuch: „Es ist der erste Juli und ich setze mich hin, um im düstersten Licht zu schreiben, das ich je beobachtet habe, nämlich das Licht eines Mittsommermorgens in Mittelengland im Jahr 1871. Denn", klagte er, „im Pestwind wird die Sonne den ganzen Tag durch eine Wolke erstickt, die sich tausend Meilen im Quadrat und fünf Meilen tief über den Himmel erstreckt. Diese dünne, zottelige, schmutzige, räudige, elende Wolke schafft es bei aller Tiefe nicht, die Sonne rot zu färben. Durch diesen Pestwind wird überall auf der Welt jeder Atemzug, den man nimmt, verschmutzt."

Die Messergebnisse und Thesen wurden mit einer Sicherheit vorgetragen, die keinen Raum für Zweifel an ihrer Richtigkeit ließ. Sile hatte von Smogkatastrophen über London gehört, auch schon im 19. Jahrhundert. Es hatte, soweit sie sich erinnerte, während der damals herrschenden Luftverschmutzung in den Städten auch etliche Tote gegeben. Offenbar war Ruskin der Einzige, der diese Gefahr erkannt und darüber gesprochen hatte.

Wieder schrieb er von einer „blanchierten Sonne" und von seltsamen Geräuschen, die er vernommen habe, während er manchmal vierundzwanzig Stunden hindurch nichts anderes tat, als diesen Wind zu beobachten. Er hörte „heulende, kichernde, hämisch drohende Laute, gemein pfeifend wie auf einer Feile". Der „graue Wind" führe, wie er schrieb, „eine abscheuliche Masse von schwülem, faulem Nebel, wie Rauch" mit sich. Am Donnerstag, dem 22. Februar 1883, hielt Ruskin im Tagebuch fest: „Gestern ein furchtbar dunkler Nebel den ganzen Nachmittag, mit stetigem Südpestwind der bittersten, bösesten, giftigsten Fäule und ärgerlichem Flattern. Ich konnte vor Entsetzen kaum im Wald bleiben."

Ruskins Zeitgenossen hielten den Schreiber dieser Beobachtungen, wenn nicht für verrückt, so doch für einigermaßen überspannt. Besonders die Behauptung des vielseitigen Forschers, das Unheil habe bereits ganz Europa von Nordengland bis Sizilien überzogen, ließ sich nicht nachweisen. Mit der Vermutung, die graue Wolke stamme direkt aus den Fabriksschloten Mittelenglands, hatte Ruskin nach Siles Ansicht aber nicht Unrecht gehabt.

Zu denken gab ihr nur seine Überzeugung, diese Sturmwolke setze sich nicht bloß aus Rußpartikeln und giftigem Rauch zusammen, sondern sei in Wahrheit eine biblische Plage, ein Fluch, eine Strafe Gottes, die sich, wegen ihrer Sündhaftigkeit, auf die moderne Gesellschaft gelegt hatte. „Denn", schrieb er, „bloßer Rauch würde auf diese wilde Weise nicht hin und her blasen. Es sieht für mich eher so aus, als ob er aus Seelen von Toten gemacht wäre – von denen, die noch nicht dahin sind, wohin sie gehen müssen, und vielleicht hin und her huschen …"

Während Sile diese schaurigen Berichte las, blieb sie seltsam ruhig. Am Ende seiner Vorträge vor einer akademischen Zuhörerschaft in London zitierte Ruskin dann die Propheten des Alten Testaments und folgerte aus ihnen: „Wenn Sie mich abschließend nach einer denkbaren Ursache oder Bedeutung dieser Dinge fragen – kann ich Ihnen nach Ihren modernen Überzeugungen keine sagen; aber ich kann Ihnen sagen, welche Bedeutung es für die Männer in alter Zeit gehabt hätte. Denken Sie daran, dass England und alle fremden Nationen in den letzten zwanzig Jahren den Namen Gottes absichtlich und offen gelästert haben! Denken Sie daran, dass jeder Mann seinem Bruder so viel Ungerechtigkeit angetan hat, wie es nur in seiner Macht stand. Für Staaten in solch moralischer Finsternis sagten die Seher der alten Zeit auch physische Finsternis vorher."

Sile kannte die Vorhersagen der Bibel nicht im Detail, doch war ihr diese Ansicht bereits durch Tintoretto und andere religiöse Maler vertraut. Und seit kurzem auch durch Hölderlin! Wie sie, sah Ruskin einen direkten Zusammenhang zwischen Naturereignissen und menschlicher Seele, zwischen Klima und Moral. Jahrhunderte hatte man daran geglaubt, dass auf den Äckern der Frommen ausreichend Regen fiel, um ihre Pflanzung gedeihen zu lassen, während die Felder der Frevler verdorrten. Hochmut und Sünde zogen die Strafe Gottes nach sich. Dieser biblische Buchstabenglaube hatte seit den letzten Jahrhunderten stetig abgenommen.

Vielleicht hatte Guglielmo jedoch aus Aberglauben plötzlich die Angst erfasst, die prophezeite Endzeit sei bereits da? In Siles Zeitalter hätte man wahrscheinlich von „Klimaangst" gesprochen. Doch ihr Vorfahre kam wenig später darüber hinweg.

Am Montag nach diesem Lesenachmittag besuchte Sile als eine von wenigen Studierenden Bertinis Vorlesung. Er rückte Künstler ans Licht, die zu Lebzeiten weder Ruhm noch Ehre erlangt hatten. So rettete er vergessene Namen und heilte auf seine Weise die Geschichte. Dazu kannte Bertini das demütige Handwerk des Restaurators aus eigener Erfahrung. Und wie mühsam dieses sei, erklärte er, werde eine Ausstellung im kommenden Herbst zeigen. Auch sein Institut sei daran beteiligt. Die Vorbereitungen dafür seien bereits im Gange. Die Ausstellung werde den Titel „Kult und Kontinuität" tragen und sich auf Venedig beschränken. Dabei gehe es auch um die Konservierung alter Gemälde als Dienst an der religiösen Malerei vergangener Jahrhunderte.

Nachdem der Professor geendet hatte, winkte er Sile zu, sie möge auf ihn warten. „Signorina Ciardi!", sagte er feierlich. „Ihre Kopien liegen bei mir im Büro! Hätten sie Zeit, mit mir mitzukommen?" Sile konnte sich nicht erinnern, Kopien bestellt zu haben. Aber sie wollte dem ehrwürdigen alten Herrn seinen Willen lassen und folgte ihm. Er sah auf seine Armbanduhr. „Ich habe Ihnen aber noch etwas anderes mitzuteilen!", erklärte er, als sie nebeneinander den Innenhof überquerten. „Heute Morgen habe ich mit einer Kollegin über sie gesprochen. Wir sind nämlich zurzeit auf der Suche nach Studierenden der Bildenden Kunst, die sich noch immer – oder wieder – mit religiösen Themen befassen. Was glauben Sie, welcher Name wurde mir von dieser Professorin genannt?" Er blieb stehen und strahlte: „Der Ihre!"

Nach dieser überraschenden Nachricht schwieg er, um die Bedeutsamkeit der auch für ihn unerwarteten Entdeckung zu unterstreichen. Sile dachte an die letzten Bilder, die sie im Studienatelier gemalt hatte. Sie hatte sich davor gescheut, kräftige Farben zu verwenden. Sie hatte überhaupt mehr gezeichnet als gemalt. Auf einer ihrer Darstellungen Venedigs waren Gebäude mit sanften Gesichtern überzogen. Eine weitere war von Schwarz-Weiß-Kontrasten bestimmt. Ihr letztes Bild zeigte Veronica im Gebet vor diesem Gemälde Tintorettos. Alle drei Werke hatte ihre Professorin an die große Metallwand gehängt.

„Eine Ausstellung dieser Art", meinte Bertini, als sie schon auf der Treppe waren, „hat es hier mehr als zwanzig Jahren nicht mehr gegeben. Ich schätze mich glücklich, Sie, Signorina Ciardi, zu meinen Schülerinnen zählen zu dürfen. Und ich habe bisher nicht gewusst, dass Sie religiös sind."

In seinem Büro bestätigte ihm Sile, dass sie auf einer Art Gottsuche sei. Sie könne aber nicht sagen, wohin diese Suche sie führen werde. Der Professor legte ihr nun ein erstes Konzept der geplanten Ausstellung vor. „Im Mittelpunkt der Schau steht die Frage nach der Kontinuität und dem zeitgenössischen Umgang mit religiöser Kunst", erläuterte er. „Es geht um aktuelle Formen ihrer Bewahrung, Fortsetzung oder Verwerfung. Die historische Entwicklung wird nur anhand weniger Beispiele nachgezeichnet. Auch die Abkehr vom Christentum wird entsprechend thematisiert. Und doch", und jetzt suchte er erneut den direkten Blickkontakt zu seiner Studentin, „gibt es junge Künstlerinnen wie Sie, die offenbar nach einem neuen Zugang zum Christentum suchen! Ich habe auch schon mit der Kuratorin der Ausstellung gesprochen. Sie hat mich dazu ermuntert, Sie, Signorina Ciardi, um Ihre

Mitarbeit zu bitten. Vielleicht möchten Sie zu den im Studienatelier ausgestellten Gemälden noch einige weitere malen, die in eine ähnliche Richtung weisen?"

Ohne zu zögern, willigte Sile ein. Für die junge Kunststudentin bedeutete das, erstmals einen Platz im öffentlichen Leben zu erhalten! Und auch mit dem Rahmen, in dem dies geschah, konnte sie sich identifizieren. Sie war auch einverstanden, dass Fotos von ihr, ihren Bildern und Zeichnungen gemacht wurden. Die zuständigen Mitarbeiter würden es noch persönlich mit ihr besprechen, sagte Bertini. Als sie die Treppe hinabstieg, durchströmte sie ein Gefühl, als würde sie schweben.

Rodolfo wartete bereits am Eingang auf sie. Man sah ihm an, dass er die Strecke gelaufen war. Er hatte sich von seinem Instrument und dem Notenblatt losgerissen und gestand, dass sie nur etwa zwanzig Minuten haben würden, um einander zu sehen. Die ersten fünf Minuten füllte er mit der Lebensgeschichte des barocken Komponisten, dessen Musikstück er gerade übte. Sile versuchte sich darauf zu konzentrieren, doch es wollte ihr nicht gelingen. Seine Handbewegungen und die Unruhe in seiner Stimme lenkten sie ab. So blinzelte sie ihn nur an und lächelte.

Als er innehielt und fragte, wie sie die letzten Tage verbracht habe, brachte sie nur Stichworte hervor: „Uni, Bibliothek, Atelier." Sie hätte ihm von Ruskin oder der geplanten Ausstellung erzählen können, doch fühlte sie, es war nicht der richtige Moment. Im Grunde bewegten sie in diesen Minuten, da sie Rodolfo gegenüberstand, ganz andere Dinge. Für sie zählte gerade kein äußeres Tun, sondern vor allem die Freude, ihn wiederzusehen. Und auch er konnte seinen Blick nicht von ihr abwenden.

Worte hatten ihre Bedeutung verloren. Schließlich flüsterte sie: „Das waren jetzt zehn Minuten. Wirst du noch Zeit haben, um etwas zu essen?" Er stammelte verwundert: „Dann müsste ich jetzt sofort los."

„Tu es!", lächelte Sile. „Es ist besser für dich. Darf ich ebenfalls zu diesem Konzert kommen?"

Er überlegte: „Es ist nur für Lehrer und Studenten des Konservatoriums. Aber vielleicht kann ich dich irgendwie einschleusen?" Damit verabschiedeten sie sich auf morgen. Und Rodolfo tauchte in den verregneten Tag ein.

## Rodolfo tanzt

>> Eine schüchterne Sonne schwebte über der Stadt. Es war der 6. November und Rodolfo erschien in Stiefeln. Sein Lächeln zog sich bis zur Mitte der Wangen, als er verkündete: „Wir haben mindestens zwei Stunden Zeit! Das Konzert ist auf den Vormittag verlegt worden." Ein Barockspezialist aus Innsbruck sei unerwartet als Zuhörer erschienen, falls sie wisse, was das bedeute. Nun sei er einfach froh, die Anspannung hinter sich zu haben.

Die darauffolgende Frage kam unerwartet: „Darf ich dir heute bei der Arbeit zusehen?"

Auf eine derart kühne Bitte war sie eigentlich nicht gefasst. „Mir bei der Arbeit?", wiederholte sie zögernd. Doch er fand nichts weiter dabei. Und so deutete sie ihm an, ihr zu folgen.

Rodolfo war rücksichtsvoll genug, auf dem Weg zum Studentenatelier kein weiteres Wort zu verlieren. Denn Sile hätte es sich vielleicht im letzten Augenblick noch überlegt. So gelangten sie zur Garderobe. Er schlüpfte aus seinen Stiefeln und setzte seinen Weg in Strümpfen fort. Lautlos wichen sie großen Staffeleien aus, die ihnen wie Paravents den Weg verstellten. An einigen Tischen wurde gearbeitet, von den Wänden quollen immer wieder schiere Farbexplosionen.

Sile hatte nicht die Absicht, Rodolfo die drei für die Ausstellung vorgesehenen Gemälde zu zeigen, auch nicht das Bild Veronicas mit den Dahlien, da sie damit immer noch nicht zufrieden war. So lief sie ihm voraus, um sich zu davon zu vergewissern, dass es verhüllt war. Sie hatte einige Stunden zuvor noch etwas daran verändert, war sich jedoch noch nicht sicher, ob sie Veronica diese blassrosa Topfblume nicht aus der Hand nehmen und ihr stattdessen eine Art Heiligenschein malen sollte? Ihre Scheu vor kräftigen Farben hatte sie noch nicht abgelegt. So war ihr bewusst, als sie an ihren Tisch gelangten, dass dieser Platz ihm inmitten entfesselter Leidenschaften und lodernder Feuerwerke, wie sie ihre Mitstudenten schufen, auffallend karg erscheinen musste.

Zunächst zog sie nur Zeichnungen und aquarellierte Skizzen aus einer Mappe und legte sie vor ihn hin. „Besser, du sagst nichts darüber!", bat sie und bedrängte ihn fast, er möge nicht so genau hinsehen. Und er hielt sich tatsächlich zurück, berührte die Blätter nicht einmal mit den Händen, sondern stützte seine Arme beiläufig auf eine Stuhllehne. Immerhin war er zum ersten Mal in einem solchen Unterrichtsraum, der ihm, wie er meinte, schon wegen seiner Enge und teils dunklen, verwinkelten Gänge eine gewisse Scheu einflößte. „Empfindest du mich hier als Eindringling?", fragte er daher noch einmal. „Ich wollte eigentlich nur sehen, wie du lebst."

„Hier zu malen, ist für mich nicht dasselbe wie im Atelier bei mir zuhause", erklärte sie und schob die Zeichnungen wieder zur Seite. Er hielt sie jedoch am Handgelenk zurück, denn er hatte Michele erkannt, auch das Gesicht Olivias.

„Ich halte mich mit den Farben noch zurück", gestand sie ihm, „sie geben mir ein Gefühl von Endgültigkeit. Mir geht es nicht darum, leere Flächen und Räume zu füllen. Gerade sie sind es, nach denen ich suche. In einer Welt, in der vieles wie zugepflastert erscheint, möchte ich eher Pausen und Freiheiten schaffen. Ja, ich gebe zu, ich orientiere mich noch immer am Impressionismus. Daher siehst du hier auch so viele Skizzen. Doch seit kurzem male ich eine heile Welt. Sie unterscheidet sich wahrscheinlich nur wenig vom Kitsch. Das bewirkt meine Nachbarin. Ich habe dir noch nicht von ihr erzählt. Sie heißt Veronica Maurer. Veronica bringt mich gerade ein wenig aus dem Konzept. Ich kann dir die Arbeiten noch nicht zeigen, nicht im jetzigen Zustand. Auch mit Ruskin bin ich noch an kein Ende gelangt."

„Malst du auch zur Musik?", fragte Rodolfo. „Ja, das ist Teil des Unterrichts. Mit Kopfhörern natürlich, aber", lächelte sie, „nicht zu Chopin. Eher zu zeitgenössischen Klängen. Von Melodien kann man dabei nicht immer sprechen."

Rodolfo erwiderte vergnügt: „Nach Bach gingen den Komponisten die Melodien aus. Als hätte eine Quelle aufgehört zu fließen. Was hörst du, wenn du allein bist?" Sile überlegte. „Antonio Soler, Bach, Mendelssohn-Bartholdy und natürlich die russischen Komponisten. Ich kann nicht alles aufzählen. Auch geistliche Lieder und Stücke aus dem Repertoire von Jordi Savall."

„Dann hast du ihn also auch schon entdeckt?" – „Es ist erstaunlich, wozu Gamben und Lauten imstande sind", nickte sie. „Mir genügen meist wenige Instrumente, es kann auch nur eine Altflöte oder ein Cello sein." – „Darf ich dir etwas prophezeien?", lächelte Rodolfo. „Du malst, was du hörst. Solange du nur ein oder zwei Instrumente akzeptierst, wirst du bei der Zeichnung bleiben. Für mehr Farbe bräuchte es ein Orchester."

Jetzt seufzte sie leicht: „Im Unterricht wird uns von Beginn an gesagt, wir sollten malen, ohne dabei unseren Kopf zu gebrauchen. Doch ich weigere mich, das zu tun. Zumindest hier, wo ich nicht allein bin. Mir fehlt das Vertrauen, um mich wie selbstverständlich fallenzulassen." Rodolfo sah sie belustigt an und fragte: „Also du willst oder kannst einen Stift oder Pinsel nicht bewegen, ohne nachzudenken? Du entwirfst jeden Strich zunächst in deinen Gedanken?" Sile begegnete seinem Blick mit zunehmender Verzweiflung und murmelte: „Das hat mich auch eine der Professorinnen gefragt. Sie riet mir, meine Hemmungen abzubauen. Im Grunde zweifelt sie jedoch an meiner Begabung …"

„Das tue ich nicht!" widersprach Rodolfo. „Ich kenne deine Professorin nicht, aber sie versucht wahrscheinlich, euch neue Methoden zu vermitteln?" Sile erklärte, sie nehme von den Lehrenden durchaus Ratschläge an, sonst wäre sie nicht hier. Aber es gebe Momente, in denen sie eine innere Abwehr gegen einen Auftrag verspüre. Als ob eine Stimme in ihr plötzlich „Nein!" riefe.

„Hörst du Stimmen?", fragte Rodolfo neugierig. „Ja, manchmal", gab sie zurück. „Es ist mir nicht immer bewusst. Sie werden mich aber nicht daran hindern, die im ersten Semester verpflichtenden Übungen mitzumachen." Jetzt fragte er, ob er weitere Zeichnungen sehen dürfe. Sie reichte ihm also die Mappe, und er bemerkte dazu: „Sie wirken auf mich wie eine Versuchsanordnung. Und wenn du mich bereits ein wenig kennst, weißt du, dass mir gerade das Asketische daran gefällt. Es spiegelt nicht zuletzt die Forderungen unserer Brüderschaft wider!"

Das Wort „Brüderschaft" klang jetzt, ausgesprochen zwischen ihnen beiden, sonderbar fremd. Siles Mund verschloss sich sofort. Rodolfo bemerkte es und korrigierte, seine Stimme klang brüchig: „Dieser ‚Bund' war nur eine Anfangsvorstellung von mir, ehe ich dich näher kennengelernt habe. Ich denke, es braucht zwischen uns von nun an keine solchen Bezeichnungen mehr. Eigentlich verändert sich unser Verhältnis mit jeder Stunde, die wir miteinander verbringen. Auch jetzt eben, ich wage ihr eigentlich keinen Namen mehr zu geben. Trotzdem würde ich diese Scuola als Rahmen bestehen lassen. Was meinst du?"

Er sah sie aus verdunkelten Augen an. Seine Arme lagen noch immer auf der Stuhllehne, als schliefen sie. Diese Unentschiedenheit, auch in seinen Worten, machte es Sile schwer, ihm zu antworten. Also nickte sie bloß und beide überließen es ihren Blicken, diesen Gedanken weiterzuspinnen.

Dabei schwankte sein Oberkörper, seine Arme zuckten, und plötzlich brachte er Worte wie „Verbundenheit" und „Verstehen" hervor.

Wieder nickte Sile bloß, wusste aber nicht, was er damit auszudrücken versuchte. Fühlte er dasselbe wie sie? Bei all dem fürchtete sie, ein Wort mehr, ein Missverständnis oder eine plötzliche Fremdheit könnte die zwischen ihnen entstandene Nähe zum Kippen bringen.

So kehrte sie zum vorherigen Thema zurück. „Du sollst wissen", erklärte sie, „dass ich mich den Erwartungen meiner Professorin manchmal ganz bewusst widersetze. Was sie als Unfähigkeit auslegt, ist die Weigerung, mich künstlich in erwünschte Stimmungen zu versetzen. Ich versuche mich vor allzu weltlichen Einflüssen zu schützen, um mir meine innere Freiheit zu bewahren. Daher kann ich den Kopf nicht, wie sie sagt, abschalten. Meine Langsamkeit ist ein Teil davon. Sie dient dem vorsichtigen Abwägen und Nachdenken. Vor allem lasse ich Affekte nicht ‚einfach heraus', wie es uns Studenten geraten wird, und sollte es einmal geschehen, nicht zur Übung."

Rodolfo sagte, er könne es nachvollziehen. „Doch du sollst auch wissen, dass mein Zugang ursprünglich ein ganz anderer war. Vieles von dem, wovor du dich zu schützen versuchst, sah ich zunächst nicht als Gefahr. Ich habe mich all diesen Zwängen gebeugt und ließ mich durch den ganzen Parcours der Neuen Musik peitschen, in der Meinung, es gehöre dazu."

„Du willst damit sagen, es habe dir nicht geschadet?", überlegte Sile. Jetzt verschränkte Rodolfo seine Arme und blickte zu Boden. Als er nicht antwortete, sagte sie: „Diese Vorsicht wird mich so lange begleiten, bis ich die innere Sicherheit finde, nach der ich suche."

Während er seinen Blick weiter gesenkt hielt, murmelte Rodolfo plötzlich: „Vielleicht hat es mir ja geschadet. Ich wollte nicht übersensibel erscheinen, wollte im Studium vorankommen. Auf innere Stimmen habe ich von Beginn an wenig Rücksicht genommen. Am Ende war ich wohl das Produkt meiner Lehrer und meiner persönlichen Selbstaufgabe."

„War?", fragte Sile ernst. „Ja", erwiderte er und tat einen tiefen Atemzug. „Danach kam die Krise. Ich konnte ein Semester lang nicht Klavier spielen, ja, nicht einmal ein Notenblatt anrühren. Meine Eltern besorgten mir natürlich gute Psychologen. Ich wurde zu Hause betreut. Doch konnte ich mein Zimmer über Wochen nicht verlassen. Erst diesen Herbst war ich fähig, hierher zurückzukehren und mein Studium fortzusetzen. Jedoch habe ich, wie du weißt, die Studienrichtung gewechselt und hoffe, die Alte Musik wird mich heilen."

Er hatte ihr etwas sehr Persönliches anvertraut. So erzählte auch sie ihm von ihrer Krise, ohne die sie dieses Studium wahrscheinlich gar nicht begonnen hätte. Bei all dem spürten sie, über den schmalen Tisch gebeugt, den Atem ihres Gegenübers auf dem Gesicht. Sie beide brauchten nur zu flüstern, um verstanden zu werden.

Und während sie einander so gegenübersaßen, hob Rodolfo seine Schultern, ließ sie wieder sinken und wich dann zurück. Irritiert gestand er ihr, dass er sie jetzt am liebsten umarmt hätte. Doch Sile erschrak innerlich bei diesem Gedanken. Sie spürte Röte in ihren Wangen hochsteigen und drehte sich zur Seite, um nach einem Ausweg zu suchen.

Er bestand für sie darin, einen ihrer Kästen aufzuschließen. Sie entnahm ihm nacheinander ihre Kopien der Alten Meister, darunter da Vincis „Verkündigung" und „Madonna mit Nelke", und erklärte ihm, dass Studenten in den Malschulen der Renaissance während ihrer ersten Jahre nur Stoffmuster, Faltenwürfe und Säulenkapitelle gemalt hätten. Danach hätten sie begonnen, Kopien wie diese herzustellen. Und falls einer von ihnen seinen Meister übertroffen habe, sei er auf die Straße gesetzt worden, um sich selbständig zu machen. Ein Maler durfte seinen Stil erst entfalten, wenn er das Handwerk vollständig beherrschte.

Rodolfo war aufgestanden und etwas zurückgetreten. Er kommentierte Siles Technik der Faltenwürfe und sah in diesen Reproduktionen ein wenig auch ihre persönliche Handschrift. Sie erklärte weiter: „An Leonardo beeindrucken mich besonders seine Darstellungen der Pflanzen und der Landschaft. Zu den Geheimnissen seiner Malerei zählt eine gewisse Vorsicht und Zurückhaltung gegenüber der Realität, sodass vieles einen mehr geistigen, symbolischen Ausdruck erhält. In den beiden Gemälden sind die Gefühle Marias dargestellt. Die Nelke in ihrer Hand weist auf Reinheit und Demut hin. Es sind Eigenschaften, die die Fenster des Himmels aufzuschließen vermögen! Dieselbe Demut legt er auch ins Detail, ins Unkraut hier im Vordergrund und in die Farbe des Bodens."

Und beim Anblick der nebeneinanderstehenden Ölbilder kam Sile auch die gesuchte Lösung für Veronicas Gemälde. Auch hier sollten, fühlte sie, die Pflanzen, obwohl sie sich dem Betrachter entgegengestreckten, in ihren Farben noch etwas zurückgenommen werden!

„Wo ist die Mona Lisa?", fragte Rodolfo gedankenverloren. „Es wird keine geben. Ich komme ohne sie aus", meinte sie trocken. „Gibt es nicht auch in Mailand ein Porträt da Vincis, das einen Musiker darstellt?", überlegte er. Sile nickte und zog aus ihrem Kasten die Vorlage des „Junger Mann" betitelten Gemäldes hervor. Rodolfo machte die Mimik nach. Sie lachte und fragte: „Hast du noch Zeit, mir Modell zu sitzen?" Er fragte: „Meinst du das im Ernst?"

„Nur zehn Minuten!", versicherte sie. So setze er sich, lehnte seinen Arm auf den Arbeitstisch und sah sie möglichst teilnahmslos an, während sie seine Züge und diese Haltung skizzierte. Ab und zu spähte er hinüber auf die gerade entstehende Zeichnung. Dann erlaubte sie ihm wieder, sich zu bewegen. „Das genügt?" fragte er. „Ich habe mir jetzt dein Gesicht eingeprägt", nickte sie. „Die Skizze hilft mir, mich an alles Weitere zu erinnern."

Daraufhin führte ihn Sile zu einem hölzernen Gerüst, einer Art Bühne, die als Hintergrund für Modelle diente, und lud Rodolfo ein, hier mit ihr zusammen Platz zu nehmen und ihren „inneren Stimmen zu lauschen".

Die Idee gefiel ihm, doch er begann bald danach zu summen und seine Beine und Füße im Takt zu bewegen. Zuletzt zog er seinen Pullover aus. Er deutete an, es sei ihm darin zu heiß geworden. Darunter trug er ein Leinenhemd. „Wieso trägst du ein weißes Hemd?", brach Sile nun selbst das Schweigen. „Ich habe es heute Vormittag für das Konzert gebraucht", erklärte er. „Und danach wollte ich keine Zeit mehr mit dem Umkleiden verlieren."

Jetzt wickelte er den Pullover wie einen Turban um seinen Kopf, summte erneut eine seiner Melodien und begann vor ihr zu tanzen! Das Nachmittagslicht schien sich mit ihm im Kreis zu drehen.

Danach legte er sich ausgestreckt auf den Boden und lud sie ein, sich neben ihn zu legen. Sie tat es und erzählte ihm, den Blick zur Decke gerichtet, von Veronicas Gnadenbild. Erst später fiel ihr auf, dass sie es war, die heute sprach, während er fast nur zuhörte. Ihre Befürchtung, seine Anwesenheit könnte sie in ihrer schöpferischen Gedankenwelt stören, hatte sich nicht erfüllt. Dass Rodolfo hierhergekommen war, wo sie so viele Stunden mit ihrer Arbeit verbrachte, berührte sie mehr als sie äußerlich zeigte. Eigentlich war sie erstaunt, dass er auch schweigen und sich zurücknehmen konnte.

Durch die Glasscheiben des großen Fensters bemerkten sie, dass es wieder angefangen hatte zu regnen. Auch die heraufziehende Dämmerung erinnerte sie daran, dass es Zeit für ihn war, zu gehen.

Sile entschied sich, noch etwas hierzubleiben, um weiter an Veronicas Bild zu malen. Nachdem Rodolfo sich verabschiedet hatte, entstand an ihrem Tisch eine Leere, die sie auch körperlich fühlte. Sein Lächeln fehlte ihr, seine Augen und dieser Pullover. Sie rührte mehrere Grautöne an, um Veronicas Blumen mit Schatten zu umgeben. Sie fand, dass sich das Rot dadurch besser in das Bild einfügte. Als sie es aus einiger Entfernung betrachtete, war der Gedanke an Kitsch auf einmal verschwunden. Nun waren es die Hände ihrer großmütterlichen Freundin, die blühten und jene Wärme ausstrahlten, die sie dem Dämon dieser Stadt wie einen Schild entgegenhielt.

Da Rodolfo noch etwas Schlaf nachzuholen und auch eine neue Partitur durchzustudieren hatte, war zwischen ihnen vereinbart, sich erst wieder am Aktionstag zu treffen.

Bei ihrer Rückkehr in die Calle della Scuola bemerkte Sile, dass nun auch vor der Türschwelle ihres Hauses der hellblaue Damm aufgestellt worden war. Er hielt dem Wasser nach wie vor stand. Auch Veronicas Wohnung im Hochparterre war noch nicht in Gefahr. Sile wollte aber nach ihrer Freundin sehen und klopfte vorsichtig an ihre Tür. Veronica öffnete sogleich und beruhigte sie, das Hochwasser sei erst ein einziges Mal bis zu ihr heraufgestiegen. Sile versprach, ihr morgen einen Einkauf mit Lebensmitteln vorbeizubringen.

An diesem Abend rief Carla an. Es war mit ihr nicht vereinbart gewesen, jede Woche zu telefonieren. Aber Carla sagte, sie mache sich Sorgen um sie! Wie es ihr gehe? Und ob sie die nächsten Wochen nicht lieber zu Hause verbringen wolle? Besonders, da die Regenfälle nicht aufhörten. Ständig verfolgte Carla die Nachrichten über den Wasserstand. Dieses Jahr werde ein neuer Acqua-alta-Rekord erwartet! Doch Sile erklärte: „Danke für deine Warnungen, aber ich bleibe! Auch wenn die Akademie für ein oder zwei Wochen zusperren sollte."

Carla entfuhr ein Seufzer. Sie suchte ihre Zeit mit Fortbildungskursen zu verbringen. Und sie hatte nun auch Aufträge für die Firma zu erfüllen. Sie erwähnte, dass Siles Mutter seit ihrem Unfall noch mehr arbeite als zuvor. Ja, sie habe den Betrieb komplett umgestellt.

Sile fragte nun doch, was sich in der Firma tatsächlich verändert habe? Carla hatte, da sie jetzt selbst Verantwortung trug, eine Punkteliste darüber angelegt. Sie zählte auf: Signora Ciardi sei dabei, den ökologischen Fußabdruck des Unternehmens zu verkleinern. Sie habe Dolcini entlassen, eigentlich habe sie ihm freigestellt, zu gehen oder angezeigt zu werden. Dafür gebe es im Unternehmen nun einen Beauftragten für Nachhaltigkeit. Man wolle sich in Zukunft vermehrt an die Generation der unter

Dreißigjährigen wenden und suche auch Millennials als Designerinnen anzustellen. Das alles entspreche den neuesten Entwicklungen in Paris.

Sile konnte es sich schwer vorstellen, wie die Spitze der Haute Couturiers mit ihrer Abgehobenheit und ihrem sorglosen Umgang mit Stoffen und Ressourcen irgendjemandem als Vorbild für Nachhaltigkeit dienen sollte. Doch Carla sprach von verlangsamten Produktionsprozessen. Statt vier würden nur mehr zwei Kollektionen pro Jahr fertiggestellt. Und selbst hier bestehe jeweils eine Linie zur Gänze aus nachwachsendem Material! Die Mode werde jetzt individuell auf ihre Trägerinnen angepasst. Man schrecke nicht einmal vor der Verarbeitung bereits gebrauchter Textilien zurück, um jedem Kleidungsstück sein unverkennbares Aussehen zu verleihen. Die Signora habe Sammelstellen für Altkleidung als Partner verpflichtet. Der letzte Modeschrei sei eine Mischung aus Alt und Neu, Schneiderkunst und Massenware, Ökostoffen und recyceltem Plastik. Und vor einer Woche habe Emilianas Modehaus sogar begonnen, Kleidung zu günstigen Preisen zu verleihen, obwohl dies ein Verlustgeschäft sei. Aber es sei die beste Werbung für sie.

Nun war Sile doch etwas erstaunt über die Geschwindigkeit, mit der ihre Mutter das Unternehmen dem Zeitgeist angepasst hatte. Carla erklärte jedoch, Signora Ciardi sei zu diesen Änderungen förmlich gezwungen worden! Es gebe Umweltplattformen, die seit Jahren die Nachhaltigkeit der Textilbranche überprüften. Auch der Druck durch konkurrierende Firmen habe sich erhöht. Alle großen italienischen Modemarken seien gerade damit beschäftigt, ihre Produktion und die Lieferketten transparent zu machen. Gleichzeitig laufe in den Sozialen Medien eine Kampagne gegen die Firma. Emiliana werde als „Klimasünderin", „Giftsüchtige", „Gestrige" und „Sklaventreiberin" beschimpft. In Carlas Stimme war Empörung zu hören. Die Kampagne nenne sich „Seid nett oder verschwindet!"

Doch nach einer Pause meinte sie bedeutungsvoll, die Signora sage selbst von sich, sie sei „bekehrt" worden und wolle von nun an „gut sein", „nett zur Umwelt". Letztlich habe sich auch der Großteil der in Prato ansässigen Zulieferbetriebe den neuen Standards verpflichtet.

Am Ende des Telefonats bat Carla nochmals, Sile zumindest ein Paket mit Winterkleidung schicken zu dürfen. Ja, erklärte diese schließlich, sie könne ihr ein Paket schicken, und zwar eine warme Decke für ihre Nachbarin.

## Komm und sieh!

>> Unter dicht bewölktem Himmel stieg das Wasser in der Lagune unaufhörlich an. So fand die Aktion gegen Zara und Fast Fashion an diesem Freitag nicht statt. „Der Protest wird aber nachgeholt!", versicherte Michele in seiner Nachricht. „Wir schenken ihnen nichts! Dafür trifft sich die ganze Gruppe im Moria. Später wird es dort im Club Pizza für alle geben. Vielleicht klappt es am Abend sogar mit Livemusik."

Diese Sitzung der Fridays im Moria wurde für Sile zum Tribunal! Es waren Funktionäre aus umliegenden Städten da, die in ihren Vorträgen die Verbrechen italienischer Modehersteller anprangerten. Sie saßen zusammen mit Michele an einem langen Tisch auf einer Art Bühne, die Schüler und Studenten in den Sesselreihen blickten zu ihnen auf. Auch Gruppen aus Mestre und der Umgebung hatten in der Halle Platz genommen. Sile begrüßte nacheinander Michele, Mattia, Frederic, Anders, Chiara, Zeynep, Olivia, Philip, Réka und Lore, doch als sie ihre versteinerten Mienen sah, setzte sie sich nicht zu ihnen, sondern blieb bei der Eingangstür stehen. Rodolfo war noch nicht da.

Giulia, die erste Rednerin, sprach über die Schande der Nähsklaverei, über Rohstoffverbrauch, Abfall und giftige Chemikalien in der Kleidung. Dabei hallten auch die von Carla zitierten Beschimpfungen wider. Unter den „böse" und „giftig" genannten Firmeninhabern wurde namentlich auch Emiliana Ciardi genannt. Sile war nicht darauf vorbereitet gewesen. Sie spürte immer wieder den grau umwölkten Blick Micheles auf sich ruhen. Falls sie offen gefragt worden wäre, wie es um das Unternehmen ihrer Mutter stehe, wie verbrecherisch es noch immer agiere, wäre sie zu keinem Wort der Verteidigung fähig gewesen!

„Wir blicken hinter all diese angeblich grünen Fassaden!", rief Giulia. „Und wir zwingen die Politik, Fast Fashion in der jetzigen Form zu verbieten! Damit wenden wir uns auch gegen den Kapitalismus! Er trägt die Hauptverantwortung für das ganze Desaster! Es handelt sich hier um elende Ausbeuter, eine Pest, Feinde einer netten Gesellschaft. Sie sind es, gegen die wir alle, die wir hier sitzen, Woche für Woche auf die Straße gehen!" Jetzt blickten sich auch die anderen aus der Gruppe nach Sile um.

Olivia stand unbemerkt auf, kam auf sie zu und stieß sie freundschaftlich von der Seite an. Sie flüsterte: „Gräm dich nicht. Du kannst nichts dafür. Auch meine Mutter steht am Pranger. Sie arbeitet bei den British Airways. Auch wenn im Flugbetrieb inzwischen einiges umgestellt wurde, verstößt das Fluggeschäft schon im Kern gegen die Regeln der Nachhaltigkeit. Meine Mutter spürt den moralischen Druck. Ich weiß, wie es ist, auf der schwarzen Liste zu stehen. Und weil ich von ihrem Geld lebe, trifft mich die Scham genauso wie dich!" Für Olivias Geste bedankte sich Sile mit einer schweigenden Umarmung.

Da kam Rodolfo in den Saal. Er blickte sich suchend um. Auch Olivia bemerkte es. Sie deutete ihm an, wo er Sile finden würde. Die zweite Rednerin war aufgestanden und holte noch ein Stück weiter aus. Sie stellte die Aktionen der Freitagsbewegung als Teil eines ökologischen Klassenkampfs dar. Es brauche dieses Bewusstsein, erklärte sie, dass gegenwärtig eine ganze Generation betrogen und für die Zukunft enteignet werde! Sogar da Vincis Prophezeiung wurde von ihr zitiert. Sie nannte die italienischen

Modehersteller mit wenigen Ausnahmen „Ungeheuer", die die Erde zerstörten. „Wir müssen den Druck auf sie weiter erhöhen!", rief die Rednerin, eine Frau Anfang dreißig. Dann zählte sie Erfolge auf, die ihre Bewegung bereits errungen hatte, lobte Michele und dankte zuletzt auch der Neuen Linken, die ihre Aktionen bereitwillig unterstützte.

Rodolfo hatte seinen Arm an die Wand gelehnt, sodass er sich wie ein Bogen über Siles Kopf wölbte. Es fühlte sich für sie wie ein schützendes Dach an. Eine kurze Debatte war der Rede gefolgt. Rodolfo flüsterte seiner Freundin ins Ohr: „Sind Künstlerfarben eigentlich zu hundert Prozent ökologisch abbaubar?" Sile sah ihn an und, da sie das ironische Lächeln in seinen Augen bemerkte, schüttelte sie nur wortlos den Kopf. „Musik ist von dieser ganzen Kritik nicht betroffen", prahlte er. „Instrumente werden zum überwiegenden Teil aus Holz und natürlichem Leim gebaut. Ich drucke meine Noten übrigens auf Recyclingpapier aus. Das tut auch mein Vater in seiner Kanzlei. Er spart Energie, benutzt Pappbecher für den Kaffee und schafft sich seit Jahren keine neuen Möbel mehr an."

Jetzt verzog Sile ihren Mund und fragte ihn, ob er sich ihr gegenüber rechtfertigen oder nur ihre Scham weiter vergrößern wolle? „Nein", erwiderte Rodolfo. „Ich bin gekommen, um dich heute von deiner Pflicht, hier anwesend zu sein, zu entbinden. Darf ich dich in die Freiheit entführen?" Sile fragte: „Ins Reich der Recyclingmusik?"

„Ja, wenn du so willst?", gab Rodolfo zurück. Doch als er sie so entspannt ansah, fragte sie: „Hast du gewusst, was heute hier ablaufen würde?" Als Antwort berührte er fast eine Minute lang Siles Haar mit seinen Stirnlocken. Sein warmer Schatten löste endlich die Anspannung, die sich in ihr aufgebaut hatte.

„Ich habe schon einmal daran gedacht, von zuhause wegzugehen und mich wie Franz von Assisi von meiner Mutter und diesem Unternehmen loszusagen", flüsterte sie. „Doch da ich weder betteln will noch fähig bin, mich selbst zu ernähren, geschweige denn, mir ein Leben als Malerin zu leisten, bin ich davon wieder abgekommen. Am hässlichsten ist für mich aber der Gedanke, dass ein Mensch die Erde allein dadurch zerstört, dass er geboren wird, isst und atmet. Bisher habe ich auf unbestimmte Weise gehofft, einen Ausgleich schaffen und der Natur etwas zurückgeben zu können."

„Ich fürchte", versuchte Rodolfo sie zu trösten. „du suchst neuerlich eine Rechtfertigung dafür, wie du und ich unsere Zeit verbringen. Hat nicht da Vinci gesagt, Kunst brauche keine Erklärung, sie erkläre sich selbst?"

Am langen Tisch begannen bereits Vorbesprechungen für die nächsten Aktionen. Am 21. November, dem diesjährigen katholischen Marienfest, war eine Gegenprozession der Aktivisten geplant. In der Woche darauf ein Block Friday. Doch als sie zum wiederholten Mal Scheltworte aus dem Lautsprecher hörte, wandte sich Sile zum Gehen. Rodolfo folgte ihr.

Auf dem Weg durch die Eingangshalle erblickte sie plötzlich vor sich ein Bild, das sie in seiner Eindringlichkeit anhalten ließ. Unwillkürlich wies sie mit ihrer Hand auf das halb beschattete Rechteck des Ausgangs! Rodolfo neigte seinen Kopf und versuchte in der Richtung ihres ausgestreckten Armes etwas zu erkennen. Halblaut las Sile in diesem Dreieck die Aufschrift „Salizada San Francesco".

Es war nur ein Sekundenbruchteil, doch wusste sie: Es war die gesuchte Straßenszene für Micheles Plakat! Sie ging ein paar Schritte vor und zurück und musterte voll Staunen den Anblick, der sich ihr hier von Venedig bot. Es hatte dieser Veranstaltung bedurft, dieser Reden, ihrer eigenen Verzweiflung und zuletzt des scharfen Lichteinfalls an diesem Vormittag, dass Sile die Atmosphäre vorfand, nach der sie so lange suchte.

Rodolfo zupfte sie am Ärmel und fragte, ob sie nun bereit sei, mit ihm irgendwo anders hinzugehen. Sie beschrieb ihm ihre Eindrücke und warum sie genau dem entsprachen, worum Michele sie gebeten habe. Sie konnte das alles nicht restlos erklären, machte jedoch einige Fotos, um sich später daran zu erinnern. Auch Rodolfo freute sich schließlich mit ihr und zeigte dies durch einen Pfiff.

Währenddessen kam ihr auch der Gedanke, dass sie sich gerade in der Nähe des Auges der Taube befanden! Als sie endlich bereit war, weiterzugehen, ergriff Rodolfo ihre Hand und strebte ihr voran über die Brücke Richtung Zentrum. Ihre Regenstiefel bahnten sich einen Weg abseits der Stege. Sie wichen San Marco aus, und erst als der Boden wieder einigermaßen trocken war, ließ er ihre Hand wieder los.

Doch das Thema der Veranstaltung verfolgte sie weiter. Rodolfo meinte, er unterstütze diese Proteste, da er große Schiffe verhindern wolle, auch müsse etwas gegen den zunehmenden Lärm und die Versiegelung der Landschaft getan werden. Doch er könne sich mit der Art von Revolution, um die es hier ging, nicht durchwegs identifizieren. Auch nicht mit der verwendeten Sprache.

Sile fügte hinzu: „Diese Proteste haben es geschafft, worum ich meine Mutter seit Jahren vergeblich gebeten habe. Sie haben sie dazu gezwungen, ihr Unternehmen nach ökologischen Forderungen umzustellen. Das sehe ich als Erfolg! Doch wenn ich selbst auf die Straße gehe, möchte ich nicht nur Klimaziele einfordern, sondern auch die Rettung der menschlichen Seele. Und das kann ich nur durch die Malerei tun. Denn in einer Reihe zu marschieren, politische Parolen zu rufen und Leute aufzurütteln, mit der Perspektive, irgendwann zu offenerer Gewalt überzugehen, lässt meine Seele auf Dauer verkümmern. Ich gehe Streit und Auseinandersetzungen seit jeher aus dem Weg. Außerdem möchte ich nicht zu einer Marionette des Zeitgeistes werden."

Rodolfo fügte hinzu: „Du und ich können uns frei entscheiden! Ich möchte niemals Teil einer aufgehetzten, trommelnden Masse werden. Und es fällt mir grundsätzlich schwer, mich für das Geschäft eines Fußrevolutionärs zu begeistern. Das ist flaches Stakkato. Doch vielleicht ist mein Leidensdruck noch nicht groß genug?"

Sile rief auch Ruskin als Zeugen auf, der gesagt hatte: „Jede Politik, die sich auf materielle Aspekte beschränkt, muss irgendwann scheitern. Du selbst hast erklärt, der Mensch funktioniert aus seiner Seele heraus! Das meint auch Ruskin. Der Mensch sei, sagt er, mehr als ein willenloses Rädchen oder ein bloßes Knochengerüst der Ökonomie. Er sei keine Maschine, die entweder durch Angst, Aggression oder Gewinnsucht in Gang gesetzt wird. Wir verhielten uns auch nicht wie darwinistische Tiere. Und wenige von uns seien so habsüchtig, dass sie nichts weiter als vorankommen und materiellen Reichtum anhäufen wollten."

Rodolfo nickte und entgegnete: „Das mag jetzt abgehoben klingen, aber Michele und die anderen bewahren mich eigentlich davor, im Elfenbeinturm zu sitzen und nur an mich selbst zu denken. Ich brauche diese Gemeinschaft. Doch leider sehe ich innerhalb der Bewegung, dass junge Menschen sich hier auf gewisse Weise selbst verbrennen. Sie haben den Krieg gegen das neue Böse ausgerufen und sind entschlossen, ihn bis an ein ungewisses Ende zu führen. Ich bewundere ihren Opfermut! Daher will ich ihnen in meiner Oper auch ein Denkmal setzen."

Er blickte nachdenklich in die Wellenrunzel, die sie beim Gehen vor sich herschoben. Sile hielt jetzt erstaunt an. „Das wusste ich nicht! Haben alle aus der Bewegung einen Platz in deiner Oper?"

Er zuckte die Achseln und fragte zurück: „Würde es dich stören, wenn du darin vorkommen würdest?" Sile blies durch die Zähne. „Kommt drauf an, wie du die Sache anlegst."

„Der Ausgang ist derzeit noch offen", meinte er vage. Sie gab zurück: „Stellst du uns als mittelalterliche Geißler und Bußprediger dar? Oder wird es eine Märchenoper?"

Die Vorstellung von „Geißlern" gefiel Rodolfo und er erwiderte: „Kann sein."

Daraufhin führte er sie mit einer leichten Berührung seiner Hand den Campo San Vidal entlang, bis sie an ihre Brücke gelangten. „Ich möchte einen Augenblick mit dir hier verweilen", sagte er. Dann zog er seine Regenjacke aus dem Rucksack und breitete sie nahe dem Brückengeländer auf den hölzernen Stufen aus. Hier lud er Sile ein, sich mit ihm zu niederzulassen. Sie tat es und er blickte sie feierlich an.

Der Himmel über ihnen glich immer noch einem Fluss, der über die Ufer getreten war und dessen Arme an diesem Vormittag bis in die Stadt und den Kanal herabreichten. Rodolfo bereitete Sile darauf vor, ein Gedicht Hölderlins zu hören. Er bat sie: „Stell dir vor, wir sitzen jetzt irgendwo unter Bäumen. Es ist kurz vor dem Regen. Ein leichter Wind türmt eisgraue Wolken auf. Hin und wieder dringt ein Lichtstrahl zu uns durch. Bist du soweit?", fragte er.

Sile schloss halb die Augen und nickte. „Ich habe dir den Beginn eines Fragments mitgebracht. Hör!", verkündete er leise, blickte an ihr vorbei übers Wasser und sprach die Verse aus seinem Gedächtnis:

„Komm und siehe die Freude um uns; in kühlenden Lüften
Fliegen die Zweige des Hains,
Wie die Locken im Tanz: und wie auf tönender Leier
Ein erfreulicher Geist
Spielt mit Regen und Sonnenschein auf der Erde der Himmel;
Wie in liebendem Streit.
Über dem Saitenspiel ein tausendfältig Gewimmel
Flüchtiger Töne sich regt,
Wandelt Schatten und Licht in süßmelodischem Wechsel
Über die Berge dahin.
Leise berührte der Himmel zuvor mit der silbernen Tropfe
Seinen Bruder, den Strom,
Nah ist er nun, nun schüttet er ganz die köstliche Fülle,
Die er am Herzen trug, aus ..."

Er hatte die Worte zugleich an Sile und die grau verhangene Welt gerichtet, die sie umgab. Sie schwebten wie eine Melodie über ihnen und dem Kanal. Rodolfo hatte auf Deutsch gesprochen. Nun übersetzte er ihr die Verse und versuchte mit seiner Stimme den Klang der kunstvollen Sprache wiederzugeben. Sile fühlte sich in diesen Momenten völlig der Welt enthoben, in einer Seligkeit, die sie mit ihren übers Gesicht gelegten Händen so lange als möglich in sich bewahren wollte.

Dann bedankte sie sich für das Fragment und seinen Vortrag und sagte: „Ich muss dir gestehen, ich habe voll Sehnsucht nach diesem Geist gesucht. Nach genau diesen Bildern!"

„Es genügen einzelne Verse dieser Gesänge", nickte Rodolfo, „um die Welt um uns zu verzaubern. Ich möchte auch, dass du weißt, Sile: Wenn ich dich sehe, entstehen Melodien in meinem Kopf. Ich warte nach unseren Treffen schon immer darauf, sie niederzuschreiben."

„Das heißt, du musst jetzt gleich wieder gehen?", fragte sie heiter. „Nein", beruhigte er sie, tippte aber kurz etwas in sein Mobiltelefon. Er erklärte ihr, er verwende ein Programm, das Noten schrieb und in dem sich Melodien festhalten ließen.

Nachdem er sich neben sie gesetzt hatte, sodass er sie mit dem Rücken gegen die Fußgänger abschirmte, erzählte er wieder von Nono, der ebenfalls eine Oper verfasst habe. „Es ist die einzige Revolutionsoper, die ich kenne!", fügte er hinzu. „Und er nannte sie ‚Unter der großen Sonne von Liebe beladen'." Sile wiederholte den Titel mehrere Male und sprach ihn in das Knirschen der Stiefel und Schuhe hinein, die hinter ihnen die Brücke überquerten. „Er klingt wie ein Zauberspruch!", rief sie begeistert.

„Nono ehrte mit dieser Oper Frauen Genossinnen, die sich in Paris für kommunistische Ideale eingesetzt hatten", erklärte Rodolfo. „Heute Früh habe ich mir Nonos Streichquartett ‚Fragmente – Stille, an Diotima' durchgelesen und in der Partitur diesen Text gefunden. Er ließ mich nicht los. Daher bin ich etwas später gekommen. Ich habe die Verse so oft gelesen, dass ich sie bereits auswendig kenne."

Er wiederholte noch einmal den zusammengefügten Titel, einen dreifachen Anklang: „Fragmente – Stille, an Diotima", und ließ ihn zwischen ihren Gesichtern schweben. „Weil du gefragt hast, ob Kunst etwas bewirkt, ob sie die Welt verändert, den Menschen rettet: Ja, diese Verse tun es für mich. Sie taten es auch für Nono. Er nannte sein Streichquartett im Untertitel ‚Schweigende Gesänge aus anderen Räumen, aus anderen Himmeln'. Nono wollte, dass die ausführenden Musiker Hölderlins Gesänge unmittelbar in Musik übersetzten. Stell dir vor! Die Texte stehen zwar in der Partitur, sind aber nicht für das Publikum bestimmt! Die Musiker selbst sollen sie lesen und durch sie in einen Schöpfungszustand versetzt werden."

Sile stütze die Arme auf ihre Knie. Rodolfos Blick ruhte eine Weile auf ihrem Haar, das sie heute lose über die Schultern trug. „Wer war Diotima?", fragte sie schließlich.

Rodolfo besann sich einen Moment. Schließlich nannte er sie „Hölderlins Geliebte. Sie hieß eigentlich Susette Gontard." – „Und es war eine Liebe aus anderen Räumen, aus anderen Himmeln?", fragte Sile. Rodolfo nickte, und in diesem Moment fiel ein verirrter Regentropfen zwischen ihnen zu Boden. Beide hatten es bemerkt und blickten ihm nach, bis er auf den Holzblanken zerfloss. Unvermutet begegneten sich wieder ihre Blicke.

Daraufhin überlegte Sile: „Dann war Diotima seine Muse?" Rodolfo fasste sich sofort und schränkte ein: „Ich weiß nicht, ob er einer Muse bedurfte. Er suchte nicht, wie es bei Künstlern üblich ist, nach Impulsen für seine Arbeit. Seine Worte kamen, wie ich dir schon sagte, aus dem Himmel. Er beschrieb seine Eingebungen als durchdringend und hell wie Blitze. In Diotima fand er jedoch eine würdige Gesprächspartnerin. Ich stelle mir vor, es war eine Liebe unter Geschwistern. Die kurze gemeinsame Zeit, die ihnen gegeben war, nannte er seinen ‚Sommer des Lebens'. Susette erkrankte und starb nur wenige Jahre danach. Er litt unter seiner Einsamkeit. Dennoch wollte er sein Werk vollenden. Er hatte Diotima versprochen, sich als Lyriker von konventionellen Mustern zu befreien und einen völlig eigenständigen Weg zu gehen. Und er tat es am Ende auch. Es bedeutete, dass er bei seinen Kritikern in Ungnade fiel, dass er keinen Verleger fand und in den Augen seiner Zeitgenossen, darunter Goethe und Schiller, ‚gescheitert' war. Die zweite Hälfte seines Lebens verbrachte er, wie du weißt, in geistiger Umnachtung. Er schrieb aber weiterhin einfache Reimgedichte, eigentlich Kinderlieder."

Eine Träne staute sich in Siles Augenwinkel. Rodolfo bemerkte es. „Ich danke dir", sagte er und begann, zu ihrem Trost und nur für sie hörbar, ein bekanntes Kinderlied zu singen: „Tramontana non venire, che ho venduto il mio capotto, l'ho venduto per tre lire, Tramontana non venire!"

Sile musste über den clownesken Ernst lachen, mit dem er das Lied vorgetragen hatte. „Als Kinder glaubten wir, wir könnten uns Kälte und Schmerz mit Liedern wie diesem vom Leib halten", schloss er. Und Sile erwiderte: „Ein wenig glauben wir es noch immer." Damit erhoben sie sich. Rodolfo klopfte seinen Anorak aus und begleitete sie nach Hause.

# Abendruh

Der kommende Tag brachte Sturm. Sile war allein in der Bibliothek. Eine Frauenstimme verkündete jede halbe Stunde über Lautsprecher, dass die Akademiebibliothek ab heute, 16 Uhr, bis auf weiteres wegen Hochwassers geschlossen haben werde. Sile sah ab und zu aus dem Fenster, wollte jedoch den schlimmsten Niederschlag abwarten, ehe sie sich hinauswagte. Das blasse Gesicht am Schalter nickte ihr entschuldigend zu und wiederholte noch einmal die letzten Informationen. Endlich legte sie, neben anderer Literatur, auch einige

Bände Ruskin vor ihn hin. Er zog die Bücher über den Scanner. Sie nahm sie, verabschiedete sich und trat mit Rucksack und Regenmantel den Heimweg an. Inzwischen war sie darin geübt, auf eine Weise durch die kniehohe Überschwemmung zu waten, dass ihre Bewegungen so wenig Wasser wie möglich aufwühlten.

Durch die Ritzen von Veronicas Wohnung drang eine Spur Licht. Sile streifte ihre Sohlen auf dem vorbereiteten Bodentuch ab und brachte ihren Vorrat an Büchern nach oben. Als sie sie nacheinander auf den Tisch legte, fragte sie sich, ob sie in Ruskins Abhandlung zur Ökonomie tatsächlich noch etwas Neues entdecken würde?

Sie stieß im „Glaubensbekenntnis" des englischen Philosophen dann auf zwei beeindruckende Forderungen: Der Erwerb von Geld und Gütern solle nur unter ethischen Gesichtspunkten erlaubt sein, und der Mensch schulde dem Menschen Nächstenliebe! Dieser letzte Satz erschien ihr in einer Weise revolutionär, dass er sie nicht mehr losließ. Wo Liebe herrsche, schrieb Ruskin, hätten Ungerechtigkeit, Unterdrückung und Kriege für immer ein Ende! Die Pflicht zur Nächstenliebe würde jeden Bürger dauerhaft vor Betrug bewahren. Sie führe, so Ruskin, auch zur Produktion solider und dauerhafter Waren. Damit ging er noch einen Schritt weiter als Rousseau, der für ein gerechteres und harmonischeres Zusammenleben lediglich an die Vernunft appelliert hatte. Ruskin aber ließ Vernunft ausschließlich in Zusammenhang mit Liebe gelten. Sile versuchte sich auszumalen, welche Auswirkungen diese Gesetze auf die heutige Gesellschaft hätten! Doch konnte man Liebe per Gesetz einfordern? Wie hoch wären die Strafen für jemanden, der dazu nicht imstande war? Lebenslänglich?

Der Klang einer Kirchenglocke schreckte die Lesende auf. Seltsam, bisher waren ihr diese Glocken vertraut gewesen, sie hatten ihr den Feierabend eingeläutet, ihr Ruhe verkündet. Doch seit dem heutigen Gewitter begann auch sie die kommenden Nächte zu fürchten. So kam sie auf die Idee, Abendlieder zu summen. Die Melodien und Worte beschrieben Schutz, Geborgenheit, Vertrauen in den Wechsel der Jahreszeiten, in Wachstum und Ernte, in das Selbstverständliche, auf das sich Generationen vor ihr verlassen hatten. Und doch ging diese Selbstverständlichkeit heute verloren. In den Kinderliedern war meist ein christlicher Glaube eingewoben. Und während sie am Fenster stand und in die Dunkelheit blickte, fragte sie sich, ob dieser Glaube noch immer möglich war?

Die Sirenen tönten fern. Und plötzlich konnte sie nicht mehr weiterlesen, nicht in den Predigten eines Mannes, der vom Katheder aus Liebe verordnete! „Hat er sie je selbst empfunden?", fragte sie sich.

Sie wog ein Buch nach dem anderen in der Hand, jene Bücher, mit denen sie eigentlich die ganze folgende Woche verbringen wollte. Die ersten Zweifel an Ruskins Glaubwürdigkeit waren ihr bei der Schrift „Modern Painters" gekommen. Darin lobte er die Gotik mit einer Ausschließlichkeit, die selbst sie nicht nachzuvollziehen vermochte. Ebenso pauschal verwarf er die Renaissance als moralischen Abstieg Europas. Dass man vor mehr als einem halben Jahrtausend begonnen hatte, sich in allen Lebensbereichen an der als „heidnisch" verpönten Antike zu orientieren, hatte nicht nur zu größerer Freizügigkeit, sondern auch zu mehr Freiheit und einer Blüte der Künste und Wissenschaften geführt. Ruskins Schwarz-Weiß-Malerei irritierte sie jedoch vor allem wegen seines Urteils über William Turner. Er hielt allein Turners Malweise für „gotisch" und wahrhaftig, während er alle anderen „Modernen" seiner Zeit in Bausch und Bogen verwarf.

Sie vergrub ihren Kopf in den Händen. In gewisser Weise war auch sie selbst religiös erzogen worden, aber ohne je solche Predigten gehört zu haben. Carlas Christentum war nur atmosphärisch vorhanden gewesen und hatte sich ihr dennoch eingeprägt. Ihr geduldiges Zureden hatte nie diesen strengen, ausschließenden Ton angenommen. Sie hatte Fragen gestellt, anstatt auf Regeln zu bestehen. Dem gegenüber unterschied sich Ruskin kaum von den Rednerinnen im Moria!

Mit diesem Urteil legte Sile seine Traktate bis auf weiteres zur Seite. Aber auch mit den anderen Büchern, die sie mitgebracht hatte, wollte sie diesen düsteren Abend nicht gern verbringen. „Gibt es denn kein Buch in diesem Zimmer", fragte sie sich, „das Vernunft und Liebe gleichberechtigt nebeneinander bestehen lässt?" Ihr fiel nur Hölderlin ein. Aber ihn würde sie in ihrer Bücherkiste nicht finden.

Als sie darin kramte, fiel ihr ein schmaler Band aus Guglielmos Bibliothek auf, eine Ausgabe der Psalmen und Klagelieder. Sie hatte sich nicht entschließen können, die große Bibel mitzunehmen, und nur dieses Bändchen ausgewählt. Und als sie es aufschlug, durchströmte sie augenblicklich Frieden. Sie las:

„Die Huld des Herrn ist nicht erschöpft,
sein Erbarmen hat nicht aufgehört.
Neu ist es an jedem Morgen;
groß ist seine Treue.
Mein Anteil ist der Herr, sagt meine Seele,
darum harre ich auf ihn."

Die Zwanzigjährige hatte schon oft nach diesem „Herrn des Himmels" gesucht. Ganz gleich, welche Seite des Heftchens sie nun aufschlug, die Verse standen mit einer Gewissheit, Klarheit und Glaubwürdigkeit da, zu der, so dachte Sile, menschliche Erfindungsgabe nicht fähig war. Die Sprache erinnerte sie an Hölderlin, nur war sie roher und wie gemeißelt, während Hölderlins Gesang zwischen Himmel und Erde schwebte. Ihr schien, auch Rodolfos Dichter habe seine Kraft aus diesen Psalmen und Klageliedern geschöpft. Er hatte sie fortgeschrieben, geisterfüllt, ehrfürchtig stammelnd und mit demselben Vertrauen, das den Psalmisten vor alters erfüllt hatte, der hier schrieb:

„Du wirst nicht stumm bleiben,
wirst nicht schweigen, Herr,
über meiner Bitte!"

Und es war die Bitte um väterlichen Schutz, um Rettung und Beistand. Auch das Wort „Liebe" kam darin vor. Sile wunderte sich nicht, dass hier eine Liebe zwischen Geschwistern, Eltern und Kindern beschrieben wurde, eine Beziehung, in die auch Gott, der Urahn aller Menschheit, mit eingebunden war.

David glaubte an den Sieg des Guten. Er lobte seinen Gott auch zur Nacht! Er pries Ihn auf seinem Lager inmitten der Wüste, auf der Flucht, in Todesgefahr. Er pries Ihn als Schöpfer, als Herrn und König, in aller Sanftmut. Würde auch sie, fragte sich Sile, eines Tages dazu fähig sein, diesen Gott zu verherrlichen? Ihn zu ehren, auch wenn sich der Himmel in dichte Finsternis hüllte? Und wieder las sie: „Was betrübst du dich, meine Seele, und bist so unruhig in mir? Harre auf Gott!"

Endlich empfand sie es wieder: Abendruh! Allein dieses schmale Buch in ihren Händen zu halten, schien zu genügen. Sie legte es auf einen Schemel neben ihr Kopfkissen und schlief darüber ein. Ihre Lampe brannte die ganze Nacht hindurch.

Der darauffolgende Morgen war ein Sonntag. Sile erwachte vom vielstimmigen Läuten der Glocken. Sie musste an Veronica denken. Hoffentlich würde es ihr nicht einfallen, heute allein zur Kirche zu gehen. Und wenn doch? Sie zog trockene Kleidung vom Wäscheständer und schlüpfte rasch in Hemd und Hose. Im Treppenhaus beruhigte sie jedoch bald das Rascheln hinter Veronicas Tür. Sie war noch zu Hause!

Doch als Sile anklopfte, stand ihre Nachbarin bereits fertig angezogen in ihrem winzigen Flur. „Ich bin mir nicht sicher, ob ich bei diesem Wetter hinausgehen soll", überlegte sie für einen Moment. Gleichzeitig griff sie aber bereits nach ihrer Handtasche und zog ihre schwarzen Stiefel an. Sile sah keine Möglichkeit, sie jetzt noch aufzuhalten, und wollte sie wenigstens begleiten. Veronicas Gesicht strahlte vor missionarischer Freude. „Die Madonna wird uns beistehen!", war sie sich sicher. Es gab jetzt auch vorn auf den Fundamenten einen Fußgängersteg. Er erlaubte es zwei Personen, nebeneinander zu gehen. Sile hielt Veronica noch enger am Arm als bisher und achtete darauf, dass sie auf den Planken nicht ausglitt. Als sie dann zusammen mit wenigen älteren Menschen in den Kirchenbänken saßen, glänzten überall auf dem Steinboden zentimeterhohe Wasserlachen.

Die Messe, der Veronica andächtig folgte und die sie immer wieder zwang, leise stöhnend niederzuknien oder sich zu erheben, war für Sile an diesem Morgen kein sinnloses, bloß äußerliches Getue. Sie hörte den Lesungen zu und konnte spüren, dass sich seit gestern Abend etwas in ihr verändert hatte! Vor allem staunte sie über die Rosenkranzmadonna, deren Kleid mit Klammern hochgehoben und in einem Bausch rund um ihre Schultern festgemacht worden war. Als hätte man ihr Flügel gegeben, mit denen sie sich bei Acqua alta in die Lüfte erhob! Im Zentrum der Feier hielt der Priester die Hostie hoch. Sile war mit solchen Ritualen nicht aufgewachsen. Ihre Augen blickten verlegen nach oben, die Säulen entlang, ruhten auf Details der Deckenbemalung und immer wieder auf Veronicas Händen. Wenn sich die Kirchentür einen Spalt weit auftat, glaubte sie, das Dröhnen der andrängenden Flut zu hören.

Anschließend frühstückten sie zusammen bei Vittorio. Wieder unterhielt er sich mit Veronica über vergangene Zeiten. Michele war heute nicht da, doch trafen Kurznachrichten von ihm ein mit Plänen für die kommenden Tage. Auch morgen sollte es eine Besprechung im Moria geben. Sile würde nicht hingehen.

## Schlechtes Wetter

» Am Dienstag hatten die Sirenen ihren höchsten Ton erreicht. Über Giudecca tröpfelte es leicht. Eine Vollmondnacht stand bevor und Sile machte sich auf, noch einmal hinüber zu Vittorio zu gehen. Unterwegs musste sie ihre Stiefel mehrmals, auf einem Bein stehend, ausleeren. Auf

Socken hatte sie vorsorglich verzichtet. Die niedrigen Steinpfähle, die sie vom Meer trennten, ragten noch aus dem Wasser hervor, das nun auch die Sockel der Hauswände bedeckte. Fundamente, das Wort klang so sicher. Sie spürte sie noch unter den Schuhsohlen, auch wenn sie nur mehr verschwommen zu sehen waren. Man wusste, sie würden den nächsten Schritt, zu dem man ansetzte, auffangen, auch den übernächsten, zumindest an diesem heutigen Tag. Wenn alles in Bewegung gerate, so Veronika, dürfe man nicht an „Festland" denken, sondern an Gott, der allein Sicherheit gebe.

Sie stiefelte also diese schwimmenden Wege entlang. Die meisten Acqua-alta-Touristen waren spätestens heute Früh abgereist. Vittorio hatte sich nun ebenfalls, wie seine Nachbarn, gegen das andrängende Meer verbarrikadiert. Ein Häufchen Alteingesessene saß rund um den Schanktisch und beobachtete seine Handgriffe. Die Gäste auf den Barhockern glaubten den Vorhersagen, dass der Wasserspiegel diese Nacht auf ein Meter neunzig ansteigen werde. Auch der Vollmond kam hinzu. Niemand hatte den Trabanten gesehen, dennoch zog er über der Wolkendecke die Schicksalsfäden der Stadt.

Einer der Männer war überzeugt: „Es ist das Ende Venedigs!" Und doch blieben sie jetzt nicht zuhause bei ihren Familien, sondern suchten Gesellschaft. Sie hatten sich ja schon seit Wochen darauf eingestellt. Es war zumindest zu befürchten, dass die Flut sich diesmal wieder bis in den Januar hinziehen würde, sofern nicht heute Nacht alles vorbei sei und sie in ihre Boote steigen müssten, um ihr Leben zu retten. Vittorio glaubte nicht, wie seine Gäste, an das Schlimmste, sagte aber auch nichts dagegen. Jeder war heute zu nachdenklich für Diskussionen. Doch als er Sile das bestellte Essen für zwei Tage über die Theke schob, eingepackt in braune Kartons, dazu eine extra Portion für Veronica, lächelte er, ein Lächeln, das ihr zu verstehen gab, das Leben werde auf jeden Fall weitergehen!

Als alles in ihrem Rucksack verstaut war, schüttete Sile nochmals das Meerwasser aus ihren Stiefeln und watete zurück in die schmale Gasse. Als sie näherkam, verlangsamte sie ihre Schritte, um keine unnötigen Wellen anzustoßen, die dann über die Türschwelle schwappen könnten. Im Innern des Hauses bemerkte sie, dass an einigen Stellen nahe dem Eingang bereits Wasser hereinsickerte. Die Vermieterin hatte einen Kübel hingestellt, um, wenn nötig, den Flur auszuschöpfen, ein grobes Baumwolltuch dichtete die ausgetretenen Fugen im Boden ab. Sile läutete an Veronicas Tür.

Die weißhaarige Frau sah sie von Kopf bis Fuß an. „Man kann nur beten", seufzte Veronica, „auch der Pfarrer hat es gesagt!". Sile wunderte sich, sie plötzlich so mutlos zu sehen. Es war aber mehr die Sorge um ihre Kirchen. Die Schätze ihrer Anbetung, um die sie bangte, waren für sie keine bloßen Antiquitäten mit einem bestimmten Marktwert oder Statuen Heiliger, sondern das Heilige selbst, das jeden Moment zerstört werden konnte. Im schlimmsten Fall würde das Wasser in den Kirchenräumen den Boden aufweichen, Bänke anheben und unter den milden Blicken dieser Heiligen wie umgekippte Boote umherschwimmen lassen. Doch der Schaden an den Säulen und Wänden würde kaum aus den laufenden Spenden bezahlt werden können. Veronica bekreuzigte sich bei dem Gedanken. An ihr eigenes Elend dachte sie nicht. Vorn an ihrer Tür glänzten mehrere Schichten Salzkristalle. Veronica erinnerte sich, es war im Jahr 1966, als die Flut sogar den Flur und die unteren Stiegen überschwemmt hatte. Man sah es immer noch am verdorbenen Holz.

Dazwischen ertönte heiser wieder eine dieser Sirenen. Doch Veronica drängte es, weiterzusprechen. Zuletzt zitierte sie nochmals ihren Pfarrer, der, ebenso wie die Geschäftsleute hier auf der Insel, bei all dem nur von „schlechtem Wetter" sprach. Wie kam es, dass er als Seelsorger noch nichts vom Klimawandel gehört hatte? Hatte dieses Wort keinen Platz in der von ihm verkündeten Lehre? Oder widersprach es dem Glauben an die Wundermacht der von ihm vollzogenen Rituale?

Aus Veronicas Wohnung schallten jetzt die regionalen Nachrichten. Die Sprecherin meldete: „Der Notstand ist ausgerufen! Neunzig Prozent der Stadt sind bereits überschwemmt. Neben der Altstadt auch Pellestrina und Burano." Ihre Freundin bekreuzigte sich gleich drei Mal. „Umso mehr müssen wir beten!", rief sie und stellte das Radio leiser. „Ich habe keine Erfahrung mit dem Beten", entgegnete Sile, „aber ich danke dir für den Rat!" – „Ich bete auch für dich und unseren Stadtteil!", versicherte ihre Nachbarin. „So brauchen wir uns in der Nacht nicht zu fürchten."

Nun verriet auch Sile ihr, was junge Menschen heute dagegen zu tun versuchten: „Ich bin in einer Gruppe Studenten, die sich für den Schutz des Weltklimas einsetzt. Freitags gehen wir dafür auf die Straße. Das sind keine Prozessionen mit Kerzen und Lichtern. Aber wir glauben ebenfalls, dass unsere Rufe irgendwann Gehör finden werden." Veronica legte beruhigend ihre Hand auf Siles Schulter und meinte zu deren Überraschung: „Wäre ich so alt wie du, würde ich das ebenfalls tun."

Es war ein Moment, in dem sich Sile ihr, einem durch Zufall gefundenen Menschen, tief verbunden fühlte. Sie hätte Veronica am liebsten umarmt, wäre da nicht die Würde ihres weißen Haares gewesen. So hielt sie ihr bloß einen der beiden Papierkartons hin. Veronica lächelte, sie sagte, sie habe eigentlich alles zu Hause, nahm aber trotzdem die frisch zubereitete Lasagne an. Ihr Geruch vermischte sich mit der Feuchtigkeit und Ungewissheit dieses Abends.

Dann im gespenstischen Stiegenhaus kämpfte Sile wieder mit jener Furcht, die sie mit anderen aus der Gruppe teilte und die nicht nur diese Inseln und diese Stadt betraf. Im Wechsel mit den Hitzewellen und Dürren, den ausufernden Wandbränden, Stürmen, Erdbeben und sichtbaren Veränderungen der Vegetation fiel die Überflutung, die sie gerade erlebte, wahrscheinlich kaum ins Gewicht. Und doch gab sie ihr ein Gefühl dafür, was „schlechtes Wetter" für die Zukunft ihrer Generation zu bedeuten hatte. Der gesamte Erdball mit seiner Atmosphäre geriet Jahr für Jahr mehr aus dem Gleichgewicht! Die Unsicherheit, an die sie sich gerade gewöhnten, breitete sich Jahr für Jahr weiter aus und hatte begonnen, die Stützpfeiler ihres bisher gewohnten Lebens zu erschüttern. Und es wurde immer mehr zu einer Frage des Glaubens, ob sich die Katastrophe noch aufhalten ließ.

Als sie dann in ihrem Apartment saß und an dieses „Wir gehen unter!" dachte, dazu an Vittorios Achselzucken, an Veronicas Kreuzzeichen und auch an Ruskin und seine Endzeitpredigt, kam ihr, sie wusste nicht woher, der Gedanke: Angenommen, es gäbe diesen Herrn des Himmels tatsächlich, so dürfte es doch nicht Sein Plan sein, eine Erde, die Er selbst erschaffen hatte, dem Untergang preiszugeben! Nach allem, was sie über Gott bisher wusste, und falls, wie Juden, Christen und Muslime beteuerten, ein Wesen existierte, das alle Schönheit und Herrlichkeit der Natur gestaltet hatte, Pflanzen und Tiere, und als Krone von allem den Menschen nach Seinem Abbild, so würde Er es gewiss nicht zulassen, dass Sein Werk, ja, Er selbst, damit scheitert! Wunden am menschlichen Körper heilten von selbst, an den Hängen des Ätna gediehen auf Lavaerde Feigen und Wein. Das Gesetz der Natur war seit jeher Heilung, Wachstum und neues Leben. Wenn jede winzige Pflanze von liebenden Händen gehalten wurde, warum nicht auch der Mensch?

Sile hatte das Licht noch nicht angeschaltet. Stattdessen öffnete sie nun ihr Fenster. Ein Anflug von Furchtlosigkeit überkam sie. Sie beugte sich hinaus und berührte die nass glänzenden Dachziegel. „Diese Erde kann kein Irrtum sein!", sagte sie sich. Auch dieser Wandel des Klimas, zornige Winde, die an ihren Fundamenten rütteln, müssten irgendwie Sinn ergeben, zumindest für Ihn. Für den mächtigen Beginner, den Erbauer der blauen Kuppel des Lebens lag das alles klar und auf Goldgrund gemalt da. Er war der Künstler, der Seinem Grün und Rot nicht nur

Leben eingehaucht hatte, sondern es weiterhin formte und nährte. Und der Tod kam zu jedem persönlich. Heute Nacht oder in zwanzig Jahren. Betrachtete man Sonne und Wolken und das All in seiner Unendlichkeit, wie gering war dagegen das von Menschen bisher Gemessene und Erforschte. Ihr Stolz stützte sich auf Bruchstücke und Fassaden. Und dahinter, fühlte Sile, erstreckte sich ein Reich des Unsichtbaren, das alles durchdrang!
„Niemand", sagte sie sich, „kennt den Plan dieser Erde, ihren Anfang und ihr Ende, niemand den Zweck unserer Galaxie und unzähliger weiterer Welten, wenn nicht dieser Erschaffer des Lichtes!"

Es regnete wieder stärker und sie schloss das Fenster. Was sie gerade fühlte, war noch kein Glaube, doch ein Versuch dazu, unwägbar und offen, eine Sehnsuchtsgestalt, die sie mit dem Wunsch nach Geborgenheit in den Nachthimmel malte. Der Gedanke allein, die bloße Möglichkeit, dass es dieses gütige höchste Wesen gab, ja, die Sicherheit einer Erbse, schien zu genügen, um ihren Verstand mit Bildern zu füllen. Das Gefühl der Abendruhe. Die Phantasie eines Auswegs. Der Gedanke an eine Mitte. Vertrauen. Eine Verbundenheit wie unter Geschwistern. Und plötzlich stellte sich Sile vor, eines Tages wie Veronica beten zu können.

Wäre es nicht schon knapp Mitternacht gewesen, hätte sie jetzt am liebsten Rodolfo von ihren Gefühlen erzählt! Ihm hätten sie etwas bedeutet! Er, der Bruder, würde verstehen: Es gab für sie plötzlich ein Auge am Firmament, den Schimmer eines Gesichts! Es war ihr heute über dem verborgenen Vollmond und den unsichtbaren Sternen aufgegangen. Nicht aus Furcht, sondern aus Sanftheit. In diesem Zustand schlief Sile lange nicht ein. Sie dachte an das Geräusch des Einsickerns, ein wenig auch Begrabenwerdens, wenn sich immer mehr Winkel rund um sie mit schwerem Meerwasser füllten. Doch sie empfand es nicht als Bedrohung, sondern ein wenig wie eine Taufe.

Dann am Morgen herrschte seltsame Stille. Wieder streifte sie die Vorhänge zur Seite und öffnete den Fensterflügel. Frische! Ein leichter Regen fiel. Das Leben unten auf den Fundamenten und Gassen stand still, kein Schiff fuhr vorüber, auch das Wasser auf den Gehwegen hielt seinen Atem an. Es erinnerte weder an Herbst noch eine andere Jahreszeit, sondern an Zeitlosigkeit. Als sei gerade eine haushohe Welle verebbt. Michele schickte bald danach einen Bericht der außergewöhnlichen Katastrophe in ihre Gruppe. Sile las nur die ersten nüchternen Sätze, mit denen die Zentrale in Mestre diese letzte Nacht in die Chronik des Klimawandels einzuordnen versuchte. Sie konnte ihnen nicht folgen, es war ihr noch immer, als würde sie innerlich auf dem Wasser gehen. Und doch mussten ihre religiösen Empfindungen erst einmal Gestalt annehmen. So konzentrierte sie sich auf die nüchternen Arbeitsaufträge, die die Studenten der Accademia für diese vorlesungsfreie Woche erhalten hatten.

Am Nachmittag sah sie nochmals die Chat-Nachrichten durch: „Ein Tag des Helfens" war ausgerufen. Es gab einen spontanen Appell, sich morgen Früh im Moria zu treffen, um „die Stadt aufzuräumen", stand hier wörtlich, und zwar die Straßen, Kirchen, Geschäfte und Gehwege bis an die Haustüren. "Wir wollen Venedig wieder auferstehen lassen!", lautete der Plan. Sile freute sich über die plötzlich veränderte Sprache innerhalb der Gruppe! Und helfen war genau das, was sie jetzt tun wollte! „Tide is rising and so are we".

## Nennt uns nicht Engel

» Auch am nächsten Morgen überquerte keines der Linienboote den Kanal. Sie hätte auch keines benötigt, um zum Auge der Taube zu gelangen. Als sie zu Fuß über die Akademiebrücke stieg, fiel ihr auf, wie ruhig und doch auch drohend das Wasser dalag. Uferlos, dachte sie, das Wort traf es wie kein anderes. Blanke Hausmauern begrenzten das Meer. Der untere Teil der Gebäude lag abgeschnitten im Wasser. Wie man Fotografien beschnitt, um dem Himmel mehr Raum zu geben, kam es ihr in den Sinn. Und dieser Himmel hatte sich aufgeklart. Dem Stadtteil San Marco wich sie bis Castello aus, obwohl der Wasserstand vor dem Dom bereits wieder absank. Sile stapfte, watete und balancierte mehr als eine halbe Stunde lang Richtung Osten. Blickte man in die Gassen, sah man nichts als Verwüstungen und liegengebliebene Reste dieser letzten Nacht.

Am Treffpunkt erblickte sie schon von Weitem Rodolfo in einer weißen Regenkapuze, sein Gesicht war wie bei einem Schneemann zum Kreis geformt. Er war dabei, auch seinen übrigen Körper mit diesem Weiß zu umgeben. „Du trägst die Farbe des Friedens", begrüßte ihn Sile. Er bat sie, ihm mit dem Reißverschluss zu helfen, und obwohl praktische Handgriffe bisher nicht ihre Stärke gewesen waren, fühlte sie sich heute genau dazu bereit. Rodolfo reichte auch ihr die Tuta bianca, die sie sich erstmals, von den Beinen ausgehend, über den Körper streifte. Es machte sie unsichtbar und doch umso sichtbarer als Teil ihrer Gruppe.

Michele freute sich über jeden gesondert, der heute hierhergefunden hatte, als seien Monate seit ihrer letzten Begegnung vergangen. Einige von ihnen hatten schon gestern aus eigenem Antrieb geholfen, die Stadt aufzuräumen. Sie berichteten, man habe sie „Engel" genannt. Michele machte es glücklich, heute mit den Bürgern und Geschäftsleuten in Frieden zu leben und der versammelten Gruppe feierlich verkünden zu können: „Eure Aufgabe ist es ganz einfach, den Müll zu entsorgen, damit das Leben in dieser Stadt wieder weitergehen kann! Das Hochwasser hat jede Art von Abfallbeseitigung in den letzten Tagen verhindert."

Daraufhin begannen sich die Mitglieder seiner Gruppe auf festgelegten Routen zu verteilen und Seite an Seite Abfallsäcke hochzuheben und auf Handkarren zu laden. Die vollbepackten

Karren zogen sie nacheinander aus den engen Gassen heraus und luden sie auf Entsorgungsboote. Auch die Wettervorhersagen klangen ermutigend. Das Wasser sank wieder ab. Es wurden noch einige kürzere Überflutungen erwartet, doch die Wiedergeburt Venedigs hatte bereits begonnen.

Diesmal gab es kein Mikrophon und keine Redner. Man konnte die Kommentare der Gruppe Venedig-Mestre und der umliegenden Städte in den Sozialen Medien nachlesen. Dort drohte man jedoch bereits mit der Flut des nächsten Jahres und der Vision, dass das Wasser dann auch die Dächer des Dogenpalastes erreichen werde. Venedig wurde hier zur „Beispielstadt für die Welt" gemacht, einem Symbol der lauernden Katastrophe und Gradmesser sämtlicher Gefahren für diesen Planeten. Auch ein Hochwassergipfel war für den Nachmittag angesetzt.

Bei jedem Schritt, jeder Handbewegung knisterte das weiße Material an Siles Körper. Die jungen Helfer wurden überall dankbar willkommen geheißen. Manche brachten ihnen die Abfälle freundlich lächelnd entgegen. „Ihr rettet heute die Stadt!", riefen sie ihnen nach. Jemand erzählte, dass einige Müllsäcke auch in den Canal Grande gefallen seien. Aber selbst die stolzen Gondolieri waren sich nicht zu gut dafür gewesen, sie dort wieder herauszufischen. Jeder steuerte heute seinen Teil bei.

„Nennt uns nicht Engel", sagte Michele, der einen Handwagen zog. „Wir sind Aktivisten, die freitags für die Klimaziele auf die Straße gehen. Doch wir lassen euch jetzt in der Not nicht im Stich." Er hatte sich ein Etikett mit dem Logo seiner Bewegung umgehängt. Nicht jeder wollte es tragen, wenngleich er dafür warb.

Wenig später empfing er den Anruf eines Reporters des regionalen Hörfunks. Man hörte ihn laut und deutlich kundtun: „Wir sind heute Duzende von Studenten und Schülern, die sich spontan entschieden haben zu helfen. Wir bilden in engen Gassen Menschenketten und beseitigen Treibgut und Abfallsäcke von Hand! Müll wird von Sperrmüll getrennt. Wir schämen uns nicht, uns zum Wohl der Stadt und seiner Bewohner schmutzig zu machen. Heute soll jeder sehen: Wir sind ein frischer Wind für Venedig, für die Zukunft dieses Landes und für die Welt! Wir reparieren, was die Gleichgültigkeit und Korruption vergangener Generationen zerstört haben." Auch Veronica würde das Interview im Radio hören.

Rodolfo und Sile standen breitbeinig nebeneinander in einer Menschenschlange und reichten übelriechende, triefend nasse Gegenstände weiter. Dass sie dabei auch fotografiert wurden, störte sie heute nicht. Zwischen den Helfern und den Bewohnern ergaben sich immer wieder Gespräche. Sile wunderte sich, wie vertraut fremde Menschen plötzlich miteinander verkehrten und wie sich zuvor erstarrte Minen aufhellten. Als hätte das Unglück den Stolz weggeschwemmt und eine neue Demut entstehen lassen.

Danach bildeten sie kleinere, eigenständige Gruppen. Michele las vor, in welchen Stadtteilen noch dringend Hilfe benötigt wurde. Rodolfo und Sile meldeten sich für einen Buchladen. Den ganzen weiteren Vormittag schöpften sie dort mit Kübeln Wasser aus dem überfluteten Verkaufsraum. Es war wie der Nachklang eines Paukenschlags. Auch ein Regal war umgestürzt. Es fühlte sich sonderbar an, Bücher in die Hand zu nehmen, nur um sie nach „neu", „noch verkäuflich", „Aktionsware" oder „unbrauchbar" zu sortieren. Die Trauer über die entstandenen Schäden schwang ständig mit. Denn einiges davon war nicht mehr zu retten.

Rodolfo nahm es Sile ab, die unbrauchbar gewordenen Bände und Heftchen in einen großen gelben Container zu werfen. An allem haftete der Geruch feuchten Papiers. Auch Noten waren darunter. Nun hatten sie sich zu schweren Ziegeln verklebt, waren aufgedunsen und wurden zum Abfall gezählt, von dem die Gesellschaft befreit werden musste. Sile und Rodolfo blickten sich immer wieder voll Bedauern an.

Und irgendwann wurde dieses Bedauern dann zur Erschöpfung, die sie zwang aufzuhören, auch wenn in diesem Entsorgen und Bergen kein Ende abzusehen war. Da fiel Rodolfo ein Stapel beiseite gestellter Bände auf. Der Buchhändler sagte: „Diese hier kosten ein Vermögen. Sie sind aber nur mehr bedingt zu verkaufen. Wir haben leider zu spät bemerkt, dass unser eigens dafür gebaute Regal nicht standhalten würde." Als er die Titel durchsah, las Rodolfo plötzlich auf weißem Grund den Namen „Hölderlin". Ein Schuber, bemerkte er, und fragte, ob er ihn aus dem Stapel ziehen dürfe.

Sile hatte sich inzwischen die Handschuhe ausgezogen und saß auf einer der Stufen. Sie steckte gerade ihr Haar hoch, als Rodolfo mit einem flachen Schuhkarton in der Hand auf sie zukam. Er zeigte ihr die Zeichnung eines jungen Mannes. Darunter las sie auch seinen Namen: Hölderlin. „Ein Geschenk für dich!", erklärte Rodolfo strahlend. „Eine Gesamtausgabe der Lyrik auf Deutsch und Italienisch. Es war mir wichtig, dass auch die Fragmente darin enthalten sind", fügte er hinzu.

Sile konnte es kaum fassen. Der dunkelblaue Buchrücken glich einem Turm mit Säulengängen, fünf Stockwerke hoch. Rodolfo fand es einen schönen Gedanken, das Werk des Dichters in dieser Weise einzukleiden. Er hob den Schuber ein wenig an, und das Buch glitt langsam in Siles Hände. Sie vermochte es gerade noch mit Zeigefinder und Daumen zu umspannen. Ein heiliger Moment! Am liebsten hätte sie es an sich gedrückt, doch der Overall, mit dem sie noch immer eingehüllt war, hinderte sie daran. So sagte sie nur: „Du hast gewusst, dass ich nicht lange bei Ruskin bleiben würde. Ich warte schon sehr darauf, dieses Buch zu lesen!" Doch er flüsterte: „Hier wird das nicht möglich sein! Komm!"

Mit ihrem Schatz im Gepäck kehrten sie nicht, wie die anderen, ins Moria zurück, um sich am großen Tisch zu besprechen, sondern verabschiedeten sich bloß bei den Mitarbeitern der Bücherei und stapften andächtig schweigend hinüber zu Vittorio.

Das Lokal war beinahe leer, jeder hatte jetzt zu Hause zu tun. Nachdem sie sich von ihren Overalls befreit und sich Gesicht und Hände gewaschen hatten, suchten sie und Rodolfo sich, wie gewohnt, einen Platz nahe am Fenster. Sile öffnete ihren Rucksack und fragte: „Darf ich?" – „Nur zu!", nickte Rodolfo. „Liest du mir etwas vor?" – Sie bat ihn jedoch um einen Gedichttitel, nach dem sie suchen sollte, denn zu ihrem Erstaunen hatte der Band beinahe zweitausend Seiten!

„Die Liebe", lächelte er und lehnte sich lauschend zurück. Sile aber las das Gedicht auf Italienisch, da er, wie er ihr versicherte, den Wortlaut schon kannte. „Gott ehret nur die Seele der Liebenden", las sie, und dass Liebe eine „Tochter Gottes" sei, eine „himmlische Pflanze", von der ein „schöpferischer Strahl" ausgehe, fähig die Welt zu verändern! Die letzte Strophe trug Sile feierlich langsam vor:

„Wachs' und werde zum Wald!
Eine beseeltere, vollerblühende Welt!
Sprache der Liebenden
Sei die Sprache des Landes,
Ihre Seele der Laut des Volks!"

Wie unterschieden sich doch Hölderlins Worte von denen Ruskins! Hier schrieb ein Mensch, der selbst liebte! Sile fragte sich, ob es ihr durch die Malerei eines Tages gelingen könnte, ihre Gefühle in ähnlicher Weise spürbar zu machen?

„Es ist Musik", nickte Rodolfo. „Und hast du gesehen, welchen Rang Hölderlin der Liebe zuweist? Was ist unsere Sprache ohne sie, ohne dieses Erblühen? Alles Quälende, Niederdrückende des Alltags verblasst über dieser heiligen Empfindung!"

Über ihr Buch und die Hände, die darin blätterten, hatte sich von irgendwoher ein heller, seidener Schimmer gelegt. Sie wusste jetzt, dass auch ihr in diesen Gesprächen mit Rodolfo eine Welt erblüht war, für die sie keinen anderen Begriff hatte als den der „Liebe". Und doch staunte sie darüber, dass „Musik", wie Rodolfo es nannte, genügte, um in sie einzutreten und darin zu verweilen. Es bedurfte zwischen ihr und dem ihr gegenübersitzenden jungen Mann keiner weiteren Annäherung. Er hatte sie, seinen Kopf zur Seite geneigt, verzückt angeblickt und schließlich hatten sie nacheinander unwillkürlich die Augen geschlossen. Sile glaubte in diesem Moment, Melodien zu hören.

Um die Intensität ihrer Empfindungen etwas abzumildern, kam sie dann erneut auf ihre heutige Aktion zu sprechen. Auch sie habe, sagte sie, diesmal eine stärkere Verbundenheit mit den anderen aus der Gruppe verspürt. Rodolfo bestätigte diesen Eindruck und meinte: „Es war mehr als der Klang von Stimmen, Eimern, Karren oder der Rhythmus dieser gemeinsamen Arbeit. Es war ein Zusammenwachsen für Stunden, wie ich es schon auf Pellestrina erlebt habe! Ich gestehe, ich habe mir in den Pausen mehr als einmal etwas in mein Programm notiert! Das alles hat uns vorübergehend zu einem größeren Ganzen gemacht."

Er sprach ihr aus dem Herzen. Wieder fuhr er fort: „Ähnlich erlebe ich es während meiner Konzerte! Wenn eine Komposition von den Interpreten tatsächlich vollkommen umgesetzt wird und keinerlei störende Geräusche vorhanden sind, erfasst die Macht des Schöpferischen manchmal den ganzen Saal. Einige Zuhörer erheben sich aufgelöst von ihren Sitzen, fallen einander um den Hals und weinen vor Glück. Solches Glück bewirkt vor allem anderen Johann Sebastian Bach. Und ich, im Orchester sitzend, stelle mir vor, dieser Raum reiche bis auf die Straße hinaus und hinauf in den Nachthimmel. Ja, auch ich spüre etwas Göttliches dort."

Sile erzählte ihm daraufhin von ihrem nächtlichen Erlebnis mit den Psalmen, die ihr Herz Gott zugewandt hätten. Rodolfo meinte, sie habe ihren Kinderglauben wiedergefunden. Und es erinnerte ihn an ein weiteres Gedicht Hölderlins mit dem Titel „An die Natur". So lasen sie gemeinsam die Klage des Dichters über den Verlust seines "goldenen Kinderglaubens", nachdem er die Schulen seiner Zeit durchlaufen hatte, in denen Gelehrte die bloße Vernunft an die Stelle Gottes gesetzt hatten. Und vieles andere lasen sie an diesem Nachmittag, bis Rodolfo sagte: „Schlag noch dieses eine auf! Hölderlin hat es bereits in geistiger Umnachtung geschrieben. Ich erinnere mich nicht an den Titel, doch es handelt von Schönheit!"

Sile fand es und las vor:

„Die Schönheit ist den Kindern eigen
Ist Gottes Ebenbild vielleicht, –
Ihr Eigentum ist Ruh und Schweigen,
Den Engeln auch zur Ehr gereicht."

Als sie sich nochmals bei ihm bedankte und ihr Gesicht einen Moment lang von ihrem Haar bedeckt war, nannte Rodolfo sie zum ersten Mal „schön". Und, als wollte er es wieder zurücknehmen, meinte er darauf: „Ich glaube, die Erschöpfung lässt auch mich heute kindisch werden!"

Und Sile spielte noch mit dem Wort „Engel". Sie alle seien heute Engel gewesen, doch besonders Rodolfo, der ihr dieses Buch geschenkt habe! Das Bild eines Chors weißgekleideter Himmelsboten brachte Rodolfo unwillkürlich zum Gähnen. Er wollte sich dafür entschuldigen, doch Sile legte den Finger auf ihren Mund und erhob sich. Auf dem Weg zu ihrem Apartment wiederholte er einige Male, er werde sich bei ihr melden. Doch es verging eine ganze Woche ohne Nachricht von ihm.

## Im freien Fall

》 Die Universitäten hielten noch immer geschlossen. Diese Zeit der leergefegten Gehwege und der ausbleibenden Schiffe nützte Sile für die Arbeit an mehreren Projekten. Zunächst nahm sie sich das von Michele bestellte Plakat vor. Sie hatte den von ihr ausgewählten Platz nahe dem Arsenal, diesen Blick auf die Salizada San Francesco, noch einmal besucht und weitere Fotos gemacht, bis sie Klarheit über die Perspektive erlangt hatte, aus der sie den Stadtteil darstellen wollte. Auch ein Porträt Rodolfos füllte sich mit Aquarelltönen. Dazu kam eine Reihe von Skizzen unter dem Titel „Uferlos". Die Müllberge und weißen Overalls hatten sie erneut zu Schwarz-Weiß-Kontrasten inspiriert.

Entgegen ihrer Gewohnheit lag ihr Mobiltelefon heute während der Arbeit neben ihr auf dem Tisch. Und so bemerkte sie auch sofort eine Sprachnachricht Rodolfos. Er sagte etwas atemlos: „Ich komme bei dir vorbei!"

Es vergingen nur wenige Minuten, und er stand vor der Tür. „Darf ich hereinkommen?", fragte er mit einem Ernst, den sie an ihm noch nicht kannte. Er sah sich in ihrem Zimmer um, einige Entwürfe waren am Boden ausgebreitet. Währenddessen wusch sich Sile ihre Hände im winzigen Bad.

„Erinnerst du dich an mein Konzert letzte Woche?", fragte er, als sie ihre Malschürze über den Stuhl legte. „Es waren einige wichtige Leute da, auch für das Fach Alte Musik und für das Cembalo. Aber, und deshalb stehe ich jetzt vor dir, unter ihnen war auch Allesandro Di Vico, ein Spezialist für Barockoper aus Innsbruck, der immer auf der Suche nach neuen Talenten ist. Ich bin ihm aufgefallen und er hat mich nach dem Konzert zu sich gebeten, um mir verschiedene Fragen zu stellen. Darunter die, ob ich auch selbst komponiere. Als ich bejahte, nickte er nur bedeutungsvoll. Heute hat er mich überraschend angerufen und mich eingeladen, in seinem Orchester zu spielen. Er erklärte mir, er habe zahllose Möglichkeiten, mich zu fördern. Kannst du dir denken, was das bedeutet?"

Sile nickt beiläufig. „Academia Montis Regalis!", rief Rodolfo. „Aber ich soll nicht nur in diesem berühmten Orchester mitwirken, sondern er bietet mir auch einen geförderten Platz an der Musikhochschule Basel an! Schola Cantorum Basiliensis! Und die Kombination aus diesem Studium und diesem Orchester ist einfach die größte Chance meines Lebens!"

„Ich ahnte so etwas", entgegnete Sile. Rodolfo stöhnte: „Ich freue mich nicht darauf, von hier wegzugehen, auch wenn Di Vico der Meinung ist, mein Talent werde hier nicht entsprechend gefördert. Offen gesagt, fürchte ich mich davor, künftig zwischen Basel und Innsbruck hin und her zu pendeln und noch weniger Freizeit zu haben als bisher. Doch muss ich das Angebot annehmen, wenn ich mich weiterentwickeln will. Jedenfalls aus Sicht meiner Eltern."

„Wann fährst du?", fragte Sile. „Mein Vater holt mich morgen Früh ab", murmelte er. Bei der Erwähnung seines Vaters spürte Sile einen alten Schmerz in sich aufsteigen. Wie sehr vermisste sie gerade jetzt einen Vater, und für Rodolfo war er nur eine Autostunde entfernt. Dieser Vater würde kommen und ihn mitnehmen.

Doch Rodfolfo erklärte weiter: „Die Anmeldung und alle weiteren Formalitäten übernehmen andere für mich. Ich werde sehr beschäftigt sein, allerdings unter Aufsicht einiger der besten Lehrer für Komposition. Ich werde leben wie ein Mönch, nur ohne die Stille des Klosters. Denn es ist auch weiterhin mein Ziel, diese Oper zu vollenden."

„Doch du kommst ohne die Serenissima aus!", ergänzte sie. „Ja", bestätigte er mit gesenktem Kopf. „Doch ich brauche dir wohl nicht zu sagen, wie schwer mir dieser Abschied fällt. Ich habe noch keine Ahnung, was es mit mir machen wird."

Sile meinte darauf: „Du hast Hölderlin." Er zögerte, atmete einige Male schwer und stammelte: „Du fragst dich vielleicht, warum mir unsere Beziehung" – er korrigierte sich – „unsere eben begonnenen Gespräche nicht wichtiger sind? Doch während ich tue, was ich meinen Eltern schuldig bin, die, wie du weißt, große Erwartungen in mich setzen, hoffe ich wie ein Seiltänzer, dass diese Verbindung zwischen uns nicht abreißt. Kannst du dir das irgendwie vorstellen?"

Auch zu dieser Frage nickte Sile bloß. Sie konnte ihm nicht sagen, wie tief ihre Gefühle für ihn bereits waren. Doch an dieser

Stelle ihres Abschieds wehte ein Schatten über ihr Gesicht. Er hatte sich aus Rodolfos dunklem Hemd gelöst und verdichtete sich zur Trauer, braun und hohl, einer Trauer, unter der sie fröstelnd zusammenzuckte. Es war der gnadenlosen Kürze geschuldet, in der dieser Abschied erfolgte.

Dennoch hörte sie sich sagen: „Vielleicht braucht es diesen Abstand, um …" Doch sie vermochte nicht weiterzusprechen. Er beeilte sich zu erwidern: „Es ist nur ein räumlicher Abschied. Er trennt uns nicht wirklich. Siehst du es auch so?" Sie nickte.

„Ich weiß nicht, wann ich wieder hierher nach Venedig komme", meinte er, bereits etwas nervös. „Gibst du mir deine Adresse von zuhause?"

Sie nannte ihm den Ort und die Straßennummer. Er riss eine Seite aus seinem Kalender und kritzelte darauf die Anschrift seiner Eltern in Padua. MONTECARRO, schrieb er in Blockbuchstaben, dazu zwei Telefonnummern, und auch noch seine Adresse in Basel. „Meine Eltern haben versprochen, mir die Post weiterzuleiten. Ich werde aber versuchen, dich ab und zu anzurufen. Darf ich dein Fenster öffnen?", fragte er plötzlich. „Ich möchte deinen Ausblick mit mir nehmen."

Sile sah zu, wie er den Metallhebel zur Seite drehte und die beiden Fensterflügel nach innen zog. Er streckte seinen Oberkörper hinaus, um das Dach zu berühren. Direkt neben ihm stand Veronicas Pflanze. Es schien für Augenblicke, als übe sein Körper den freien Fall. Denn sie sah nur mehr seinen Rücken und das vom Wind zerzauste Haar. Dann richtete er sich ruckartig auf und betrachtete im Vorbeigehen die Bücher auf der kleinen Ablage. Auf dem Schemel neben Siles Bett bemerkte er Hölderlin.

Er betrachtete kurz ihre Augen, ihr Haar. Dann drückte er ihre Hand und bat sie: „Kannst du es auch Michele und den andern sagen? Sie alle von mir grüßen lassen? Ich muss noch packen und am Konservatorium einiges regeln. Alles andere weißt du!", sagte er.

Die Treppe knarrte zwei Mal heftig und schwieg. Er hatte gleich mehrere Stufen übersprungen.

Ein Windstoß fuhr durchs offene Fenster. Es war kühler geworden. Auf dem Boden des Apartments lagen zerstreute Entwürfe und angefangene Gesichter, Häuser, Gassen. Sie bückte sich wie im Traum zu ihnen hinunter, hob sie auf und ordnete sie in eine ihrer Mappen. Dann legte sie ein großes Zeichenblatt auf den Boden, dazu Farbstifte. Sie wusste noch nicht, was daraus werden sollte. Das Papier nahm die Maserung des Holzbodens auf.

Schließlich verdichteten sich ihre Striche rund um ein Auge. Es blickte von oben, vom Firmament herab, Berührungen gingen von ihm aus, erschufen Bäume und Blätter. Hände griffen da und dort in die Erde, streuten Samen. Ein Arm legte sich über die Wolken, länger als der natürliche Arm eines Menschen. Es war Sein Arm. Er bedeutete Schutz. Seine Finger formten die Kugel der Sonne. In einer Ecke saß Guglilemo auf einem Hocker und malte das Licht, am Fuß der Berge klaffte Leonardos Marienhöhle, ein Zirkel vermaß die rohe, irdene Dunkelheit. Und Gott, dem diese Gliedmaßen gehörten, ließ ein Stück seines Gewandes lose über die Erde wehen. Wo es den Boden berührte, wurde es zu einem Fluss ohne Ufer. Darin schwammen sie und Rodolfo, bis zum Hals eingetaucht. Ihre Trauer schwamm mit. Auch Bücher. Linien wie Flugbahnen von Vögeln reichten von ihm zu ihr.

Am folgenden Tag erschien sie mit Veronica am Arm bei Vittorio. Michele ging auf sie zu und fragte, was mit Rodolfo los sei? Sein Vater, der Anwalt, sei heute Früh dagewesen und habe nach ihm gesucht. „Dottore Montecarro persönlich, es scheint wichtig zu sein."

Sile führte Veronica an ihren gewohnten Platz und kehrte anschließend zu Michele zurück. Er sortierte in der hinteren Ecke des Lokals gebrauchte Regenanzüge nach ihrer Größe, schüttelte sie, glättete sie und legte sie, immer abwechselnd mit einem Paar

Einweghandschuhen, in eine Schachtel. „Vorbereitung auf den nächsten Einsatz", murmelte er.

Sile half ihm mit einigen Handgriffen und richtete ihm endlich Rodolfos Grüße aus: „Ja, er ist abgeholt worden. Er studiert ab sofort in der Schweiz, Musikhochschule Basel." Michele grinste: „Ah, unser Rodo macht also Karriere!" Sie fügte hinzu: „Ein Opernspezialist hat ihn entdeckt." – „Im Ernst?", wunderte sich Michele. „Naja, für einen begabten Jungen wie ihn war Venedig wohl nicht der richtige Ort. Überhaupt jetzt, wenn in den Gassen überall Schlamm liegt und es aus allen Ritzen riecht." Sie sagte nichts darauf und Michele brummte noch: „Aber einige Tage, dann ist alles wieder normal."

Veronicas Augen suchten bereits nach ihr. Für Sile war sie einer der wenigen nahen Menschen, der ihr hier noch geblieben war. Und sie beide trauerten gerade, Veronica wegen der Schäden in ihren Kirchen und ganz besonders über ein Kruzifix, das vielleicht nicht mehr restauriert werden konnte, und wenn, nur durch eine größere Spende.

Sile stellte sich währenddessen vor, wie Rodolfo jetzt auf dem Rücksitz eines gut beheizten Wagens saß, Autobahn, Padua, Verona, vielleicht fuhr er gerade an Mailand vorüber?

Vittorio brachte das Papiertischtuch. Sie fühlte sich heute, wenn sie auf diesen Stadtplan blickte, darin wie gefangen. Und doch kam ihr nicht der Gedanke an Flucht, wohl auch deswegen, weil sie nicht wusste, wohin. Und hier war Veronica, die bereits ihre Serviette auseinanderfaltete und ihren Oberkörper vornehm aufrichtete. Sie hatte sich an diese Einladungen schon gewöhnt. Ihre Hände, die entweder das Tischtuch glatt streiften oder ihren Mantel immer neu zusammenlegten, hielten Sile in Venedig zurück.

# Ein Kleid für Veronica

» Dann folgten Wochen, an denen sie für ihre Prüfungen lernte. Einmal, nach der Rückkehr von einem Mittagessen im Tanica, lud Veronica sie ein weiteres Mal ein, „hereinzukommen". Sile hatte plötzlich das Gefühl, mit dieser Wohnung eine Sakristei zu betreten. Das einzige Fenster, das auf die Gasse hinausging, war vergittert und mit Gardinen verhängt. Es war dunkler als in Siles Apartment. Die Möbel seien noch von ihrer Mutter, erklärte Veronica. Sie sagte etwas von einem „deutschen Stil". Sonst gab es hier nur Erinnerungsstücke. Das Bett hatte eine ungewöhnliche Höhe, als sei es eine Sänfte, die man hier vorübergehend abgestellt hatte. Der Überwurf reichte fast bis zum Boden. Veronica wusste nicht, was sie ihrer Freundin eigentlich zeigen wollte. Vielleicht war es nur ihr Bedürfnis gewesen, jemanden einzuladen, um an diesem Tag Besuch zu bekommen?

Als sie ihre Verlegenheit bemerkte, lud Sile die alte Dame für Weihnachten an den Fluss ein. Sie hatte Emiliana noch nicht um Erlaubnis gefragt, wollte dies jedoch nachholen. Veronica sagte, sie freue sich, sprach dann aber über das Zeichnen. Es gab in ihrer Wohnung kein von ihr selbst geschaffenes Bild, doch sie habe, sagte sie, für das Pfarrblatt einmal die Madonna gezeichnet, es sei aber schon Jahrzehnte her. Damals genügten solche Schwarzweißskizzen noch, um Menschen an ihren Glauben zu erinnern.

Carla rief jetzt häufiger an. Sie war dabei, alles für die Feiertage zu organisieren und wartete nur noch darauf, dass Sile ihr bekanntgab, an welchem Tag und um welche Stunde sie abgeholt werden wollte. In einem dieser Telefonate fragte Sile sie auch, ob sie jemanden mitbringen dürfe. Sie wusste natürlich, dass Carla es nicht entscheiden konnte, doch wollte sie Carlas Meinung dazu hören. Carla vermutete, eine Studentin? „Nein", erklärter Sile,

„eine alte Dame. Sie wäre zu Weihnachten sonst allein." Carla war gerührt und fragte: „Hat sie keine Angehörigen?" Sile verneinte. Sie fände es schön, meinte Carla. Die Kinderfrau bot sich an, inzwischen schon ein Zimmer für Veronica vorzubereiten. Und für das Bootstaxi, meinte sie, werde sie Decken und ein bequemes Sitzkissen für ihre Freundin mitbringen.

Ihren Anruf bei Emiliana schob Sile jedoch hinaus. Sollte sie sie einfach vor vollendete Tatsachen stellen? Sollte sie Veronicas wichtigste Habseligkeiten gleich mitnehmen? Oder nein, sagte sie sich, sie sei es Veronica schuldig, dass alles mit dem Einverständnis der Hausherrin erfolgte.

Einige Tage später, als sie zur Vorlesung aufbrach, fiel ihr die Stille im Haus auf. Ein sonderbares Gefühl beschlich sie, als sie beim Treppenabgang an Veronicas Tür vorbeikam. Kein Lichtstreifen sah darunter hervor. Sile klopfte an, aber es rührte sich nichts. Der Handwagen stand da, müde, als habe er ausgedient. War sie vielleicht in der Kirche? Jetzt am Vormittag? Um diese Zeit war sie sonst mit Kochen beschäftigt. Man roch meist das erhitzte Öl und die geschnittenen Zwiebeln. Ging es ihr nicht gut? Lag sie im Bett?

Sile klopfte an. Nichts regte sich. Wenn sie …? Und niemand würde es bemerken? So läutete Sile bei der Vermieterin Signora Baldovini. Nein, sagte diese, um die Zeit sei sie nicht mehr in der Kirche! Sie kramte nach einem Ersatzschlüssel. Schließlich traten sie, mehrmals klopfend und Veronicas Namen rufend, in die verdunkelte Wohnung. Signora Baldovini zog die Vorhänge zur Seite. Man sah den rechteckigen Hügel dieses hohen Bettes, und darin Veronica regungslos liegen.

„Irgendwann war es ja zu erwarten gewesen", murmelte die Vermieterin. Sie berührte sie an der Brust, doch der Körper reagierte nicht mehr. Daraufhin schlug sie ein Kreuzzeichen in die Luft. – Was war nun zu tun? Ein Arzt, meinte sie, müsse den Totenschein ausstellen. Die Vermieterin suchte nach Geld und Dokumenten. Sie wusste auch, wo sie aufbewahrt waren. Das hatte sie schon vor Jahren mit Veronica besprochen. Aber es war kaum Geld da. Keinesfalls reichte es für ein Begräbnis.

Sile erklärte sofort, sie werde dafür aufkommen. Baldovini sah sie ungläubig an. Sie öffnete den Schrank. Veronicas gewohnte Kleidung hing darin, es waren nur wenige Stücke, alle städtisch, von einfacher Eleganz. Als sie dieses alte Brautkleid am Bügel herauszog, meinte die Vermieterin: „Das könnte man verkaufen. Vielleicht auch eines der Bilder?"

Sile wehrte jedoch ab: „Nein! Veronica Maurer ist eine entfernte Verwandte von mir." Die Vermieterin war überrascht: „Tatsächlich? Sie müssten das aber den Behörden mitteilen. Denn sie hat keine Nachkommen! Aber egal, wenn sie die Kosten übernehmen, dann gehört alles hier Ihnen. Ist mir auch recht, wenn ich mich nicht darum kümmern muss. Auf alle Fälle rufe ich jetzt einmal den Arzt an." Sie wählte die Nummer. „Ja", trompetete sie etwas nervös ins Telefon, „heute! Gleich. Wir wissen ja nicht, wie lange sie schon so daliegt. Wir brauchen zumindest den Totenschein."

Auf einem Tischchen stand eine niedrige Kerze. Signora Baldovini zündete sie an. Die Totenwache begann.

Während diese einzelne Kerze brannte, hatte die Vermieterin auch den Pfarrer verständigt. Religiös sei sie nicht, meinte sie, also beten müssten jetzt andere! Sile versuchte es. Der Monsignore war früher da als der Arzt. Er neigte seinen Kopf, faltete die Hände und sprach einen Segen. Die Trauer des Geistlichen war von der Hoffnung auf ewiges Leben, auf Erlösung im Reich Gottes erfüllt. Der Arzt kam, er brauchte keine fünf Minuten, um Veronicas Tod festzustellen und den Totenschein auszustellen. Danach zog der Priester eine kleine Flasche mit Weihwasser hervor und besprengte damit den Leichnam. „Dieser gute Mensch!", sagte er. „Sie hat so viel für unsere Pfarre getan. Wir werden sie in guter Erinnerung behalten."

Sile erklärte darauf: „Es war in ihrem Sinn, ihr Bargeld der Kirche zu hinterlassen, damit weiterhin für Blumen gesorgt wird.

Sie können es also mitnehmen. Veronica Maurer war eine entfernte Verwandte von mir, daher ist meine Familie bereit, sich um die Begräbniskosten zu kümmern, auch um einen Grabstein. Kennen Sie jemanden, der diese Möbel verwenden kann?

Der Pfarrer blickte erfreut auf und versprach, jemanden zu finden. Sile zeigte ihm auch das weiße Kleid und teilte ihm ihren Wunsch mit: „Ich möchte, dass man der Toten dieses Kleid anzieht!" – „Das müssen Sie mit der Bestattung besprechen!", meinte er darauf. Er als Pfarrer müsse nur den Termin und den Ort der Beerdigung wissen. Auch für die Totenmesse und die Einsegnung werde noch ein Betrag fällig werden. „Oder möchten Sie gleich weitere Messen zu ihrem Gedächtnis bestellen?"

Sile gab ihm alles, was sie an Bargeld bei sich hatte, und meinte, falls mehr notwendig sei, reiche sie es dann nach. Es werde, wie sie hoffe, für Veronica Maurer einen Platz auf San Michele geben. Der Pfarrer zweifelte daran, dass auf San Michele noch ein freies Grab zu bekommen sei. Doch er gehe jetzt schon einmal und läute die Totenglocke.

Sile stellte eine zweite Kerze auf das kleine Tischchen neben Veronicas Bett und blickte in die ruhig brennenden Flammen. Es gab keinen Luftzug im Raum. Im Flur suchte sie dann auf ihrem Mobiltelefon nach einem Bestatter, der Begräbnisse auf San Michele durchführte. Sie fand nur ein exklusives Unternehmen, das einen beachtlichen Geldbetrag dafür verlangte. Trotzdem besprach sie mit der Firma schon einmal die Details. Das Institut wollte Sicherheiten. Sile nannte ihren Namen und sagte, sie werde versuchen, heute noch eine Anzahlung zu machen. Das stellte die Bestattung zufrieden. Doch man erwartete, dass sie persönlich vorbeikam, nicht nur wegen dieser Anzahlung, sondern auch, um einen Sarg und den Grabstein auszusuchen. Sie würden ihr in einem digitalen Plan die Friedhofsflächen zeigen, aus denen sie wählen könne. Nochmals betonte Sile, dass sie dabei sein wollte, wenn sie die Tote abholten. Außerdem gebe es ein bestimmtes Kleid, das man ihr anziehen sollte. Und während sie dieses Kleid gleich darauf auf Veronicas Bett legte, bimmelten ganz in der Nähe die Glocken der Rosenkranzkirche.

Als sie verklungen waren, trat Sile noch einmal vor die Tür hinaus, um etwas zu tun, das ihr besonders schwerfiel. Sie rief ihre Mutter an. Sie hockte sich mit dem Telefon in der Hand auf die Treppenstufen. Die Tür zu Veronica war nur angelehnt. Als ihre Mutter sich meldete, räusperte sich Sile und sagte leise: „Eine Verwandte von uns ist gestorben."

Emiliana fragte verwirrt: „Wie? Wer?" Sile erklärte, es sei Veronica Maurer. Sie hätten über sie bereits gesprochen. „Es ging um die Frage", sagte sie ruhig, „ob sie eine Halbschwester Emma Ciardis gewesen ist oder nicht. Es gibt Indizien dafür, dass Emma Veronica sie hier in Venedig in den Fünfzigerjahren besucht hat!"

„Du weißt", entgegnete Emiliana, „was ich darüber denke. Luigi war sicher nicht ihr leiblicher Vater!" – „Doch sie ist neben ihm aufgewachsen, in unserem Haus!", gab ihre Tochter zu bedenken. „Sie war sieben Jahre alt, als Luigi starb. Und sie selbst hat in ihm ihren Vater gesehen."

Emiliana hatte wenig Zeit. Sie entgegnete: „Das Kind konnte freilich nichts dafür, dass seine Mutter ihm etwas vorgemacht hat." Sile seufzte: „Sie braucht jetzt zumindest ein ordentliches Begräbnis und einen Grabstein. Die Bestattungsfirma hier in Venedig hat mir schon die ungefähren Kosten genannt." Als Sile diesen Betrag nannte, lenkte Emiliana ein, vielleicht gerade deshalb, weil er eine so erstaunliche Höhe hatte: „Sie soll ihr Begräbnis haben! Damit lassen wir diese Sache ein für alle Mal ruhen. Niemand soll sagen, wir haben uns nicht um sie gekümmert. Auch, damit mein Großvater seine Ruhe bekommt."

Nun atmete Sile erleichtert auf. Kurz nach Mittag war das Geld bereits auf ihrem Konto und sie hob den Betrag ab, den man diskret in einen Briefumschlag packte. Von der Bank fuhr sie direkt mit dem Linienschiff zur Bestattungsfirma.

Als sie zurückkehrte, war es später Nachmittag. Die Wohnungstür zu Veronica stand noch immer einen Spalt offen, die

Kerzen brannten. Signora Baldovini hatte inzwischen mehrmals nach der Toten gesehen. Nun war Sile wieder allein mit ihr. Als sie so dalag, im Zimmer das scheidende Tageslicht, holte sie ihren Skizzenblock hervor und begann die Tote zu zeichnen. Sie lag zwischen diesem mit Gardinen verhangenem Fenster und dem kleinen Tischchen mit den Kerzen. Auf dem Papier bedeckte Sile Veronicas Körper und das darauf ausgebreitete Kleid mit Blumen. Zur vereinbarten Zeit, es war schon Abend, erschienen auch die Bestatter. Sie brachten den Sarg und Sile erinnerte die Männer zum wiederholten Mal daran, ihr nach der Leichenwäsche dieses Kleid anzuziehen und ihr auch eine schöne Frisur zu machen. Das gehöre ohnehin zu ihrem Service, wurde ihr mehrmals versichert. Auch Makeup, Schminke, sie könne sich schon morgen Mittag von der Tadellosigkeit ihrer Arbeit überzeugen.

Als die in dunkle Anzüge gekleideten Herren sie hinaustrugen, und nochmals wiederkamen, um dieses Kleid mitzunehmen, fragte sich Sile, was ihre Urgroßmutter Emma damals bewogen hatte, ihre mögliche Halbschwester hier zu besuchen und sie auf diese Art zu beschenken?

Am nächsten Tag sah sie nochmals nach Veronicas Leichnam. Ihre Freundin wirkte in ihrem weißen Kleid wie eine Königin. Und sie roch nach reichlich Parfum und Haarspray. Sile konnte die verschwenderisch ausgestreuten Gerüche nur schwer ertragen.

Dann, am 20. Dezember, einem Freitag vor Weihnachten, fand das Begräbnis auf San Michele statt. Sile war so in Gedanken versunken, dass sie, als sie die Insel der Ruhenden betrat, nicht mehr wusste, wie sie hierhergekommen war. Als wäre auch sie ein Geist, der sich von seinem Körper getrennt hatte. Der Pfarrer sang Trauerpsalmen, trug Trostworte vor und Sile warf Veronica eine weiße Rose ins schmutziggraue Erdloch nach.

Als die Bestatter begannen, das Grab zuzuschütten, erinnerte sie sich daran, dass sie vorgehabt hatte, auch Luigi Nono zu besuchen, Hölderlins Verehrer. Auch ihn hatte man hier in Erde und Steinen zur letzten Ruhe gebettet. Sie fragte den Friedhofswärter nach ihm und bereute diese Bitte bald wieder. Denn der rabengesichtige Wärter bestand darauf, sie persönlich dorthin zu begleiten. So stand er noch immer da, obwohl sie sich bereits bedankt und von ihm verabschiedet hatte. Er gestikulierte und sprach über die Ärgernisse seines Berufes.

So wartete sie schweigend, bis er sich auf einem der Hauptwege entfernt hatte. Jetzt erst betrachtete sie den unbehauenen, von Efeu überwucherten Stein mit dem Namen des Komponisten und der Aufschrift „geboren 1924, gestorben 1990". Es war ihr, als lese sie Abschiedsworte Rodolfos.

## Wir geben dir eine Zukunft

» Noch am Abend nach der Beerdigung brachte Sile, in Kartons verpackt, zwei ihrer Bilder ins Tanica. Nicht nur das längst versprochene Plakat, sondern auch ihr Trostbild für Michele, an dem sie seit Oktober gearbeitet hatte. Es zeigte ihn in einem sanften, hellschimmernden Raum, in dessen Mitte eine wolkige Rose blühte. „Dein Weihnachtsgeschenk", sagte sie.

Er fragte nicht weiter nach, was sie sich dabei gedacht hatte, doch schien er sich über die beiden Bilder zu freuen. Besonders gefielen ihm die weißen Overalls auf dem Plakat, die ihre Träger wie Segelboote erscheinen ließen, die durch die Stadt glitten. Nachdem er es im Freien auf einem Tisch ausgebreitet, fotografiert und das Foto an die Zentrale in Mestre gesandt hatte, hängte er es mit Vittorios Hilfe in der Gaststube auf.

Am Morgen des 24. Dezember leitete Michele eine mit Rentierköpfen gespickte Nachricht an die Mitglieder seiner Gruppe weiter: „Heuer zu Weihnachten geben wir dir eine Zukunft! Rentiere verhungern, Eis schmilzt, Ozeane steigen an: Our House is on Fire! Frohe Feiertage von Fridays for Future, genieße sie, solange du kannst! Denken wir beim Auspacken der Geschenke daran, dass die Klimakrise im Polarkreis doppelt so schnell voranschreitet wie im Rest der Welt."

Sile hatte nur einen Handkoffer gepackt. Carla war bereits unterwegs, um sie abzuholen, als der Postbote im Stiegenhaus ihren Namen rief. Die Vermieterin echote ihm nach, bis Sile in den Flur gelaufen kam und man ihr einen harten quadratischen Umschlag in die Hand drückte. Ein Paket von Rodolfo!

Sie lief damit zurück in ihr Apartment, schloss die Tür und zog vorsichtig die Klebestreifen ab. Zum Vorschein kam eine CD von Enrico Onofri. Auf das rosa bemalte Cover von „La Voce nel Violino" hatte Rodolfo „Für dich!" geschrieben, und auf die Rückseite: „Wir sehen uns! Rodolfo." Ein Geschenk!

Sile drückte es voll Freude an sich. Dann aber legte sie die silbrige Scheibe noch rasch in ihr Abspielgerät, um zumindest den Beginn des Musikstücks zu hören. Schon die ersten behutsamen Töne, die diese Geige hervorbrachte, gefolgt von Melodienbögen, in solcher Weise gespielt, rührten in ihr alles an, was sie war und noch werden wollte. Es war Musk wie ihr eigener Atem. Erst das Klingeln von Carlas Anruf unterbrach diese innige Verflechtung.

Ein Bootstaxi wartete in einem der Seitenkanäle und brachte die beiden in Mäntel gehüllten Frauen zur Stadt hinaus. Sie fuhren zwischen Lido und Punta Sabbioni hindurch, den Sandstrand von Cavallino hinauf bis zur Mündung ihres Flusses, und folgten diesem Richtung Norden. Ohne Veronica wäre es in Venedig jetzt in den Feiertagen tatsächlich einsam geworden, trotz Rodolfos Geschenk. Carla erzählte ihr, wie sie in den letzten Wochen zusammen mit einer Reinigungsfirma das Haus geputzt und die übliche Dekoration aufgehängt hatte. Es war mitten am Vormittag, doch der Taxilenker machte wegen der vielen entgegenkommenden Boote den Scheinwerfer an. Nach einer halben Stunde sah Sile zwischen den Bäumen ihr Haus schimmern. Sie war lange nicht hier gewesen.

Es gab diesen geschmückten Baum, ein Essen war vorbereitet. Das gewohnte Programm. Carla würde am folgenden Christtag ihre Eltern besuchen. Heute saß sie mit ihnen allen am Tisch. Sile half ihr in diesem Jahr beim Abräumen. „Nicht doch, Signorina!", sagte sie, ließ es dann aber zu. Emiliana und Anna versuchten, zurückgelehnt auf Polstermöbeln, sich beim Tee und über ihren Zeitschriften zu entspannen. Emiliana war dann später am Abend etwas verstört, weil Sile unterm Weihnachtsbaum den Psalm „Der Herr ist mein Hirte" vorgelesen hatte. Auch hatte Carla für Sile, wie jedes Jahr, neue Kleidung genäht und Sile hatte sich bei ihr mit einer Umarmung bedankt. Die Schnittvorlagen dafür waren seit Jahren dieselben. Anna konnte darüber nur lachen.

Doch Emiliana empfand es diesmal als Provokation. Denn auch das eigene Unternehmen stellte inzwischen altmodische Kleidung her. Sile hätte sie danach fragen können! So ersuchte sie ihre Tochter um eine Aussprache bei ihr im Büro.

Emiliana erinnerte sie daran, dass sie ihr in den letzten beiden Monaten ungefähr einen doppelt so hohen Betrag überwiesen hatte als sonst, die Begräbniskosten für eine Fremde nicht eingerechnet. Darauf sagte Sile ruhig: „Eigentlich hatte ich vorgehabt, dich zu bitten, ob Veronica diese Weihnachten zu uns kommen dürfe." Emiliana unterbrach sie schroff: „Ich hätte es nicht erlaubt."

Sile fuhr jedoch unbeirrt fort: „Ich trauere um Veronica, für mich war sie eine Verwandte. Und doch danke ich dir, dass sie durch dieses Geld, das du überwiesen hast, nun einen würdigen Platz auf dem Friedhof erhalten hat. Sie war überzeugt, auf der Insel San Michele zu liegen, sei der kürzeste Weg in den Himmel. Und irgendwie glaube auch ich daran, dass ihre Seele im Jenseits weiterlebt. Um Veronica Maurer zu ehren, war ich noch vor zwei Tagen in dieser Kirche und habe Kerzen für sie angezündet. Du sollst wissen: Auch ich glaube an Gott."

Aus der Kehle ihrer Mutter löste sich ein gurgelnder Schrei. „Ammentrost!", fauchte sie. „Bist du krank?" Es war ganz und gar abwegig für sie, eine stumpfsinnige, tote Religion wiederauferstehen zu lassen. „Wissenschaftler, Psychologen und Kulturphilosophen durchkämmen unsere Sprache, unsere Gesetzbücher und die Lehrpläne unserer Grundschulen nach den letzten Resten dieses schädlichen Giftes, genannt Christentum, und du, ein junger Mensch, gehst, ohne nachzudenken, den alten Rattenfängern der Kirche auf den Leim! Ich kann dir nicht sagen, wie sehr mich dein Gerede verärgert! Wenn du nicht meine Tochter wärst, würde es mich bloß zu Tode langweilen! Mich und jeden anderen klardenkenden Menschen. Übrigens brauchst du keine Gouvernante mehr! Du bist erwachsen! Ich werde Carla ab sofort weitere Aufgaben für die Firma übertragen", schloss sie.

Später erfuhr Sile, dass auch Carla an diesem Abend zurechtgewiesen worden war, da sie, wenn auch im Stillen, an einem Gott festhielt, den es nicht gab.

Die weiteren Feiertage nutzte Sile dazu, die Aufbahrung Veronicas zu malen. Neben ihren wenigen Skizzen, die sie im engen Parterrezimmer in Venedig angefertigt hatte, dienten ihr auch die Fotos des Bestattungsunternehmens als Vorlage. Außerdem gab es in Luigis Vitrine diese beiden Gemälde ohne Titel, auf denen ein blondes Mädchen mit Zöpfen dargestellt war. Sile wies Emiliana beim letzten gemeinsamen Essen darauf hin. Diese verglich die Gesichtszüge des Mädchens jedoch mit denen Luigis auf alten Fotografien und fand nicht die geringste Ähnlichkeit zwischen ihnen. Und Anna fügte hinzu: „Da die Vaterschaft nie bestätigt wurde, hätte es auch keine Erbansprüche möglicher Nachkommen gegeben." Sie und Emiliana verbrachten die Silvesternacht dann in New York.

Ihre Abreise brachte Sile auf die Idee, unter Guglielmos Bücherschätzen nach der Bibel zu suchen. Und als sie darin zu lesen begann, war sie ihr vertraut wie eine Familiengeschichte, verfasst in einer archaischen Sprache voll Poesie, Inspiration und Offenbarung! Sile fragte sich, wie sie bisher nur ohne dieses Buch hatte leben können! Immer wieder sprang sie in ihrer Lektüre zwischen den Abschnitten hin und her, wechselte ins Neue Testament und wieder zurück. So studierte sie in der ersten Januarwoche bis zu zehn Stunden pro Tag im Buch aller Bücher. Neben ihr lag ein neues Zeichenheft, in dem sie aus dem Reichtum der Bilder, die sie nun umgaben, immer wieder etwas skizzierte. Manche Stellen schrieb sie wortwörtlich ab.

Dabei suchte sie nicht nur nach äußeren Merkmalen dieses Gottes, der sich Vater nannte, sondern auch etwas Letztes, Vollkommenes, den Beweis Seiner Liebe. Dabei wurde ihr bewusst, dass sie nie die Liebe eines Vaters erfahren hatte und ihr daher eine greifbare Vorstellung davon fehlte. Doch ein frischer Wind wehte durch die vergilbten Seiten und dien klare, einfachen Sätze ließen ihr jede Menge Raum für Vorstellungen und Fragen. Wie ein Kind hing sie nun am „Ammentrost" der Bibel. In ihrer Ehrfurcht vor der ehrwürdigen Schrift ihrer Väter kam es ihr nicht in den Sinn, das Gelesene anzuzweifeln.

Dann wieder entdeckte sie, dass man einige biblische Schriften wie einen einzigen Gesang lesen konnte! Eine Bassbaritonstimme sprach aus fernen Räumen und zugleich unmittelbarer aus der Nähe, steinerne Formeln wechselten mit sanften Bilderbögen, die bis in die Ewigkeit reichten. Das alles war durchwachsen von Farben. Vor Siles Augen tauchten Vätergestalten auf wie Chagall sie gemalt hatte.

Sie blätterte zu den Büchern Mose und seinen Gesprächen mit Gott, „von Angesicht zu Angesicht", wie es hier hieß. Tatsächlich redete der Prophet mit seinem Herrn wie ein Mensch mit dem anderen. Mose, der Sterbliche, kannte Ihn wahrhaftig. Der ewig Seiende zürnte ihm nicht, obwohl Mose zweifelte, mit Ihm verhandelte, Forderungen stellte. Wie geduldig war der Herr mit Seinem Propheten! Er nannte ihn Seinen „geliebten Sohn". In langen Gesprächen weihte Er Mose in Seine Pläne ein, bis dieser verstand und mit Ihn völlig im Einklang war.

Die Geschichtsbücher und Chroniken ließ Sile fürs Erste beiseite und wechselte zu den Propheten. Auch hier wiederholte sich das Muster der väterlichen Nähe und freundschaftlichen Gespräche, die Gott mit Seinen Dienern führte! Wieder staunte Sile über den vertrauten Umgang des höchsten Wesens mit Seinen Frommen. Das alles zeugte von Seiner Liebe! Und auch sie liebten Ihn treu und ergeben. Dieses Buch selbst schien aus der Liebe zu kommen, aus der herzlichen Herablassung eines höchsten Wesens.

Am Ende der Bibel erschien Gott dem Lieblingsjünger Johannes auf Patmos, feuriger als die Sonne, reiner und weißer als Schnee, mit Blitzen um seine klaren Augen, im Mund das zweischneidige Schwert der Wahrheit. Und Johannes, der an der Brust Jesu gelegen hatte, war ein verlässlicher Zeuge. Er wusste, dass sein Herr sich aus Liebe geopfert hatte, dass Er Mensch geworden, gestorben und wieder auferstanden war! In seinen Briefen nannte er Ihn den Gott der Liebe. Ohne Liebe, schrieb der Apostel, könne der Mensch Gott nicht erkennen. Ohne sie blieb sein Wissen Stückwerk. Und Sile fühlte, dass damit auch die Kunst gemeint war. Denn welchen Wert hatten Werke von Menschenhand, die bloß der Eitelkeit dienten?

Endlich verstand sie, warum man das Gebot der Liebe in Stein gemeißelt hatte. Sie fühlte es, ohne es weiter erklären zu müssen. Ihr Inneres brannte vor Freude, die sie im Lesen immer wieder innehalten ließ. Sie fühlte, diese Liebe des Vaters galt jedem, auch ihr! Aus Hochmut oder übermäßiger Trauer verhärteten viele das Herz vor dieser Wahrheit. Wie sehr, fühlte sie, irrten jene, die das Leben bloß einen Zufall nannten, die Konsum und körperliche Genüsse priesen und behaupten, Gott sei „tot" oder es habe Ihn nie gegeben.

„Abba, mein Vater!", rief Sile innerlich aus. Und sie sah vor sich das Bild des Schöpfers und Hüters aller Natur, den Regenspender zur rechten Zeit, den Ernährer von Löwen, Hirschen und Raben. Alles Lebendige wurde ihr in diesen Schriften zum

Spiegel, in dem der Mensch das Antlitz des großen Liebenden sehen konnte, sofern er Ihn nicht verwarf.

„Alles Schöne der Welt ist schön durch Liebe!", kam ihr in den Sinn. „Wie Chopins Musik, wie Chagalls Malerei, wie Hölderlins Sprache! Aus allem Schönen blickt Er, der Erschaffer der Welt." Wie leicht fiel es ihr auf einmal, zu glauben! „Ich wurde", dachte sie, „wohl seit jeher darauf vorbereitet. Ich habe mich nicht dagegen gewehrt. Auch Rodolfo hat mich auf diesen Weg geführt."

Klare, winterliche Sonnenstrahlen fielen durch die Mauerrosette und streuten Kreise auf den Tisch, an dem sie las. Dieses Licht aus dem Fenster der ehemaligen Kapelle verband sich mit dem schillernden, bunten Riesenbauwerk dieses heiligen Buches. Wärme tanzte auf ihren Händen und es drängte sie, ihre Empfindungen auf Papier festzuhalten.

Als es bereits dämmerte, schlug sie, um die Nacht zu begrüßen, nochmals Davids Lobgesänge auf. Dabei bemerkte sie manchmal einen Nachsatz, in dem er Gott um die Vernichtung seiner Feinde bat. Wieder war Sile verwirrt. Wie konnte dieser Liebling des Herrn um Trost und Rettung für sich selbst und seine Gefährten flehen und zugleich ganzen Völkern den Untergang wünschen? – Nach allem, was sie mit diesem Buch erlebt hatte, war es ihr nicht möglich, seinen Urheber anzuklagen. Das christliche Gesetz der Feindesliebe war David noch nicht gegeben worden. Er selbst war Soldat und Feldherr in vielen Kriegen gewesen. Er hatte Städte vernichtet, von denen nur mehr der Name geblieben war.

Doch im Weiterlesen bemerkte sie, dass Gott auch die Kinder Israels für ihre Übertretungen strafte. Er sandte das Schwert über sie und trieb sie in die Verbannung. Er hatte ihnen das Gesetz und die Schriften gegeben und erwartete von ihnen, danach zu handeln. Sie waren frei, sich für oder gegen ihren Gott zu entscheiden, doch wer Ihn verwarf, entschied sich gegen das Leben. Es gab keine andere Rettung als Ihn. In Seiner Hand lag das

Schicksal der Völker, damals wie heute und in künftigen Tagen. Nichts geschah, was Er nicht zuließ. Von Ihm ging das Leben aus und Er nahm es wieder zurück. Er führte die Seelen heim. Er war der Herr.

Wie sollte Sile diesem höchsten Wesen, das sie eben so nahe fühlte, Rat erteilen? Sie sah nur einen winzigen Teil Seines Werkes. „Eure Gedanken sind nicht meine Gedanken", hatte Er gesagt. Es blieb ihr keine andere Wahl, als Ihm zu vertrauen. Und am Ende dieses Buches war gerade Johannes, ein Apostel, der nur von Liebe gesprochen hatte, dazu bestimmt, dem Leser den unausweichlichen Weltuntergang zu verkünden! Keine völlige Zerstörung, sondern eine Reinigung der Erde von ihrem Schmutz und ihrer Schlechtigkeit. Allen, deren Herz sich verhärtet hatte, war „Weh", prophezeit. Schrecken, Tod und Vernichtung erwartete diejenigen, die Schrecken, Tod und Vernichtung gesät hatten! Für sie galt nun das Gesetz „Auge um Auge, Zahn um Zahn". Dem, der keine Barmherzigkeit übte, wurde sie im Letzten Gericht ebenfalls nicht zuteil.

Prophezeit waren Katastrophen und Finsternisse, ein kosmischer Wandel und der Untergang „Babylons", einer Kultur des Hochmuts und der Unmoral, in Etappen. Kein Stein würde auf dem anderen bleiben. Weinen, Heulen und Zähneknirschen erwartete die Gegner Gottes. Sie würden sich aus Angst in Erdlöcher verkriechen und sich wünschen, nie geboren worden zu sein. Und mitten in der Not dieser Tage würde Christus erscheinen. Er würde den Stürmen Einhalt gebieten, diese Erde erneuern und ein tausendjähriges Reich errichten, in dem selbst die Tiere aufhören würden, Fleisch zu essen und einander zu töten. Es würde unter allen Geschöpfen Frieden herrschen für tausend Jahre.

Und während Sile auch diese letzten Kapitel las, fühlte sie, dass es dabei um Gerechtigkeit ging, wenn Gott das „Böse" hinwegtat, alles, was keine Liebe besaß. Er rettete die Sanftmütigen und machte die Erde wieder zum Paradies. „Gerecht bist du, Gott!", sangen die Engel in Johannes' Vision. „Die Sanftmütigen brauchen sich nicht zu fürchten. Sie werden die Erde ererben", stand da und „selig, wer diese Worte vorliest!"

Ruskin hatte den Buchstaben der biblischen Moralgesetze gepredigt! Er hatte seine Zeitgenossen dies alles buchstäblich gelehrt und sie vor den Folgen ihres Handelns gewarnt. Nun verstand Sile erst, dass solche Predigten notwendig waren. So schloss sie auch mit ihm und der Apokalypse Frieden.

Währenddessen war eine Vielzahl neuer Skizzen entstanden. Ein Bilderbogen biblischer Geschichten umgab Sile seit dieser Zeit. Ihr war, als könnte sie durch das Tor dieses Buches den Rand einer goldschimmernden Ewigkeit sehen. Mit dem Blick auf ihre himmlische Heimat malte sie nun nochmals seine Spur sanfter, wie bei Nebel oder Kerzenlicht. Es war ihr, als treibe sie in einem Ozean der Ruhe über der Zeit und als könnten ihr weder Hitze noch Kälte noch künftiges Leid etwas antun. So vermochte sie die Dankbarkeit ihrer Seele nicht zurückzuhalten und wünschte sich, ihre Freude mit einem Menschen zu teilen.

Sie suchte nach ihrer Amme und Erzieherin in der Küche, auf der Terrasse, ohne ihren Namen zu rufen, spähte in einen Raum nach dem andern und zuletzt ins Büro, wo sie Carla an einem Nebentisch sitzen sah, nicht an Emilianas Computer, sondern vor einem kleinen Notebook, auf dem sie Geschäftsbriefe tippte. Sie wollte sie nicht erschrecken, räusperte sich also nur und wartete, bis sich der schon etwas ergraute Kopf nach ihr umwandte.

„Kann ich etwas für Sie tun?", fragte Carla sofort. Sile aber sagte nur, denn es brauchte diese Eindeutigkeit: „Ich hab dich lieb, Carlina!" Die Angesprochene presste für einen Moment ihre Augen zusammen und bedankte sich leise. Und dann bat Sile: „Hast du irgendwann Zeit, mit mir in der Bibel zu lesen?"

Carla erschrak, denn die Zurechtweisung von Emiliana lag ihr noch auf der Seele. „Es wäre nicht recht", erwiderte sie daher. Dennoch offenbarte ihr Sile einige ihrer Gedanken. Die Gouvernante bemühte sich, es weder zu bestätigen noch dagegenzusprechen, doch an ihrem Gesicht ließ sich ablesen, wie sehr es sie innerlich bewegte. Sile fragte sie auch, ob sie glaube, dass der Letzte Tag, von dem in der Bibel die Rede war, nahe bevorstand?

Wieder erschrak Carla und wagte kein einziges Wort zu erwidern. „Wenn es so wäre, würdest du mich davor warnen?" – Schweigen, Carla kämpfte mit ihren Tränen. „Verzeih, meine liebe Erzieherin! Ich will dich mit meinen Fragen nicht quälen", entschuldigte sich Sile. „Dennoch wollte ich sie dir stellen. Ich verstehe, dass du nicht darauf antworten darfst. Doch niemand kann mir verbieten, selbst in der Bibel zu lesen."

Draußen hatte es geregnet. Als Sile die Reinheit sah, die erfrischten Pflanzen im Park, die der Wind bewegte, dieses vertraute Immer-noch-Dasein der Natur, war sie von herzlicher Freude erfüllt. Sie hatte vom Wasser des Lebens getrunken und konnte sich plötzlich vor Dankbarkeit nicht mehr halten. Sie blickte zu den Baumkronen empor, als wären sie Wahrzeichen ihres neuen Glaubens, und begann, ihren Schöpfer zu preisen:

„Du hast mich zur Quelle geführt!

Meine Seele jubelt über Dein Werk,

über die Fülle des Guten.

Gepriesen seist Du, o Gott!

Du hast diese Erde gegründet,

hast Meere und Berge gestaltet,

hast viele Arten von Leben geschaffen,

Pflanzen, Tiere und Menschen,

Dir ähnlich in Gestalt und Empfinden.

Du lässt Bäume hochwachsen,

fest verwurzelt, als Bilder des Glaubens.

Dein Angesicht neigt sich uns zu,

kommen wirst Du, um zu erlösen –

jeden, der auf Dich wartet."

Nach ihrem Gebet war es ihr, als lächle der himmlische Vater auf sie herab. Und an anderen Tagen würde Er, weil es so sein sollte, und Er allein wusste, wozu es diente, sein Antlitz verbergen. Jeder Schrecken, der von Ihm kam, würde für sie von jetzt an Sinn ergeben. Alles würde seinen Platz haben in Seinem ewigen Walten und Werk. „Dein Reich komme!", betete Sile. „Dein Wille geschehe!"

Was diese wenigen Worte bedeuteten, konnte sie noch nicht erfassen. Schon immer hatte Gott von Zeit zu Zeit Unwetter, Erdbeben, Plagen, aber auch Zeiten des Aufatmens und Blühens geschickt. Sile wollte Ihm von nun an einfach vertrauen, dass Er alles zum Guten führen wird. Er war noch immer am Werk, auch wenn Er Furchtbares, Unfassbares geschehen ließ, um den Spöttern die Augen zu öffnen und sie zum Nachdenken zu bewegen, darüber, wie sie ihr Leben führten, wie sie mit dieser Erde umgingen und ihre Macht über Tiere und Mitmenschen gebrauchten. Wie viele hatten vergessen, dass sie nur Wanderer auf der Erde waren, sie hatten auf Ihn vergessen und wollten Ihn nicht als Gott über sich haben! So war ein Gericht beschlossen, in dem sie vor Ihm stehen und Rechenschaft ablegen sollten. Ende und Neuanfang waren vorhergesagt, und niemand wusste den Tag, das Jahr und die Stunde. Und doch war der Erbauer und Hüter der Erde noch immer voll Langmut und gab seinen Geschöpfen Zeit, sich zu entwickeln. „Könnte ich doch", betete Sile nochmals, „von jetzt an und immer, mit Deinem Willen in Einklang stehen!"

An einem der nächsten Tage, den sie fast zur Gänze im Atelier verbracht hatte, suchte sie nach einem Ausgleich. Sie hatte seit Monaten nicht mehr auf der Geige gespielt. Doch nun drängte es sie, dies zu tun, aus purer Freude. So nahm sie ihren Violinkasten vom Schrank und stimmte das Instrument, das sie als Jugendliche erlernt hatte und dem sie sich neu verbunden fühlte, seit sie Rodolfos CD hörte. Sie suchte unter ihren Noten auch nach Liedern aus Händels „Messias", nach Bach, Mendelssohn und Chopin. Sie sehnte sich danach, diese Musik noch um vieles besser zu spielen und so auch selbst ein Teil davon zu werden. Rodolfo hatte sie für sein Geschenk gedankt und ihm ebenfalls ein flaches Paket nach Padua geschickt. Darin lagen ihr vergilbtes

Heftchen der Psalmen und Klagelieder und eine ihrer Zeichnungen, eine Erinnerung an ihren gemeinsamen Nachmittag im Studentenatelier.

# Heimkunft

>> Als Sile wieder zurück in Venedig war, durchstreifte sie Museen und Kirchen auf der Suche nach religiösen Gemälden. Sie hoffte, neben der Gotik noch weitere Spuren einfacher Frömmigkeit zu entdecken. Sie bemerkte in den Gesichtern von Märtyrern und Heiligen Regungen, wie sie sie selbst seit kurzem erlebte. Und es berührte sie tiefer als jemals zuvor. Über diese Gefühle sprach sie zunächst mit niemandem aus ihrer Gruppe. Doch lud sie Zeynep und Olivia, in deren Gesellschaft sie sich von Beginn an wohlgefühlt hatte, einige Male zu einem Konzert ein. Auch im Beisammensein mit ihnen war es ihr, als trage sie einen zerbrechlichen Schatz mit sich, der sie leichter und heiterer machte als jemals zuvor. Einmal fuhr sie auch hinaus zur Toteninsel, um Veronicas Grab zu besuchen.

Währenddessen bereitete sich die Stadt auf den Karneval vor. Es war gar nicht möglich, sich ihm zu entziehen.

Gegen Ende des Semesters wurden auf dem Areal der Biennale Workshops für Studierende angeboten, an denen Sile zum ersten Mal teilnahm. Den Unterricht leiteten ehemalige Aussteller und Kuratoren. Sie scheute sich nicht mehr davor, sich mit zeitgenössischen Kunstschaffenden zu unterhalten, auch wenn sie ihre eigenen Vorstellungen nicht teilten. Ihr neuer Glaube und ihre Verankerung in der Bibel gaben ihr die Kraft, auch mit Ablehnung umzugehen. Am letzten Tag des Workshops blieb Sile etwas länger als andere Studierende auf dem Gelände der Biennale, ging die Gartenwege und zuletzt die Viale Giardini Publici am gemauerten Strand entlang.

Plötzlich rief Rodolfo an!

Er entschuldigte sich für sein langes Schweigen und bedankte sich für das Paket. Er sei seit Anfang Januar wieder in Basel. Um zu arbeiten, sagte er. Auch den kurzen Heimaturlaub in Padua habe er zum Komponieren genutzt. Er habe seit Jahresbeginn gleich in mehreren Aufführungen mitgewirkt. „Bist du noch in Venedig?", fragte er sie. Sile erwiderte: „Ja, hinter mir die Gärten, vor mir das Meer, Inseln, Boote, Linienschiffe. Neben mir Jogger, Spaziergänger, Wochenende für alle."

„Das heißt, du bist gerade im Schnabel der Taube?", fragte er heiter. „In ihrer Kehle vielleicht, so genau lässt sich das nicht bestimmen", gab sie zurück.

Auch Rodolfo versuchte ein Bild seiner Umgebung zu zeichnen: „Hier im Norden der Schweiz ist nochmals Schnee gefallen. Er schmilzt bereits. Ich selbst sitze in meinem Zimmer und halte das Fenster geschlossen. Draußen ist es einfach zu kalt. Ich trage jetzt meist einen Schal, um meine Stimmbänder zu schützen. Denn hier an der Schule bildet Gesang einen Schwerpunkt des Musikunterrichts. Ich singe so viel wie noch nie zuvor! Wenn wir uns wiedersehen, werde ich für dich singen!"

Sile lachte. Er fuhr fort: „Ich habe mich auch für die Laute angemeldet, konzentriere mich aber natürlich auf das Cembalo und das Klavier. Doch nun zum Grund meines Anrufs! Mein Mentor Di Vico hat mir den Auftrag zu einer Komposition erteilt, die mich im Moment überfordert. Mein Kopf fühlt sich gerade völlig leer an. Und außerdem habe ich nicht genügend Zeit, mich in dieses zusätzliche Projekt zu vertiefen! Schon morgen soll ich nach Innsbruck fahren und ihm ein Konzept dafür vorlegen. Morgen! Und bis jetzt habe ich so gut wie nichts in der Hand. Semesterferien wird es für mich ohnehin keine geben."

Sile erwiderte: „Ich stehe nicht unter Druck, wie du weißt, mein Leben verläuft ruhig, wie immer, anders könnte ich gar nicht arbeiten. Für das kommende Semester lasse ich mir noch vieles offen. Und hier draußen in den Gärten schaffe ich es sogar, dem Karneval zu entfliehen."

Er atmete hörbar auf. „So darf ich dir auch gleich gestehen, dass ich eigentlich deine Hilfe brauche! Ich bitte dich, mir einen Gewandzipfel der Ruhe, von der du sprichst, über die Alpen zu reichen!" Sile erwiderte belustigt: „Ich bin bereit!"

„Es sind Hölderlintexte, die ich vertonen soll!", erklärte er. „Doch nicht dem Wortlaut nach. Ich soll nicht einfach Sprache mit Melodien unterlegen, sondern die Handschrift als solche hörbar machen, gewissermaßen Bilder in Klang verwandeln! Nun verstehst du die Herausforderung! Es geht um das Homburger Folienheft! Ich sehe es gerade vor mir auf dem Bildschirm. Darf ich dir den Link dazu schicken? So können wir die Folien gemeinsam betrachten!"

Die Laternen gingen bereits an und Sile erwiderte: „Ja, das möchte ich. Doch vorher nehme ich das Linienschiff zurück nach Zattere. Damit bin ich in einer Viertelstunde zuhause in meinem Apartment!" Rodolfo war einverstanden und legte auf.

Am Fahrtwind spürte sie deutlich die kühlere Jahreszeit. Und da es sie fröstelte, entschied sie sich, das kurze Stück von der Anlegestelle zu ihrer Wohnung zu laufen. Dort legte sie ihren Hölderlinband bereit und öffnete auf dem Notebook die ihr von Rodolfo gesandten Dokumente. Mit Hilfe des deutschen Textes gelang es ihr, einzelne Titel der Handschrift zuzuordnen. Dann rief auch schon Rodolfo zurück. Sile warnte ihn gleich zu Beginn vor sich selbst. „Die Lektüre eines Buches hat mich seit kurzem zu einem anderen Menschen gemacht! Ich gestehe, es ist die Bibel. Du musst überlegen, ob Du mir noch vertrauen willst!"

„Das ist genau mein Thema!", antwortete er verwundert. „Obwohl ich in geistliche Musik eingebettet bin wie ein Embryo im Mutterleib, geschieht es immer seltener, dass mich religiöse Themen tiefer berühren. Ich habe schlichtweg keine Zeit mehr für Stille und Inspiration. Dazu müsste ich mit dieser Musik irgendwo allein sein, am besten in einer Höhle oder in der Wüste!

Doch hier bin ich so gut wie nirgends allein. Auch nicht in meinem Zimmer. Ich nutze gerade die Gelegenheit, dass mein Bettnachbar heute irgendwo feiert."

In seiner Stimme war Gereiztheit zu spüren. Doch Sile ermunterte ihn dazu, seinen Gefühlen Luft zu machen. Er seufzte und fuhr also fort: „Was mich aufregt, ist der ständige Druck! Man verlangt von uns nicht nur das Übliche, nämlich fehlerlos zu spielen, sondern ich soll dabei auch möglichst Emotionen zeigen. Es ist ein wenig so, wie du es im Malunterricht erlebt hast. Man sagt uns, wir sollen unsere Hingabe an die Musik für das Publikum körperlich greifbar machen. Bei Konzerten kriechen Kameras unsere Hände herauf, fixieren das Zucken unserer Wimpern, unserer Mundwinkel, wir werden zu Schauspielern, die Lust, Laune, Erregung und eben bestimmte erwünschte Stimmungen vorführen sollen! Ich bin fast gezwungen, mich exzentrisch zu kleiden! Die kindliche Freude, die ich sonst empfunden habe, ist passé. Ich wehre mich bisher erfolglos dagegen, Emotionen vorzutäuschen."

Er blies hörbar einige Atemzüge durch die Lippen und setzte dann fort: „Andererseits kann ich miterleben, wie Alte Musik hier an der Schule auf subtilste Weise interpretiert wird! In dieser Hinsicht lebe ich gerade im Paradies. Unsere Konzerte sind fast immer ausverkauft. Leider setzt sich unser Publikum meist aus Leuten zusammen, denen Kunst und Musik nur als Kulisse für einen abgehobenen Lebensstil dient, als Gelegenheit, ihre teuren Garderoben auszuführen und sich in der Öffentlichkeit zu zeigen. Sie reisen, essen und trinken, und nennen alles ‚Kultur', womit sie ihre Langeweile vertreiben. Sie fliegen quer über den Globus, um sich Hayden oder Mozart oder Beethoven zu kaufen. Sie feiern das ganze Jahr über, ihr Leben ist ein einziges Fest, und je mehr Krisen die Welt erschüttern, desto reicher und erlebnishungriger werden sie. Statt dass Menschen heute in sich gehen, verzichten, fasten, Bedürfnisse reduzieren, tun sie genau das Gegenteil. Ich weiß, ich höre mich an wie Savonarola."

Sile wandte ein: „Du wünschst dir ein ausgehungertes Publikum?" – „Ja!", seufzte Rodolfo. „Wahrscheinlich verlange ich auch zu viel von ihnen oder ich tue ihnen Unrecht. Daran siehst du, wie frustriert ich momentan bin. Vielleicht eigne ich mich auch nicht zum Supernachwuchstalent und sollte lieber den Psalmenband lesen, den du mir geschickt hast. Leider bin ich noch nicht dazu gekommen!"

„Du holst es irgendwann nach", beruhigte ihn Sile. „Ja", lenkte er ein. „Nur momentan verhindert es mein Terminkalender. Ich haste von einer Probe zur nächsten. Darunter leidet, wie du siehst, auch meine Beziehung zu Hölderlin. Seine geistigen Gesänge stehen im Widerspruch zum barocken Unterhaltungstheater. Sie sind feierlich, nicht festlich, klar und nüchtern, nicht üppig, und sie sind in keiner Weise verspielt. Ich kann mich zurzeit nicht auf ihn einlassen, und das macht mich wütend, wie auch Hölderlin wütend war, wenn jemand versuchte, ihn seiner Freiheit zu berauben. Was mir fehlt, ist Muße, wie ich sie noch in Venedig hatte."

Sile hatte bemerkt, dass die Homburger Folien zum Großteil aus Fragmenten bestanden. Nur wenige der Elegien waren ins Reine geschrieben. Und auch an ihnen hatte der Dichter noch einiges korrigiert. So etwas kannte sie von Hölderlin bisher nicht. Sein Schreiben zog sich in zarten, geraden Tintenzeilen übers Papier, bis es abriss, bis die Worte ausließen, und nur mehr eine Ahnung davon zurückblieb. Daher meinte sie: „Wenn du gerade Hölderlins Verzweiflung in dir spürst, fällt es dir vielleicht leichter, ihn zu verstehen?"

Rodolfo seufzte: „Wahrscheinlich hast du recht! Mein Auftraggeber riet mir, die zunehmende Nervenzerrüttung des Dichters zum Thema zu machen. Sie sei in der Handschrift gut sichtbar. Im Juni 1804 begann Hölderlin damit, einen neuen Gedichtzyklus zusammenzustellen, und zwar aus seinen großen lyrischen Projekten der vorangegangenen Jahre. Zunächst war er, wie sein Freund Sinclair berichtet, in ausgeglichener Stimmung und klaren

Geistes. In der Forschung wird es zwar nicht so interpretiert und es ist heute wohl auch nicht die erwünschte Lesart, aber ich begreife diesen unvollendeten Zyklus als Huldigung an den biblischen Gott!"

Jetzt entfuhr Sile ein überraschtes: „Im Ernst?"

„Ja", bestätigte Rodolfo. „Der Dichter erklärt seinen Lesern, dass Gott nahe ist, wenn auch ‚schwer zu fassen'. Ich denke, er war gerade dabei, seinen Gott durch seine Gesänge tiefer zu begreifen! Er konnte diesen Prozess leider nicht mehr abschließen. Um 1800 erlebte Hölderlin auch gesundheitlich einen Kipppunkt, der ihm seine seelische Zerbrechlichkeit vor Augen führte. Und in dieser Krise, vermutlich nach seinem letzten Treffen mit Diotima, scheint er sich neu zum Christentum bekehrt zu haben! Die Klarheit dieser Jahre bis 1805 wurde jedoch auch von seiner voranschreitenden Krankheit überlagert. Das heißt, die Geschichte, die noch nicht erzählt worden ist und die ich eigentlich erzählen möchte, ist die seiner Rückkehr. Er hatte seinen Glauben letztlich doch dem zeitgenössischen Geschmack angepasst und war dabei, ihn davon wieder reinzuwaschen. Diese Folien sind für mich ein Zeugnis dieser dramatischen, Fragment gebliebenen Heimkehr. Den Anstoß dazu hat vielleicht Diotima gegeben."

Sile schwieg erschrocken. Wie kam Rodolfo zu dieser Deutung? Konnte er gerade ihre Gedanken lesen? Sie hatte sich vorgenommen, aus Rücksicht auf seine jüdische Herkunft nicht über Jesus von Nazareth zu sprechen. Doch nun hatte Rodolfo selbst es zum Thema ihres Gesprächs gemacht!

„Wunderst du dich über mich oder über den Dichter?", fragte er jetzt, da sie ihm nicht geantwortet hatte. „Über dich!", gestand sie. „Du hast insofern recht", fuhr er fort, „dieser Zorn des Dichters und seine Sorge, vielleicht nicht mehr die geistige Kraft zu finden, seine letzten Erkenntnisse zu formulieren, haben diese Handschrift von Beginn an begleitet. "

Sile versuchte Rodolfos Gedankengang weiterzuspinnen: „Du selbst hast gesagt, dass er sich schon in seinen Jugendgedichten als ‚heiliger Sänger' und auserwählter ‚Seher des Volkes' verstand. Es sprach von einem göttlichen Auftrag, Wahrheit zu verkünden. In einem Gebet, das ich von ihm las, flehte er als schon Sechszehnjähriger: ‚Heilige mich!' Er sehnte sich damals so sehr nach dem Paradies, dass er davon sprach, frühzeitig sterben zu wollen!"

Rodolfo unterbrach sie: „Einen Moment, Sile, ich muss mir rasch etwas notieren! Bitte bleib dran. – – – Nun kannst du fortfahren!"

Sie meinte weiter: „Diese späten Hymnen erinnern mich schon deswegen an die biblischen Psalmen, weil er Gott darin ganz persönlich mit ‚Du' anspricht. Vielleicht sind es Gebete, die wegen ihrer Gottesnähe in Stammeln übergehen?" Rodolfo notierte sich wieder etwas und erwiderte: „Kann sein. Dieses erste Gedicht ‚Heimkunft' wirkt auf mich jedenfalls, als verstehe er seine Heimat als Land des Christentums, quasi als neues gelobtes Land! Würdest du das Gedicht für uns beide vorlesen?"

Sile blätterte in ihrer Buchausgabe und fand „Heimkunft" unmittelbar nach der Elegie „Brot und Wein", was bedeutete, dass sie in zeitlicher Nähe zueinander entstanden waren. „Du meinst auf Deutsch?", fragte sie. Er bejahte: „Ich möchte es in seiner Brüchigkeit hören, wir lesen es Vers für Vers, ich bin jeweils dein Echo auf Italienisch. Und", ergänzte er, „damit du den Hintergrund des Gedichtes kennst: Er schildert hier seine Reise zu Fuß von der Schweiz über den Bodensee bis in die Nähe von Stuttgart im Januar 1801. Es ist eine Reise, die ich mir hier in den Alpen gerade gut vorstellen kann."

So las Sile vor, wie der Schreiber der Verse im Schnee, aus dem Gebirge kommend, in kindlicher Freude den Wohnort seiner Mutter und Schwester wiedersah, wie das Tagwerden seine Seele berührte und ihm in den heimatlichen Gefilden eine Lieblichkeit und Vertrautheit entgegentrat, in der „der reine, selige Gott", „der Eine", der „Vater" wohnte, welcher „mit langsamer Hand Traurige wieder erfreut".

Nach der zweiten Strophe unterbrach sie Rodolfo. „Hölderlin preist hier seine Heimat, ohne dass es bei ihm zum Klischee wird! Es ist ehrliches, persönliches Erleben. Die Heimkehr zu seinen Lieben ist zugleich die Heimkehr zum gemeinsamen Glauben."
Sile stimmte ihm zu und meinte: „Er klagt nicht mehr über die geistige Finsternis seiner Zeit, sondern ist voll Hoffnung!"

„Er wendet sich ein Stück weit auch von seiner Gelehrsamkeit ab", ergänzte Rodolfo. „Er bedauert, sich von seiner religiösen Heimat entfernt zu haben. Denn nun sieht er im Mittelpunkt der Weltgeschichte plötzlich diese Christusgestalt stehen."

„Ja", bestätigte Sile bewegt, „und er beginnt, seinen sanften Meister zu preisen."

Nach einem kurzen Schweigen, das zwischen ihnen entstanden war, dankte sie Rodolfo nochmals für diesen Dichter, der der Nachwelt nichts Gekünsteltes oder bloß Erwünschtes hinterlassen hatte, sondern ein ehrliches Bekenntnis. Rodolfo meinte, es komme ihm dabei nicht so sehr auf eine bestimmte religiöse Richtung an, sondern auf diese innere Wandlung! „Die einzige Möglichkeit, darüber zu sprechen, war für ihn das Gedicht! Und er tat es zugleich in Form von Musik! In den brüchigen Teilen hält er seine Gedanken nur mehr in Stichworten fest. Zwischen ihnen fühle ich Klänge und behutsame Melodien. Er wartet, lässt offen, lauscht der Inspiration. Sie kommt nur langsam, rein, in zarten Rinnsalen."

Sile fiel dazu ein: „Doch schrieb er nicht kurz davor auch seine Hymne ‚Friedensfeier'?" – „Ja", bestätigte Rodolfo. „Er begrub seine Hoffnungen auf politische Freiheit." – „Wenn ich es richtig verstehe", überlegte Sile, „spricht er in ‚Friedensfeier' weniger von einem politischen Frieden als einem künftigen Friedensreich, wie es die Bibel verheißt. Zu dieser Feier sind auch griechische Götter wie Zeus und Herakles als Zuschauer eingeladen. Sie alle ehren Ihn, ‚den Fürsten des Festes'."

Jetzt meinte Rodolfo: „Ich komme zwar aus keinem christlichen Hintergrund, doch das macht mich nicht blind für die Rolle, die Christus für Hölderlin spielt. Er feiert in seinem Gedicht die Wiederversöhnung der Welt mit ihm, dem Messias." Sile fügte hinzu: „Ja, und auch seine Krönung als Gott der Natur und der Menschheitsgeschichte. Es sind Bilder, wie sie der Apostel Johannes auf Patmos gesehen hat."

Rodolfo dankte ihr für diese Erkenntnis und Sile fuhr fort: „Damit verstößt er eindeutig gegen die großen Philosophien seiner Zeit. Er hält ihnen in seiner Hymne entgegen: ‚Wo aber ein Gott auch noch erscheint, da ist doch andere Klarheit.' Hör, was er im Vorwort an seine Leser schreibt: ‚Ich bitte, dieses Blatt nur gutmütig zu lesen. So wird es sicher nicht unfasslich, noch weniger anstößig sein. Sollten aber doch einige eine solche Sprache zu wenig konventionell finden, so muss ich ihnen gestehen: Ich kann nicht anders. … Der Verfasser gedenkt dem Publikum eine ganze Sammlung von dergleichen vorzulegen, und diese soll irgendeine Probe davon sein.'"

Jetzt rief Rodolfo: „Genau das ist es! Die Homburger Handschrift ist unmittelbar danach entstanden! Und was Hölderlin hier ‚unkonventionell' nennt, ist nicht nur die freiere lyrische Form, die er wählt, sondern auch seine Feier des Christentums!"

„Hast du bemerkt?", fragte Sile darauf, „es ist auch eine Feier ‚zum Ende der Zeit'! Hölderlin ruft hier den ‚ruhigmächtigen' Sohn des ‚alllebendigen' Vaters herab, der den Frieden auf die Erde zurückbringen wird, auf dass fortan ‚nur der Liebe Gesetz, das schönausgleichende, gilt von hier an bis zum Himmel'."

Rodolfo murmelte: „Ich danke dir, Sile! Nun fügt sich für mich das Bild noch klarer zusammen. Es ist die Zeit der Wiederkehr des Davidsohns. In dieser Erzählung sind sich Juden und Christen einig."

Nun fragte sie: „Und wie verstehst du den Satz ‚Bald sind wir aber Gesang'?" Rodolfo war die Formulierung bisher nicht aufgefallen. Nach einigem Überlegen meinte er: „Der Satz ist so schön, dass ich gar nicht versuchen möchte, ihn zu erklären. Ein Seligwerden? Eine Entrückung? Er wäre als Titel geeignet! Ich überlege gerade, welches Instrument diesen hellen Gesang wiedergeben könnte ..."

Dann wies ihn Sile auch noch auf das Fragment „Die Titanen" hin, das ebenfalls in dieser Homburger Handschrift enthalten war. „Man kann es", meinte sie, „vor dem Hintergrund der Apokalypse lesen. Die Titanen stellen möglicherweise die kosmischen Umwälzungen dar, die der Apostel Johannes vorhersah."

Rodolfo dankte ihr auch für diesen Hinweis und erklärte: „Wenn diese Verse vom Schrecken eines künftigen Weltuntergangs handeln, verstehe ich auch, warum sie so umfangreich und zugleich so brüchig sind. Die Aufgabe, mit Worten Krieg und Chaos zu malen, musste den kranken Dichter vollends überfordern. Ich überlege gerade, ob ich die Homburger Handschrift nicht als Ausgangspunkt für meine Oper nehmen soll!"

Nach diesem begeisterten Ausruf schrieb Rodolfo sich wieder einiges auf. Darauf meinte er: „Damit du eine Vorstellung davon erhältst: Meine Oper ähnelt zur Zeit diesem ‚Titanen'-Fragment. Wenn ich jetzt gleich, im Anschluss an unser Gespräch, das Musikstück skizziere, das mir jetzt vorschwebt, so weiß ich jetzt schon, dass es später Teil dieser Oper sein wird. Ich richte mich darauf ein, heute überhaupt nicht zu schlafen. Wenn mein Zimmernachbar zurückkommt, werde ich die Kopfhörer aufsetzen und weiterarbeiten." Mit diesen Worten verabschiedete er sich.

# Wohin mit der Leere?

》 Am Tag vor ihrer Abreise aus Venedig erfuhr Sile, dass sich Réka das Leben genommen hatte. Vittorio war es, der ihr davon erzählte. Wie war es dazu gekommen? Er wollte nicht viel darüber reden. Das alles sei schwer zu ertragen, einfach bitter, meinte er. Ein junger Mensch, der sein Leben noch vor sich gehabt hat. Sie sei wirklich jeden Freitag mit

Michele auf die Straße gegangen. Dann bemerkte er Siles Betroffenheit und fügte hinzu, es habe mit ihrem Studium nicht so geklappt, wie sie es sich vorgestellt hatte. Vielleicht habe sie auch die Scheidung ihrer Eltern nicht verkraftet.

Die Kundgebung an diesem letzten Freitag im Januar fiel anders aus als gewohnt. Alle waren gekommen, auch Sile. Ihr Protest bestand aus Schweigen. Sie hatten ihre gelbe Fahne gehisst, hatten sich nebeneinander auf den Boden gehockt, vor sich auf dem Steinpflaster brannten Teelichter. Sie sprachen wenig, und wenn, von ihr, ihrer Toten. Olivia erinnerte die anderen daran, dass Réka gehofft habe, wiedergeboren zu werden. Sie alle wünschten es ihr und versuchten es irgendwie zu glauben.

Aus den Händen der jungen Leute waren die Mobiltelefone verschwunden. Sie starrten in die dünnen, vom Wind gewiegten Flammen. Philip schlug vor, gemeinsam zu meditieren, um „in die Stille zu kommen", doch außer ihm wollte keiner die dafür vorgeschriebene Haltung einnehmen. Und es war auch bereits etwas da, etwas, was sie aus ihrem Alltag geschoben hatten: eine Leere, die jeder von ihnen hasste. Ihre gebeugten Körper hatten diese Leere in ihren Halbkreis eingeschlossen, auch wenn ein paar Meter weiter Straßenhändler, Fußgänger und Tauben weiterlebten wie an gewöhnlichen Tagen.

Auch Zeynep saß in der Reihe, ihr Haar feierlich von einem weißen Kopftuch verhüllt. Plötzlich fragte sie mit ernster Miene: „Hat jemand für sie gebetet?" Alle blickten sie entgeistert an. „Zu wem?", erwiderte Mattia stirnrunzelnd. „Ich kenne niemanden dort oben." Er hatte dazu eine kurze Kopfbewegung gemacht, die die Richtung anzeigte, wo für ihn „nichts zu holen" sei, wie er meinte. „Auch mir hat Gott noch nicht das Du angeboten!", ergänzte Lore. „Alles, was wir für sie tun können, ist hier weiterzumachen!", war Micheles Meinung. Auch Mattia sah es so. Trotzdem dankte Sile Zeynep für ihre Erinnerung und sagte zögernd: „Auch ich habe es noch nicht getan. Aber ich werde es tun. Ich glaube ebenfalls an ein Weiterleben im Jenseits."

„In welcher Form?", fragte Anders. – „An die Unsterblichkeit der Seele. Rékas Seele ist zu Gott zurückgekehrt."

Mattia verzog sein Gesicht und fragte heiser: „Seit wann glaubst du so etwas?" – „So genau weiß ich es nicht", gab Sile zurück. „Spätestens, seit ich in der Bibel gelesen habe. Ja, wenn ihr es wissen wollt, ich glaube, dass die Bibel die Wahrheit sagt."

Man blickte sie irritiert an. Sie aber fühlte Wärme in sich, etwas wie eine Bestätigung, dass es richtig war, es nicht zu verschweigen. Und während sie eine erloschene Kerze aufhob und über der Flamme einer anderen neu entzündete, fügte sie hinzu: „Der Gott, den ich darin gefunden habe, ist ein Gott der Liebe."

Nur Zeynep lächelte. Die anderen wirkten betreten oder nervös. Sile hatte nicht mit Zustimmung gerechnet. Sie hatte sich überhaupt keine Gedanken darüber gemacht, wie es auf ihre Freunde wirken würde. Philip räusperte sich: „Das sind große Worte! Aber ich verstehe eines nicht: Wie kannst du, ein Mensch des 21. Jahrhunderts, zu einem mittelalterlichen Weltbild zurückkehren? Willst du damit sagen, die Bibel erklärt alles, auch die Klimakrise?"

„Ich habe so etwas geahnt!", meinte Frederic kopfschüttelnd. „Du und Rodolfo mit eurer Askese. Zuletzt endet ihr noch als Eremiten in einer Erdhöhle!" – „Vielleicht werden wir bald alle in Höhlen sitzen?", gab Sile zurück. Dem stimmte Michele zu: „Und darum sind wir auch jeden Freitag hier auf der Straße, um genau das zu verhindern."

Chiara verteidigte Sile: „Ich kann dich irgendwie verstehen. Auch meine Großeltern sind katholisch." Doch ihr Bruder Mattia korrigierte sie: „Sei ehrlich, hast du sie schon einmal in der Bibel lesen sehen? So etwas tun nur Fundamentalisten." – „Steck mich doch nicht sofort in eine Schublade!", wehrte sich Sile halblaut. Michele meinte darauf: „Bibel, Koran, Bhagavad Gita, Avesta, jeder darf lesen, was er möchte. Unsere Bewegung kennt keine verbotenen Bücher."

Frederic erhob sich mit den Worten: „Wir hocken ja da wie Mönche!" Daraufhin standen auch die anderen auf. Es sollte nicht so aussehen, als machten sie geistliche Übungen. Später am Abend drängte es Sile, zu malen. Sie brauchte ein Bild von Réka, deren Geist sie heute mitten unter ihnen gespürt hatte. Und auch ein Bild von dem, was sie vorsichtig „Christentum" genannt hatte. Davor aber betete sie für Réka. Sie fühlte Wärme, während sie einfache Worte der Hoffnung sprach. Und ein inneres Läuten antwortete ihr. Das Zimmer spiegelte nicht mehr ihre Einsamkeit wider. Denn Sile fühlte sich geborgen in einem Märchen, das nach langer Suche wahr geworden war.

Sie schlüpfte in ihren mit Farbflecken übersäten Kittel und dachte an Tintoretto, an Fra Angelico und zuletzt an Chagall. Sie alle hatten tiefe Gefühle gemalt, vieles aber auch in Symbole gekleidet. Sie sehnte sich danach, Gott zu malen, doch widerstrebte es ihr, die Gesichtszüge einer jahrhundertelangen Bildtradition zu übernehmen. Diese Gestalt müsste etwas von Réka an sich haben und etwas von Abraham Ascher.

Nach einigen missglückten Versuchen schob sie das Thema vorerst zur Seite. Dafür malte sie die heutige Demonstration: Réka, mit einem weißen Tuch bedeckt, auf den Fundamenten liegend, und der Kreis der Trauernden, die hinter ihr auf dem Boden hockten. Rékas Augen waren geöffnet. Sile selbst kniete im weißen Overall und mit verklebtem Mund etwas abseits von ihnen. Der Platz neben ihr war leer, in ihrem Rücken konnte man einen Schrank mit Schubladen erkennen. Und am Ende lag über der Szene mehr als nur Stille, es war ein Sinn, der sich über der Arbeit unvermutet eingestellt hatte.

Als sie dieses Bild betrachtete, spürte sie auf einmal die feierliche Notwendigkeit, zu malen. Auch für Réka. Sie schuldete es nicht nur ihr, auch anderen Toten, und mehr noch den Lebenden, ihrer Mutter und ihren Freunden, die sie jetzt nicht verstanden. Ihnen allen fühlte sie sich tiefer verbunden als jemals zuvor. Ihre Worte waren aber zu schwach, um ihnen ins Herz zu dringen. Sile wollte sie und den Reichtum ihrer neuen Erkenntnisse in diesen Bildern fühlbar machen. Vielleicht war es sogar der Zweck ihres Lebens, dies zu tun?

Die jungen Menschen auf ihrer Leinwand waren in helle Farben gekleidet. Ihre Körper leuchteten aus dem Innern, und dieses Licht kam auch von oben. Sie musste an da Vinci denken, an Fra Angelicos Engelsgestalten, an Chagalls leuchtend weiße Opfertiere. Menschen wie Michele, Lore, Zeynep oder Olivia waren Teil einer neuen Schönheit, die Sile gesucht hatte. Intellekt, Konstruktion, Hypothesen hätten sie nicht hervorgebracht. Doch ihre Liebe für sie. Und in jedem von ihnen ruhte das Antlitz Gottes.

## Brot und Wein

Als sie Ende Januar ihre Skizzen in die graue Mappe legte, die mitgebrachten Bücher im Koffer verstaute, die kleine Reisestaffelei zusammenlegte und die bemalten Leinwände in Packpapier hüllte, hatte es etwas Endgültiges an sich, sie wusste nicht warum. Selbst Veronicas Blumen stellte sie in eine Schachtel, um sie mit an den Fluss zu nehmen. Und Carla holte sie noch an diesem Januar-Wochenende ab, mit allem, was sie vor einem halben Jahr nach Venedig mitgebracht hatte. Das Apartment blieb leer zurück. Vielleicht war es bereits eine Ahnung von dem, was folgen sollte.

Die Erzieherin tröstete ihre Signorina, als sie ihr von Réka erzählte. Sile sprach auch darüber, dass ihre Freunde sie belächelten, weil sie die Bibel las. Carla, die gerade den schweren Koffer die Gasse entlang trug, verriet ihr, dass sie solche Reaktionen nur zu gut kannte. Als Hebamme in Mailand habe man sie verspottet, weil sie für Mütter und Babys gebetet habe. Auch Anzio habe es nicht hören wollen. Männern falle es überhaupt schwer, zu glauben, besonders ... Sie stockte erschrocken. Sile bat sie, weiterzusprechen. Carla versuchte es, unterbrach sich jedoch ständig selbst, da sie offenbar Worte wie „Christentum" oder „Kirche" tunlichst vermeiden wollte.

Abends saßen sie einander gegenüber in der Küche und Sile versuchte, dieses Thema noch einmal aufzunehmen. Sie meinte, es brauche viel Demut, um Gott zu suchen und sich Ihm zu nähern, vor allem in dieser Zeit, und es koste Mut, es auch öffentlich einzugestehen. Bei diesen Worten leuchtete das Gesicht ihrer Kinderfrau in stiller, inniger Freude. Dieses Licht in Carlas Augen nahm Sile zum ersten Mal deutlich wahr. Auch diese gütige, fromme Amme war eine Liebende. Die Abendsonne warf ihre langen Schatten auf den Rasen und auf den Weg vor ihrem Haus. „Was", dachte Sile, „könnte ich nur für meine gütige Erzieherin tun? Wie kann ich ihr für ihre Liebe danken, mit der sie mich noch immer umsorgt?" Wenig später ergriff Sile ihre Hand und schlug ihr eine gemeinsame Zugreise vor. „Nach Florenz!", rief sie begeistert. „Ins Klostermuseum San Marco, wo die größte Sammlung von Gemälden Beato Angelicos zu sehen ist. Auch Savonarola hat eine Zeitlang in diesem Kloster gewohnt!"

Carla freute sich über diesen Vorschlag und begann sogleich Einzelheiten einer solchen Reise zu planen. Sie und Sile unterhielten sich lebhaft über ein geeignetes Hotel und darüber, ob sie einen Nachtzug nehmen oder lieber bei Tag reisen sollten.

Und dann war dies alles plötzlich nicht möglich, und sie waren gezwungen, zuhause zu bleiben. Carla begann, selbst Salat zu ziehen und Kräuter zu sammeln. „Selbstversorgung", nannte sie es. Der Nachbar brachte die Gemüsekiste nicht mehr vors Haus, sondern stellte sie beim Gartenzaun ab. Einige Wochen lang hörten sie die Nachrichten im Radio fast jede Stunde. Der Name einer neuartigen Lungenkrankheit wurde genannt. Zuerst hieß es, Europa sei davon nicht betroffen, doch dann brach sie zuallererst in Norditalien aus. Der Karneval war abgesagt worden. Stattdessen trugen Ärzte und Pflegerinnen Schnabelmasken und weiße Schutzanzüge. Städtische Krankenhäuser konnten nach kurzer

Zeit keine Patienten mehr aufnehmen und die Leichenhallen füllten sich mit einsam Verstorbenen. Menschen wagten sich aus Angst vor Ansteckung nicht auf die Straße, Universitäten und Schulen blieben geschlossen, in vielen Betrieben wurde die Arbeit niedergelegt.

Carla vertiefte sich in die Zeitung. Doch Sile schien es, sie spreche, während sie wie in einem Schockzustand dasaß, auch Gebete. Emiliana rief öfter an als bisher. Es war auch eine Katastrophe fürs Unternehmen. Alle Sparten der Wirtschaft hätten darunter zu leiden, berichtete sie. Modehäuser mussten geschlossen bleiben. Emiliana stellte sich vor, irgendwann nach Hause aufs Land zu kommen und sich zu erholen. Doch sie und Anna müssten jetzt „ums Überleben kämpfen", wie sie sagte. Niemand wusste, was der nächste Tag brachte. Wohin man blickte, herrschte Beklemmung!

Vorlesungen, Prüfungen, Besprechungen – das Sommersemester 2020 war in Siles engen Bildschirm gepresst. Sie begegnete anderen Studierenden in verschiedenen Chatrooms und schloss plötzlich Freundschaften mit Leuten, die sie sonst nicht kennengelernt hätte. Von Rodolfo erfuhr sie, dass er noch im Februar nach Verona zurückgekehrt sei. Wegen der Ansteckungsgefahr dürfe er bis auf Weiteres nicht aus Italien ausreisen. Er könne im Moment auch nicht mehr Cembalo üben, da es bei ihm zuhause kein Cembalo gab. Er hänge, schrieb er ihr, an diesem Computer wie niemals zuvor, ihr werde es wahrscheinlich nicht anders ergehen. Tagtäglich Onlineunterricht, dazu Aufnahmen für Geisterkonzerte, in denen er nur als Sänger fungierte. Er schickte ihr ein Video eines dieser Konzerte, dazu ein aktuelles Foto von sich.

In der Aufnahme saß Rodolfo breitbeinig da, nach vorn gebeugt, die Finger lose übereinandergelegt, wie gefaltet.

Sile fragte sich, wer das Bild aufgenommen hatte, auf dem er, in Jeans und weißem Baumwollshirt, in die Kamera lachte? Seine Mutter? Es war am selben Tag entstanden wie diese Filmaufnahme, denn es war dieselbe Kleidung, derselbe Hintergrund. Für das Chorkonzert seiner Schule trug er Kopfhörer und hielt seine Augen fast die ganze Zeit über geschlossen. In seiner schriftlichen Nachricht wünschte sich Rodolfo im Gegenzug auch von Sile ein solches Porträt, ließ aber offen, ob fotografiert oder gemalt. Sie entschied sich zu einer offiziellen Aufnahme, nämlich ihrem Anmeldefoto für das Studium vom letzten Herbst.

Auf dem Fluss fuhren nur wenige Boote. Auch am angrenzenden Radweg war es um einiges stiller geworden. Sie und Carla beteten, jede auf ihre Weise, für Kranke, Sterbende und auch für Kinder und deren Eltern, die jetzt in engen Wohnungen eingepfercht saßen. Sie litten, wenn sie die Nachrichten hörten, spendeten Geld und nähten auch einige Male gemeinsam Stoffmasken für ein Altenheim in Treviso. Da Carla nach wie vor für das Unternehmen arbeiten musste, half Sile ihr in der Küche. Amani war von Emiliana längst entlassen worden.

Eines Tages erhielt Sile dann einen Anruf von Professor Bertini. Die Ausstellung im Herbst sei in Gefahr, erklärte er. Eine Absage stehe im Raum, er sei untröstlich. Die Kuratorin hoffe jedoch, sie könne im nächsten Jahr nachgeholt werden. Eine Woche später meldete sich der Professor aber noch einmal und teilte, ganz außer Atem, mit: „Signorina Ciardi! Signora Loggi, die Kuratorin, hat ihre Entscheidung nun doch revidiert! Die Ausstellung ‚Kult und Kontinuität' wird, wie ursprünglich geplant, stattfinden, allerdings nur im Internet! Ich bitte Sie, arbeiten Sie weiter an Ihren Bildern!", ermutigte er sie. „Im Sommer werden ein paar Leute vom Ausstellungsteam zu Ihnen kommen und die Bilder abholen. Sie werden auch Aufnahmen machen. Wir hoffen jetzt, dass gerade wegen der Ausgangsbeschränkungen letztlich mehr Besucher die Schau erleben können als dies im bisherigen Rahmen möglich gewesen wäre!"

Emiliana hatte währenddessen eine böse Entdeckung gemacht. Dolcini, so berichtete sie am Telefon, habe bei seinem Weggang Kontakte, Kundendaten und Entwürfe gestohlen und auch eine größere Summe Geld abgezweigt. Die Polizei sei eingeschaltet. Er habe, wie Emiliana erfahren habe, zu Beginn des Jahres sein eigenes Unternehmen gegründet. Das neue Nähhaus in Prato war in die Schlagzeilen gekommen, weil es die Verordnungen der Regierung nicht einhielt. Und am meisten beunruhigte Emiliana, dass auch Tommaso Retti erneut ihren Weg kreuze! Sie wisse nicht, meinte sie, wie lange er schon mit Dolcini befreundet gewesen sei, er stehe jedenfalls hinter ihm und höre nicht auf, ihren Ruf und den der Firma in der Öffentlichkeit zu beschmutzen. Retti habe in dieses Nähhaus offenbar Geld investiert und es nun darauf abgesehen, Emilianas Modeunternehmen zu zerschlagen. Ganz einfach aus Rache!

Eines Sonntagmorgens hörte Sile deutlich, dass Carla in ihrem Zimmer sang! Es gab vorerst keine Versammlungen ihrer Glaubensgemeinschaft mehr in Treviso und sie hatte von ihrer Gemeindeleitung die Erlaubnis erhalten, Heimgottesdienste zu feiern. Sile hätte ihr gern dabei zugesehen, wagte aber nicht, einfach anzuklopfen. So nahm sie ihre Violine und versuchte die Melodie, die Carlas Stimme in mehreren Strophen wiederholte, nachzuspielen. Als diese nach einiger Zeit aus dem Zimmer kam, einen friedlichen Ausdruck im Gesicht, fragte Sile sie vorsichtig, ob sie sie das nächste Mal mit der Geige begleiten dürfe?

„Es wäre nicht recht", stotterte Carla erschrocken und blickte zu Boden. „Doch ich wünsche es mir!", bestand Sile darauf. „Ich möchte mit dir in deinem kleinen Zimmer den Gottesdienst abhalten! Wir beten gemeinsam für die leidenden Menschen. Und wenn du willst, auch für die armen Seelen im Jenseits."

Auf einmal richtete sich die stille Frau auf und blickte ihr in einer Art Todesmut ins Gesicht, ein wenig wie Veronica, aber mit der Energie eines Wesens, das sich plötzlich von seinen Fesseln befreit. Hier stand nun Signora Netto, ein Mensch mit einer eigenen Meinung, eine Frau, die sich in ihrer Jugend zu einer fast unbekannten Religion bekehrt hatte und jetzt, in ihren Fünfzigern noch einmal bereit war, dafür ihre Stellung zu opfern! „Sile", sagte sie plötzlich. Sie hatte das „Signorina" und alle Formeln beisei-

tegeschoben, die sie sich im Laufe der Jahre angewöhnt hatte.
„Sile, ich freue mich, wenn du von nun an mit mir gemeinsam den Gottesdienst feierst! Komm mit, ich werde dir alles zeigen!"

Carla ging voran und führte Sile erstmals in ihr sorgsam aufgeräumtes Zimmer. Das Fenster wies nach Norden, in Richtung der Straße. Carla wies auf ein Gesangbuch, das zusammen mit einer abgegriffenen Ausgabe der Bibel auf ihrem Nachtkästchen lag. Ein gerahmtes Bildchen stand dahinter, eine Art Holzschnitt, handtellergroß. Darauf war eine brennende Kerze zu sehen. Ihren Hintergrund bildete ein tiefes Schwarz. Es hatte nicht den Anspruch, ein Kunstwerk zu sein, eher ähnelte es einem Wappen. „Was bedeutet dir dieses Bild?", fragte Sile. „Das Licht leuchtet in der Finsternis", zitierte Carla mit gesenktem Kopf, „doch die Finsternis erfasst es nicht."

Sile begann zu verstehen. Carlas Glaube benötigte keine ergreifenden Darstellungen, wie der Veronicas. Er entstammte direkt der Heiligen Schrift. Deren Worte wärmten die Seele auch in engen, verdunkelten Räumen. Die Frau mit den etwas rauen Händen, die stets nach Naturseife rochen, besaß einen Schatz an Worten und Liedern, die sie befähigten, Gott auch ohne Priester zu verehren. Diese geheime Liebe Carlas zu ihrem Gott wirkte auf Sile wie ein schwarzweißes Sigel dessen, was auch sie selbst fühlte.

Und doch erschien ihr Carlas Glaubensgemeinschaft, vertreten durch dieses Wappen, auf eine Weise karg, dass sich ihr allein bei seinem Anblick die Brust zusammenzog. Carla, die Waldenserin, war Mitglied einer Kirche der Armen, gegründet, um Notleidenden und Verfolgten zu helfen, einer Kirche, in der Gemälde zu den Luxusgütern gehörten.

Und dann erklärte Carla ihr, wie sie auf dem kleinen Tischchen in ihrem Zimmer Brot und Wein aufstellte, nur nehme sie Wasser anstelle von Wein. „Die elementaren Speisen!", murmelte Sile. Es sei ihr, erklärte Carla, nicht erlaubt, die heiligen Symbole selbst zu segnen, das taten die Brüder in ihrer Gemeinde, doch sie las, auf Brot und Wasser blickend, Verse in der Bibel, die den Sinn dieser heiligen Handlung erklärten. Sie betete zu Beginn und am Ende der Feiern, kniete nieder, richtete sich auf und sang einige dieser Lieder. Ihre Anzahl war nirgends vorgeschrieben, und sie könne sie frei auswählen, betonte sie.

Sile nahm das Gesangbuch zur Hand und blätterte darin. „Welches von den Liedern möchtest du nächsten Sonntag singen?", fragte sie, und Carla suchte gleich mehrere davon aus. Sile fotografierte sie mit ihrem Mobiltelefon. „Ich werde sie üben!", versprach sie. „Von nun an werde ich dich mit der Geige begleiten und sonst einfach hier auf deinem Bett sitzen und zusehen." Carla nickte. Sie hatte ihre Schultern nicht mehr ängstlich hochgezogen, ihre Arme lagen aufgelöst in ihrem Schoß. Und Carla lächelte, sie hatte ihrer geheimen Tochter ihr Innerstes offenbart und wehrte sich nicht mehr gegen ihre Fragen.

So übte Sile diese Kirchenlieder, bis sie eine für sie passende Weise gefunden hatte, sie zu spielen. Und sie fühlte dabei auch die Ruhe, die von den Hunderte von Jahren alten gereimten Strophen ausging, besonders in dieser unsicheren Zeit:

„Seele, was ermüdst du dich
in den Dingen dieser Erden,
die doch bald verzehren sich
und zu Staub und Asche werden?
Suche Jesum und Sein Licht!
Alles andre hilft dir nicht."
Oder:
„O Jesu, dass dein Name bliebe
im Herzen tief gedrücket ein;
möcht deine süße Jesusliebe
in Herz und Sinn gepräget sein.
Wie bist du mir so zart gewogen.
Und wie verlangt dein Herz nach mir!
Durch Liebe sanft und tief gezogen,
neigt sich mein Alles auch zu dir.

Du traute Liebe, gutes Wesen,
du hast mich und ich dich erlesen.
Ich will, anstatt an mich zu denken,
ins Meer der Liebe mich versenken."

Siles Eindrücke von Carlas Tischchen mit den zwei Brotscheiben und dem Krug Wasser flossen auch in ein neues Bild, das sie in dieser Woche malte, und zwar ganz bewusst in blassen, fast nur gelbgrauen Farbtönen. Hölderlins Elegie, die die Symbole des Abendmahls im Titel trug, seine nächtliche Trauer, vermischt mit der Hoffnung auf die Wiedergeburt eines christlichen Europas, schwangen für sie im Hintergrund mit. Es war ihr, als sei sie über der Arbeit gleichsam ins Innere des Auges vorgedrungen, das sie seit Monaten in den Himmel malte.

Und als das nur zwei Handflächen große Bildchen keinen weiteren Pinselstrich mehr benötigte, drängte es Sile dazu, weiteres Skizzenpapier auszubreiten und ihren Bleistift zu spitzen, ohne zu wissen, was daraus werden sollte. „O Gott!", flüsterte sie, „führst Du mich an der Hand?"

Wieder antwortete ihr ein Gefühl – sie sollte die Bibel aus dem Rucksack nehmen. Als das behäbige Buch vor ihr auf dem Tisch lag, entschloss sie sich zum ersten Mal, Carlas Rat zu folgen und die Heilige Schrift einfach irgendwo aufzuschlagen. Sie begann zu lesen, was auf den offenen Seiten geschrieben stand. Doch tatsächlich genügte ihr bereits der erste Vers, und ihre Vorstellung blieb daran hängen. Genauer gesagt, an drei Worten. Sie lauteten: „das Abbild Gottes".

Sile hatte seit Monaten keine Marktplätze, Konzertsäle oder Lokale mehr betreten, war keinen neuen Menschen begegnet, außer auf ihrem Bildschirm. Und doch „sah" sie einen Augenblick lang – sie konnte es nicht anders nennen – vor sich ein Gesicht! Gleich darauf verblassten die Züge wieder. „Bis Du es selbst?", fragte sie in den Raum hinein. Doch das Aufblitzen kehrte nicht wieder. So überlegte sie nicht weiter und überließ es ihrer Intuition, den flüchtigen Eindruck aufs Papier zu übertragen.

Als sie ihren Entwurf neben die Staffelei hing und einen Schritt zurücktrat, war es gerade die Brüchigkeit der Gesichtszüge, die dem Wesen, das sie aus den wenigen Strichen ansah, seine Würde und Hoheit verlieh. Sie konnte sich vor Freude kaum halten! Da war es nun, ihr persönliches Antlitz Gottes, der Mittelpunkt der Liebe! Sile mischte fast nur weiße und goldbraune Farben miteinander, ein entferntes Rosa und eine Spur schattiges Grün, und übertrug das Porträt, umgeben von Pflanzen, wie sie hier im Atelier wuchsen, auf die rohe Leinwand. Während das Bild trocknete, sehnte sie sich danach, ihre Freude darüber mit Carla zu teilen.

Doch dann kam ihr eine noch bessere Idee: Sie wollte ihr das Bild zum Geschenk machen! Der Raum, in dem sie zusammen Gottesdienst feierten, war in ihren Augen nur allzu karg! Sie wusste in diesem Moment nicht, ob Carla es überhaupt in ihrem Zimmer haben wollte und ob ihre Glaubensgemeinschaft es ihr gestattete, neben dem Symbol der brennenden Kerze auch ein Christusbild aufzuhängen? Trotz dieser Zweifel schrieb sie auf seine Rückseite: „Für Carlina!" Als es trocken war und sie es Carla übergab, lächelte diese tief gerührt und suchte sofort nach dem schönsten nur möglichen Platz: „Über meinem Bett oder besser gegenüber, wo das Tischchen steht?"

Und während sie es zusammen an der Wand befestigten, erzählte ihr Carla, dass über dem Portal von Tempeln und über der Apsis von Kirchen der Waldenser der Satz zu lesen war: „DIO E' AMORE", Gott ist Liebe! „Tatsächlich?", wunderte sich Sile. „Ist dies eure wichtigste Lehre?" Carla nickte eifrig und erzählte, wie ihre Gemeinde geflüchteten Menschen half, hier in Italien Fuß zu fassen, und vieles andere Gute tat. „Man beschimpft uns als ‚Gutmenschen'!", erklärte sie stolz. „Doch eine halbe Million Italiener überweisen uns ihre Kirchensteuer, da wir so viele humanitäre Projekte betreiben."

Hinter dem Gesicht der freundlichen Gouvernante tat sich mit einem Mal eine neue, bewegte Welt auf. Sile fragte nicht danach, vermutete aber, dass auch Carla einen Großteil ihres Einkommens wohltätigen Zwecken weihte. Denn sie trug fast immer dieselben Kleider.

## TEOTWAWKI

» Dann kam die Dürre und begann die Felder aufzuzehren. Bis in die Abende hinein herrschten Temperaturen, die den Aufenthalt im Freien beinahe unmöglich machten. Die Züge in Norditalien mussten ihre Geschwindigkeit drosseln. Sile hatte von Buschbränden gehört, die erstmals auch die Poebene erreichten. Carla erzählte von Rauchfontänen, die bei Treviso gesichtet worden seien. Sie bildete sich ein, auch die Luft rieche nach diesen Waldbränden. So etwas war bisher nur auf Sardinien vorgekommen, nun sprang das Feuer auch auf das Festland über.

Eines Abends glaubte auch Sile, im hinteren Garten, wo es sonst nach Moorerde roch, eine Brandquelle entdeckt zu haben. Sie wanderte die Wege des ehemaligen Gemüsegartens entlang. Der Himmel war stellenweise klar, das Mondlicht streute Schatten über den Boden. Am Brunnen hockte etwas, das wie ein Schmetterling aussah. Beim Näherkommen war es jedoch ein Stück schwarze Rinde. Und es roch tatsächlich verkohlt.

Sie blickte umher und gewahrte über dem Eingang des aufgelassenen Kohlenbunkers ein leichtes Glimmen. Dieser Bunker wurde seit Jahren nicht mehr genutzt. Sie ging auf den gemauerten Hügel zu, der sich über der niedrigen Eisentür erhob. Er war nur spärlich mit Moosen und Gräsern bewachsen. Auch eine kleine Kiefer gedieh in seinem Schutz, doch litt sie mehr als andere Bäume unter der Dürre.

Und dann bemerkte Sile beim Näherkommen winzige Flammen, die am Stamm emporzüngelten! Erschrocken lief sie zum Brunnen und suchte nach einer Gießkanne. Ihr schien, auch das Wasser fließe langsamer als sonst. Endlich hatte sie das Gefäß vollgefüllt und beeilte sich, den gesamten Schwall des Wassers auf einmal über die Zweige und den Stamm der Kiefer zu schütten. Die Flamme erlosch. Doch eine sonderbare Furcht hatte sie erfasst. So holte sie noch eine weitere Kanne mit Wasser, um auch die Umgebung des Feuers damit zu tränken. Schließlich besah sie die verkohlten Stellen im Licht ihres Mobiltelefons und setzte sich, verwirrt durch ihre Tat und den Anblick, der sich ihr gerade gezeigt hatte, auf den Boden. Ihre Hände waren verschmutzt, sie suchte sie vergeblich im Gras abzuwischen. Am Himmel über ihr waren undeutlich Sternbilder zu erkennen.

Und bei all dem achtete sie nicht darauf, dass von der Seite ein Lichtschein näherkam. Es folgten Schritte, ein Rascheln. Jemand suchte mit einer flackernden Stirnlampe den Platz ab, wo sie saß, und strahlte ihr plötzlich mitten ins Gesicht! Geblendet, sah sie nur diese Leuchtdrähte und einen Kreis rund um den Kopf eines Menschen. Sile vermutete, dass es Carla war, die bereits nach ihr suchte. Doch dann fassten sie kräftige Finger am Handgelenk. Sile roch die Kleidung, das Haar: Es war Pietro.

Seine Lampe dimmte zu Rot und sie konnte seine geweiteten Augen sehen. Auch er war erstaunt, Sile unvermutet anzutreffen. „Was suchst du hier?", stieß er hervor. Er ließ eine Art Knüppel sinken, mit dem er sich offensichtlich auf einen Kampf vorbereitet hatte. Danach griff er in seine Hosentasche und rasselte mit einem Schlüssel. Damit schloss er hastig die rostige Tür auf. Noch nie hatte Sile gehört, dass jemand diesen Bunker betreten hätte. Pietro öffnete ihn einen Spalt und drängte sie vor sich her in den pechschwarzen Raum. Dabei murmelte er: „Tut mir leid, das muss leider sein!", und zerrte sie abwärts in die unterirdische Kammer. Es roch nach Schimmel.

„Glaub mir, das war jetzt nicht vorgesehen!", stöhnte er wieder, öffnete seinen Griff um ihr Handgelenk und verschloss die Metalltür von innen. Als sie ihre Arme wieder bewegen konnte, fragte ihn Sile: „Bis du von Sinnen? Was soll das werden?" Doch er reagierte nicht auf ihre Fragen. In den von der Stirnlampe beleuchteten Teilen seines Gesichtes war Verzweiflung zu lesen. „Was hast du vor?", fragte Sile wieder, um ihn aus seiner Starre zu wecken. „Ich bin ein Prepper, falls du weißt, was das ist", erklärte er schließlich kurz. Sie wusste noch nichts über junge Männer, die sich auf TEOTWAWKI vorbereiteten, „The End Of The World As We Know It".

Er erklärte weiter: „Wir sind Einzelgänger, auf uns selbst gestellt. Niemand ist eingeweiht. Daher darf auch niemand von diesem Versteck erfahren. Auch du nicht."

„Nun habe ich es aber erfahren. Was passiert jetzt mit mir?", fragte sie sein nur schemenhaft erkennbares Gesicht. Als er nicht antwortete, fragte sie : „Wirst du mich töten? Alle meine Spuren verwischen?" Jetzt schlug er sich selbst an den Kopf, dass der rote Lichtfleck seiner Lampe quer durch den Raum irrte. „Ich weiß noch nicht, was ich tun werde", gestand er schließlich. Seine Stimme klang elend. Sile fragte wieder in möglichst gleichgültigem Ton: „Ich sehe, du hast dir hier ein Versteck eingerichtet? Wirst du verfolgt?" Jetzt atmete er aus: „Nein. Es ist ein Vorratslager für den …" Er stockte. „Weltuntergang?", ergänzte sie. „Genau, für den Ernstfall."

Sile fiel auf, dass sie trotz der Lebensgefahr, in der sie gerade schwebte, seltsam ruhig blieb. Jetzt ließ sie in der Schwärze des Kellerraums ihren Blick ein wenig umherschweifen. Sie fragte: „Gibt es hier auch ein Licht?" Er sprang sofort auf und drehte mehrmals kräftig an einer Kurbelleuchte, die an einem Metallhaken von der Wand hing. In diesem Erdloch lagerten alte Fässer, Flaschen standen umher, dazu stapelweise Dosen und Behälter aus Plastik, alles mit Permanentstiften beschriftet. Eine alte Anrichte, ein Karton mit Kerzen. Sogar einen Schlafplatz konnte man an der Wand erkennen. „Der Raum ist ideal für den Fall einer radioaktiven Verstrahlung, da er kein Fenster besitzt", erklärte Pietro. „Ein Fenster wäre in diesem Fall nur eine unnötige Schwachstelle."

Er drehte erneut an der Lichtkurbel und hockte sich ihr gegenüber auf den Boden. „Du weißt wahrscheinlich nicht, dass der Untergang des Römischen Reiches bevorsteht? Ja, du bist völlig naiv, lebst sozusagen auf dem Mond. Ungebremste Migration, wir werden überschwemmt. Eine Invasion, gegen die wir uns zur Wehr setzen müssen, unser Territorium verteidigen, verstehst du! Wir haben keine andere Wahl. Man kann sich auf niemanden mehr verlassen. Dazu kommt jetzt noch die Pandemie. Frauen regieren! Und Schauspieler! Die Nachrichtensender erzählen nichts als Lügen. Dem Staat ist nicht zu trauen!"

Er hatte jedenfalls Retti gelesen. Doch Sile hätte sich, als sie ihn vor einem Jahr zum ersten Mal begegnet war, nicht im Traum vorstellen können, wie stark dieses Verschwörungsgerede Pietro beeinflussen würde. Konnte sich ein Mensch, ja, ein junger Mensch, in kurzer Zeit so verändern? Er hatte sich in etwas verrannt. Videos von Influencern, die gut daran verdienten, hatten ihm die Welt erklärt, ihn aufgehetzt, radikalisiert, er war darauf hereingefallen. Vielleicht glaubte es auch sein Vater.

Dennoch war die Gefahr real, der sie in diesem muffigen Erdkeller ausgesetzt war. Jetzt, im matten Lichtschein des trostlosen Bunkers sah er Sile in die Augen und begann zu schluchzen. Er kniete sich vor sie hin, umschlang ihre Beine und entschuldigte sich für sein Verhalten. Er sagte, es tue ihm unendlich leid. Er stöhnte, er habe nachgedacht, wie sie es ihm geraten habe. Er habe oft unter ihrem Fenster gestanden, aber es nicht gewagt, sich bei ihr zu melden. Und jetzt, seit dem Ausbruch dieser Krankheit, habe er wieder gehofft, dass sie und er doch noch zusammenkommen würden. Er wolle ihr also nicht wehtun … aber … aber … sie lasse ihm keine andere Wahl!

Als er sich wieder erhoben hatte, wollte sie wissen, wie es nun weitergehe: „Lässt du mich frei?"

„Das geht nicht!", keuchte er. „Du verrätst mich. Ich habe geschworen, niemanden in mein Geheimnis einzuweihen. Du hättest es nicht erfahren dürfen. Noch nicht."

„Was ändert es, ob ich es jetzt erfahre oder später?", fragte sie achselzuckend. Er wusste es nicht. „Wir verbringen diese Nacht jedenfalls hier", entschied er und wies auf die schmale Schlafbank, die sich über dem Boden erhob. „Ich weiß, es gefällt dir hier nicht. Aber wir wollen reden und werden eine Lösung finden. Ich hole noch etwas zu essen für uns. Mein Boot liegt nicht weit von hier vor Anker. Ich bin gleich wieder zurück!"

Damit drehte er noch einmal kräftig an der Kurbel, schob Sile, als sie ihm zu folgen versuchte, entschieden zurück, schlüpfte durch die Tür und schloss sie ein. Jetzt wurde ihr klar, dass Pietro auf diesem Grundstück gewissermaßen zuhause war. Und an diesem Abend hatte er seinem Notquartier einen Besuch abgestattet. Und wenn das Ende der Zeiten anbrach, würde er vielleicht alle, die hier im Haus lebten, enteignen oder noch etwas Schlimmeres tun.

Solange das Kurbellicht etwas Helligkeit spendete, suchte sie den Raum ab, ja, sie bemerkte ganz oben auf den Regalen auch ein Gewehr! Es gehörte für Prepper offensichtlich dazu, ihre Bunker mit Waffengewalt zu verteidigen.

Nachdem sie sich das vorgestellt hatte, fühlte sie Angst! Auch Pietro war von seinen Ängsten getrieben. Natürlich kam Sile der Gedanke, hier irgendeinen Gegenstand zu finden, mit dem sie sich, wenn er wiederkam, zur Wehr setzen könnte. Doch auch wenn sie den Knüppel, der neben dem Eingang lag, hinter ihrem Rücken versteckte, würde sie wahrscheinlich nicht fähig sein, ihn zu gebrauchen. Es hätte also keinen Sinn und sie wollte das alles auch nicht. Es war eine ganz und gar verrückte Situation.

Die Wände hier erinnerten sie an Telemacho Signorinis Hinterhöfe. Diesem Maler der Armen war es gelungen, selbst Insassen von Gefängnissen und Irrenanstalten mit Zärtlichkeit zu malen. Auch das Hässliche erschien durch die Liebe, durch das Mitgefühl des Künstlers in sanftem Licht. Das Kranke und Böse an diesen von der Gesellschaft ausgeschlossenen Menschen war in unschuldige Hilflosigkeit und Verwirrung verwandelt worden. Auch an Pietro nahm Sile diese Hilflosigkeit wahr, schon seit ihrer ersten Begegnung. Es war ihr auch bei ihren Zeichnungen aufgefallen. Allerdings fühlte sie sich immer noch außerstande, Tommaso Retti in einem ähnlichen Licht zu sehen! Dem Gesicht dieses Ungetüms fehlte jeder Anflug von Demut. Und dann musste sie an die brennende Kerze auf Carlas Nachtkästchen denken. „Das Licht leuchtet in der Finsternis", murmelte sie unwillkürlich. Sie war eben jetzt von dieser Finsternis umgeben. Und glaubte sie an das Licht? Endlich besann sie sich und begann um Rettung zu beten.

Gleich danach vibrierte ihr Mobiltelefon. Pietro hatte vergessen es ihr abzunehmen. Eine unbekannte Nummer. Sile meldete sich vorsichtig, ohne ihren Namen zu nennen. Am Ende der Leitung vernahm sie die Stimme des Mailänder Kommissars. Es ging um ein kleines Detail zu Siles Begegnung mit Tommaso Retti. Sie hätte diesem Mann sagen können, in welcher Bedrängnis sie sich gerade befand. Doch es widerstrebte ihr, Pietro einfach dem Gesetz auszuliefern. Als der Anrufer aufgelegt hatte, fiel ihr der Nachbar ein. Er würde sie aus diesem Keller befreien können.

Sie wählte seine Nummer und erklärte ihm, wo sie war und weshalb. Der Bauer wohnte nur einige hundert Meter von ihnen entfernt und hatte die Lage sogleich richtig eingeschätzt. Denn er kam mit seinem Traktor auf das Grundstück gefahren, auch, um Siles Peiniger, falls er bereits zurückgekehrt war, dadurch einzuschüchtern. Er rief bei laufendem Motor nach ihr, und Sile antwortete ihm aus dem Inneren des Bunkers. Dann hörte sie, wie er an der Eisentür hantierte. Er befestigte Ketten und Seile an der Schnalle und den Angeln, fuhr mit dem Traktor noch ein Stück näher heran und riss schließlich die Tür mitsamt dem Türstock aus dem Gemäuer. Es gelang beim ersten Versuch, denn der Mörtel war über die Jahre porös geworden.

Von den Trümmern stieg Staub auf, der die Öffnung erfüllte. Doch Sile hielt sich die Hände vors Gesicht und lief nach draußen. Der Nachbar winkte ihr zu, sie möge zu ihm ins Führerhaus des Traktors klettern. Sie tat es. Er meinte, fürs Erste sei sie hier sicher. Er suchte den Kellerraum daraufhin nach Waffen ab, fand aber nur das eine Gewehr. Dieses hüllte er in eine Decke und versteckte es zwischen seinen Werkzeugen. „Ich habe diesen Pietro schon einige Male unten am Fluss gesehen", meinte er, als er wieder zu Sile emporstieg. Er sagte nicht „diesen Taugenichts" und benutzte auch kein anderes Scheltwort für einen Menschen in Pietros jugendlichem Alter.

Dann fragte er zögernd: „Wo ist er jetzt?" Sile vermutete, er werde bald zurück sein. Sie dachte inzwischen an Pietros Mutter, diese gequälte Frau, der es das Herz brechen würde, ihren Sohn im Gefängnis zu sehen. Und sein gesichtsloser Vater? Er sei Hochseefischer, erfuhr sie vom Nachbarn. „Es muss ein freudloser Beruf sein!", murmelte sie und starrte in die Dunkelheit. „Vielleicht ist es seine einzige Hoffnung, dass Pietro es eines Tages besser hat als er?"

Der Nachbar verstand: Signorina Ciardi wollte diesen Jungen nicht der Polizei übergeben! Da schlug er ihr vor: „Ich kenne zufällig Pietros Onkel, einen Bauarbeiter. Mit ihm kann man vernünftig reden. Soll ich ihn anrufen?" Sile nickte. Er zog ein schmutziges Mobiltelefon aus der Hosentasche und suchte nach dieser Nummer. Inzwischen war Carla aus dem Haus geeilt. Sie hatte von der Nachbarin erfahren, dass Pietro sich in der Nähe des alten Kellers umhertrieb. Auch die beiden Wächter durchkämmten bereits mit Weitstrahlern das Gelände. Ehe Carla mit einer Taschenlampe in der Hand näherkam, bat Sile den Nachbarn noch, er möge der Gouvernante nichts von dieser Waffe erzählen. Der Bauer hatte bereits seinen Anruf beendet. Er nickte und stieg aus dem Fahrzeug, um sich in seiner ruhigen Art mit Carla zu unterhalten.

Sie sah zu Sile empor und nickte mehrere Male. Drüben am Hof hielt jetzt ein Wagen. Es war Pietros Onkel. Sile sah die waagrechten Streifen an seiner Warnweste. Der Nachbar ging auf ihn zu und besprach sich kurz mit dem bulligen Mann, dessen forsche Stimme sich einige Male überschlug. Carla winkte Sile nur wortlos zu. Dann trennten sich die beiden Männer und der Kopf von Pietros Onkel tauchte neben Sile auf. Er klopfte ans Fenster des Traktors. Sile öffnete es halb. Er keuchte: „Ich bitte Sie, den Jungen nicht anzuzeigen, wenigstens nicht dieses eine Mal! Er hat sich bisher noch nichts zuschulden kommen lassen. In seinem Alter macht man Dummheiten. Bitte keine Polizei! Ich werde ihm eine ordentliche Strafe geben und ihn von jetzt an unter meine Fittiche nehmen!"

In diesem Moment führten die Wachleute Pietro, am Rücken mit einem Sicherheitsgriff gebändigt, vor. Sie hatten ihn im Schilf entdeckt. „Hier ist der Täter!", verkündeten sie. „Hausfriedensbruch! Ist die Polizei verständigt?", wollten sie von Carla wissen. Der Nachbar antwortete für sie. Er wies auf Pietros Onkel: „Es ist schon alles veranlasst. Dieser Mann ist gekommen, um ihn abzuholen."

Als Pietro von den Wächtern immer wieder geschüttelt und ruhiggestellt wurde und nicht wusste, was ihn nun erwartete, suchte er im Schwarzgelb der Strahler flehentlich nach dem Blick seiner Freundin, die gerade vom Fahrzeug stieg. Jetzt trat, mit klobigen Arbeitsschuhen an den Füßen, sein Onkel auf ihn zu und fasste ihn grob am Arm. „Mitkommen!", keuchte er. „Und erwarte nur nicht, dass ich dir diese Aktion durchgehen lasse!"

Die beiden Wächter fragten nicht, ob der energisch auftretende Mann überhaupt befugt war, den Burschen abzuholen. Sie blickten von Carla zu Signorina Ciardi und wieder zurück. Beide nickten.

Carla kannte Pietros Onkel aus dem Dorf. So übergaben die Wachleute ihren Gefangenen in dessen Hände. Während Pietro mit Ohrfeigen und Rippenstößen über das Grundstück und zuletzt ins Auto seines Onkels gezerrt wurde, meinte der Nachbar noch: „Auch ich habe in der Jugend einmal etwas Unrechtes getan, das gegen das Gesetz verstieß. Doch ich bin ein Leben lang froh, dass ich dafür nur Schläge bekommen habe. Der hübsche Junge! Es wäre doch schade um ihn gewesen! Wie leicht wird einem jungen Menschen durch eine Dummheit die Zukunft verbaut."

## Niemands Sohn

》》 Wie angekündigt, bekam Sile im September Besuch von Cecilia Loggi, der Kuratorin der Ausstellung, an der sie teilnehmen sollte. Angehörige der Akademie begleiteten sie. Jeder trug Maske. Sile hatte Professor Bertini Fotos ihrer letzten Werke geschickt, sodass Signora Loggi schon wusste, welche Gemälde sie abholen wollte. Als sie sich jedoch in Siles Atelier umsah, entdeckte sie weitere Arbeiten, die die Hinwendung der jungen Malerin zum Christentum dokumentierten. Auch das Bild mit dem Titel „Brot und Wein" war darunter. Die Kuratorin meinte, es erinnere sie an Marc Chagall.

Schließlich bat Signora Loggi darum, im Atelier auch filmen zu dürfen. Sie benötigten die Aufnahmen für ein Hintergrundvideo, das sich von Zeit zu Zeit wie ein Schatten über die Nische mit Siles Arbeiten legen sollte. Alles das dauerte dann den ganzen restlichen Tag. Auch ein Interview mit der Kunststudentin wurde aufgenommen. Darin widersprach sie der Vorstellung, sie ziehe sich wie ehemalige Mystikerinnen absichtlich ins Innere zurück. „Mir hat", gestand sie, „der Austausch mit Menschen noch nie so gefehlt wie während dieses Jahres."

Die Pandemie hatte einige Sonderbarkeiten mit sich gebracht. Dazu gehörte auch das lange Schweigen Rodolfos. Er hatte ihr zuletzt im April das enge Familienleben geschildert, das er und seine Eltern jetzt führten, wozu auch gemeinsames Musizieren gehörte. Durch die Elternnähe fühle er sich, wie er sagte, ein Stück weit zurück in die Kindheit versetzt. Auch Sile nahm am Leben ihrer Hausangestellten plötzlich in einer Weise teil wie niemals zuvor. So hatte sie begonnen, dem Gärtner zur Hand zu gehen, dem es immer schwerer fiel, sich um die Parkanlagen zu kümmern. Er verglich Landschaftsgärten mit lebenden Gemälden, da sie sich unaufhörlich verwandelten. Pflanzen bildeten darin besondere Lebensgemeinschaften. Die Jahreszeiten, das Wachstum und das Alter veränderten dieses Bild und ein Gärtner müsse stets darauf reagieren. Sile hatte es noch nie von dieser Warte aus gesehen. Nun lernte sie, welche Pflege notwendig war, um die Schönheit dieses Parks zu erhalten und ihn vor dem Verfall zu bewahren.

Dann Ende September leuchtete plötzlich Rodolfos Name auf dem Display ihres Handys auf! Sile war gerade damit beschäftigt, die Rosen zurückzuschneiden. Es war ihr nicht möglich, sofort ihre Handschuhe auszuziehen, da sie bis an die Ellbogen reichten. Und als sie es hastig versuchte, kratzte sie sich an den Dornen auf. So klingelte es eine Weile, ohne dass sie abheben konnte. Außerdem suchte sie nach einem Schatten, in dem sie in Ruhe telefonieren konnte.

Sie entschied sich für den alten, wackeligen Ölbaum, der hier auf seinem Steinhügel thronte. Die silbernen Wurzeln hatten rund um den Stamm einen Korb geflochten. Es war ihr während der letzten Monate unmöglich gewesen, nicht an Rodolfo zu denken. Vielleicht lag es an seinem Foto, das sie ständig bei sich trug und das zuletzt auch als Vorlage für einige neue Bilder gedient hatte. Während ihrer Arbeit in der Natur war ihr die Zeit abhandengekommen. Jetzt läutete es zum zweiten Mal, sein Name tauchte auf, und sie nahm den Anruf entgegen.

Rodolfos Stimme klang, als käme sie aus der Tiefe eines Brunnenschachtes. Er grüßte kurz und stellte keine Fragen. Doch er sprach erstmals von seiner jüdischen Herkunft. „Bisher," begann er, „bin ich daran kaum erinnert worden. Doch nun, da es auf der Straße vor unserem Haus stiller geworden ist und die Ängstlichkeit der Menschen zugenommen hat, habe ich meine Eltern darüber befragt."

Und dann sei auch noch etwas von außen gekommen. Er sprach wörtlich von „Todesangst". Der Anlass dazu sei „eine Art Volkszorn, ein Protest, der sich direkt gegen seine Familie richtete. „Plötzlich gehören wir einer feindlichen Rasse an, die angeblich plant, Teile der Menschheit auszurotten! Man wirft ‚den Juden' – unter Nennung weniger illustrer Namen – vor, diesen Virus ‚erfunden' zu haben! Auf einmal wird Hass gegen uns geschürt, und Menschen überall in Europa, auch in Italien, rotten sich zu antisemitischen Demonstrationen zusammen. Diese Hetze hat jetzt auch Padua erreicht, eine Stadt, in der es fünf jüdische Friedhöfe gibt! Einer davon stammt noch aus dem 16. Jahrhundert. Stell dir vor: Das Namensschild der Anwaltskanzlei meines Vaters ist gestern Nacht beschmiert worden. ‚Jude' hat jemand darüber gepinselt. Mit gelbem Lack!"

Seine Stimme zitterte. Er hielt inne. Geräusche, als trockne er sich die Nase. „Mein Vater ist sehr besorgt", setzte er nach einem tiefen Seufzer fort. „Es erinnert ihn an den Judenstern der Nazis. Unsere Familie lebt hier schon seit Generationen. Meine männlichen Vorfahren waren fast alle Ärzte. Ein anderes Studium war ihnen auch per Gesetz nicht erlaubt. Mein Urgroßvater hatte sich im Zweiten Weltkrieg den braunen Besatzern entgegengestellt, gehörte also zu den Widerstandskämpfern. In dieser grausamen Zeit war er dann von ihnen entdeckt und nach Triest deportiert worden und, wie auch andere. Von Triest brachte man ihn weiter in ein österreichisches KZ. Verstehst du? Ihm, einem vormals geachteten Mann, Vater von fünf Kindern, wurde das Menschsein abgesprochen. Er wurde gequält und schließlich ermordet!

Meine Eltern haben mir dieses Kapitel unserer Familiengeschichte bisher vorenthalten. Das und noch vieles mehr bricht in ihnen jetzt auf."

Sile hatte Schwarzweißfotografien aus solchen Lagern gesehen. Bei seinen Worten wurden ihr die Gestalten und Gesichter darauf plötzlich lebendig. Nach einer Pause sagte er weiter: „Ich habe mir immer wieder diese Verhöre vorgestellt, denen sich mein Urgroßvater unterziehen musste. Ich sehe vor mir, wie man ihm seine Würde geraubt, ihn verspottet, misshandelt und am Ende hingerichtet hat. Dieser ganze Schmerz über die Shoa ist in mir lebendig geworden, etwas, von dem ich dachte, es gehöre längst der Vergangenheit an. Die Beschmutzung unseres Namens hat mir aber gezeigt, dass der Hass gegen uns nur schläft und jederzeit wieder hervorbrechen kann."

Sile schwieg betroffen. „In meiner Not", setzte Rodolfo fort, „habe ich mir jüdische Literatur besorgt. Keine Sachbücher, so etwas liest eher mein Vater, sondern Lyrik." Seine Stimme nahm jetzt wieder ihre gewohnte Farbe an.

„Dabei bin ich auf einen Lyriker gestoßen, der kurz nach 1945 geschrieben hat – und zwar auf Deutsch! Paul Celan. Kennst du ihn?" Sile kannte von ihm nur den Namen. „Seine Sprache erinnert an Hölderlin!", erklärte er weiter. „Ich weiß noch nicht viel über ihn, nur, dass seine Eltern ebenfalls in einem Nazilager gestorben sind."

Der Boden unter ihr war nur spärlich mit gelben Halmen bedeckt. Auch sie ähnelten Menschen, die sich erschöpft in ihr Schicksal ergaben. „Zuerst hatte ich das Bedürfnis, Celans Gedichte zu vertonen", setzte Rodolfo fort. „Dann sah ich, wie viele davon bereits vertont worden sind, eben wegen ihrer unvergleichlichen Sprache. Jetzt glaube ich, dass sie durchaus für sich selbst stehen können. Sie brauchen kein anderes Begleitinstrument als den menschlichen Körper, Kehle, Zunge und Atem. Sie sind bereits Gesang, und für mich eine direkte Fortsetzung von ‚Patmos' oder ‚Die Titanen', geschrieben unter dem Eindruck des Grauens der ‚Mitternacht', die damals über Europa hereinbrach. Hölderlin hat es vorhergesehen. Du bist der einzige Mensch, mit dem ich bisher darüber sprechen konnte."

Nun erklärte Sile, wie leid es ihr tue, dass er und seine Eltern solche Dinge erleben mussten! Sie suche sich ihre Situation vorzustellen, doch sei sie hier am Fluss von einer Ruhe umgeben, die sie die Welt um sie herum vergessen lasse. Ihre Vorfahren hätten nichts in dieser Art erlebt. Doch während sie das sagte, fiel ihr Josche ein. Auch Josche war in einem Lager interniert gewesen. Sie wusste nicht, wie lange er bei Emma geblieben war. Hatte sich Josche bei ihr versteckt? Hatte er diese Jahre überhaupt überlebt? Sie kannte nicht einmal seinen Familiennamen.

Da sie wieder schwieg, erzählte Rodolfo weiter über Celan. Dabei kam er auch auf ihr Geschenk, dieses Bändchen der Psalmen und Klagelieder, zu sprechen. Er habe endlich Zeit gefunden, darin zu lesen. „Verzeih", entschuldigte er sich, „dass es so lange gedauert hat. Aber wie Celan gehören nun auch die Davidslieder für mich zu dieser seltsam veränderten Zeit. Und in gewisser Weise haben sie in mir eine Sehnsucht nach Bekehrung ausgelöst, wie du es damals in Venedig erlebt hast. Ich habe durch Hölderlin erst verstanden, dass Bekehrung eigentlich Rückkehr bedeutet."

Wieder machte er eine Pause, in der seine Worte, wie es schien, für sie beide nachhallen sollten, und fuhr dann fort: „Und nun zum Gedicht, das ich mit dir teilen möchte! Es trägt den Titel ‚Psalm' und wurde vor rund 60 Jahren geschrieben. Bist du bereit?" Sile bejahte. So las Rodolfo mit bewegter Stimme Celans Gedicht vor, das mit den Worten „Niemand knetet uns wieder aus Erde und Lehm, niemand bespricht unseren Staub" begann und in dem der Lyriker seinen Gott mit dem unaussprechlichen Namen pries. Ihm, diesem „Niemand" zuliebe, hatte Celan geschrieben, galt es zu „blühen", Ihm entgegen.

Hier hielt Rodolfo inne. Er erinnerte Sile an ähnliche Verse Hölderlins und schlug vor, ein wenig in der Mitte dieses Gedichtes zu verweilen. Wie bisher, las er die ersten Strophen nun auch in italienischer Übersetzung vor. Er tat es ebenso feierlich, ebenso ergriffen, Vers für Vers. Sile hatte sich den Beginn des Gedichtes in ihr Mobiltelefon notiert und las ihn mehrmals leise für sich. Die Worte schienen mit der Atemluft aufzusteigen. „Worte wie Rauch", dachte sie. Die Vokale pochten an ihre Schädeldecke.

„Es ist auch mein Gott, den er anruft!", erklärte Rodolfo darauf. „Er ist der namenlose, unnennbare Vater, der vor aller Zeit existierte. Ich habe jetzt das Gefühl, dieser Niemand war immer im Hintergrund meines Lebens, er saß mit uns am Tisch und sang mich in den Schlaf, auch wenn meine Eltern es mir bisher verschwiegen haben! Jetzt sagen sie, sie wollten mich vor dem damit verbundenen Schmerz bewahren! Und doch" – seine Stimme versagte ihm für einen Moment – „hat mich diese Herkunft aus einem opfernden, Gott preisenden Volk tiefer als alles andere geprägt! Wahrscheinlich habe ich auch bisher schon jüdisch komponiert, ohne es zu wissen."

„Auch ein Zweig meiner Familie", erwiderte jetzt Sile, „trug den jüdischer Namen Ascher." – „Schwester!", redete er sie daraufhin an, „Schwester, ich freue mich für dich! Nun lass uns über dieses Gedicht sprechen!" Sile sah auf die Verse, die sie im Handy festgehalten hatte, und hauchte sie nochmals leise vor sich hin.

„Ich glaube", begann Rodolfo wieder, „dass Celan seinen Gott, den Gott mit dem unaussprechlichen Namen, den viele seiner jüdischen Brüder bereits vergessen haben, mit diesem Psalm zurück auf die Erde ruft, ebenso wie Hölderlin tat. Ich kann diese Verse nicht anders interpretieren. Er ruft den an, der, wie auch sein Volk während der Naziherrschaft, verachtet war und als ein Nichts gegolten hat. Dieses Gedicht hat tatsächlich die Macht, mich zu trösten! Dieser Niemand erschafft mich gerade noch einmal aus Erde und Lehm."

Rodolfos Worte fühlten sich für Sile an wie auf Seide gemalt. War es möglich, dass er eben von seiner Bekehrung sprach? Seine

Stimme war unter dem Gesagten weggebrochen. Er weinte! Sie wartete, bis er sich wieder gefasst hatte. Er entschuldigte sich, suchte nach Taschentüchern. „Du hast mir ein unfassbares Geschenk gemacht!", murmelte sie ergriffen. „Ich freue mich über das Aufblühen deiner Seele!"

„Es ist die Himmelsrose", antwortete Rodolfo, „ein Symbol unserer Hinwendung zu unserem Gott. Celan nennt sie ‚die Niemandsrose'. Wir blühen auf etwas hin, was wir als Menschen nicht sehen, was aber doch real ist. Auch die Menora ist ja aus Blütenkelchen zusammengesetzt, die unsere Sehnsucht nach Adonai darstellen sollen. Der Duft unserer Gebete steigt an ihnen empor."

Während sie sich den jüdischen Leuchter vorstellte, starrte Sile in die Zweige über ihrem Kopf und weiter hinauf in den wolkenlosen Himmel. Zugleich hörte sie Rodolfo durchs Telefon sagen: „In diesem Raum wird künftig meine Musik entstehen. Ich habe bei uns zuhause wieder die alten Rituale eingeführt. Du wirst es nicht glauben, ich trage jetzt auch die Kippa und habe begonnen, die traditionellen Gebete zu sprechen."

Rodolfo hatte zu seinen Wurzeln zurückgefunden. Er war heimgekehrt! Gerade in dieser für ihn schwierigen Zeit. Im selben Moment wurde Sile bewusst, dass ihr solche äußeren Zeichen des Glaubens noch fehlten. Sie besaß bisher nur ihre selbstgemalten Bilder und die Erinnerung an Glücksgefühle, die ihr Lesen in den Heiligen Schriften begleitet hatten. Sie glaubte an einen sanftmütigen Herrn und Vater im Himmel, der allen Wesen Raum gab, sich zu entwickeln. Und doch zitterten jetzt ihre Hände, sodass sie sich an einer der vielen Wurzeln ihres Baumes festhalten musste.

Sie hatte bisher geglaubt, es komme auf Äußerlichkeiten nicht an. Plötzlich sehnte sie sich nach einer solchen Stütze, nach Kleidern, einer Kopfbedeckung oder anderen äußeren Zeichen, die ihre geistigen Erlebnisse irgendwie abbilden konnten. Sie sehnte sich danach, einer Gemeinschaft anzugehören, wie sie Rodolfo gerade gefunden hatte. Die Langsamkeit ihres Suchens und Malens hatten sie bereit gemacht, noch einen Schritt weiterzugehen.

Während ihre Malerei gerade in diesem Moment einem neuen Christentum zugeordnet wurden, fehlte dem, was sie fühlte, noch immer die Heimat. Bei ihr ist es keine „Rückkehr", wie bei Rodolfo, sondern ein Aufbruch ins Unbekannte. Auch die Gottesdienste mit Carla hatten daran nichts geändert. Sile hatte es schön gefunden, mit ihr zusammen zu singen. Doch war sie nicht bereit, Carlas Glauben anzunehmen. Sie fühlte sich in dem Moment wie ein Rosenstock, der über den Sommer emporgewachsen war, dem jedoch die Hand eines Gärtners fehlte. Ihre Gespräche mit Rodolfo hatten flackernde Feuer entfacht, die nach einem Herd, einem Zuhause suchten, ohne dass sie es bisher gefunden hatte.

Während er weitersprach, von einer Leiter der Erkenntnis, an deren Ende jener gesuchte Ort der Wahrheit liege, wo Vergangenheit, Gegenwart und Zukunft ineinander übergingen, fühlte sie unter ihren Füßen den steinigen Boden. So entgegnete sie: „Mit jüdischer Mystik habe ich mich noch nicht befasst."

„Das macht nichts", meinte Rodolfo, „es geht auch nicht um theoretisches Wissen. Ich glaube, es gibt keinen bestimmten Weg, auf dem wir dorthin gelangen, sondern viele persönliche Wege. Welche Vorstellung hast du von Gott erlangt?"

„Welche Vorstellung?", stammelte sie wie betäubt. „Es ähnelt dem, was Celan beschreibt. Gott selbst blüht, blüht uns liebend entgegen. Wir haben nur Teil daran. Er ist die Quelle! Er ist das Leben, das alles erfüllt. Bei Ihm ist unsere Suche zu Ende."

Sile hatte sich gerade selbst die Antwort auf ihre letzte Frage gegeben. Und doch waren auch die erhabensten Erkenntnisse und tiefsten Gefühle nicht fähig, Seine Nähe festzuhalten. So fügte sie nachdenklich hinzu: „Und doch habe ich gelernt, dass die Himmelsrose kein beständiges Haus für Erdenbewohner ist."

„Wie wahr!", bestätigte Rodolfo mit fester Stimme. „Doch Musik, Kunst, Traditionen, eine Gemeinschaft und äußere Rituale schaffen den Rahmen, um Gott stets von Neuem herabzurufen.

Mir wird die Synagoge dabei helfen, meinen Weg nicht zu verlieren."

Mit dieser letzten Bemerkung verwies Rodolfo auf eine jahrtausendealte Kultur, auf Weise, Gelehrte, Rabbiner, die ihm die Richtung wiesen. Sie hatten Ratschläge überliefert, die er prüfen und übernehmen konnte. Er besaß Vorbilder, in deren Fußstapfen er treten konnte, darunter eine Reihe jüdischer Mystiker. Im Vergleich dazu war das Christentum heute völlig zersplittert. Wem sollte sie Glauben schenken? So gestand ihm Sile: „Für Christen gibt es unzählige Kirchen und Gemeinschaften, die sich auf die Bibel stützen. Doch ich kenne keine, der ich mich anschließen würde. Und so hänge ich eigentlich in der Luft!"

„Hast du schon nach einer Kirche gesucht?", wollte er wissen. Sie verneinte. Darauf erwiderte er: „Ich werde für dich beten, meine Schwester." Eine solche Antwort hatte sie von ihm nicht erwartet. „Wirst du dies tatsächlich tun?", fragte sie gerührt. „Warum nicht?", meinte er. „Übrigens, ich wollte dich im August zuhause besuchen, doch wir mussten in Quarantäne. Vielleicht schaffe ich es noch, ehe die Vorlesungen im Oktober beginnen."

Jetzt konnte auch sie ihre Tränen nicht zurückhalten. Sie musste an ihre Einsamkeit in diesem Sommer denken. Zuletzt hatte sie dazu auch ihre künstlerische Arbeit vernachlässigt. Sie hatte befürchtet, Rodolfo werde sich nicht mehr bei ihr melden. Ihre Sehnsucht, ihn wiederzusehen hatte sich für sie angefühlt, als ertrinke ihr Herz in roter Farbe. Jetzt, während dieses Gesprächs, konnte sie nicht mehr anders, als es „Liebe" zu nennen. Neben ihrer Liebe zu Gott war eine irdische Liebe war in ihr herangewachsen! Beides, fühlte sie, war nicht mehr voneinander zu trennen.

Rodolfo sprach dann noch über Dantes „Göttliche Komödie" und erzählte ihr von einer Tante in Budapest, die kürzlich ein Nahtoderlebnis gehabt habe und daraufhin zum Christentum konvertiert sei. Er wisse leider nicht, zu welchem. Sie habe allen Verwandten einen einfachen, handgeschriebenen Brief geschickt, auf den niemand reagieren wollte. Doch Rodolfo habe seiner Tante dafür gedankt.

Bei der Erwähnung der Stadt Budapest wurde Sile an Réka erinnert. So berichtete sie Rodolfo noch vom frühen Tod ihrer gemeinsamen Freundin. Auch er war davon betroffen und meinte: „Möge ihre Seele eingeflochten sein in den Bund des Lebens."

## Mückenschwärme

Um Micheles Fridays war es still geworden. Ab und zu schickte jemand eine Textnachricht in die Runde. Fast alle Studierenden hatten die Stadt verlassen. Vittorio kochte aber nach wie vor für den Straßenverkauf. Michele stand, wie ein Selfie zeigte, mit weißer Maske vor dem Lokal und gab bestellte Mahlzeiten aus. Dann hieß es, die Unis blieben auch im Wintersemester geschlossen. Die Ausgangsbeschränkungen wurden noch einmal verschärft. Auch Rodolfo musste sein Kommen ein weiteres Mal verschieben.

Wie geplant, traten jedoch Emiliana und Anna im Oktober ihren seit Monaten angekündigten Urlaub an. „Landluft macht frei!", sagten sie. Sie hätten es in Mailand unter den neuen Beschränkungen nicht mehr ausgehalten, erklärten sie. Obwohl die Situation in der Firma nach wie vor dramatisch sei. Es habe weitere Entlassungen gegeben, andere Angestellte seien in Heimarbeit geschickt worden. Erst am Abend beim Tee erzählte Anna, dass Emiliana zur Zeit regelrecht terrorisiert werde! Nein, Emmi leide nicht unter Verfolgungswahn. Ihre Türsteher hätten wiederholt fremde Personen beobachtet, die ihr nachspionierten. Anna glaubte, auch in der Nähe ihrer Wohnung Verdächtige gesehen zu haben. Sie war überzeugt davon, hinter alldem stecke Tommaso Retti.

Auch Emililana machte ihren Ängsten Luft und klagte heiser: „Man will mich in Panik versetzen. Doch ich bleibe erst einmal hier und warte ab, was während dieser Urlaubswoche geschieht. Außerdem habe ich einen Privatdetektiv mit der Geschichte betraut. Er soll der Hetze gegen mich auf den Grund gehen!" Und dann erzählte sie etwas, das Sile kaum zu glauben vermochte: Retti habe jetzt sogar einen eigenen Kunstverein gegründet, der sich „Il Futurismo Nuovo" nenne. Er stelle Metallskulpturen und Militärkleidung aus. Der Klub sei ausschließlich für weiße Männer bestimmt, natürlich Waffenliebhaber, alle ultra rechts. Anna nannte es eine „Sekte", die nebenbei auch Geldwäsche betreibe. Sie legte ihren Zahnstocher zur Seite und rümpfte die Nase: „Diese Ratte behauptet, er müsse der angeblich linksradikalen ‚Ökoreligion' etwas entgegensetzen."

Emiliana war gekommen, um abzuschalten. Nicht so Anna, sie blieb nur übers Wochenende. Ein längerer Urlaub für beide war zurzeit gar nicht möglich. Doch bei der nächstbesten Gelegenheit würden sie auf eine dieser Reichen-Inseln fliegen, auf denen es die neue Krankheit nicht gab, auch keine Masken und Gesundheitskontrollen. Nachdem Anna sich wieder verabschiedet hatte, suchte Sile nach Gelegenheiten, gemeinsame Zeit mit ihrer Mutter zu verbringen. Eigentlich hatte sie vor, sie zu trösten. Sie überreichte ihr nun auch das Bild, das sie bereits vor gut einem Jahr von ihr gemalt hatte. Emiliana gefiel es. Sie fragte nach, wie es Sile im Studium gehe, und erfuhr vom Online-Unterricht des letzten Semesters und der Mühe der Studierenden, sich den neuen Stoff selbst erarbeiten zu müssen. Von der am Samstag zuvor eröffneten Ausstellung wussten bisher nur Rodolfo und Carla.

Mit dem betreffenden Link und der Einladung, sich ihre Bilder anzusehen, überraschte Sile nun Emiliana. Diese scrollte durch die Internetseite, die für die Ausstellung „Kult und Kontinuität" eingerichtet worden war. Dann erklärte sie, sie sei stolz auf diesen ersten öffentlichen Auftritt ihrer Tochter. Und doch konnte sie sich die Bemerkung nicht verkneifen, warum hier von „neuer Religiosität" die Rede sei. Sile antwortete nichts darauf, um Emiliana nicht aufzuregen. Sie hatte bemerkt, dass bereits das nähere Betrachten einer Handvoll Bilder ihre Mutter erschöpfte. Sie verstand, dass Emiliana im Moment zu sehr mit sich selbst beschäftigt war, um sich auf komplexe Themen konzentrieren zu können. Nachdem sie sich kurz zwischen aufgestapelten Polstern ausgeruht hatte, kam sie wieder auf den Einbruch der Verkaufszahlen in ihrer Branche zu sprechen. Schuld daran sei die Unverfrorenheit des Gesundheitsministers! Er habe Mode nicht zum menschlichen Grundbedürfnis erklärt. „Doch Religion wird als solches eingestuft!", protestierte sie. „Die Kirchen haben es wieder einmal geschafft. Sie dürfen ihre Tore öffnen. So etwas gibt es wohl nur in Italien!" Siles Gottesdienste mit Carla blieben jedoch ein Geheimnis.

Da Emiliana täglich mehrere Zeitungen las, allein schon, um über die Machenschaften Rettis informiert zu sein, stieß sie eines Morgens auf den Bericht über ein seltsames Wetterphänomen. Es ging nicht bloß um einen der heftigsten Saharastürme, der je beobachtet worden war, sondern um eine davon aufgewirbelte Riesenstaubwolke. Niemand wusste die Ursache für die plötzliche Luftverschmutzung. Man war erst dabei, sie näher zu untersuchen. Natürlich war der Klimawandel das Thema. Und da Emiliana bereits daran gewöhnt war, grün zu denken, regte es sie umso mehr auf!

Die NASA hatte die Monsterwolke über dem Atlantik vom Weltraum aus entdeckt. Sie überziehe, hieß es, von Afrika aus auch das westliche Mittelmeer und Teile der USA, ja, sie verdunkle die Kanarischen Inseln, auf denen der Tag plötzlich zur Nacht geworden sei. Die Menge an Staub verhindere sogar den Flugverkehr. Nicht einmal die Strahler der Landebahnen vermochten ihn zu durchdringen. Die Meteorologen nannten die Erscheinung „das rote Monster".

Allein die Vorstellung, dass schon wieder Saharasand in der Luft lag und dass sie in nächster Zeit wahrscheinlich ihre Kontaktlinsen nicht tragen konnte, brachten Siles Mutter zur Verzweiflung. Gerade jetzt, wenn sie sich hier auf dem Land erholen wolle, werde ihr ein Strich durch die Rechnung gemacht! Neben ihrer Furcht vor der Lungenkrankheit belasteten sie jetzt auch noch verschiedene Warnungen vor Allergien und Atemwegsbeschwerden, die die Ausbreitung der Pandemie weiter beschleunigen könnten!

Emiliana überlegte, besser keine Zeitung mehr zu lesen. Doch sie konnte es dann nicht lassen und fand am Tag darauf einen Artikel, in dem behauptet wurde, zwischen dem Virus und dem Staubphänomen bestehe ein direkter Zusammenhang. Zitiert wurde darin auch Tommaso Retti, der das Gerücht verbreitet hatte, Linke und Klimaaktivisten hätten den Scirocco durch künstlich erzeugte Aerosole in eine Giftwolke verwandelt. Emiliana traute ihren Augen nicht! Hier stand, Ökoaktivisten hätten sich miteinander verschworen, die Erderwärmung durch Geoengineering zu stoppen! Sie hätten mit Flugzeugen Kohlendioxyd über dem Äquator ausgesprüht, um es über den Globus zu verteilen.

Als sie den Artikel zu Ende gelesen hatte, war Emiliana so aufgeregt, dass sie starke Medikamente brauchte. Während Carla sie ihr brachte, bemühte sich Sile, ihrer Mutter Luft zuzufächeln „Absurd!", schimpfte diese, „Niemand, der die Natur schützen will, würde so etwas tun! Jeder weiß doch, dass es unabsehbare Folgen hätte! Und gerade Kohlendioxyd! Das ist wohl das Letzte, was Klimaschützer einsetzen würden! Es führt doch zur Übersäuerung der Ozonschicht und der Ozeane! Solche Technologien sind noch längst nicht ausgereift", meinte sie, durch das Medikament langsam ruhiger werdend „Es sind Lügen, nichts weiter. Diesem Scharlatan müsste man endlich das Handwerk legen."

Emilianas Nerven blieben angespannt. Sie veranlasste, dass die Wachen vor ihrem Grundstück neuerlich verstärkt wurden. Wenn sie auf der Terrasse saß, schreckte sie von Geräuschen auf, die niemand außer ihr wahrnahm. Die Glastüren des Büros, die sonst weit geöffnet standen, hielt sie vorsorglich geschlossen. Der Gedanke an Rettis Schergen ließ sie nicht los. Sie fürchtete um ihr Leben. Sile saß jetzt meist neben ihr und las ihr aus einem Buch über William Morris vor. Es ging um die Wiederbelebung mittelalterlicher Blumenmuster. Sie las, bis Emiliana zu müde war, um ihr zuzuhören und sich von Carla ins Bett bringen ließ. Auch auf Sile lag etwas von dieser Müdigkeit. Und obwohl keine Sonne zu sehen war, maß das Thermometer immer noch gut 30 Grad.

Dem Park fehlten die natürlichen Farben. Auch den Abenden war der Goldrand verlorengegangen. Oder nahm Sile es nur so wahr? Emilianas Ängste hatten sie angesteckt. Etwas von ihrer alten Trauer kehrte zurück. Diese neuerliche Verdunkelung des Himmels tat ihr in der Seele weh. In ihrem Kopf drehten sich, zermürbend wie eine Endlosschleife, immer dieselben Gedanken: „Großmutter Erde trauert! Sie findet keine Kraft mehr, ihre Wunden zu heilen. Boden, Luft und Wasser geraten immer mehr aus dem Gleichgewicht." Und Sile konnte nicht anders, als in ihrer alten Trauer zu versinken.

Sie hielt sich an einem der Treppenpfeiler fest, denn es war ihr plötzlich sonderbar elend zumute. In ihrer Verwirrung glaubte sie eine Gestalt auf sich zukommen zu sehen! Keinen Menschen, sondern ein sonderbares Wesen, wie eine Allegorie. Es war ein Punkt in der Ferne, der näher rückte und zu einer verschleierten Frau emporwuchs. Ihr graues Haar wehte durch diesen Park.

Sile fürchtete sich vor der Erscheinung. Es war, als habe die Nacht, eine blind gewordene Greisin, die Grenze zum Tag längst überschritten und schreite nun ungehindert voran. Die Fremde schien in der Luft zu stehen, umgeben von Mückenschwärmen aus Staub. „Es ist bloß meine Fantasie", sagte sich Sile, und doch hörte sie zur gleichen Zeit ihre Mutter im Flur aufgeschreckt rufen und kurz darauf wimmern wie ein gebrochenes Kind. Sile fürchtete sich, Emiliana könnte den Verstand verlieren, und sie mit ihr.

Es war wie der Peitschenschlag einer noch nie erlebten Beklemmung!

## Ich bin dein Vater

>> Es sei taktlos, meint eine der Pflegerinnen, so lange am Bett der Kranken zu stehen und sie anzustarren. Sie bringen einen Armsessel aus einem der Nebenzimmer und stellen ihn neben mich hin. Du bist meine Tochter! Emiliana muss es wissen. Sie hat mich hierherbestellt. Die Nachricht kam eingeschrieben. Als Absender diente ihr ein Mailänder Notar. In seinem Brief stand kein einziges überflüssiges Wort. Emiliana hat flüchtig ihr Monogramm daruntergesetzt: „Eca", drei lose Kringeln. Doch beim „a" entglitt ihr die Hand und kehrte in hohem Bogen wieder ins „E" zurück. Als wollte sie trotz ihrer Nüchternheit sagen: „Heile sie, wenn du kannst!" Nein, ich fantasiere nicht. Auch sie hat einmal von ganz und gar irrationalen Dingen geträumt, etwa davon, sich aus Feigenblättern ein Kleid zu nähen.

Man hat dich unter weißen Tüchern begraben. Mumienbinden, glattgezogenen bis an die Schultern. Dort sieht deine goldbraune Mähne hervor, säuberlich in Strähnen gebürstet. Deine geschlossenen Lider schaukeln wie Boote am Horizont. Deine Haut ist blass, fast durchscheinend, die Wangen erinnern an seidene Segel. Dein Mund hat die Farbe von Rosenquarz. Wie kannst du so schön sein?

Heute bei meiner Ankunft habe ich im Flur lauthals gerufen: „Die Signorina wird wieder gesund!" Man hat nur den Kopf geschüttelt. Du seist vor allem erschöpft, sagt man. Doch gestern Nachmittag habest du eine Stunde lang wach gelegen. Sie wecken dich morgens und abends und zu den Mahlzeiten. Bald wird dir der Tee gereicht. Auf einer Tafel am Ende des Bettes sind Blutdruck, Puls und Temperatur eingetragen, Arztbesuche einmal pro Woche. Es fehlen nur mehr die blau gemalten Ziffern des heutigen Abends, dem letzten Tag im Dezember dieses seltsamen Jahres 2020. Auf dem Blatt steht dein Name: Sile Maria Ciardi, die

Diagnose ist nicht zu entziffern. Nur mit Mühe lese ich „Asphyxie". Ich schlage es nach: „Sauerstoffmangel bei der Geburt".

Erschrocken beuge ich mich so weit als möglich nach vorn, bis mein Ohr fast dein Gesicht berührt, und versuche, dich atmen zu hören. Als das erwartete Röcheln ausbleibt, klappe ich hastig die obere Decke zurück und greife nach deinem Handgelenk. Man spürt den Puls. Du bist da, meine Kleine. Hast du den Atem angehalten, als man dich aus dem Schoß deiner Mutter zog?

Hast du Schmerzen? Haben sie dir ein Mittel gegeben? Man sagt, du erträgst keine Aufregung, brauchst vor allem Ruhe. Deine Hand ist in der meinen liegengeblieben. Verstohlen wärme ich sie an meiner Wange.

Danach falle ich zurück in den breiten Sessel, eine viel zu weiche Schale aus Watte und Federn. Meine Fingerspitzen streichen beiläufig über die Polsterung und ertasten Samt, von steifen Goldfäden durchwirkt. Natürlich Brokat, was sollte es anderes sein! Er spannt sich von einer verschnörkelten Leiste zur andern und endet in krausen Rosetten. Sie haben mir einen Thronsessel hingestellt. Oder gibt es in eurem Haus nichts als Throne?

Vor die Fenster sind weiße Gardinen geflochten. Kann sein, dass du das Tageslicht nicht verträgst. Ich weiß ja so gut wie nichts über dich. Einen Augenblick lang peinigt mich der Gedanke, Emiliana oder einer ihrer Lakaien könnte plötzlich durch die Tür treten und sagen, das alles sei nur ein Versehen. „Fini, Sie können gehen!"

Und doch ist da ein Geruch nach altem Parkett, der mich einlädt zu bleiben. Und du, die seit meiner Ankunft kein Wort spricht und trotzdem begonnen hat, mir von sich zu erzählen. Ich sehe dich als Kind durch euren Park laufen. Er hat mich von Beginn an fasziniert durch diese Mischung aus Garten, Wald und kurz geschnittenem Rasen. Das alles hat sich über die Jahre fast nicht verändert. Emiliana und ich sahen uns seit dem Wochenende, dem einzigen, das wir zusammen verbrachten, nicht wieder.

Es war vorbei. Und ich verließ bald danach Mailand, um in Rom zu studieren.

Danach ging ich nach Wien und schrieb Reiseberichte für verschiedene Magazine. Ja, ich war viel unterwegs. Frag mich nicht, wie ich die Lockdowns in diesem Jahr überlebt habe. Ich tat wohl dasselbe wie viele andere in meiner Branche. Ich schrieb Romane.

Ob ich jemals ein richtiger Vater sein werde? Deine Mutter hat es wahrscheinlich von Beginn an bezweifelt. Nicht ohne Grund hat sie mich aus ihrem Leben gestrichen. Oder soll ich sagen: zur Seite gestellt wie einen aufgezogenen Bären? Nun bewegt er wieder die Arme, rückt die Beine zurecht und stellt Fragen.

Der Notar vergaß auch nicht auf die Formalitäten, Einverständnis, Anerkennung der Vaterschaft. Meine Antwort erfolgte postwendend. Zur Kenntnis genommen: meine Rechte und Pflichten. Unterhaltspflicht, mit dem Zusatz, meine Tochter habe ihr Studium der Kunst zurzeit wegen „gesundheitlicher Probleme" unterbrochen.

Hallo! Du hast noch vor kurzem studiert! Dazu Kunst! Du trafst dich mit anderen Studenten. Mensa, Cafés, Konzerte. Du trugst Jeans, Pullover, Schal, hast Prüfungen abgelegt, Fachbücher gelesen, dir Gedanken über das Leben gemacht. Und plötzlich verfielst du in diesen seltsamen Zustand, bei dem man nur abwarten kann. Doch vielleicht ist es gut, erst einmal miteinander zu schweigen. Dieser Ort am Fluss lädt ja förmlich zur Einkehr ein.

Noch vor einigen Monaten, musst du wissen, habe ich eine Geschichte über diese Gegend geschrieben. Nicht über die Villa Ciardi, ich wollte Emiliana nicht nahetreten, doch über ein anderes Landhaus im venezianischen Stil nicht weit von Sant'Elena entfernt. Doch es stimmt, ich habe mich wahrscheinlich hierher geträumt. Und ein wenig in die Vergangenheit.

Ja, hier ist es damals geschehen. Es war Anfang August. Emiliana und ich fuhren im offenen Wagen von Mailand nach Osten.

Autobahn. Zwischendurch mehr als zweihundert Kilometer pro Stunde. Sie hatte ihren Hut unterm Kinn festgebunden. Wir hörten irgendwelchen Rap. Ich blickte auf ihren lila geschminkten Mund im Profil. Sie trug die dunkelsten Sonnenbrillen, die Gucci jemals entworfen hat.

Das letzte Stück Weges fuhren wir Schlangen, auch weil der Fluss es so vorgab. Emiliana rief mir den Namen des Ortes im Windschatten zu. Zuletzt bogen wir in die Allee. Überall Moorgeruch. Und dann die Einfahrt, das schmiedeeiserne Gartentor. Für Emiliana öffnete es sich auch damals schon automatisch. Der Motor winselte und wir rollten die letzten Meter durch diesen Park. Und in dem Moment kam auch schon jemand gelaufen, um das Gepäck aus dem Wagen zu holen.

Deine Mutter stöckelte mir voran und warf ihren Hut über einen der Marmorsockel. Als sie die Treppe hinaufstieg, hätte ich mein Leben für sie gegeben. Dieses Haus am Fluss machte mehr Eindruck auf mich als der Palazzo im Modeviertel von Mailand, auch wenn der Namenszug eurer Firma dort wie Hollywood glänzt.

Sonderbar, auf meiner Fahrt durch die Alpen hat es heute geschneit. Seifenflocken, dachte ich, die mich reinwaschen sollen von allem, was nicht zu mir gehört. Mein Leben neu schreiben, so stellte ich es mir vor. Hier, wo das deine begann. An eine Rückkehr nach Österreich oder anderswohin denke ich nicht.

Vor deiner Tür sind keine Schritte zu hören. Und doch treten jetzt die Frauen in ihren weißen Kitteln herein. Sie tragen ein zierliches Schnabelgefäß vor sich her, das dir als Tasse dient, dazu Tücher. Alles hier wird in Tücher gewickelt. Der obere Teil des Bettes fährt leise wimmernd empor. Eine Metallzange öffnet sich von der Seite und gibt eine grau umrandete Tischplatte frei. Ein Handgriff genügt, und sie klappt auseinander. Ich werde den Gedanken an ein Gefängnis nicht los. Man hält dich hier fest und bewacht dich bei konstanter Raumtemperatur, Besuche nur nach vorhergehender Desinfektion. Aus den Ecken stieren Kameraaugen, ich sehe so etwas sofort und habe es eigentlich nicht anders erwartet.

Die Pflegerinnen sprechen dich an, du blinzelst und trinkst aus dem hingehaltenen Kännchen. Als man dir die Serviette von der Brust zieht, wird mir erlaubt, näherzutreten und mich dir vorzustellen. Dabei versagt mir die Stimme. Du siehst nur den aufgescheuchten Blick eines unrasierten Mannes, dessen Stirn sich in Falten legt. Als du mich ansiehst, aus gar nicht verwunderten Augen, fehlt mir der Mut, den seit Tagen geübten Satz auszusprechen: „Ich bin dein Vater." So räuspere ich mich nur und nenne dir meinen Namen: „Arturo."

Du musterst mich mit hellblauen Augen, für Sekunden vergrößert. Deine Lippen zucken. Es gibt ein Wort, das nicht aus deiner Kehle will. Du versuchst es wieder, es ist eine Frage: „Carla?" Ich wiederhole den Namen, nicke und meine beiläufig: „Carla? Ach, Carla geht's gut." Ich kenne diese Carla eigentlich nicht. Doch möchte ich dir eine Freude machen. Es wirkt. Du lächelst und deine Hand bewegt sich unter dem Tischchen in meine Richtung, bleibt aber auf halbem Weg liegen, wie ein geflochtenes Schiffchen aus Fingern.

Du weißt jetzt zumindest, Arturo ist zu Besuch gekommen, trotz aller Vorsichtsregeln und Hindernisse. Du bist von nun an nicht mehr allein mit den fremden Leuten. Ja, Arturo wird hierbleiben, hier an deinem Bett. Und sollten auch Wochen vergehen, ich werde warten. Und sobald du dich besser fühlst, gehen wir zusammen hinaus in diesen Park.

Wenn du wieder aufwachst, werde ich kein Fremder mehr für dich sein. Verzeih mir meine Schwindelei von vorhin! Man faselt etwas daher. So war es auch damals mit deiner Mutter. Kann sein, dass wir sogar von Liebe gesprochen haben. Übrigens, wie hast du deine Geburtstage verbracht? Zweiundzwanzig Mal? Du wirst lachen, ich habe oft von diesem Landhaus geträumt. Von seiner hellen Fassade, den dunkelgrünen Fensterläden, dem flachen

Dachstuhl mit den gewölbten Ziegeln. Eure Schornsteine wirken auf mich wie Sockel für verlorene Götter.

Und du, meine Tochter, ruhst in deinem Zimmerturm auf einer Wolke aus Kissen. Erster Stock, die Fenster abgewandt von der Straße. Jetzt hat sich das Licht im Raum von selbst angeschaltet und uns mit elfenbeinfarbener Milch übergossen. Ich hätte dir Blumen mitbringen sollen. In meiner Verlegenheit forme ich meine Finger zu Seerosen, Tulpen, Magnolien. Zuletzt lege ich einen blühenden Apfelbaumzweig vor dich hin, zusammen mit dem Wunsch: „Werde gesund!" Und plötzlich höre ich, irrlichternd, deinen Atem! Ein seidenes, dünnwandiges Rauschen.

Und als dein Atem in diesem Raum zur Selbstverständlichkeit wird, einer Wärme, die du ausströmst, finde ich endlich den Mut, aufzustehen und mich umzusehen. Ich suche nach deinem Leben, nach Spuren deiner Gegenwart und Vergangenheit. Du magst es minimalistisch. An der Wand hängt nur ein einziges goldgerahmtes Bild, eine Sumpflandschaft mit badenden Schwänen.

Die Roboteraugen zählen nicht mehr, ich suche nach Carla, einem Adressbuch oder losen Zetteln mit ihrem Namen. So öffne ich zuletzt die kleine Lade an deinem Schreibtisch. Und ja! Zuoberst liegt ein Taschenkalender. Stundenpläne, Adressen und vereinzelt Rufnummern! Carlas Name ist groß und feierlich hingemalt. Ich tippe die Ziffern kurzerhand in mein Mobiltelefon.

Es läutet auf der anderen Seite. Ein Nachname meldet sich, den ich mir nicht merke. Auch mein Name sagt dieser Carla nichts, bis ich in die ängstliche Leere hinein: „S-i-l-e-s V-a-t-e-r!" buchstabiere. Ich muss eine Weile warten. Denn nun beginnt die gequälte Frauenstimme zu weinen und stellt einen ganzen Berg von Fragen vor mich hin. Über Wochen hat sie sie aufgespart. Nun brechen sie aus ihr hervor. Die Vokale zittern in der winzigen Öffnung. Ich antworte nur mit „Ja, ja", bis die wässrige Stimme zum dritten Mal fragt: „Wie geht es der Signorina?"

Was soll ich dieser Carla antworten? „Ich bin erst einen Nachmittag hier!", erkläre ich. Doch das ausgezehrte Wesen am

Ende der Leitung versteht: Da ist jemand, der ihr zuhören will. So beginnt sie in abgerissenen Sätzen von dir zu erzählen, aufgeregt, wie Kinder erzählen. Und immer wieder von vorn.

# Kirschblüten

>> Emiliana Ciardi hatte schon Wochen vor dem Geburtstermin ihr Apartment gebucht, Schweizer Klinik, geführt als Wellnesshotel mit Blick auf den Zürichsee. Sie genoss Entspannungsbäder, Massagen, Akupunktur und hatte ihre private Hebamme mitgebracht, Carla Francesca Netto. Carla? Oh, ich verstehe. Du kamst beim Duft von Kirschblüten zur Welt, auf dem errechneten Tag genau, dem 14. April 1998. Entbindung im Wasserbad. Die Ärzte waren Experten auf dem Gebiet. Doch es vergingen fast 10 Sekunden, bis du zu atmen begannst. Man hat natürlich sofort reagiert. Emiliana erfuhr von den möglichen Folgen.

Da es zu früh war, dich zum Psychologen zu schicken, wurde Carla zu deinem Kindermädchen gemacht. Du hattest Feiertagsaugen, erzählt sie, vom ersten Tag an. Ein stilles Kind seist du gewesen. Es dauerte, bis du zu sprechen begannst. Die Verzögerung setzte sich fort.

Du hattest kein Ohr für menschliche Stimmen, hörtest aber das Fallen der Blätter im Herbst und das Flattern der Vögel vor deinem Fenster. Auch Autoverkehr schien es für dich nicht zu geben. Dafür Geräusche, die man gewöhnlich nicht hört. Du hast am Straßenrand trockene Zapfen aufgelesen und Käfer aus den Gräsern befreit. Das alles, schwärmt Carla, waren Zeichen deiner besonderen Beobachtungsgabe. Doch man erkannte es erst nach einiger Zeit. Du trugst blaue Schnürschuhe und schafftest es irgendwann, selbst die Schleifen zu binden. Carla hat dich jeden Morgen zum Kindergarten gebracht. Auf den Spielplätzen liebtest du vor allem die Schaukel. Du wolltest damit bis in den Himmel fliegen.

Während Carla spricht, kehre ich auf Zehenspitzen in dein Zimmer zurück und lege mich der Länge nach auf das Sofa. Ich kann der Versuchung nicht widerstehen. Das Lesen sei für dich eine Qual gewesen, erzählt Carla weiter. Du mochtest es lieber, wenn man dir vorlas. Im Kinderzimmer waren Riesenbuchstaben aufgehängt.

Endlich entschied deine Mutter, dich nicht in der Großstadt aufwachsen zu lassen, sondern hier auf dem Land. Ihr hattet schon einige Sommer in der Familienvilla verbracht. Du hattest es immer geliebt. Das Flussufer, die ehrwürdigen Bäume, den Garten, das Haus, die Treppen und Badezimmer. Du fandest hier Pinienzapfen am Boden. Im Park mit den Rosenhecken und Blumenbeeten bautest du dir Verstecke. Am liebsten spieltest du aber am Wasser und wolltest dich erst ins Haus führen lassen, wenn es schon zu dämmern begann.

Nun wurde dieses Haus eure Heimat. Im Salon war Platz für mindestens hundert Personen. Emiliana gestaltete ihn für dich um. Jetzt blickten von den Wänden zarte Landschaften auf dich herab, mit Himmeln, die herabreichten bis auf den Boden. Emiliana hatte auf einer Ausstellung Gemälde eures Urahns Guglielmo erworben.

Bei eurem Einzug lehnten einige von ihnen noch verpackt an der Wand. Die beiden Frauen entfernten das Seidenpapier, zogen an Klebestreifen und du sahst ihnen aufmerksam zu. So kam auch dieses Bild mit den Schwänen zum Vorschein! Du klammertest dich vor Begeisterung an den Rahmen und wolltest es für dich allein haben.

Als du am nächsten Morgen hinunter in den Salon kamst, waren auch die restlichen Bilder ausgepackt. Du liefst zwischen Berggipfeln und Fischerbooten umher. Carla streckte sich auf der Leiter und Emiliana neigte den Kopf zur Seite und gab Anweisungen. Und du, das kleine Kind im Pyjama, barfuß, mit wirrem

Haar, blicktest zu ihnen auf und hörtest das Wort: „Vater". Sie hatten dir erklärt: „Dein Urururgroßvater hat diese Bilder gemalt. Er hieß Guglielmo." Guglielmo, den Namen hast du dann wiederholt, bis ihn niemand mehr hören konnte. Carla versuchte, dich ins Bad und in die Küche zum Frühstück mitzunehmen, doch du wolltest lieber bei „Vater Guglielmo" bleiben.

So trug sie ein kleines Tischchen herein, servierte dir dort deine Milch, und als du gegessen hattest, legte sie Papier und Stifte vor dich hin. „Möchtest du malen?", fragte sie. Und du nicktest und tatst es dann den ganzen restlichen Tag. Eine Bedienstete kam und ging, Carla ordnete die Gegenstände in den Vitrinen. Irgendwann führte sie dich dann auch durch die übrigen Räume. Zuletzt in die Bibliothek. Ihr nahmt eines dieser alten Bücher aus dem Regal und deine Erzieherin las dir daraus vor. Sie hatte dich bisher vergeblich gelehrt, die schwarz gedruckten Zeichen zu buchstabieren und sie singend zu Worten zusammenzuziehen.

Am darauffolgenden Tag suchten dich alle im Haus und fanden dich endlich allein in der Bibliothek. Du saßest da, deine Hände auf dieses ehrwürdige Buch gelegt, und erklärtest, du wolltest Malerin werden. Wie Vater Guglielmo. Emiliana nahm dich nicht ernst. Doch dann begannst du plötzlich aus dem Buch vorzulesen. Stockend, unbeholfen. Carla erinnert sich, es war da Vincis „Della pittura".

Du last: „Wie man Landschaften malt: Die – Bäume – sollen – halb – erleuchtet – und – halb – im Schatten – sein. Die – bequemste – Zeit – dazu ist, wenn die – Sonne – größtenteils mit Wolken – bedeckt ist. Es empfangen dann – die Bäume ein – allgemeines Licht vom Himmel – oder der Luft, und einen allgemeinen – Schatten der Erde ..."

Als du den Finger von den Buchstaben nahmst, konnten es deine Zuhörerinnen kaum glauben. Sie besahen sich abwechselnd deinen Kindermund und die bedruckte Seite und schließlich sogar deine Zunge, die bisher im Sprechen so schwerfällig gewesen war. Carla sprach von einem Wunder.

Wenig später durftest du eine normale Schule besuchen. Und deine Mutter brachte Kunststudenten ins Haus, die dir Malunterricht erteilten. An deinem zwölften Geburtstag zogst du dann damit ins Gartenhaus-Atelier. Hier fand man dich nun jede freie Stunde.

Die Verbindung bricht ab. Ich versuche es wieder, komme aber nicht durch.

Die Augen und Ohren in diesem Raum haben nicht viel von meiner Unterhaltung mitbekommen. Trotzdem steige ich auf diesen Sessel und klebe sie mit Heftpflastern ab. Anschließend hole ich mir aus der Küche etwas zu essen. Es ist niemand da, den ich fragen könnte. Man hat wohl erwartet, ich käme nur kurz zu Besuch und schlafe im Hotel. Obwohl die Gaststätten jetzt alle geschlossen haben. Morgen Früh werden deine Betreuerinnen erfahren: Arturo bleibt! Es wird ein Zimmer für mich geben, sie werden Bettwäsche finden, und ich versuche mich selbst zu versorgen. Zur Not rufe ich den Lieferdienst an.

## Anno nuovo

>> Mitternacht. Hinter den Bäumen plätschert der Fluss. Weiter im Westen liegt diese Ebene aus endlosen Mustern in Ocker und Braun. Venedig und das Meer im Süden lassen sich auch am helllichten Tag nur ahnen. Vereinzelt flackert ein Feuerwerk auf und verblasst. Irgendwo über uns am Nachthimmel gibt es Sterne, Sirius, Orion, das Siebengestirn. Doch ihr Licht dringt nicht durch. Auch das Dorf weiter oben am Flussufer glimmt nur unbestimmt inmitten der Schatten. Ein trockener Nebel ist aufgezogen. Die Luft wirkt schwerer als sonst. In den Nachrichten sagt man, es sei der Scirocco. Saharastaub, nun auch im Winter. Mit diesen Eindrücken stehe ich eine

Weile auf dem Balkon. Es ist unser erster gemeinsamer Jahreswechsel.

Als ich die Gardinen zur Seite schiebe und wieder ins Zimmer trete, fällt mir auf, dass du frierst. Deine Hände haben sich aus der Decke befreit. Ich wärme sie nochmals mit meinem Atem. Im Unterschied zu dir bin ich immer noch hellwach. Da fällt mir bei deinen Büchern ein leichtes Notebook auf, wie es Studenten in ihren Rucksäcken tragen. Wann hast du es zum letzten Mal aufgeklappt? Worte eingetippt, eine E-Mail gelesen? Der Gedanke elektrisiert mich geradezu. Ja, ich sagte es schon, es ist mein Beruf, am Computer zu sitzen. So ziehe ich unweigerlich meinen Laptop aus der Tasche, um diese drei Kapitel zu schreiben. Glaub mir, es war nicht geplant. Doch nun sitze ich da und alles andere ergibt sich von selbst. Irgendwo am Horizont dieses Zimmers, über dem Weiß deines Bettes, treibt die Vergangenheit.

Ich taste mich wie ein Blinder voran, versuche verlorengegangene Bilder aus der Asche zu ziehen. Verschollenes, Fortgewehtes. Ich wünsche mir, diese Jahre zurückgehen und deine Spur mit der meinen zu verflechten. Ich suche dich, dieses Wesen, meine Tochter, auf irgendeine Art zu begreifen. Von einer Beziehung kann man dabei nicht sprechen, sie war mir von Beginn an verwehrt.

Hast du als Kind deinen Vater vermisst? Oder wäre ich damals vielleicht kein guter Vater gewesen, eher ein Plauderer, ein Egoist, was eben Frauen so über mich sagten? Ich wusste ja nicht, dass es dich gibt. Mein Leben wäre um vieles anders verlaufen. Du aber hast geahnt, es muss irgendwo diesen Padre geben. Andere Kinder haben seinen Namen gerufen. Und du dachtest vielleicht an einen Unbekannten mit Hut, jemanden auf der anderen Seite der Straße.

Nun verbringen wir schon einen halben Tag und einen Teil der Nacht miteinander. Jahreswechsel. Eine Tür hat sich geöffnet zwischen gestern und heute. Durch sie bin ich in dein Leben getreten. Die Geschichte mit deiner Mutter war wohl nicht mehr als ein Flirt. Vielleicht war sie am Ende wütend auf mich. Ich habe mich danebenbenommen und von Beginn an nicht in ihre Welt gepasst. Sie ließ mich aus ihrem Wagen steigen, nur ein paar Schritte vom Wohnblock entfernt, wo ich aufwuchs, und sagte ganz einfach: „Ciao." Von einem Wiedersehen war nicht die Rede. Wir spürten beide, dass es nichts mehr zu sagen gab. Das ist Mailand, du kennst es, eine Großstadt eben.

In ihrem Palazzo, umringt von Butlern in dunklen Sakkos und einem Schwarm von Kundinnen, Schickimickileuten, habe ich mich vom ersten Tag an nicht wohl gefühlt. Dazu die ausgefallenen Kleider, die Emiliana trug, die wechselnden Taschen, Frisuren, Düfte. Ich will mich damit nicht herausreden, auch nicht mit meiner Jugend. Doch gehörte ich von Anfang an nicht dazu, nicht an die Seite einer bekannten Modemacherin. Du weißt, was ich meine.

Sie überredete mich sogar dazu, ein Rüschenhemd anzuziehen. Die Angestellten nannten mich einfach den Boy. Doch am Ende zog sie es dann ganz allein durch. Die Schwangerschaft, die Geburt, die Erziehung. Sie entschied sich, eine Frau Anfang dreißig, dich zu bekommen! Ein Kind ohne Vater, würde Niccolò sagen. Er, mein Padre, der Kommunist, aufgewachsen am Land. Ja, so einfach ist meine Herkunft. Im Nachhinein weiß ich: Es war ihr übel, sie hat flache Schuhe getragen, Umstandskleider, sie spürte träumerische Bewegungen in ihrem Leib, saß damit bei Besprechungen, ging zu Ärzten, las Bücher über Kindererziehung. Wo habe ich damals gesteckt? Ach ja, ich wiederholte gerade die letzte Klasse. Die Finis waren nicht gerade die Schnellsten.

Mit diesen Gedanken schlafe ich auf dem Sofa ein. Der Computer gleitet langsam hinunter auf den Teppich. Früh am Morgen kommen die Eisfrauen wieder und schicken mich vor die Tür. Sie tun nichts weiter als ihre Arbeit, aber ich kann meinen Ärger über das alles nicht ganz verbergen. Sie tragen Handtücher und frische Kleidung für dich auf dem Arm. Mir fällt auf, dass sie sich wie Schwimmvögel bewegen. Vielleicht bedeutet es Glück? Verzeih, das soll nur ein Scherz sein! Aber auch Arturo hat es nötig zu duschen und seine Kleider zu wechseln.

Ich mache mir frischen Kaffee in der Küche, einem blauweiß verfliesten Raum mit Esstisch und Fenstern zur Straße. Von hier aus kann man sehen, wer durch den Park kommt. Da hängt auch der Bildschirm, die Anlage, die das Tor überwacht. Am Ende des Raumes führt eine Tür in den alten Gemüsegarten hinaus. In einem der Schränke liegt eine Packung Kekse. Keine Sorge, ich werde das mit meiner Verpflegung regeln. Zu meiner Ehre als Junggeselle wasche ich jedenfalls meine Tasse ab. Zum Lesen habe ich immer etwas dabei, auch zum Arbeiten. Daheim wartet niemand auf mich. Moritz, mein Wohnungsnachbar, versprach, nach der Post zu sehen, wir werden ab und zu telefonieren.

Als ich, meine Knie an den Küchentisch gelehnt, eure Zeitung lese, kehren deine Pflegerinnen zurück. Sie betrachten mich, wie schon bisher, scheinbar teilnahmslos. Sie halten es wahrscheinlich für professionell. Ich betone nur noch trotziger meine Haltung. Sie sollen mich respektieren, mich, deinen Vater! Dann erkläre ich ihnen: „Ich bleibe! Und ich werde mich auch mit dem Arzt unterhalten! Heute geht es wegen des Feiertages nicht, aber spätestens Montag." Sie fragen vorsichtig, tasten ab, um zu erfahren, was dieser Signor Fini eigentlich vorhat.

Als ich den Corriere della Sera mit gespielter Sicherheit zu einem Klotz zusammenfalte, mich erhebe und in ihre betretenen Gesichter schaue, kann ich nicht anders, als loszulachen! Es erschreckt sie mehr als jede andere Reaktion. Danach tut es mir wieder leid. „Haben Sie die Nachrichten schon gelesen?", frage ich. Sie nicken. Ich flüstere: „Man hat die Ausgangssperren verlängert!"

Es sollte ein Scherz sein, doch die Beiden werden dadurch nur noch ernster. Eine von ihnen straft mich mit einer Predigt über Verhaltensregeln in Zeiten der Pandemie. Ich nicke, nicke, nicke. Das taut ihre Mienen ein wenig auf. Sie stellen sich dann auch vor und sagen, sie hätten zusammen die Schwesternschule besucht.

Und eben: Es sei eine schwere Zeit, eine ernste Zeit. Da sei es einem nicht zum Scherzen zumute.

Ich versuche sie dann noch ein wenig über dich auszufragen. Aber sie wissen nicht mehr als auf dem Plan steht. Sie seien keine zwei Wochen hier. Man wechsle sich ab mit anderen „Kräften". Ja, sie nennen sich selbst „Pflegekräfte"! Es ist die offizielle Bezeichnung und wieder ein Indiz dafür, dass den öffentlichen Stellen die Fantasie zunehmend abhandenkommt. Doch dass sie so wenig über dich wissen, schockiert mich ein wenig. Du bist von fremden Menschen umgeben, die bloß ihre Arbeit tun. Als sie meine besorgte Miene sehen, werden die Frauen plötzlich lebendig. Überraschend nett sind sie, zuvorkommend, ich werde von nun an als Teil der Familie behandelt.

Als ich, die Zeitung unterm Arm, an dein Bett zurückkehre, stehst du am Fenster! Mein Herz klopft. Du drehst dich um und ich wiederhole: „Arturo!" Du kennst mich bereits und versuchst ein Lächeln. Ich flüstere: „Felice anno nuovo!"

Du bist verwundert. Zeit scheint es für dich nicht zu geben. Du blickst nach der Wand über der Tür, als hinge dort eine Uhr. Da halte ich dir die Tageszeitung hin, zeige auf den oberen Rand, Wochentag, Datum. Und während du abwechselnd mein Gesicht und das Gedruckte prüfst, verrate ich dir: „Ich habe mit Carla gesprochen!" Du wiederholst Carlas Namen „Sie lässt dich grüßen!", rufe ich heiter.

Das Hellblau deiner Augen spiegelt das Zimmer. In diesem feierlichen Moment flüstere ich: „Es gibt noch etwas, das ich dir sagen möchte." Und so vernimmst du zum ersten Mal im Leben den Satz: „Ich bin dein Vater."

Du betrachtest mich eine Weile, gar nicht erstaunt, als seist du an Wunderbares gewöhnt. In deinen Augen kämpft dein Wille, wach zu bleiben, gegen diese Erschöpfung. Ich helfe dir also deine Füße in ihre Mulde zurückzuschieben und in dein Schneefeld zu schlüpfen. Ich breite auch die beiden Decken darüber. „Darf ich deine Hand halten?", frage ich und du nickst. Ich spüre deine

Erschöpfung. Du atmest einige Male hörbar. Bald danach liegt dein Kopf wieder reglos auf dem glatten Bezug.

Es war unsere gemeinsame Zeit, das Stück, das uns heute gegeben war. Und die Jahre davor, das Ungelebte und Durchstrichene, keimt behutsam zwischen uns auf. Ich rufe es aus dem Vergessen zurück! Das janusköpfige Tor zwischen den Jahren bleibt offen, die Monate ziehen uns im feierlichen Reigen entgegen. Mein Kind! Meine Tochter! Du hörst mich flüstern, meine Liebeserklärungen begleiten dich bis in den Schlaf. Danach setze ich mich vor das niedrige Tischchen und schreibe.

Manchmal erwachst du halb. Es sind flüchtige Träume. Auch deine Arme träumen, du bewegst sie unter dem Weiß. Gegen Mittag steht eine der Frauen in der Tür und verkündet, sie habe für mich in der Küche gedeckt. Ich will aber jetzt nicht hinuntergehen und essen, lieber beobachte ich, wie sie dich hochheben und dir kleine Bissen in den Mund schieben. Du blinzelst zu mir herüber. Arturo ist da.

Man gibt dir Medikamente, doch ich verlange die Packung davon zu sehen. „Vom Arzt verschrieben!", erklären sie ganz erschrocken. „Wir machen alles nach Plan." Doch die Haarschrift des Beipackzettels listet etliche Nebenwirkungen auf, Schläfrigkeit heißt es da bis zu Halluzinationen. „Ich kenne das Zeug", sage ich, „einer meiner Freunde hat es eine Zeitlang geschluckt. Es wird fast immer zu hoch dosiert! Meine Tochter bekommt ab jetzt nur die halbe Tablette!"

Es wirkt. Ich bin regelrecht wütend geworden. Ein wenig fürchte ich mich, diese Entscheidung könnte dir schaden. Ich bin ja kein Mediziner. Zuletzt lasse ich mir dann doch die Nummer des behandelnden Arztes geben.

Man kommt nicht durch, es ist Feiertag. Ich sage, es sei dringend, so leitet man mich an den Notdienst weiter. Und dort gibt man mir eine weitere Nummer, Privatklinik, psychiatrische Abteilung. Eine Stationsschwester meldet sich und verbindet mich mit dem Dottore. „Es geht um Signorina Ciardi", sage ich. „Ich bin ihr Vater."

Eine höfliche Stimme, ein Räuspern. Der Arzt bemerkt, dass ich hinter dir stehe, dass ich jemand bin, der es genau wissen will und sich aufregt, ja, auch das gehört hin und wieder dazu. Nur so bringt man beschäftigte Leute zum Reden. Man müsse dich eben beobachten, meint er. „Sie braucht einen gleichbleibenden Tagesablauf, keine Aufregungen, keine neuen Probleme, keine fremden Personen." Ich sage, ich sei allerdings eine neue Person für dich, doch es scheint dich bis jetzt nicht zu stören. Er warnt mich natürlich davor, die vorgeschriebene Therapie abzuändern. Er als Arzt halte sich an anerkannte Verfahren. Und so weiter. Er erwähnt auch meine Verantwortung als Vater. Ja, ein wenig weiß ich schon, wie es ist, innerlich zu zittern und dennoch den einen oder anderen Schritt nach vorne zu tun. Keine Sorge, ich habe mich wieder beruhigt.

## Versace und die Folgen

>> Nochmals zu diesem Sommer 1997! Ich war gerade neunzehn, als deine Mutter und ich uns kennenlernten. Ein wenig kam ich mir vor wie im Karneval. Alles trug Schminke und Sprayfrisuren, steif wie Perücken, dazu ausgefallene Kleider, Bleistiftabsätze. Mir schwindelte es fast vor den Augen. Eine Party. Wir wären uns niemals begegnet, wäre nicht Elton John nach Mailand gekommen. Und ich wollte ihn singen hören. Sie haben Gianni Versace betrauert, den besten Schneider aller Zeiten. Sogar Lady Diana kam an dem Tag in ihrem dunkelblauen Mercedes auf den Domplatz gefahren. Kurz darauf wurde auch ihr das Requiem gesungen.

Ich, ein Junge der Straße, kam, um die polierten Autos zu sehen. Natürlich war alles abgeriegelt, überall Carabinieri, man kam ihnen nicht einmal nahe. Da sprach mich plötzlich ein Priester an, auch er wie aus dem Film, mit steifem Hütchen und spitzen Schuhen. Mich, einen Niemand. Er machte keinerlei Umschweife, bot mir nur diesen Job an, damals der Job meines Lebens. Und ich sagte natürlich ja.

Der Schwarzrock in seinem eng geschlossenen Kragen hieß mich ihm folgen. Und so schleuste man uns durch die Absperrungen hindurch und über einen der Seiteneingänge geradewegs ins Labyrinth dieses Doms. Bewahre! Ich war nie Katholik! Mein Vater hat damit Schluss gemacht, es gab weder Kruzifix noch Psalter in unserem Haus. Doch man fragte gar nicht danach. Ich stand also in einem der Hinterzimmer mit den hohen Kleiderschränken für Messgewänder.

Ein zweiter, in Samt gekleideter Priester empfing mich und legte mir eine Robe an. Dem Monsignore fehlten die Diener. Die Ministranten hatten sich abgemeldet, schlichtweg geweigert, und ich sollte im schwarzen Mantel während der Messe neben ihm stehen. Man sah nur auf meine Statur, das glatte Kinn und mein damals noch üppiges Haar. Zu meiner Überraschung zeigte man mir eine Banknote, die ich am Ende der Zeremonie erhalten würde, wenn ich den Auftrag ausgeführt hätte. Später erfuhr ich: Hier war alles und jeder bezahlt, zehnfach, vielleicht sogar hundertfach.

Gerade dastehen mit würdiger Miene, das kannte ich schon von den Aufmärschen am Tag der Befreiung. Doch die Genossen schenkten mir fürs Mitmachen nichts als ein Schulterklopfen. Idealismus, hieß es, du marschierst für eine bessere Welt! So machte ich auch unter den grauen Säulen eine gute Figur und wurde zuletzt mit ein paar anderen durch die Bänke geschickt, um eine unglaublich schwere Kollekte einzukassieren. Und dann der Höhepunkt dieser Trauerfeier! Ich stand in der ersten Reihe, als Elton John gemeinsam mit Sting voll Inbrunst das Gebet eines reuigen Sünders sang. Ein paar Straßen weiter demonstrierten katholische Eltern dagegen. Die Kirche hatte bis zuletzt mit ihrer

Entscheidung gerungen, hieß es. Mir konnte es freilich egal sein. Ich war bei einem Fest, einer Modenschau, einem Konzert, und obendrein erhielt ich das versprochene Taschengeld. So wurde Arturo, Sohn eines Linken, mit den reichsten Leuten zusammengebracht, die Mailand jemals besuchten.

Dazu kam, dass jemand aus der Trauergemeinde, ein entfernter Verwandter Versaces, diesen unbeholfenen Ministranten sympathisch fand! Man lud mich am Ende sogar zum Leichenschmaus ein! Mir knurrte ohnehin schon der Magen. Und es gab nicht jeden Tag ein Bankett. An der Pforte des Hotels, in dem man speiste, wurde mir noch einmal ein Anzug gereicht, pure Seide. Im ganzen Leben hätte ich mir so etwas nicht kaufen können. In solchen Kreisen verstand man sein Handwerk. Ich war damit einfach passend gekleidet.

Natürlich war kein Platz für mich an der Tafel, doch an der Bar gab es Hocker und man konnte sich am Buffet bedienen. Dort bemerkte mich Emiliana. Sie trug ein wacholderrotes Kleid, ich glaube sogar, von ihr selbst entworfen. Sie sagte, sie langweile sich. Mir fiel nichts ein, was ich mit einer Dame wie ihr hätte reden können. So stopfte ich weiter panierte Garnelen in mich hinein, die man mundgerecht auf Lorbeerblättern angerichtet hatte. Mein Gesicht zog Grimassen.

Sie fragte mich irgendwann, aus welchem Haus ich sei und ich sagte: Fini. Das war niemand, den sie kannte. Sie wollte mir imponieren und sprach von einer Modefirma, bis mir klar wurde, dass es ihre eigene war. Plötzlich gestand sie mir, dass sie sich langweile und die Gesellschaft, zu der sie gehöre, sie heute anöde. Als sie sich so über ihr Leben beklagte, nahm auch ich mir kein Blatt vor den Mund und verriet ihr, dass ich eigentlich von der Straße kam.

Sie suchte aber durchaus ein Abenteuer. Und so drängten wir uns an den Bodyguards vorbei und flüchteten in den Park. Hier kamen wir uns ziemlich schnell näher. Es war Juli, ein heißer Tag, sie trug Plateauschuhe und rief am Ende ein Taxi, das uns zu ihr nach Hause chauffierte. Wir tranken noch etwas und schliefen in einem Zimmer mit gelben Tapeten. So ging es vielleicht eine Woche. Ich stolperte zwischen lebensgroßen Kleiderpuppen umher, sie hatte zu arbeiten, machte Entwürfe und gab ihren Leuten den Befehl, mich zu versorgen. Schließlich kam dieses Wochenende am Fluss. Ja, ich habe mich ungeschickt angestellt. Mehr gibt es dazu nicht zu sagen. Und zuhause hat mich mein Vater verhauen. Das war in unseren Kreisen so üblich. Ich werde nun wieder mit Carla telefonieren.

## Diagnosen

>> Die zwei Feen sind heute so freundlich zu mir! Ich weiß nicht, was dieser Wandel bedeutet? Sogar meine Witze scheinen sie zu erheitern. Ich wünschte, ich könnte auch dich zum Lachen bringen. Deine Fieberkurve ist noch immer konstant. Ich fühle nach deiner Stirn, um irgendetwas zu tun, außer in dieses blaue Fenster zu tippen. Wieder vergeht ein Nachmittag. Sie bringen den Tee, wecken dich auf, ich selbst brächte so etwas nicht übers Herz. Doch du erkennst mich heute sofort und streckst die Hand nach mir aus! Ich nehme sie als Geschenk und wiege sie eine Weile sanft hin und her. Und plötzlich entschließt du dich dazu, aufzustehen! Du beginnst dich an meinem Arm hochzuziehen! Deine Beine ragen unter der Decke hervor. Man zieht dir Wollsocken an. Und deine Wolkenfüße berühren den Boden.

Du greifst nach meiner Schulter. Einige tiefe Atemzüge, und du stehst plötzlich aufrecht da. Doch es scheint dir nicht zu genügen. Wir setzen gemeinsam einen Schritt vor den andern. Nicht ich bin es, der dich führt, du selbst stützt dich auf meinen Arm und verlässt das Zimmer! Du ziehst mich weiter, den oberen Flur entlang und, dicht am Geländer, die Treppe hinunter. Ich öffne die bunte Glastür zum Salon, der mehr als das halbe Erdgeschoß einnimmt. „Sachte!", flüstere ich, „langsam!" Ich erinnere mich noch, wie es hier früher ausgesehen hat, an die neonfarbenen Bilder und schwarzen Strahler und Kulissen für Emilianas Privatmodenschauen.

Wir öffnen die äußeren Flügeltüren und treten ins Freie. Über uns bemerke ich ein römisches Ziffernblatt, nein, mehr noch, es ist eine Sonnenuhr! Darüber blickt ein steinerner Januskopf gleichmütig über alle Metamorphosen der Zeit hinweg.

Deine Hand führt mich mit sanftem Druck über die gemauerte Terrasse zur Balustrade. Ein kalter Luftstoß. Ich ziehe meinen Pullover aus und lege ihn dir um die Schultern. Wir vergaßen ganz, einen Umhang mitzunehmen. Du rastest kurz und mir wird klar, dass wir gerade dabei sind, im Winter ohne Schuhe hinauszugehen. Doch du willst weiter zur Außentreppe, die hinunter auf den Rasen führt. Zwischendurch holst du tief Atem und drehst dich nach mir um, als stiegen wir einen Hochgebirgspfad hinauf. Deine freie Hand stützt sich bei jedem deiner Schritte auf das Geländer. Ich frage: „Wird es dir nicht zu viel?" Du zitterst, deutest zum Fluss. Doch im nächsten Moment versagen dir auch schon die Knie. Ich kann dich gerade noch auffangen. Den Weg zurück muss ich dich tragen. Du lächelst noch immer.

Am Ende liegst du wieder, zweifach zugedeckt, in deinen Kissen. Ich werfe mir vor, dir deine Waghalsigkeit nicht ausgeredet zu haben. Doch dein Gesicht strahlt, auch bei geschlossenen Augen. Es war unser erstes gemeinsames Abenteuer. Als du dann einschläfst, entdecke ich eine weitere unauffällig montierte Kamera und schneide ihr eine Grimasse. Doch auch von den anderen Zimmeraugen hat man die Heftpflaster entfernt!

In meiner Empörung stampfe ich hinunter ins Erdgeschoß und drücke den Knopf der Küchenglocke. Keine Antwort. Schließlich finde ich die Pflegerinnen im Keller. Sie sind überflüssigerweise mit Bügeln beschäftigt. Zwischen all diesem Weiß der Wäsche frage ich sie, wer den Auftrag gegeben hat, dich und mich zu bewachen. „Es ist zur Sicherheit der Kranken!", sagen sie. „Trotzdem! Wer hat es angeordnet?", will ich wissen. „Schon die Signora, ehe sie …" Sie sprechen nicht weiter.

Im Vorzimmer stoße ich auf zwei fertig gepackte Koffer. Die Beiden sind mir gefolgt und erklären, sie würden heute noch abgelöst. Eine halbe Stunde später fährt der Arzt durch das Tor. Ein Kollege mit glatt rasiertem Kopf und eine grauhaarige Dame mit Schal und Brille geben ihm das Geleit. Die Frau stellt sich als deine Psychologin, Signora Franca, vor und erklärt, sie habe dich schon in der frühen Kindheit behandelt. Der Dottore kennt den Weg und strebt hastig hinauf in dein Zimmer. „Es ergab sich heute", plaudert Signora Franca, „dass ich neben meinen vielen Patiententerminen Zeit fand, ebenfalls hierher zu kommen. Ich bin noch nie auf dem Landsitz der Ciardis gewesen." Ihr Schal rutscht ihr von den schmalen Schultern, aber sie spricht sofort weiter, gespreizt freundlich und ohne Pause.

Ihre Aktentasche steckt voll mit Papieren, Fragebögen, wie ich vermute. Sie habe deinen Zustand über Jahre dokumentiert. Ich möchte wissen, weshalb sie das tat? „Oh, Sie wissen das nicht? Ihre Tochter gehört zur Gruppe der Hochsensiblen. Daher habe ich ihrer Mutter und der Gouvernante von Beginn an zu klassischer Musik geraten, auch dazu, sie mit Landschaftsbildern zu umgeben, oder, besser noch, sie ganz auf dem Land aufwachsen zu lassen. Ihre Tochter benötigte von Beginn an Ruhe, kein Großstadtgetriebe. Den Blick ins Grüne empfehle ich in solchen Fällen als Basistherapie", erklärt sie. Und Signora Ciardi sei ihrem Rat damals gefolgt. Sie habe Farben, Pinsel und Leinwände besorgt und sich um deinen Kunstunterricht gekümmert. Das Malen liege dir ja gewissermaßen im Blut. Und deine enormen Fortschritte hätten ihr Recht gegeben. Diese Villa am Fluss sei das beste nur denkbare Umfeld für ein begabtes Mädchen wie dich gewesen. Und sie wisse, wovon sie rede, denn sie habe eine viel beachtete psychologische Studie über Kunst und Hypersensibilität verfasst.

Allerdings habe Signora Ciardi dich dann später, entgegen ihrem Rat, aufs Internat geschickt. „Es ist ein Wunder, dass Sile den dortigen Drill überstanden hat!", ruft sie mit weit aufgerissenen Augen. „Meiner Meinung nach hat man sie an der Schule nur unnötigem Stress ausgesetzt. Man darf nicht vergessen, dass ihr Ururgroßvater Luigi Ciardi aus dem Ersten Weltkrieg traumatisiert zurückgekehrt ist. Die Schreckensbilder des Nahkampfes, den er erlebte, hat er trotz jahrelanger Psychotherapie bei einem damals bekannten Professor nicht überwunden. Und als Mussolini 1940 an der Seite Hitlers in den Krieg eintrat, hat er sich das Leben genommen." Francas Stimme hat sich bei der Nennung der Faschistennamen zweimal überschlagen.

Tragisch, natürlich, meine ich dazu, doch ich verstehe nicht ganz, was das mit deiner Erkrankung zu tun haben soll. Sie entgegnet: „Wissen Sie nicht, dass sich Traumata innerhalb einer Familie vererben?" Eine wunderliche These für mich als Laien. „Sie meinen also", entgegne ich, „Sile leide unter Gewalttaten, die sie nicht selbst, sondern ein Vorfahre vor hundert Jahren erlebt hat?"

„Genau!", nickt Signora Franca. „Mehrere Studien an den Nachkommen von Holocaust-Überlebenden haben den Beweis für dieses Phänomen erbracht. Posttraumatische Belastungen bleiben in den Genen verankert und werden über Generationen weitergegeben. Doch", schließt sie, „unter guten Bedingungen kann sich der Zustand eines solchen Patienten verbessern. Das schließt natürlich Rückfälle, wie man sieht, nicht aus." Der unterdrückte Jubel in ihrer Stimme irritiert mich und ich stellte mir vor, dass dein „Fall", wie sie es nennen, längst zu Tode analysiert worden ist.

Es dauert keine zehn Minuten, bis der Arzt die Treppe wieder herunterkommt, gefolgt vom Trippeln seines jüngeren Kollegen. Sie unterhalten sich nur im Flüsterton miteinander. Signora Franca entschuldigt sich und strebt beflissen an ihnen vorbei. „Ich muss sie sehen!", ruft sie theatralisch, und der Psychiater weist ihr mit einer Geste den Weg.

„Ihr Zustand ist unverändert!", erklärt dieser, während er über den langen Flurteppich schlurft. Ich fixiere die Gesichter der beiden Ärzte, doch sie tun geschäftig, lassen sich auf keine Debatten ein. Eine schwere Büffelledertasche wird auf den Boden gestellt. „Unverändert", meint der Dottore noch einmal stereotyp und wiegt seinen Kopf. Auch der Kollege nickt, das Grundleiden bleibe bestehen, eine Besserung sei aber weiterhin möglich!

Damit gebe ich mich nicht zufrieden. „Kennen Sie den Auslöser dafür?", beginne ich zu bohren. Er meint, mit einem Blick auf den kahlen Kollegen, womöglich habe sie sich unbemerkt mit diesem Virus infiziert, man wisse noch zu wenig darüber. Und wenn nicht, belaste die derzeitige Situation auch andere junge Leute. „Denken Sie nur an den Klimawandel, die multiplen Krisen unserer Zeit! Immer mehr Menschen leiden an Burnout, Boreout, Klimaangst, Ökoscham, Weltschmerz und so weiter. Auslöser gibt es heute mehr als genug."

Er speist mich ab, ich spüre so etwas, erwarte mir mehr von ihm, eine aufrichtige Meinung. Zum Teufel mit der Fassade! Ich bin dein Vater und habe das Recht, Genaueres zu erfahren. Nimmt hier überhaupt jemand Anteil an deinem Leiden? Ich trete ihm hartnäckig in den Weg: „Dottore!", sage ich, „meiner Tochter ging es schon besser! Sie hat studiert, hat ein selbständiges Leben geführt!" Ja, sagt der Arzt und wischt sich ein Gähnen aus dem Gesicht: „Ich sagte bereits, in fünfzig Prozent der Fälle tritt wieder Besserung ein. Man muss es beobachten. Es könnte auch schlimmer sein."

„Sie meinen also, es gehe ihr gut?", frage ich provokant. Er murmelt nur: „Abwarten, Ruhe bewahren. Ihre Tochter kann in häuslicher Pflege bleiben, dies war der Wunsch von Signora Ciardi."

Er nimmt seinen Hut, zieht die Brauen hoch und blickt noch einmal auf den körperlich kleineren Fini herab. Ja, ich verstehe, er hält meinen Auftritt für unangemessen, ich pflege nicht den richtigen Stil. Wir drehen uns nach Signora Franca um, die sich lautlos wie eine Katze an uns heranschleicht. Doch der Mann nutzt die Gelegenheit, schiebt mich zur Seite und beendet das Gespräch mit der Phrase: „Mehr kann ich Ihnen nicht sagen!" Seine Finger knöpfen den knielangen Mantel zu. Natürlich, hier steht der Leiter einer Privatklinik. Künftig wird er mir aus dem Weg gehen. Er berührt seine Hutkrempe und strebt durch die Haustür ins Freie. Die Psychologin lächelt noch einmal lau.

Die Pflegerinnen sind dem Dottore gefolgt, zerren, Atemschutzmasken vor dem Gesicht, ihr Gepäck über die Stufen. Ich will ihnen helfen, doch sie schütteln heftig den Kopf. So rufe ich ihnen „Ciao!" hinterher, kann aber nicht verhindern, dass sie mit unterdrückten Stimmen über mich reden. Das Wort „peinlich" fällt gleich mehrmals hintereinander. Wenig später hört man nur noch ihr Kofferrollen den Weg entlang bis zum Tor. Hier halten sie Ausschau nach dem Bus, der ihre Ablöse bringt. Auch der Wagen des Arztes wartet, alles klappt scheinbar auf die Minute. Eine Weile sehe ich vom Eingang aus zu, dann stelle ich mich vorn auf die Treppenstufen, um die beiden Neuen willkommen zu heißen. Sie tragen Masken, man sieht nicht, wie sie dahinter gelaunt sind. Jedenfalls grüßen sie förmlich, schlagen den vorgeschriebenen Bogen um meine Person und verschwinden im Haus. „Fini zählt nicht", hat der Arzt zu ihnen gesagt. Wörtlich oder so ähnlich.

Ich mache mich auf eine neue Eiszeit gefasst. Dir berichte ich nichts von diesen Gesprächen, nur, dass deine Krankenschwestern ausgetauscht worden sind. Es regt dich nicht auf, du hast es wohl schon einige Male erlebt. Wenig später kommen die beiden Neuen zur Tür herein. Ihr Anblick jagt dir nun doch einen Schock ein! Sie tragen nicht nur Schnabelmasken, wie ihre Vorgängerinnen, sondern auch Taucherbrillen und weiße Overalls, die ihren Körper bis hinab zu den Hausschuhen verhüllen. Ich halte deine Hand, versuche es dir zu erklären. Als sie sich vor uns aufpflanzen und mich auffordern, für eine Stunde vor die Tür zu gehen, frage ich sie, ob eine solche Maskerade tatsächlich notwendig sei? Sie nuscheln bloß hinter ihrer Verkleidung: „Vorschrift! Die Signorina ist eine vulnerable Person." Mir bleibt nichts übrig als dich mit ihnen alleinzulassen.

An diesem Abend bedauere ich, dass ich zum Rauchen aufgehört habe, ich bräuchte es, um wieder klar denken zu können. Ich gehe also vor deinem Zimmer auf und ab, mache mir einen Kaffee in der Küche und sehe auf die Uhr, bis diese verwünschte Stunde vorbei ist. Als ich zu dir zurückkehre, sitzt du am Bettrand und blickst dein Spiegelbild im Fensterglas an. Ich frage dich, ob ich mich neben dich setzen darf. Du nickst und ich flüstere dir ins Ohr: „Wie ist es dir mit ihnen ergangen?" Du zuckst die Schultern. „Sie sehen aus wie Gespenster", fahre ich fort. „Aber sie tun ihre Arbeit." Nun legst du deinen Kopf an meine Brust. Doch das alles, und dazu die vielen Besuche, haben dich natürlich erschöpft. Dein Körper sinkt schon wieder in sich zusammen und du kippst zurück aufs Bett. Ich halte deine Hand, bis du einschläfst.

## Tagebuchblatt

>> Ich warte gerade darauf, dir einen Guten Morgen zu wünschen. Nein, ich war gestern nicht mehr in der Küche. Man könnte sagen, ich faste. Unter dem östlichen Fenster huscht gerade ein schüchterner Lichtstrahl über den Boden. Bald wird er den Teppich berühren und an deiner Zimmerwand emporklettern. Noch ehe das heute geschieht, erscheinen deine Pflegerinnen. Eine von ihnen stammt aus Südtirol, ich bemerke es an ihrem Akzent. Sie schieben dir jeweils einen Arm unter die Achsel und führen dich in eines der Bäder. Es sind nur wenige Schritte den Gang entlang. Ah, ich vergaß zu erwähnen,

dass ich mich dir gegenüber einquartiert habe. Die anderen Zimmer in diesem Geschoss sind versperrt.

Während du badest und neu eingekleidet wirst, mache ich meinen ersten Spaziergang. Es sind nicht einmal zehn Minuten bis zur nächsten Osteria. Hier gibt es leider nur Coffee to go, der nicht einmal italienisch schmeckt. Doch die Tramezzini sind ganz in Ordnung. Nach der Rückkehr rede ich mit dem Gärtner. Er sieht mich kaum an, spricht nur von seiner Arbeit. Der Alte scharrt mit einem krummen Dorn Unkrautwurzeln aus der Erde. Das Beiseiteschieben der Pflanzenreste duldet offenbar keine Pause und zwingt ihn zu unvollständigen Sätzen. Er nimmt sich Zeit zwischen den Silben, als teilte er sie auf jede dieser staubigen Wurzeln auf. Ich versuche, die noch verbleibenden Meter abzuschätzen: eine Arbeit für mindestens drei Tage. Wenn er im Sprechen anhält, hüstelt er, um zu signalisieren, dass er noch etwas hinzufügen will. Wenigstens redet jemand mit mir, wenn auch mit abgewandtem Gesicht.

Fehlen dem Mann die Schneidezähne oder ist es nur sein Akzent? Er spricht vom Fluss. Sommer und Winter habe das Wasser dieselben elf Grad. Wegen der Quellen! Dabei deutet er mit dem Stiel nach unten und zieht Kreise. Als wäre damit alles erklärt, was dieses Landhaus und die Menschen betrifft, die es seit Jahrzehnten bewohnen. Ich frage ihn nach Emiliana. Er gräbt weiter, an seinem Rücken treten die Schulterknochen hervor. Er sagt aber nichts darauf, und als ich mich abwende, murmelt er, als hätte ich es nicht schon gehört: „Es sind die Quellen!" Er wird es wohl nicht mehr lange machen, denke ich nur. Erinnert er sich an mich? „Es gab oft fremde Leute hier", meint er auf meine Frage. „Doch jetzt nicht mehr, jetzt sieht man nur mehr die Wächter und den Nachbarn, der die Bäume schneidet. Und natürlich sind da die Frauen, sie machen alles im Haus."

Du schläfst wieder, doch der Schleier um deine Augen ist durchsichtig geworden. Plötzlich höre ich das Knacken des Tors und sehe von meinem Fenster aus einen Kleinbus die Einfahrt passieren. Der Gärtner hat die Reinigungsfirma vergessen, sie kommt ebenfalls einmal die Woche. Menschen mit blauen Schürzen und weißen Hemden rollen Putzgeräte ins Haus. Auch sie bewegen sich zielstrebig und offenbar nach einem vorgegebenen Plan.

Die Schar durchzieht saugend und wischend die Räume, alle tragen dieselbe Latzhose und über der Brust ein Wappen mit einem Engel. Ich finde keinen Platz mehr, auch nicht in deinem Zimmer. Man zwingt mich sogar, diesen Sessel aufzuheben. Ich muss ihn mit beiden Armen festhalten, damit man ihn nicht zurück ins andere Zimmer trägt. Wenn ich jemanden anspreche, sieht er wie taub an mir vorbei oder zischt durch die Zähne: Worte im Sturm der Teppichbürsten und saugenden Staubwedel. Mir bleibt die Freiheit zu gehen. Doch daraus wird nichts, ich bleibe.

Später am Nachmittag wird es plötzlich ruhig. Vor dem Haus beobachte ich einen rückwärtslaufenden Film: Der Bus verlässt mit all seinem Gerät das Grundstück. Zurück bleibt der Geruch nach Limetten. Mir knurrt schon wieder der Magen. In Treviso könnte ich ordentlich zu Abend essen, doch du und ich haben heute keine zehn Minuten miteinander verbracht. Auch die Teezeit ist schon vorüber. Ich will das Haus heute nicht mehr verlassen, auf die Gefahr hin, hier Wurzeln zu schlagen. Schließlich bestelle ich telefonisch beim Lieferdienst in der Nähe Spaghetti, Fleisch, eine Flasche Wein und so weiter. Es soll zumindest bis zum Frühstück reichen.

Als der junge Mann sich eine Stunde später meldet, gehe ich ihm bis zum Eingangstor entgegen und unterhalte mich noch ein wenig mit ihm. Die Atemschutzmaske hängt ihm zerknüllt vom Handgelenk. Er schiebt mir nacheinander Papiertaschen durchs Gitter und bedankt sich fürs Trinkgeld.

Mit den warmen Verpackungen im Arm setze ich mich dann demonstrativ in den Salon. Natürlich fallen beim Essen Brotkrumen zu Boden. Die Pflegerinnen bemerken es, sagen aber nichts. Ja, ich habe die Krümel weggeräumt, alles, die Verpackungen entsorgt und kehre danach zurück, um es mir gemütlich zu machen. Da es nach wie vor kühl ist, hole ich ein paar Scheite Brennholz aus dem Schuppen und heize im Kamin ein. Das Glas Wein ist erst halb ausgetrunken, ich lasse mir Zeit, obwohl in meinem Kopf eine Uhr tickt.

Doch das Schreiben beruhigt mich. Es hilft mir, der verlorenen Zeit nachspüren, in der ich aus deinem Leben verschwunden war. Und ein wenig hoffe ich auch, mein Schreiben kann dich und die Dinge, die geschehen sind, ein Stück weit heilen. Ich will nicht wieder von Rettung sprechen, doch darüber, wie kostbar du für mich bist, du, dieses Gesicht, diese Augen, diese Gedanken, dieser Mensch, dieses Alles, das dich ausmacht! Es ist, ich kann es nicht anders sagen, meine Liebe, die hier erzählt.

Im Gegensatz zur Psychologin glaube ich, dass du eine starke junge Frau bist! Und ich hoffe, dass wir auch jetzt in dieser für dich so lähmenden Situation einen Ausweg finden. Ich werde jedenfalls weiter nach Antworten suchen! Auch mit Emiliana, sollst du wissen, habe ich mich mittlerweile versöhnt.

Während das Feuer knistert, höre ich die Boznerin telefonieren. Sie spricht mit einer Verwandten. Wahrscheinlich weiß sie nicht, dass ich ihre Mundart verstehe. Es geht um Anna, die alles bezahlt und ihr und der anderen Pflegerin Anweisungen gibt. Sie klagt über strenge Vorgaben. Mein Name fällt nicht, aber sie spricht von „ihm", damit könnte Arturo Fini gemeint sein. Auch „Signora Ciardi" wird erwähnt! Natürlich sind diese Frauen ängstlich bemüht, alles richtig zu machen. „Arme, gehetzte Angestellte!", denke ich mir. Sie zittern um ihren Job. Ich lösche die Glut und statte dir noch einen Besuch ab, auf die Gefahr hin, dich zu wecken. Doch flüstere ich dir einfach zu, dass ich dich liebe.

# Bella Ciao

 Morgen hat mein Vater Geburtstag. Genau zu Befana. Er wird 71. Ich wünschte, wir könnten ihn gemeinsam besuchen. Ich weiß, du magst Mailand nicht allzu sehr. Aber wenn du Niccolò kennen würdest, wäre die Stadt für dich gleich etwas weniger grau. Schließlich ist er dein Großvater. Ich habe es ihm noch nicht gesagt. Aber morgen rufe ich ihn an und erzähle ihm die Neuigkeit! Ein größeres Geschenk könnte ich ihm gar nicht machen.

Du und ich haben heute einen ganzen Nachmittag Zeit, du bist auch etwas länger wach als sonst. So berichte ich dir von Niccolò. Du magst es und begleitest meine Schilderung ab und zu mit einem „Oh" oder „Ah". Und ein paar Mal höre ich dich sogar lachen.

„Für gewöhnlich", beginne ich, „feiert Niccolò seinen Geburtstag mit alten Freunden, alles ehemalige Linke. Er mag es nicht, wenn man ihn damit hänselt, er sei aus Befanas Strümpfen gestiegen. Sie schenken ihm schwarze Süßigkeiten. Diesmal wird er sie wohl mit der Post bekommen. Seine Genossen werden in Zeiten wie diesen eher anrufen, als mit Maske an seiner Wohnungstür anzuläuten. Feiern geht ja gerade nicht. Aber sie holen es sicher nach.

In den Siebzigern lebten sie zusammen in einer Art Kommune, eine Weile wenigstens, auch Künstler waren mit von der Partie. Und als die Genossinnen andere Wege gingen, blieben viele von ihnen im Viertel wohnen. Auch meine Mutter, eine Sängerin aus Prag, hatte bei ihnen Station gemacht. Gerade so lange, bis ich zur Welt kam und sie wieder ein Engagement in einer anderen Stadt erhielt.

So kümmerten sich die Genossen um mich. Das heißt, ich habe eigentlich mehrere Väter. Und weil ich ihnen die Freude bereiten wollte, war auch ich eine Weile in der Partei. Heute nicht mehr. Mir scheint, Marx wird meist nicht richtig verstanden. Er wollte aus den Arbeitern eigentlich keine Bürger machen, sondern Gebildete. Er wünschte sich, dass sie Bücher lesen, ihre Talente entfalten, sich mit Politik und Kunst befassen und bestenfalls selbst in den Kunstbetrieb einsteigen! Meine Mutter hat es geschafft. Sie hat auf großen Bühnen gestanden. Doch letztlich hat sie dann doch wieder einen Bürger geheiratet. Aber lassen wir dieses Kapitel.

Niccolò ging ins Theater, borgte sich große Literatur aus, besuchte Ausstellungen, interessierte sich für Musik. Er hat sogar einen Picasso in seiner Wohnung hängen, ‚Guernica‘, Nachbildung natürlich! Aber es ist das Werk eines Genossen, sagt er stolz.

Du hättest im Vorjahr dabei sein sollen! Sie feierten zusammen in der Nähe des Bahnhofs. Kein teures Haus, aber mit allem, was dazu gehört. Stell dir vor: Die Revolutionäre von einst stecken in gebügelten Hemden, riechen nach Duftwasser und haben Pomade im weißen Haar. Sie tragen keine grauen Einheitsanzüge mehr, wie man es aus den Geschichtsbüchern kennt, man sieht Stecktücher und Schals von Gelb über Grün bis Rosa. Mindestens einer von ihnen hat meist auch eine Krawatte umgehängt. Sie inspizieren die Bar und die Küche. Sie überreichen Niccolò ihre Geschenke und klopfen ihm auf die Schulter. Sie nennen ihn ihren ‚Chef‘, weil er in ihren Versammlungen meist den Vorsitz hatte. Irgendjemand von ihnen bringt alte Fotografien mit, die von einem zum anderen durchgereicht werden. Sie erinnern sich an den Tag und die Stunde. Dabei stecken sie ihre kahlen Köpfe zusammen wie schlafende Zaunkönige.

Die Herren, der Durchschnitt ist fünfundsiebzig, behandeln mich nicht mehr kumpelhaft, wie es unter uns üblich war, sondern nehmen Rücksicht auf meinen Aufstieg. Immerhin, sagen sie, sei ihr Knirps eine Art Professore geworden. Wenn Niccolò sie dann einlädt, sich zu setzen, weicht die letzte Steifheit von ihnen. Sie räuspern sich, stoßen sich untereinander mit den Ellbogen an. Getränke werden vor sie hingestellt und sie beginnen über Mailänder Politik zu diskutieren. Der Tenor ihrer Gespräche: Die Zeiten haben sich geändert, doch wir waren damals richtige Kerle. Darüber sind sie sich einig.

Im Vorjahr, zu Niccolòs Siebziger, ging es um die ‚echte Linke' und was darauf folgte. Den Kommunismus von einst gebe es heute nicht mehr, eröffnete jemand von ihnen die Diskussion. ‚Damals sind wir nicht nur politisch gewesen, sondern wir haben Kultur gemacht!', betonte er. ‚Ja, bis Ende der Sechziger Jahre', antwortet einer mit dem Namen Filipe. ‚Dann ging es mit dem Kommunismus bergab. Zuletzt haben sich die Funktionäre mit den Katholiken befreundet.' Niccolò kichert: ‚Sie haben sogar die Sonntagsmesse besucht! Doch wir hätten uns nie mit den Schwarzröcken eingelassen. Von wegen Don Camillo und Pepone.'

‚Ich denke mir heute', lacht ein Dritter, ‚Schwarz und Rot sind gar nicht so weit voneinander entfernt. Überall heißt es Freiheit, Frieden, Soziales.' Filipe kontert: ‚Du kannst heute Fisch und Fleisch nicht mehr unterscheiden. Wir waren damals Einzelkämpfer, auch die Sowjets haben uns sitzen lassen. Und heute ist nicht einmal Putin mehr antiklerikal.' Sie sehen mich an und ich sage: ‚Ich bin und bleibe jedenfalls Atheist! Eine Packelei mit den Schwarzen kommt für mich nicht in Frage.' Meine ‚Väter' applaudieren. Durch ihr ‚Johoo!', das sie mir zurufen, entsteht ein wenig das Gefühl, noch immer eine Familie zu sein. Ihre kollektive Vaterschaft für mich betonen sie immer mit Stolz. Sie haben sich um gemeinschaftliche Problemlösung bemüht, indem sie Niccolòs Baby abwechselnd im Kinderwagen durch die Straßen schoben, was auch der marxistischen Forderung nach Gemeineigentum und Vergesellschaftung entsprach.

‚Die Frau wurde bei uns nicht zum Haushalten und Kindergebären missbraucht, oder, wie wir gesagt haben, zum Produktionsinstrument degradiert'!, brüstet sich Benedetto, der Genosse mit der Krawatte. ‚Bei uns hatten Frauen auch damals schon dieselben Rechte wie wir. Wir haben das praktisch gelebt.'

Alle erinnern sich noch an die hohen Absätze meiner Mutter und ihre Koloraturen. Filipe kramt ein paar Schlagworte hervor: ‚Die Bourgeoisie hat sich an die Seite der Ausbeuter gestellt. Die Bosse von heute sind das Ungeziefer von morgen. Den Zusammenhalt einer Klasse gibt es nur mehr beim Einkassieren. Die Verhältnisse sind heute reine Geldverhältnisse.' Das beflügelt wiederum Niccolò, der energisch seine Faust auf den Tisch drückt. ‚Die Geschichte ist ein einziger Klassenkampf! Das gilt auch heute.'

‚Stimmt', ertönt es im Chor. Die Gläser werden gehoben. Und jemand fügt von der Seite hinzu: ‚Die wichtigsten Produktionsmittel sollten im Eigentum des Staates sein!'

Einer von ihnen hat seine Geige dabei, denn sie wollen Jahr für Jahr dasselbe Lied hören: ‚Bella Ciao'. Sie stehen im Halbkreis um ihn herum, legen einander ihre Arme auf die Schultern und warten, bis der Genosse mit der Geige die Melodie anstimmt. Alle singen es mit oder schnalzen mit den Fingern. Benedetto hat seine Maultrommel dabei und begleitet im Takt. Einige aus der Gruppe beginnen zu tanzen. Zuletzt, wenn die Stimmen verklungen sind, wischen sich die Männer das Wasser aus ihren Augen. Schließlich melden sich wieder ihre alltäglichen Bedürfnisse und Benedetto grinst: ‚Jetzt brauche ich aber einen Schluck, na ihr wisst schon …'

Danach verlangen sie einstimmig nach einer Rede! Zu runden Geburtstagen ist es üblich, dass einer von ihnen eine anfeuernde Rede hält. Marcello hat sich zuletzt dazu bereiterklärt.

Er entrollt eine Handfahne, hebt sie in die Höhe, sodass die rote Rose darauf sichtbar wird, räuspert sich und sagt: ‚Genossen! Wir sind heute nur noch wenige, doch die Partito Communista blickt auf eine glorreiche Geschichte zurück. Wir wollen das heldenhafte Leben derer, die dem Faschismus mutig die Stirn geboten haben, niemals vergessen. Wir ehren unsere Märtyrer und die vielen Opfer der Resistenza. Wir sind unseren eigenen Weg gegangen, einen besseren Weg! Wir haben auf Stalin verzichtet, er hatte für unseren Geschmack zu wenig Humor.' Applaus. ‚Fabriksarbeiter, Bauern, Künstler und Intellektuelle haben rund um Mailand eine linke Kultur aufgebaut. Wir waren und sind Idealisten.' Bravorufe. ‚So feiern wir heute unseren Genossen Niccolò. Er lebe hoch!' Man applaudiert.

Marcello schwingt die Fahne und fügt hinzu: ‚Und nun frage ich euch: Wo stehen wir heute?' Er blickt sich um. ‚Die Partei ist zerrissen. Doch ...', und jetzt hebt er seinen hageren Arm, „... wir können sehen, dass auch der Kapitalismus wankt! Das Wirtschaftswachstum erreicht seine Grenze. Die Rohstoffe gehen zur Neige. Es wird mich nicht wundern, wenn die alten Zeiten wiederkommen! Unsere Enkel und Urenkel können noch von uns lernen." Zustimmung. Einer der Genossen mahnt: ‚Wachsam bleiben! Der alte Feind, die Rechte, erhebt schon wieder ihr braunes Gesicht.' Jetzt rufen einige ‚Buuuuh' und man nennt bekannte Namen.

Und so weiter, liebe Sile. Ich bin als Kind bei ihren Kundgebungen mitmarschiert, einmal sogar barfuß, weil wir kein Geld für Schuhe hatten. Doch was bedeuteten uns damals Schuhe? Es ging um größere Dinge, um den Kampf des Proletariats, um Arbeitsplätze und soziale Gerechtigkeit. Doch genug von mir und meiner Familie. Ich werde sie dir vorstellen, einen nach dem andern. Doch wir warten damit, bis es dir besser geht."

Nach dieser Geschichte siehst du mich erwartungsvoll an.

„Was?", frage ich, „ich soll für dich singen? Leider, meine Mutter hat ihr Gesangstalent nicht an mich weitervererbt. Aber gibt es hier im Zimmer keine Musik?"

Im Bücherschrank steht ein unauffälliges Gerät mit Lautsprechern. Ich drücke den Abspielknopf und stelle den Ton von stumm auf leise, lausche. Eine Violine! Langsam erwacht sie, beginnt zu singen, wiegt sich, getragen von dumpferen, tieferen Instrumenten. Tatsächlich entspannt es dich, diese Musik zu hören.

Du hast deine Augen geöffnet und lauschst! Dein Kopf wiegt sich. Darf ich dich zum Tanz auffordern? Ja? Gut. Ich hebe dich hoch, deine Arme liegen auf meinen Schultern, und so versuchen wir ein paar Schritte zu tanzen. Ich fürchte, sie passen nicht ganz zum Rhythmus. „Es gibt keinen!", flüsterst du mir ins Ohr. „Nur Melodien." Wieder lachen wir zusammen und ich drehe dich vorsichtig einige Male wie ein Karussell im Kreis und lege dich wieder zurück aufs Bett.

Als die Aufnahme zu Ende ist, bittest du mich um diese CD und wir betrachten gemeinsam den Umschlag. Du zeigst auf die Widmung. „Für dich!", steht hier geschrieben, und auf der Rückseite: „Wir sehen uns, Rodolfo."

„Du hast einen Freund?", frage ich dich. Du bist dir nicht ganz sicher. Unsere Familie wächst! „Sicher hat er dich inzwischen anzurufen versucht. Dein Handy muss voll mit Nachrichten sein!", überlege ich laut. Darauf starrst du eine Weile an die Decke. Ich frage: „Und wie ist er so?"

Du schließt jetzt wieder die Augen. Ich frage, wie Eltern es für gewöhnlich tun: „Was macht er beruflich?" Es dauert eine Weile, doch dann antwortest du: „Musiker, Klavier." Kurze Zeit später schüttelst du den Kopf und korrigierst dich: „Cembalo!"

„Wo ist er gerade?", frage ich. Du weißt es nicht. „Soll ich ihn anrufen?" Du schüttelst den Kopf. Ich will dich nicht überfordern.

Doch dann verrätst du mir ein Geheimnis: Du zeichnest in die Luft eine Art Buch und deutest mit Daumen und Zeigefinger „Schreiben" an. „Du hast über ihn geschrieben?", frage ich. Du nickst und vollführst mit den Fingern nochmals Bewegungen, die Zeichnen andeuten.

„Ein Skizzenheft!", rufe ich. Jetzt lächelst du. Ich bin sprachlos! Du hast also ein künstlerisches Tagebuch geführt! Auch Rodolfo kommt darin vor. Ich erfahre, in welcher Lade deines Schreibtisches es liegt. Als ich es dir ans Bett bringe, streichst du mehrere Male über den rauen Papierumschlag. Ich frage dich

vorsichtig, ob ich es irgendwann lesen darf? Du wiegst deinen
Kopf und flüsterst: „Vielleicht."

## Das Geständnis

》》 Im Grunde behandle ich Carla wie eine Dienstmagd,
das wird mir heute bewusst, als ich, wieder einmal ihre
Nummer wähle. Mir scheint, ich habe schon etwas
vom Reicheleutegehabe angenommen. Denn ich quetsche sie
jedes Mal richtiggehend aus. Ihre Redseligkeit genügt mir nicht
mehr, inzwischen arbeite ich mit ihr wie mit einem Tatverdächtigen. Ein wenig ist mir ihre bemühte Freundlichkeit auch suspekt.

So stelle ich ihr an diesem Tag zwei Fragen, auf die sie mir
noch nicht geantwortet hat: „Wo ist Emiliana Ciardi?" Die treuherzige Stimme auf der anderen Seite der Leitung beteuert, sie
wisse es nicht! Man habe sie im November fristlos entlassen.
Dann frage ich hart: „Was wirft man Ihnen eigentlich vor?" Carla
verstummt. So bohre ich weiter: „Hat es etwas mit Siles Rückfall
zu tun?"

„Nein!", höre ich auf der anderen Seite. „Nein", wie zur Notwehr. „Nein?", schreie ich schon wieder, „aber man hat Ihnen die
Schuld dafür gegeben?" Wimmern. „Warum haben Sie mir das
vorenthalten?" Sie räuspert sich und gesteht: „Man sagte …"
Weinen. „Sie lieben Ihre Signorina doch, oder?" – „Ja, ja, ja …" –
„Also?" – „Es ist, weil ich Christin bin." – „Das ist nichts Seltsames für italienische Verhältnisse." – „Nicht in der großen Kirche." – „Ah, so kommen wir der Sache schon näher. Eine Sekte.
Evangelikal?"

Sie seufzt und es fällt ihr plötzlich leichter, darüber zu sprechen: „Ja", sagt Carla, „wir glauben an die Bibel." Im Stil eines
Verhörs frage ich eigentlich sinnlos: „Altes und Neues Testament?" Sie, etwas erstaunt, bejaht. – „Ihr glaubt also alles, nach

dem Buchstaben?" – „Ja, alles." – „Verstehe", antworte ich, „sola scriptura. Doch das sagt jeder. Adam und Eva, Sintflut, Armageddon?" – „Ja, ja", beteuert sie, „an die Schöpfung, die Zehn Gebote, das ewige Leben!" – „Das heißt, Sie gehören zu einer Gruppe Fundamentalisten!", rufe ich. „Sie leugnen die Aufklärung! Haben Sie Sile damit infiziert?" – „Ich wollte es nicht ..." – „Es ist aber passiert! Ich höre!", rufe ich streng.

„Im letzten Jahr", beginnt sie stockend zu erzählen, „waren wir beide wegen der Pandemie ans Haus gefesselt." – „Aber auch schon davor? Haben Sie so nebenbei Ihre Lehren verbreitet? Haben Sie ihr, der heranwachsenden Künstlerin, zum Beispiel gesagt, Bilder sind Götzen oder dergleichen?" Sie ringt mit Gewissensbissen. Ich frage: „Was quälen Sie sich? Gerade Ihre Lippen sollten nichts als die Wahrheit reden. Gibt es da nicht ein Gebot, an das Sie sich halten, hm?"

Sie atmet tief ein: „Ja, ja. Ich sage Ihnen doch alles. Seit den Ausgangsbeschränkungen habe ich sonntags in meinem Zimmer Gottesdienste gefeiert. Es gab keine offiziellen Versammlungen meiner Gemeinschaft. Dann am Ostersonntag klopfte Sile an meiner Zimmertür und fragte, ob sie dabei sein dürfe." – „Hinter dem Rücken von Emiliana?", frage ich schneidend. Sie verteidigt sich: „Sile hat gemeint, sie werde es ihrer Mutter sagen, doch nicht sofort. Sie wollte einfach wissen, wie es sich anfühlt."

Ich frage nüchtern: „Wie lief so ein Gottesdienst ab?" Sie zählt auf: „Gesang, Gebete, Bibeltexte." – „Das ist alles? Keine Predigt?" Carla denkt nach: „Die Signorina stellte mir Fragen." – „Und ihre Antworten haben das empfindsame Gemüt meiner Tochter verwirrt", stelle ich fest. „Was ist mit Ihnen selbst? Brauchen Sie solche Rituale? Verlangt es Ihr Gott von Ihnen? Können Sie nicht für einige Monate darauf verzichten?"

Carla atmet schwer. „Es ist mir ein Bedürfnis, ich brauche es für meinen Seelenfrieden!", seufzt sie. „Gehen wir einen Schritt weiter!", verlange ich. „Welche Fragen hat sie gestellt?" Carla stammelt: „Sie wollte wissen, woran ich glaube, und ich sagte: an die Bibel. Ja, ich bezeugte ihr, dass ich an die Bibel glaube."

In diesem letzten Satz klang Carlas Stimme seltsam zufrieden. Doch es schwang etwas mit, ein Starrsinn, eine Endgültigkeit, etwas wie Zwang. Es traf mich wie ein Schlag an den Kopf und ich sagte: „Ihre Religion hat Sile in eine Krise gestürzt. War es nicht das, was Emiliana zu Ihnen gesagt hat? Sie haben ihre Stellung ausgenutzt, um zu missionieren!"

Carla schluchzt, rechtfertigt sich mit erstickter Stimme: „Ich wollte es Sile ausreden, ich wusste, die Signora würde es nicht gutheißen. Aber Sile ließ sich nicht davon abbringen! Einige Male hat sie meinen Gesang auch auf der Violine begleitet." Ich rufe sarkastisch: „Wie einträglich!" Sie meint darauf: „Was sollte ich tun? Sie war erwachsen!"

Ich verhöre sie weiter: „Was wurde damals gelesen? Welche Schriftstellen?" Sie überlegt: „An Ostern lasen wir die Passionsberichte." – „Ah!", rufe ich, „Geißelung, Marter, Kreuzigung! Weiter!" Carla beginnt zu predigen: „Der Herr vergab seinen Peinigern. Er rief: ,Mein Vater, mein Vater, warum hast du mich verlassen?' Die Erde bebte, die Felsen spalteten sich, Finsternis bedeckte die Erde, der Vorhang des Tempels riss mitten entzwei …" Sie holt frisch Atem und verkündet: „Der Herr ist gestorben und wieder vom Tod auferstanden, um alle Menschen zu erlösen! Jeder von uns braucht seine Liebe, besonders in dieser Zeit und in diesem Jahr 2020, einem Sabbatjahr für die Welt."

Das ist wieder eine völlig ungeprüfte evangelikale Lehre. Ich sehe darüber hinweg und zische: „Ich verstehe, nach der Osterlesung kam die Apokalypse. Sie haben ihr Angst eingejagt!"

Doch Carla wird immer selbstbewusster. „Ich habe mit Sile nicht die Offenbarung des Apostels Johannes besprochen, wenn Sie das meinen. Sie las eigentlich nur im Alten Testament, vor allem in den Propheten." Ich will Namen hören und sie zählt auf: „Jesaja, Jeremia, Ezechiel." – „Warum gerade Ezechiel?", frage ich. „Wissen Sie nicht, dass sogar die Rabbiner vor diesem Propheten warnen? Das ist nichts für Laien, nichts für euch Evangelikale. Man braucht dazu erfahrene Lehrer, die einen anleiten können!"

Auf der anderen Seite der Leitung herrscht Stille. Dann fällt mir ein: „Wurde Ezechiel nicht mit Stummheit geschlagen?" – „Ja", sagt sie, „aber wenn er das Wort des Herrn verkündete, öffnete er ihm den Mund." Der Herr, der Herr ... Jetzt sind wir genau dort, wo ich nicht hinwollte! Laut sage ich: „Ich weiß nicht, ob wir mit solchen Aussichten weiterkommen. Warum ihr Christen euch auch mit Themen beschäftigen müsst, von denen ihr wenig versteht. Es gibt bei euch ebenso viele Widersprüche, wie ihr Christentümer in die Welt gesetzt habt. Besonders die private Lektüre treibt absonderliche Blüten. Wer hat euch dazu ermächtigt?"

Carla will sich und ihre Religion offenbar gar nicht verteidigen, sie erträgt alles, hofft alles und so weiter. So werfe ich ihr vor: „Ich als Vater hätte es ihr nicht erlaubt. Nicht die Propheten!" – Darauf entschuldigt sie sich wieder: „Ich bin ja selbst nicht so versiert in der Heiligen Schrift. Meist schlage ich sie nur irgendwo auf und lese, was auf den offenen Seiten steht. Aber die Signorina hat über Monate darin geforscht, wie ein Durstiger, der zur Quelle findet."

Nun unterhalten wir uns bereits zu hundert Prozent in dieser verfänglichen biblischen Sprache. Ich denke nach, wie weit du die Propheten durch dieses tägliche Lesen bereits verinnerlicht hast. „Restiamo a casa", und du verlorst all dein Zeitgefühl. Das Leben weißhaariger Seher wurde zu deinem eigenen Leben. Moses hätte dir nicht geschadet, wohl aber Ezechiel und die anderen Verkünder göttlicher Strafen. Bist du mit Ezechiel eins geworden? Laut sage ich: „Sie hätten ihr die Bibel wegnehmen sollen!" – „Aber ...?" – „Sie haben es zugelassen. Unterlassene Hilfeleistung. Nicht unbedingt nach dem Gesetz, denn sie war bereits großjährig. Aber moralisch haben Sie hier versagt! Sie hätten diese Entwicklung stoppen müssen! Ihre Schuld besteht darin, sich an dieser Weltuntergangsphantasie beteiligt zu haben. Sile ist in Panik geraten und zuletzt in eine Schockstarre verfallen. Das ist es!"

Als Carla wieder nur heult, verliere ich die Geduld, wünsche ihr „Gute Nacht!" und lege auf. An diesem Abend gehe ich im Gästezimmer auf und ab. Wie ich erfahren habe, waren diese Wände und Fenster früher Carlas Zuhause. Riecht es hier nach der Bibel? Ist hier irgendwo noch ein Exemplar versteckt? Es würde mich nicht wundern, unter den Bodenbrettern oder hinter einer doppelten Tür eines zu finden, abgegriffen mit losen, tränenverklebten Blättern. Wenigstens habe ich hier noch keine Überwachungsaugen bemerkt. Christen und die Moral, ein zweischneidiges Schwert. Die Leidenden, die Mitleidenden, die Moralischen. Religion ist wie das Spätabendprogramm, nichts für schwache Nerven. Ihre Vertreter wollen sie nur so harmlos erscheinen lassen! Niedergeschlagene Augen, gefaltete Hände, dabei war dieser Jesus im Grunde ein Revolutionär.

## Reden, reden

》 Andererseits gibt es Menschen wie Jacques, der vom Sofa aufstand und sich von seinen Problemen befreite, ganz ohne Gott und kirchlichen Segen. Es geschah vor meinen Augen. Seine Genesung verdankt er eigentlich meinem Scheitern. Nach dieser Geschichte mit Jacques nahm ich mir vor, mich nie wieder um einen Depressiven zu kümmern. Ich glaubte damals, durch Zuwendung, Freundschaft, oder sagen wir, menschliche Wärme könne man einen verzweifelten Menschen zurück auf die Beine bringen.

Du musst dir vorstellen: Er verliert den Job, ruft mich an, ich komme, richte ihn wieder auf, seine Freundin verlässt ihn, ich tröste ihn, Abende, Nächte hindurch, hänge mich in seine Probleme hinein, helfe ihm bei der Jobsuche, unterstütze mit Geld. Er wird vor die Tür gesetzt, ich nehme ihn bei mir auf. Doch dann verwandelt sich dieser bemitleidenswerte Mann über Nacht in einen Tyrannen. Er besetzt meine Couch, sieht tagelang fern, schickt mich einkaufen, fischt sich ein Bier nach dem andern aus meinem Kühlschrank. Wehe, wenn ich nicht genug davon eingekühlt hatte! Das Reden, in dem er stets Weltmeister war, ist ihm plötzlich zur Last geworden, er will nichts mehr hören, will seine Ruhe, schreit mich ohne Grund an, wird handgreiflich.

Als es Jacques einfach nicht besser ging und er mich zu hassen begann, weil niemand anderer da war, verfluchte ich meine altruistische Dummheit. Würdest du dich für jemand anderen kaputtmachen lassen? Und Jacques? Du wirst lachen! Als er sah, wie mies es mir langsam ging und dass auch ich nicht mehr arbeiten konnte, erhob er sich von der Couch, trat an den Schreibtisch und suchte sich unter den Papieren eines der Jobangebote heraus, die ich ihm ausgedruckt hatte. Er telefonierte, rasierte sich, zog sich an und ging zu diesem Vorstellungsgespräch. Ja! Er bekam die Stelle!

Sein Leben hat sich in einer Minute verändert. Er nennt sich heute Zukunftsberater. Du musst es dir vorstellen! Posiert auf Luxuswebseiten, sitzt hinter goldgetönten Scheiben und wohnt in der Straße „Sonnenaufgang 1". Sein Haus liegt auf einem Hügel außerhalb der Stadt. Ein Glaspalast, der in allen Farben des Regenbogens schillert. Allein der Anblick gibt einem das Gefühl, über der Zeit zu schweben. Und ringsum tiefgrüne Wälder.

Nichts bringt Jacques mehr aus seiner Ruhe. Er hat Antworten auf die Sorgen der Menschheit, bietet Lösungen für jedermann an, berät Unternehmen, hält Vorträge, seine Seminare sind ausverkauft. Er verkündet das große Freiheitslalula. Das Wirtschaftsleben als Freude. Auch die Pandemie wird in seinen Vorträgen zum Morgenrot für den Markt, zur Schleuder der Innovationen, einer Chance, einem gesunden Atemholen. Er riecht förmlich, was kommt, wer kauft, wer verkauft, wer gewinnt. Und er weiß immer, wohin sich unsere Gesellschaft entwickelt.

Nun, er räumt ein, einiges davon sei noch Spekulation, doch wenn es heute einen Propheten gibt, dann würde ich mich an Jacques orientieren. Übrigens ist er durch und durch authentisch, er weiß, man fällt hin und steht wieder auf! „Lieber Hedonist als Pessimist!", würde er sagen. Auch dich, meine Tochter, zwingt niemand dazu, schwarz in die Zukunft zu sehen. Ich bin mir auch sicher, es ist nicht nötig, sich zu fürchten oder zu quälen, um in den Himmel zu kommen! Warum glaubst du nicht an das Diesseits?

Das war meine heutige Predigt für dich. Danach sitze ich da und bekomme Sehnsucht nach Jacques, einfach einer entspannten Unterhaltung, wie wir sie früher miteinander geführt haben. Mein Mobiltelefon macht früh am Morgen winzige Piepser. Carla hat mir eine Textnachricht geschickt, in der steht: „Sie fragen mich nach meiner persönlichen Meinung. Die Signorina war vom heiligen Geist erfüllt wie der Apostel Paulus. Es hat ihr das Fleisch verzehrt!" Ich antworte nicht. Sollte ich die Meinung einer Fundamentalistin ernst nehmen? Und warum hat sie es mir nicht schon von Anfang an gebeichtet? Fehlt nur noch, dass sie darum bittet, bald hierherkommen zu dürfen, um dich heilig zu sprechen!

Daraufhin brauche ich eine Pause. In der Küche ist noch etwas Brot vom Vortag, es schmeckt nach Papier, doch ich beginne mich an dürre Mahlzeiten zu gewöhnen. Man liest ja auch von Erleuchteten oder Mystikern, die sich hungernd über ihren Körper erhoben. Mein Geist wird ungewollt einer Reinigung unterzogen. Und schon verstricke ich mich in Terminologien, wie sie heute jeder im Mund führt, auch abseits des Christentums. Vielleicht trage ich ja verschüttete Ebenen meines Selbst in mir oder leide unter störenden Energien? Ja, ich rede ironisch, verliere schon wieder meine Beherrschung.

Kann ich tatsächlich nichts für dich tun? Ich will kein besserer Mensch werden, auch wenn ich diese Carla und deine Pflegerinnen vielleicht von oben herab behandle. Es macht Mühe, jedem gerecht zu werden und sich Fragen sorgfältig zu überlegen. Aber ich glaube, du wünschst dir von mir, genau das zu tun.

Wie ich es auch wende, es bleibt mir nichts übrig, als mich deinen Sorgen zu stellen, über all diese Fragen nachzudenken, letztlich auch über Religiöses. Aber zunächst muss ich an diesem Morgen eine Runde laufen! So ziehe ich meine Laufkleidung an und überlege mir eine Strecke, die mich nicht langweilt. Es ist immer noch früh am Morgen, ich renne beim Tor hinaus und am Rand der Dorfstraße auf den Radweg, der sich dort ans Flussufer schmiegt. Hier begrüßt mich noch Nebel. Die Ortsbeleuchtung erlischt, tatsächlich beruhigen mich die raschen Bewegungen. Meine gestreckten Beine steigern ihre Geschwindigkeit. Zwischen den Stämmen der Uferbäume schimmert das immer gleiche blassgrüne Kleid des Flusses, der so tut, als schliefe er.

Als ich zum Hafen gelange, keuche ich mit weit geöffnetem Mund. Mit der feuchten Luft sauge ich ein Gemisch von Gerüchen ein, allen voran den von verbrauchtem Frittieröl. Doch irgendwo riecht es jetzt auch nach frisch gebackenem Brot. Ich habe vergessen, Trinkwasser mitzunehmen. Auf dem Rückweg erinnert mich der graue Himmel daran, was Moritz, mein Nachbar in Wien, einmal sagte: Einem Juden wie ihm sei der Winter gegeben als Zeit, um zu beten und in der Thora zu lesen. Seltsam, wie sich Gedanken zueinander fügen. Man öffnet eine bisher verschlossene Seite in seinem Kopf und stöbert Gebilde auf, die plötzlich verschlafen ins Bewusstsein taumeln.

Ich streiche mir Brote in der Küche, die neuen Pflegerinnen nehmen mich ohnehin nicht wahr. Wir leben nebeneinander, doch es ist mir egal. Die Leichtigkeit ist vergessen, ich habe mir den Bauch vollgeschlagen und bin ohne Lösung geblieben. Ja, es wäre mir eigentlich lieber, jemand anderen für mich entscheiden zu lassen. Als ich nach dem Duschen an deinem Bett stehe, überlege ich zuerst, was du von mir halten wirst, falls du das alles hier liest? Und dann verkehrt sich dieser Gedanke in meinem Kopf und ich frage mich: „Wie soll ich von jetzt an, da ich dies alles erfahren habe, mit dir umgehen?"

Zumindest hätte auch ich wie Emiliana gehandelt und diese Gouvernante weggeschickt. Sie hat dir religiöse Märchen erzählt und dich mit ihrem bigotten Getue verwirrt. Offenbar hat sie auch die Pandemie apokalyptisch interpretiert. Man müsste die Menschen per Gesetz vor solchen Einflüssen schützen. Besonders Personen mit schwacher Gesundheit. Denn jetzt glaube ich immer mehr, das hat zu deinem Rückfall geführt. Man kann nur darüber rätseln, in welches Zeitalter es dich zurückgeworfen hat. Bist du geistig ins Mittelalter ausgewandert, in die Zeit des Dreißigjährigen Krieges, in die Antike? Vielleicht hast du ein Gelübde getan oder es ist eine Buße, der du dich seit mehr als zwei Monaten unterziehst? Als hätte es die Aufklärung nie gegeben. Du glaubst jetzt vielleicht an alles, nur nicht an den Fortschritt der Wissenschaft. Dieses Gift des Christentums kommt im Lammfell daher, wird den kleinen Kindern in die Wiege gelegt, in Büchlein verpackt, in Küchlein gesteckt, auf Bildchen gemalt, in Kettchen gepresst, mit Herzchen und Babyengeln geschmückt, und ist doch alles andere als harmlos.

Ich öffne die Balkontür und wieder empfängt mich dieser Wind, es widerstrebt mir, ihn zu riechen! Jetzt bin ich mir fast sicher, du hast letztlich aus Not zur Bibel gegriffen. Wenn auch mein Wissen darüber ausgesprochen dürftig ist, sagt mir doch mein Instinkt, ich sollte die Wirkung von Religion nicht unterschätzen. Je länger ich darüber nachdenke, desto mehr komme ich zum Schluss: Ich muss dieser Spur irgendwann nachgehen. Die Erklärungen der Psychologen will ich nicht rundweg verwerfen, aber was haben sie bisher gebracht? Du bist noch immer vollgepumpt mit diesen erschreckenden Bildern. Ich muss als Vater einen Schritt weiter gehen und deine Sprache erlernen!

So blicke ich mich in deinem Zimmer um. Soll ich das Übel an der Wurzel packen? Hier irgendwo sollte diese Bibel zu finden sein. Ich gehe leise umher und finde auf dem Notenpult ein Buch wie aus einem Gespensterroman. Es ist mit einem Seidenschal umwickelt, offenbar, um es zu ehren. Fehlt nur noch, dass du ihm eine Krone aufgesetzt hättest. „La Sacra Bibia", in braunes Leinen gebunden, der Titel in Blassgold, die Außenkanten sind brombeerrot eingefärbt. Übersetzt von Diodati, La Nuova Riveduta, 1894, jedenfalls protestantisch.

Es bedarf keiner langen Überlegung, wer dir das Beweisstück Nummer eins geschenkt haben mag, Carla kommt nicht in Frage, die Spur führt zu Guglielmos Bibliothek. Kopfseitig ragen verschiedenfarbige Bänder als Lesezeichen hervor.

Es kostet mich Überwindung, das Buch aufzuschlagen. Doch heute will ich aufs Ganze gehen! Altes Testament, du hast auch einiges mit Bleistift markiert. Ich lese die unterstrichenen Sätze: „Die Erde ist voller Gottlosigkeit und Gewalttat." Ja, das war immer schon so, eine Binsenweisheit. Irgendwie zittern mir dabei die Finger. Du schreibst neben einen Vers Jesajas: „Heute!", unterstreichst: „Der Tag des Ostwinds" und „Ein Sturm des Herrn." Vielleicht denkst du, es sei der Scirocco und der Tag des Ostwinds sei bereits angebrochen? Doch in was für eine Welt bin ich plötzlich geraten? Man kann doch nicht alles vergessen, was man in der Schule gelernt hat, Wissenschaft, Evolution?

Doch bald höre ich auf, diese Fragen zu stellen. Mir ist klar geworden, es geht um dich, meine Tochter, du bist noch immer in diesen Sätzen gefangen. So lese ich weiter, über Mitternacht hinaus, lese mich ein in eine Realität, in der Gott seine Hand ausstreckt und Winde losbindet, in der er dem Licht und der Finsternis ihre Wohnstätten zuweist, über Fluten thront, über die Kammern des Schnees und die Schleusen der Urflut wacht, Blitze und Donner schleudert oder für die Zeit seiner Rache aufbewahrt. Er gebietet dem Tau und dem Frührot, ruft den Wolken zu, und sie gehorchen, den Sternen, und sie verändern die Bahn. Es ist dieser Gott, der sich um Nahrung für junge Raben kümmert und dazu noch das Herz der Menschen erforscht, also angeblich jedes Lebewesen im Innersten kennt. Denn alles, steht hier geschrieben, sei sein Eigentum. Er wacht eifersüchtig darüber, ob wir seine Gesetze beachten, gerät in Zorn, wenn sich niemand mehr daran hält. Ein Vater und Beschützer der Frommen, doch die Gottlosen lässt er umkommen, durch Hunger, Schwert, Pest oder Feuer. Er lässt Felder verdorren, Flüsse austrocknen, Städte veröden, die Erde beben. Er verfinstert die Sonne, schickt Pech und Schwefel. Alle, die nicht an ihn glauben, werden am „Letzten Tag" vor Angst vergehen.

Mir schwindelt es schon von den Versen, als hätte mein Kopf sich in bodenlangen Gewändern verfangen. Ich wusste nicht, dass dieser Jehova des Alten Testaments auch den Pantheismus bedient. Wie passt das zusammen? Jacques würde darauf die richtige Antwort geben! Dir zuliebe, Sile, lese ich weiter:

„Blickt man auf die Erde, siehe: Beengende Finsternis und das Licht ist verhüllt durch Wolkendunkel. Die Erde welkt, sie verwelkt, die Welt verkümmert, verwelkt. Ein Fluch hat die Erde gefressen. Grauen, Grube und Garn. Das Ende ist nah."

Hier hast du mit Bleistift notiert: „Lukas 21, 26 – Klimaangst!" Soll ich nun auch noch im Neuen Testament nachschlagen? Ich tue es und lese: „Die Menschen werden vergehen vor Angst und banger Erwartung der Dinge, die noch über die Erde kommen werden." Darf ich fragen, warum sich Klimaschützer überhaupt noch bemühen sollen, diesen Planeten zu retten? Wenn das Ende schon von vornherein feststeht? Doch ich kehre wieder zurück zu deiner Notiz und lese weiter:

„Ich schaute die Erde und siehe: Sie war wüst und wirr. Ich schaute zum Himmel: Er war ohne Licht. Ich schaute die Berge und siehe: Sie wankten und die Hügel bebten. Ich schaute und siehe: Kein Mensch war da, auch alle Vögel des Himmels waren verschwunden. Ich schaute und siehe: Das Gartenland war zur Wüste geworden und all seine Städte waren zerstört, zerstört durch den Herrn, durch seinen glühenden Zorn. Daher vertrocknet die Erde und verfinstern sich die Himmel."

Auch diese Sätze sind unterstrichen von deiner Hand. Und auf einem der Zettel finde ich die Formel: „Himmel aus Blei!"

Willst du wissen, was mir dazu einfällt? Vor mir steht ein junger Mensch, der vielleicht an die Rettung der Erde geglaubt hat und durch ein angeblich heiliges Buch plötzlich alle Hoffnung verliert! Vielleicht habt ihr in der Schule ein Klimatagebuch geführt, in der Klasse über ungewöhnliche Wetterereignisse diskutiert, Plakate zu diesem Thema gestaltet, oder du bist zusammen mit anderen jungen Menschen auf die Straße gegangen, um etwas für die Umwelt zu tun, und nun, durch ein verstaubtes Buch, verstaubter als alle anderen Bücher, ist für dich jeder weitere Aufwand sinnlos geworden! Ohnmacht ist es, was du jetzt fühlst! Mein armes Kind! Und draußen bläst der Scirocco, eine Ahnung von orangem, mit Sand vermischtem Schnee.

Am Tag darauf rufe ich Jacques an. Er hat doch ein paar Semester Philosophie studiert. Schwer zu erreichen, mein Freund, aber nach mehreren Versuchen hebt er gnadenhalber ab. Professionell. Mir ist klar, dass sein Rat etwas kostet, aber ich erkläre ihm: „Nicht für mich! Du bist mir einiges schuldig!" Ich frage ihn also, wie man aus seiner Sicht Menschen helfen kann, die an Klimaangst leiden? Er, der Hedonist, hat nur die Antwort: „Neutral bleiben! In meinen Seminaren empfehle ich den Pädagogen, nüchtern über diese Dinge zu reden und die Aufhetzung junger Menschen zu stoppen. Wir brauchen mehr Grün, das ist es, das können sie lehren. Sie sollen Bäume pflanzen. Und statt Panik zu erzeugen, rate ich zu einem ordentlichen Ethikunterricht."

Ich füge kleinlaut hinzu: „Bei meiner Tochter ist diese Angst offenbar ins Religiöse gekippt, Stichwort Apokalypse, und hat in ihr womöglich einen Schock ausgelöst." Er rät mir: „Reden, Reden! Die Kraft der vernünftigen Rede vermag alles zu überwinden." Ich erwidere: „Reden, aber worüber? Mir fehlen die heilenden Worte."

Jacques ist spürbar in seinem Element. Es ist das Geheimnis seines Erfolgs. Er sagt: „Ich bin als Zukunftsforscher immer auch

Seelenarzt. Schon die antiken Philosophen taten nichts anderes, als gegen Ängste logisch zu argumentieren. Es gibt so viele aufgeklärte Gründe dafür, seine Affekte zu zügeln und unwillkommene Emotionen auszuschalten. Denk selbst nach, es wird dir schon etwas einfallen! Und dann sollst du es klar und unaufgeregt vermitteln, einfach reden, reden und beruhigend auf deine Tochter einwirken. Bemüh dich um einen angenehmen Ton in der Stimme, um samtene Lippen! Alle Macht liegt in der Zunge. Das rechte Wort ist Magie! Mach deinen Mund auf, öffne die Kieferhöhle. Wie ich dich kenne, sind deine Sprechwerkzeuge verklemmt."

„Ich weiß", antworte ich ihm, „ich stehle dir jetzt die Zeit, aber ich kann das nicht so wie du." Jacques wird ungehalten. „Dann stell dich vor den Spiegel und übe! Deine Stimme soll Vertrauen erwecken." Ich flehe ihn an: „Aber die Zeit drängt."

Doch Jacques reicht es: „Arturo, das war's, mehr kann ich nicht für dich tun. Auf Gott warten, wird nicht funktionieren!" – „Also gut", verspreche ich, „ich versuche es." Rasch fügt er noch hinzu: „Ich übernehme natürlich keine Verantwortung, das ist klar! Wenn es ein Akutfall ist, frag besser den Arzt."

„Habe ich schon!", gebe ich enttäuscht zurück. „Dann tschüss!", ruft er in Eile. „Mein neues Buch hast du gelesen?" Ich bejahe. „Dann halte dich daran! Mündliche Ratschläge sind ohne Gewähr." – Auch das ist mir klar. – „Du", würgt er mich jetzt ab, „ich bin unterwegs."

Ich höre ihn noch etwas eintippen. Er schickt mir den Link zu seinen aktuellen Vorträgen im Volltext. „Kannst du gerne auch weiterempfehlen!", meint er noch. Ich verspreche es ihm, danke ihm, lade sie mir herunter, lese sie.

Und dann übe ich sie vor dem Spiegel, langsam, ruhig, erzählend. Als ich wieder in dein Zimmer trete, lege ich die Bibel zurück auf das Pult, bedecke sie mit dem Seidenschal und sehe nach dir. Du hast heute ohne mich gefrühstückt. Du bist wach, doch deine Augen sind geschlossen.

Wenn ich dich ansehe, werde ich wieder unsicher. Ich stehe da und öffne dieses Dokument, überfliege es nochmals, räuspere mich und trage vor: „Die alten Geschichten haben ausgedient. Man hat uns über Jahrhunderte eingetrichtert: Kirchen, Kruzifixe, Bilder, Festtage, Prozessionen. Wir haben das Christentum satt. Wir können diese Lügen nicht mehr hören! Unser Wertekanon gehört entrümpelt. Er hat noch nie funktioniert. Furcht ist die falsche Erziehung. Nur Selbstpeiniger brauchen einen Erlöser. Die Pandemie ist die beste Gelegenheit, das zu überdenken! Es ist Zeit für neue Erzählungen! Gerade werden Impfstoffe entwickelt, die uns erlösen werden. Eine hochentwickelte Medizin, eine atemberaubende Technik, begnadete Erfinder. Hinter uns liegen Mittelalter, Aberglaube, Ungewissheit – vor uns die Morgenröte! Die Pest wurde nicht von Gott geschickt, sondern von Ratten übertragen. Was uns rettet, ist nicht die Bibel, sondern ein gesunder Atheismus."

Das war nur das Wichtigste aus diesen Vorträgen. Du schläfst nicht, ich sehe es, doch schenkst du mir keinen einzigen Blick, an dem ich erkennen könnte, wie du darüber denkst.

## Der zweite Weg

>> Es ging mir danach nicht gut. Ich hatte mich wie ein Clown aufgeführt. Eine Verzweiflungsaktion. Ein Erziehungsversuch, der daneben ging. Mir ist dann auch nichts anderes eingefallen, als mich bei dir zu entschuldigen und dir zu sagen, dass es nicht meine Worte waren, sondern die eines Wiener Philosophen, der einmal mein Freund gewesen ist. Einiges davon sei auch meine persönliche Meinung, aber nicht alles. Ich habe dir versprochen, in Zukunft keine Reden mehr zu halten, zumindest keine, die ich nicht selbst geschrieben habe.

Du hast mir verziehen. Zum Ausklang des Abends haben wir dann nochmals Rodolfos CD angehört und weitere klassische Stücke, die ich in deinem Regal gefunden habe. Die Violinen, Celli, Fagotte und Harfen haben zwischen uns endgültig wieder Frieden gestiftet. Von nun an will ich dich ernst nehmen, Sile, auch deinen Glauben. So schließe ich auch Carlas Vermutung nicht mehr aus: Vielleicht hast du tatsächlich eine Art Gottessehnsucht in dir?

Jetzt am Vormittag, nachdem ich meine erzieherischen Weichen neu gestellt habe, kommt mir die Lederausgabe deiner Bibel schon etwas weniger gruselig vor. Dennoch möchte ich sie jetzt, unmittelbar nach Jacques' Rede, nicht zur Hand zu nehmen. Vielleicht fühle ich mich auch nicht würdig dazu. Stattdessen versinke ich in deine Couch und suche online nach dem Balsam heiliger Worte. Um die Stellen zum angekündigten Weltuntergang mit Sicherheit zu umgehen, gebe ich „Trost in der Bibel" ein. Ein Gebet wird mir vorgeschlagen. Warum nicht? Ich lese dir also Baruch, „Gebet eines Verbannten", vor:

„Herr, schau herab von deiner heiligen Wohnung
und achte auf uns!
Neige, Herr, dein Ohr und höre!
Öffne, Herr, deine Augen und schau!
Denn nicht die Toten der Unterwelt,
aus deren Leib der Atem entschwunden ist,
preisen deine Ehre und Gerechtigkeit,
sondern Menschen, die in großer Bedrängnis leben,
die gebeugt und kraftlos einhergehen
und deren Augen schwach sind,
Menschen, die nach dir hungern,
preisen deine Ehre und Gerechtigkeit."

Ich stehe auf, forsche in deinem Gesicht. Tatsächlich! Deine Augen sind jetzt offen, du lächelst, räusperst dich. Einmal, zweimal. Deine Stimme kehrt zurück! Waren es Zauberworte, die ich gerade vorgelesen habe? Hat nicht auch Emiliana zwischen den

Zeilen gesagt: „Heile sie, wenn du kannst"? Gut, ich mache weiter. Ein zweites Gebet. Hör! Der Prophet Jona singt, als er im Fischbauch gefangen ist:

„Aus dem Schoß der Unterwelt schrie ich um Hilfe
und du hörtest mein Rufen!
Du hast mich in diese Tiefe geworfen,
in das Herz der Meere;
mich umschlossen die Fluten, Wellen und Wogen
schlugen über mir zusammen.
Ich dachte: Ich bin aus deiner Nähe verstoßen!
Das Wasser reichte mir bis an die Kehle,
die Urflut umschloss mich;
Schilfgras umschlang meinen Kopf.
Bis zu den Wurzeln der Berge,
tief in die Erde sank ich hinab;
ihre Riegel schlossen mich ein.
Doch du, Herr, mein Gott,
holtest mich lebend herauf aus dem Grab.
Als mir der Atem schwand,
drang mein Gebet zu dir."

Ich glaube nicht, was ich lese, aber als ich dich frage, ob dir die Gebete gefallen, sagst du nach all diesen schweigsamen Tagen: „Sehr sogar, Arturo!" Und du flüsterst: „Danke!" Und zusammengenommen ergibt das fast einen ganzen Satz.

Und zum ersten Mal sprichst du auch meinen Namen aus. Ich umarme dich und kann nur mehr schluchzen: „Sile! Kleine! Du weißt nicht, wie sehr ich mich freue!" Du räusperst dich, übst deine Kehle. „Ich will aufstehen!", hauchst du und tust einen tiefen Atemzug.

„Wir haben unsere gemeinsame Sprache gefunden!", juble ich. Wie heiter du wirkst! Deine Finger berühren mein Gesicht, streichen mir über den Bart. Ich drücke dir einen sanften Kuss auf die Stirn, ehrfürchtig, als küsste ich einen Engel. So nenne ich dich nun auch und flüstere: „Für dich werde ich diese heilsame Sprache üben. Ich werde dich nicht mehr oberflächlich behandeln!"

Du möchtest den Bildschirm sehen und ich bringe ihn dir, stopfe ein weiteres Kissen hinter deinen Rücken, sodass du aufrecht im Bett sitzt. So liest du die Gebete noch einmal für dich selbst. Ich scrolle für dich weiter. Es ist wohl das erste Mal seit Monaten, dass du selbst etwas liest. Du versuchst, deine E-Mailadresse in das Suchfeld einzugeben, scheinst aber das Passwort vergessen zu haben. Du beißt dich abwechselnd auf die Ober- und Unterlippe. „Wir versuchen es morgen", beschließt du am Ende. Das alles hat dich natürlich erschöpft. Ich helfe dir, dich wieder hinzulegen. Du schlummerst mit rosigen Wangen ein.

So sitze ich, auf meine Knie gestützt, da und denke mir, ich müsste, um dich besser zu verstehen, eigentlich diesen Gott verstehen, an den du glaubst. Verstehen, wie er tickt, falls dies überhaupt möglich ist. Ich möchte herausfinden, was sich von diesen alten Prophezeiungen tatsächlich auf unsere Zeit bezieht. In der Kunst der Bibelauslegung haben sich weitaus Berufenere vor mir versucht. Mönche und Theologen verbrachten ihr Leben damit. Ihre Exegesen überragen wahrscheinlich den Turm zu Babel. Ein blutiger Laie wie ich hat hier wenig Chancen. Doch da fällt mir mein Freund Moritz ein, mein Wohnungsnachbar in Wien. Ich wollte ihn ohnehin anrufen. Er ist nicht nur Maler, sondern auch eine Art Religionslehrer, der sich privat mit solchen Dingen befasst.

Ich wollte es gleich am Morgen tun. Doch der Tag beginnt damit, dass du an meiner Tür klopfst. Ich schlüpfe schnell in meine Kleider und bin nicht wenig erstaunt darüber, dich plötzlich allein vor mir stehen zu sehen! Du entschuldigst dich, mich geweckt zu haben. Dann lädst du mich ein, mit dir zusammen zu frühstücken! Ich muss dich noch um etwas Geduld bitten, da ich das nicht in ungepflegtem Zustand tun kann.

Als ich aus dem Bad komme, steht deine Tür offen und das kleine Tischchen vor dem Sofa ist hübsch gedeckt. Die Pflegerinnen servieren uns ein Festmahl, das wirklich alles enthält, was ich in diesen letzten Wochen entbehrt habe. Ich danke euch Dreien und vermeide jedes verfängliche Wort.

Du und ich machen es uns gemütlich. Du erzählst mir deinen Traum von heute Nacht. Verzeih mir bitte, dass ich mich nicht mehr an Details daraus erinnern kann. Er bringt uns in seiner bunten Lebendigkeit immer wieder zum Lachen. Danach bin ich nett und helfe beim Abräumen. Darüber vergeht der Vormittag. Erst, als du deinen Nachmittagsschlaf hältst, denke ich wieder an Moritz. Ich ziehe mir eine Jacke an, gehe leise in den Park hinunter und wähle seine Nummer.

Nachdem ich Moritz meine Fragen gestellt habe, seufzt er erst einmal. Die Schicksale seiner Freunde liegen ihm am Herzen. „Ich werde versuchen dir zu helfen", sagt er. Dann holt er ziemlich weit aus und spricht davon, dass Gott es wohl so gelenkt hat! Er habe mich, Arturo, an diesen Ort gerufen und als Werkzeug ausersehen, um meine Tochter aus ihrer Not zu befreien. „Hab einfach Mut!", sagt er sanft. „Der Allmächtige wird dich leiten." Dann schweigt er kurz, wohl um nachzudenken.

Vorsichtig frage ich ihn: „Was bedeutet das Schriftwort vom Ende der Tage?" Moritz meint ohne Umschweife: „Wir Juden glauben an kein Harmagedon! Das Ende der Tage wird gut! Es gibt Frieden für alle."

„Vergib mir meine naive Frage", bohre ich weiter, „aber kannst du mir Anhaltspunkte dafür geben, dass die Zukunft für die jetzige Generation tatsächlich gut wird? Meine Tochter glaubt wahrscheinlich genau das Gegenteil!" – Moritz erklärt: „Nur Christen sehen die Zukunft schwarz! Sie befürchten Katastrophen und Strafgerichte, ja, sie warten geradezu darauf! Sie sehen das Dasein als Leiden und suchen immerfort nach Erlösung. Wir Juden sind Optimisten! Wir machen uns auch keine Gedanken darüber, wie wir in den Himmel kommen. Vielmehr beschäftigen wir uns damit, den Himmel auf die Erde zu bringen!"

Was mein Wohnungsnachbar sagt, entspannt mich enorm. Wir lachen zusammen, jeder auf seiner Seite der Leitung. „Und am Ende der Zeiten", sagt Moritz, „kommt ein Herrscher an die Macht, ein direkter Nachkomme Davids, der allen Menschen Frieden bringt." Ich ergänze: „Du meinst den Messias." Moritz verbessert: „Moschiach, Gesalbter, er ist einfach ein König oder Staatsmann mit großen Fähigkeiten. Dieser politische Führer wird den Tempel zu Jerusalem wieder aufbauen und der Thora ihre zentrale Stellung zurückgeben."

Es verblüfft mich. „Also in diesem messianischen Reich wird hauptsächlich die Thora studiert?" – „Ja", sagt Moritz, „du sagst es." – „Und wann ist mit einer solchen Umwälzung zu rechnen?", frage ich. „Heute, morgen", erwidert er, „es kann jeden Tag so weit sein! Er kommt, wenn wir es verdienen! Gemäß dem Talmud kommt er vor dem jüdischen Jahr 6000 – wir schreiben gerade 5781 nach Erschaffung der Welt und haben also noch gut zweihundert Jahre Zeit."

Ich hole tief Atem und möchte wissen, ob ich seine Geduld noch weiter strapazieren darf. Moritz sagt ja, er freue sich, mit mir über diese Themen zu reden. Bisher hätte ich mich dafür leider nicht interessiert. So verrate ich ihm: „Die behandelnden Psychologen nennen für das Leiden meiner Tochter unterschiedliche Ursachen. Die Therapeutin schwört, sie sei hypersensibel, der Arzt, sie habe Burnout, Zukunftsangst oder Covid, doch das Grundübel war angeblich ein Sauerstoffmangel bei ihrer Geburt. Die Kombination der Faktoren könnte auch erklären, warum ihr nicht zu helfen ist."

„Dann bist du zu ihr gerufen worden", erklärt Moritz, „um die Dunkelheit rund um ihre Seele zu verscheuchen! Es ist deine Aufgabe als Vater, ihr Licht aus der Thora zu spenden. Der Mensch kann ohne dieses Licht nicht ganz werden und bleibt in gewisser Weise leidend. Sieh dir die Psalmen an! Die Seele ist krank, weil sie sich nach göttlichem Balsam sehnt. Das Ziel aller Schöpfungen ist es, Licht zu werden. Wir alle sollen eins werden mit Gott und als Brüder und Schwestern zusammenwachsen. Was denkst du, warum es Probleme auf der Welt gibt?" Er macht wieder eine seiner Pausen. „Sie entstehen, weil das Licht, das Gott sendet, das heißt, die Thora, unbeachtet bleibt. Das bedeutet, die Welt ist zurzeit durchaus kein idealer Ort für junge Menschen, sondern in vieler Hinsicht ein Chaos, in dem, wie du sagst, Verwirrung und Dunkelheit herrschen. Das betrifft auch den Umgang unserer Gesellschaft mit Tieren und der Natur. Doch es hilft nichts, darüber zu lamentieren. Wir sollen Lösungen finden, reparieren, korrigieren und weiter nach Weisheit streben!"

Ich gestehe ihm, dass ich bereits mit dem Lesen der Bibel begonnen habe. „Gut!", lobt er mich. „Dann rate ich dir, darin fortzufahren!" Während er mich auf diese Weise ermutigt, spreche ich auch noch den zentralen Punkt an: „Wie gehst du damit um, dass deine Religion vielen wissenschaftlichen Erklärungen widerspricht?"

Moritz bleibt gelassen. „Die Wissenschaft hat ihren Platz, aber auch die Thora! Du musst auf sie beide hören. Sie ergänzen einander." Ich wende ein: „Aber zwischen ihnen tut sich in vielen Fällen ein unüberbrückbarer Graben auf!"

Das Argument gilt für ihn nicht, er meint: „Das wird meist überbewertet. Im 19. Jahrhundert hat die Gesellschaft den Naturwissenschaften und der Philosophie den höchsten Wahrheitswert eingeräumt. Man hielt ihre Erkenntnisse für endgültig und verkündete, Religion sei durch sie überflüssig geworden. Religiöse Führer, darunter auch Rabbiner, versuchten damals, die Thoralehren für die sogenannte ‚aufgeklärte Gesellschaft' umzudeuten. Erst Heisenberg und Einstein haben diese Meinung letztlich erschüttert, etwas, was man bis heute, hundert Jahre danach, noch immer nicht wahrhaben will. Denn das ganze Universum steht, wie wir heute wissen, auf unsicherem Grund. Der absolute Anspruch der Naturwissenschaften war nie berechtigt und ist inzwischen auch widerlegt! Die Forschung besitzt bis heute nur Hypothesen. Reine Wissenschaftsgläubigkeit kann bei vielen sogar zum

Götzendienst werden! Kurz gesagt, ich würde an deiner Stelle die Ärzte arbeiten lassen, aber auch Gott hinzuziehen. Such weiter in der Thora nach Inspiration. Füll deinen Geist mit der heiligen Weisung, und dein Leben wird wieder klar! ‚Lasst den Durstigen zum Wasser gehen!‘, sagt Jesaja."

Ich schlucke: „Du meinst, auch ich bin durstig?" Mein Freund beruhigt mich: „Jede Seele dürstet nach dem lebendigen Wasser! Es ist wichtig, sich das einzugestehen. Diese Ängste der Menschen sind ja real. Sie versuchen, ihre Probleme ohne Gott zu lösen und wundern sich dann, wenn sie mit ihrem begrenzten Verstand letztlich im Kreis gehen. Jeder von uns benötigt göttliche Gebote. Die Thora ist eine Gebrauchsanweisung für unser Leben und der einzige Weg zum Frieden. Vergiss nicht, du hast jetzt eine Tochter zu erziehen. Die beste Grundlage dafür ist die Heilige Schrift, durch sie verbessern sich auch deine Beziehungen innerhalb der Familie. Du schaffst ein gesundes Klima in deiner Umgebung, sei es mit deinen Eltern, mit deiner Ehefrau oder den Kindern. Und am Schabbat redet man dann darüber. Das ist es, was Gott uns geboten hat. Beginne einfach von vorne zu lesen!"

Ich habe ihm verschwiegen, dass ich in der Lektüre bereits mitten in den Propheten angelangt bin. Doch die Belehrungen meines Freundes sind mir kostbar. Zwar klingen seine Ansichten recht orthodox, ich kann sie aber irgendwie nachvollziehen, besonders als Vater. Da ich dazu schweige, sagt er: „Ich sehe, du sinnst bereits darüber nach! Nur weiter so! Ich muss jetzt aufhören. Es ist Freitagnachmittag, meine Frau bereitet sich schon auf den Schabbat vor."

## Von den Übeln der Welt

 In vergnügter Stimmung trete ich gleich danach in dein Zimmer. Hier brennt bereits das Licht, und ich frage dich, wie schon oft, ob wir die natürliche Dämmerung zurückholen sollen? Du möchtest es ebenfalls und siehst mich erwartungsvoll an. Ich schalte stattdessen die Leselampe hinter der Couch ein und rufe: „Wir brauchen die Bibel! Sag mir, was möchtest du heute lesen?" Dabei hole ich dein heiliges Buch vom Notenständer und halte es dir hin. Du setzt dich neben mich. Ich lege das Buch auf das Tischchen und warte. „Habakuk!", schlägst du vor. „Ist Habakuk ein wichtiger Prophet?", frage ich. „Ich hatte keine Ahnung davon." Du erwiderst: „Ich mag ihn! Aber du kannst dir selbst ein Urteil über ihn bilden!"

So beginnt unser Schabbat. Vater und Tochter blättern zunächst gemeinsam im Inhaltsverzeichnis. Du selbst findest diesen Habakuk weit hinten bei den „Kleinen Propheten", schiebst mir das Buch zu und bittest mich vorzulesen. Der Prophet mit dem Zirkusclownnamen ruft zu Gott:

„Wie lange soll ich noch rufen
und du hörst nicht?
Ich schreie zu dir: Hilfe, Gewalt!
Aber du hilfst nicht.
Warum lässt du mich Frevel sehen
und siehst dem Unheil zu?
Warum ist das Gesetz ohne Kraft
und das Recht setzt sich nicht durch?
Bist du nicht seit Urzeiten Herr,
bist mein Gott und heilig?
Deine Augen sind viel zu rein,
um Böses mitanzusehen.
Ich weiß, du kannst Unrecht nicht ertrtagen.
Warum siehst du also den Treulosen zu
und schweigst,
wenn der Gottlose den Gerechten verschlingt,
und machst die Menschen
den Fischen des Meeres gleich,
dem Gewürm, das keinen Herrn hat?"

„Ja, warum greift dein Gott nicht in das Weltgeschehen ein?", möchte ich von dir wissen. Du aber lächelst und meinst: „Wir wissen es nicht. Doch man kann, wie du siehst, mit Ihm reden!" – „Stimmt", antworte ich. „Ich könnte mir vorstellen, deinem Gott ebenfalls solche Fragen zu stellen. Was mir diesen Propheten aber sympathisch macht, ist seine Kürze. Er hat lediglich drei Kapitel hinterlassen."

Wir gehen weiter zur Antwort des Allmächtigen, der zu Jona spricht:

„Schreib nieder, was du siehst,
grabe es deutlich in Tafeln ein,
damit man es mühelos lesen kann!
Denn erst zur bestimmten Zeit
trifft ein, was du siehst.
Aber wahrlich, es drängt zu einem Ende hin.
Wenn es sich verzögert, so warte darauf.
Denn kommen wird es, es bleibt nicht aus.
Der Gottlose schwindet dahin,
der Gerechte aber wird durch den Glauben leben."

Die Antwort ist klar und die Unterscheidung zwischen Gläubigen und Ungläubigen, Gerechten und Frevlern ist mir inzwischen nur allzu vertraut. Ich sehe auch, dass Moritz mich gut in die Thora eingeführt hat. Sein Rezept klappt auch bei den Propheten. Man akzeptiert einfach, was hier geschrieben steht! Man glaubt es einfach, und Punkt. Genau das schenkt uns den erbetenen Frieden. Es genügt schon, dieses Buch vor sich aufzuschlagen, und man kann diesen Frieden fühlen. Wer glaubt, wird selig.

Ich lege meinen Arm um deine Schultern und frage dich geradeaus: „Worüber machst du dir eigentlich Sorgen? Mein Freund, ein Religionslehrer aus Wien, meint, es kann bis zum prophezeiten Ende der Welt noch gut zweihundert Jahre dauern. Und wenn es kommt, trifft es keine Frommen wie dich, sondern nur Gotteslästerer und Halunken. Wenn ich, Arturo, Herr über die

Erde wäre, die ich mit eigenen Händen geschaffen habe, würde ich gewissen Verbrechern ebenfalls die Rute ins Fenster stellen. Auch den Ignoranten, die unsere Umwelt zerstören. Nach allem, was ich in diesem Buch bisher gelesen habe, halte ich es für vernünftig, sich mit deinem Gott zu versöhnen! Schlag ein Ritual vor! Ich bin dabei!"

Du denkst nach. „Mein einziges Ritual war bisher das Lesen in diesem Buch", bekennst du mit etwas traurigen Augen. „Dann werden wir es von nun an gemeinsam tun!", verspreche ich dir. Und als du still in die Dämmerung blickst, als suchtest du dort nach Bildern aus der Vergangenheit, frage ich dich: „Gibt es etwas, was du dir von mir wünschst? Soll ich für dich eine Kirche bauen?" Jetzt lachst du! „Es gibt bereits eine Kirche in diesem Haus. Eine Kapelle, die als Bibliothek genutzt wird."

„Ich könnte Bänke und einen Altar hineinstellen!", biete ich an. Du wiegst deinen Kopf. Darauf sagst du: „Ich möchte eigentlich nur, dass Carla zurückkommt." Ich kratze mich hinterm Ohr und zögere. Doch vor wem fürchte ich mich eigentlich, vor Emiliana? So entgegne ich: „Gut! Wir rufen sie jetzt sofort an!"

Das tun wir dann auch, und einen Tag später, es ist 14 Uhr, Besuchszeit, steht Carla, wie angekündigt, vor dem eisernen Tor an der Straße. Ich lasse sie herein. Sie hat einen frischen Covid-Test mitgebracht, den sie mir entgegenstreckt. Ich sage, sie soll die Maske abnehmen, du könntest sie sonst nicht erkennen. Sie gibt auch das Kopftuch herunter. Es zeigt sich, dass sie gar nicht so hässlich ist, wie ich sie mir vorgestellt habe. Soll ich mich bei ihr entschuldigen? War ich unhöflich zu ihr?

Sie verneint, bedankt sich für die Einladung und fragt, ob sie dich sehen darf? Ich bitte sie hinauf in dein Zimmer und fürchte ein wenig, sie werde gleich zu heulen beginnen. Aber sie ist ganz überrascht, dich bereits am Bettrand sitzen zu sehen, und schlägt in ihrer Freude die Hände zusammen. Dein Gesicht habe wieder eine gesunde Farbe bekommen, jubelt sie. Ich kann erst jetzt sehen, wie vertraut ihr miteinander seid, wie innig ihr euch umarmt und dass Carla dir tatsächlich gefehlt hat!

Die Pflegerinnen haben sie kommen sehen und sind bleich in ihren Kammern verschwunden. Sie melden es, denke ich, dieser Anna. Oder haben sie Kontakt zu Emiliana? Ich fürchte mich vor keiner der beiden. Als Carla sich an dein Bett gesetzt hat und dir die üblichen Fragen stellt, wie es dir gehe, ob sie etwas für dich tun könne, ob du schon gegessen habest, beginnst du mit ihr zu reden, als hättest du nie so lange geschwiegen. Du baumelst mit den Beinen, ordnest dein Haar, wiegst deinen Kopf. Ich fasse es nicht! Um einfach irgendetwas dazu zu sagen, frage ich Carla: „Haben Sie schon ihr Mittagsgebet gesprochen?" Carla dreht sich verwundert nach mir um und sagt strahlend: „Ja!"

Keine Scherze mehr! Ich muss mir künftig etwas anderes einfallen lassen. Carlas kleiner Koffer steht noch dort vor der Tür. Ich biete deiner Kinderfrau an, wieder ihr altes Zimmer zu beziehen. Sie freut sich darüber, während ich erst einmal meine Sachen von dort wegschaffen muss. Wohin? Ich frage nicht lange, es gibt ein Zimmer etwas weiter entfernt, das nicht beheizt ist. Doch in einer Ecke steht ein Schwedenofen. Nachdem ich mir das Bett überzogen und meine Sachen ausgebreitet habe, erbitte ich mir vom Gärtner das passende Brennmaterial. Zwei Stunden später sehe ich wieder nach dir. Wo ist Carla? „In der Küche", lächelst du.

Dort rühren sich, mit etwas Abstand zueinander, auf einmal drei Frauen. Carla kocht dein Lieblingsgericht, die beiden anderen schneiden sich, wie ich für gewöhnlich, lediglich Brotscheiben ab und bedecken sie mit Aufstrich. Als sie ihre Masken beiseitegelegt haben und betreten ihre Abendmahlzeit herunterwürgen, nehme ich ihnen gegenüber am Küchentisch Platz.

„Was hat Signora Mescolini gesagt?", frage ich in ihre erstaunten Gesichter hinein. Sie stammeln, sie habe sich nach dem Gesundheitszustand der Signorina erkundigt. Sie hätten ihr berichtet, es gehe ihr plötzlich viel besser. Und mit dem Blick auf Carla, die gerade Gemüse schneidet, erklären sie: „Unsere Hilfe ist hier bald nicht mehr nötig."

Ich bitte sie um Annas Telefonnummer. Sie sehen sofort nach und sagen sie mir ohne weiteres an, sodass ich sie in mein Mobilgerät einspeichern kann. Später, als ich in meiner neuen Herberge noch einmal Brennholz nachgelegt habe, wähle ich diese Nummer. Signora Mescolini hebt ab. Ich stelle mich mit meinem Namen vor und sage: „Sie werden schon erfahren haben, dass Carla Netto wieder hier ist. Sile wünscht sich, dass Carla bleibt."

Annas raue Stimme spricht von der veränderten Situation, dass sie die Pflegerinnen mit Ende des Monats entlassen und den Vertrag mit Carla neu aufsetzen wird. Daraufhin schlägt sie mir selbst ein Treffen mit Emiliana vor. Aus Sicherheitsgründen könne sie mir jedoch nichts über ihren Aufenthaltsort preisgeben, sämtliche Kontaktdaten müssten geheim bleiben. Doch, wenn ich einverstanden sei, würde ich in den nächsten Tagen abgeholt und zu ihr gebracht werden.

Lob oder Anerkennung kann ich mir von Emiliana nicht erwarten, überlege ich, doch sie wird mich wahrscheinlich auch nicht mit einem Messer im Gürtel empfangen. So sage ich zu.

Carla kommt mit einem Tablet die Stiege herauf, ich eile hinaus auf den Gang und öffne ihr die Tür zu deinem Zimmer. Du hast dich selbst angezogen, alte Jeans, hellblauer Pullover, hast dein Haar mit einer Holzklammer hochgesteckt und einen weiteren Hocker an den Sofatisch gestellt. Es riecht nach Familienleben. Carla bittet mich, ein mitgebrachtes Tischtuch auszubreiten, auf das sie nacheinander drei Teller mit Gemüseauflauf stellt. Du brauchst nicht mehr gefüttert zu werden, sondern sitzt aufrecht da und führst das Tischgespräch an.

Es geht um Alltägliches, das Wetter, die Jahreszeit, die am Fluss brütenden Vögel. Wichtigere Themen hast du mit deiner Schwester im Glauben wahrscheinlich längst schon besprochen. Nach einiger Zeit bist du trotzdem erschöpft und schläfst auf dem Sofa ein. Carla und ich räumen das Geschirr ab und sitzen einander zuletzt in der Küche beim Tee gegenüber.

Um das biedere Einverständnis mit ihr zu durchbrechen, spreche ich das Thema Erziehung an. „Sie haben Sile sicher verboten, gewisse Filme zu sehen, gewisse Musik zu hören oder moderne, aufgeklärte Bücher zu lesen. Sie verwehrt sich gegen den Vorwurf: „Nicht verboten! Ich habe sie vor den Übeln der Welt bewahrt. Auch die Signora hat von Beginn an gesagt, ihre Tochter dürfe sich nicht aufregen!" – „Doch Sie haben ihr Darwin vorenthalten, wahrscheinlich sogar die Beatles. Sie haben eine reine Jungfrau erzogen. Für wen? Um sie Ihrem Gott zu opfern?" Carla ist empört. „Beleidigen Sie nicht den christlichen Gott! ER selbst ist es gewesen, der sich für UNS geopfert hat!"

Was soll ich darauf sagen, eine Diskussion ist in diesem Fall leider nicht möglich. So akzeptiere ich den Hausfrieden, über dem Carla von nun an wacht, und freue mich einfach an deiner Genesung. Außerdem kann ich nicht ausschließen, dass dieser Gott und das Lesen in der Bibel dir tatsächlich geholfen haben.

Tags darauf verabschiede ich die beiden Pflegerinnen mit je einer Flasche Wein. Wir scherzen gemeinsam über sie. Du sprichst noch nicht über deine Gefühle, das wird wohl noch eine Weile dauern. Wir machen gemeinsam einen Spaziergang im Park. Ganz nebenbei erwähnst du auch, du habest einige Nachrichten von Rodolfo erhalten. Ich frage nach: „Was schreibt er?" Doch es geht mich als Vater wahrscheinlich nichts an. So lerne ich, dass meine Tochter durchaus ihre Geheimnisse hat.

Du nimmst mich am Arm, führst mich ans Wasser, und wir stehen dort ziemlich lange. Ein wenig sieht es so aus, als wären wir jetzt am Ziel. Und schließlich kommt auch der Tag, an dem du mich in dein Atelier führst und mich dein Tagebuch lesen lässt.

Ich bin noch immer mit diesem Pietro und dem Schnurrbartmonster Retti beschäftigt, als ich einen Anruf von Signora Mescolini erhalte, die mir den Tag und die Stunde bekanntgibt, zu der ein grauer Wagen vorn an der Straße stehen und mich mitnehmen soll. Du und Carla winken mir vom Küchenfenster aus hinterher. Ich bereite mich auf das Schafott vor.

Als ich eine ältere Dame am Steuer vorfinde, beginne ich zu hoffen, dass es wohl nicht so schlimm werden wird. Wir fahren etwa fünfzig Kilometer bis zu einem unauffälligen Haus in einem der Außenbezirke von Padua. Hinter einem Sicherheitszaun bemerke ich mehrere Wächter, die beim Anblick des Wagens mechanisch grüßen und uns das Tor öffnen.

Emiliana erwartet mich in einem überdachten Glaspavillon, der an die Rückseite des Hauses angebaut ist und auf einen gepflegten englischen Garten blickt. Ich finde eine Dame von gut fünfzig Jahren vor, gezeichnet vom hektischen Leben, das sie bis vor kurzem geführt hat. Sie ist immer noch schön, mit gestyltem kurzem Haar und makelloser Figur.

Sie streckt mir die Hand entgegen und bietet mir einen Platz am Kaffeetisch an. „Wie geht es Sile?", fragt sie. „Die Überwachungskameras werden dir doch alles gesagt haben?", antworte ich ohne Umschweife. „Anna hat das organisiert. Sie informiert mich hin und wieder. Doch die Anlage wird diese Woche abgeschaltet."

„Ist es mir erlaubt, sie abzumontieren? Immerhin ist es dein Haus", erwidere ich. Sie bittet mich, es mit Anna zu besprechen. Doch dann bringt ihre Bekannte, die mich hergefahren hat, Kaffee. Emiliana stellt sie vor: „Das ist Jolanda Jelinek, eine gute Freundin meiner Mutter. Sie haben in Mailand eine Weile zusammengearbeitet." Wir begrüßen einander. Jolanda, ich zweifle, ob es ihr richtiger Name ist, lässt uns wieder allein.

Während ich Zucker in meinen Mokka rühre, beginnt Emiliana von sich zu erzählen. Sie lebe hier völlig inkognito. Die Polizei habe ihr geraten, sich zu verstecken, offiziell sei sie als abgängig gemeldet. Das sei zu ihrer Sicherheit nötig. Denn sie werde verfolgt. Als sie diesen Retti erwähnt, steht mir sofort die Schilderung in deinem Tagebuch vor Augen. Dort gibt es, wenn ich mich richtig erinnere, auch eine Skizze von ihm. Auch Dolcini ist jetzt kein Unbekannter für mich.

Und so fügt sich die Kriminalgeschichte, von der mir Emiliana berichtet, und die ich ihr sonst vielleicht nicht geglaubt hätte, in das von dir beschriebene Bild ein. Als ich von den weiteren Umständen höre, in die Emiliana verwickelt ist, bin ich einfach nur froh, dass man dich da nicht mit hineingezogen hat! Ich rechne es auch deiner Mutter hoch an, dass sie mich zu dir gerufen hat. In der kurzen Zeit, die wir zusammen gewesen waren, hatte ich ihren Charakter eigentlich nicht kennengelernt.

Am meisten leidet sie, erzählt sie mir, unter den Lügengeschichten, die in der Öffentlichkeit über sie kursieren. Deine Mutter nennt es ein verbrecherisches Komplott. Nicht nur, dass Retti damals ihre Handtasche gestohlen und ihren Wagen manipuliert habe, sie sei auch gestalkt worden und man könne weitere Übergriffe nicht ausschließen. „Beide Männer wollen sich an mir rächen!", klagt sie. „Dolcini, weil ich ihn kündigen musste, und Retti, weil ich gegen ihn gerichtlich verklagt habe. Die Verhandlungen laufen noch, da er sich immer wieder herausreden kann."

„Gibt sich dieser Retti nicht als Philosophen aus?", frage ich zurück.

„Heute nennt sich jeder Schuster einen Philosophen oder gibt vor, die Krisen der Gegenwart lösen zu können!", entgegnet sie aufgebracht. „Er ist der Sohn eines Waffenhändlers! Allein diese Tatsache erklärt, warum er Hass und Unsicherheit schürt, egal mit welchen Methoden. Im Moment hetzt er die kleinen Leute auf. Ich lebe seit Monaten in Angst vor Killern, die er gegen mich ausgesandt hat. Ich bilde es mir nicht ein. Er wirbt Afrikaner an, die er für seine krummen Geschäfte ausbilden lässt. Ich bin nur eine von seinen Feinden, auf die er es abgesehen hat. Doch er will mich in den finanziellen Ruin treiben. Auch ein Nervenzusammenbruch würde ihn freuen."

„Und was ist mit diesem Dolcini?", frage ich. „Dolcini kennt die Strukturen in der Firma immer noch gut genug, besonders die neuralgischen Punkte", erklärt sie. „Wie er früher unsere Reputation in gesteigert hat, so zieht er sie jetzt in den Schmutz. Auch er streut Gerüchte, gefälschte Videos in den Sozialen Medien und so weiter. Nur ein kleines Beispiel: Im Covid-Jahr 2020 brachte er das Märchen auf, wir ließen kranke Näherinnen nicht nach Hause zu ihren Familien gehen, sondern hätten sie eingeschlossen, um sie Tag und Nacht für uns arbeiten zu lassen. Als Beweis dafür wird angeführt, dass sich unsere gesamte Belegschaft infiziert habe. Alles erlogen! Er hat auch das Interview einer angeblichen Angestellten von uns ins Netz gestellt, die unter Tränen berichtet, sie wollte ihren sterbenden Vater im Krankenhaus noch einmal besuchen, doch ich" – sie pocht mehrmals gegen ihre Brust – „ich hätte es ihr verboten, aus Gier, damit unsere Kollektion rechtzeitig fertig wird. Das sind die Methoden, die diese Schurken benutzen! In Summe sind es viele kleine Nadelstiche, doch sie lassen unsere Verkaufszahlen in den Keller rutschen! Ich werde von jungen Bloggerinnen, die natürlich Retti bezahlt, als Monster hingestellt. Erst seit ich notgedrungen ‚verschwunden' bin, hat sich die Hetze gegen mich gelegt. Inzwischen hat Anna die Firmenleitung übernommen und ich warte hier auf den jüngsten Tag!"

Ich spüre die Anspannung in ihrer Stimme und stelle mir vor, wie sehr sie unter der Situation zu leiden hat. Während sie sich hier bei ihrer mütterlichen Freundin versteckt und Todesängste aussteht, lebe ich, der Straßenjunge ohne Besitz und Namen, mehr oder weniger in den Tag hinein. Plötzlich tut mir Emiliana leid.

„Kann ich dir irgendwie helfen?", frage ich sie. Ihre Antwort kommt unerwartet: „Ja, durchaus. Ich möchte, dass du dich weiterhin um unsere Tochter kümmerst und sie beschützt. Das meine ich wörtlich. Sie ist das Kostbarste, was ich besitze." Jetzt presst sie ihre Augen zusammen, als säßen ihre Gefühle tiefer als sie es jemals ausgedrückt hat. Kurz darauf richtet sie sich wieder auf und sagt: „Ich hoffe vor allem, dass Retti sie in Ruhe lässt. Es stört mich auch nicht mehr, wenn Carla im Haus bleibt. Sile braucht sie, auch wenn es ihr jetzt wieder besser geht. Wenn du möchtest, kann ich dich ebenfalls bei mir in der Firma anstellen?"

Jetzt wehre ich mich entschieden: „Danke für dein Angebot! Ich mache alles, was dem Wohlergehen unserer Tochter dient. Gern bleibe ich auch in diesem Haus wohnen, solange sie mich dort haben will. Doch ich suche keinen Job. Ich habe meinen Beruf und mein Auskommen, ja, sozusagen meine eigene Firma. Auch meine Wiener Wohnung kann ich mir weiterhin leisten. Und wenn dein Unternehmen in Konkurs gehen sollte, würde ich mich freuen, für Sile zu sorgen." Emiliana entgegnet, dieser Fall werde wohl niemals eintreten.

Zuletzt lässt sie mich in dieser gläsernen Gartenlaube noch schwören, ihren Aufenthaltsort niemandem zu verraten, auch nicht Carla, auch nicht dir, Sile. Ich tue es, ich schwöre, wenn auch nicht bei Gott, so doch, um sie zu beruhigen, mit erhobener Hand. Jolanda wartet bereits angekleidet und mit rasselnden Schlüsseln darauf, mich hinauszubegleiten.

ENDE

# INHALT

Seite

| | |
|---|---:|
| Feier mit Vanni | 7 |
| Schwarzes Kostüm | 14 |
| Picasso sagt | 18 |
| Koloquinten | 25 |
| Saharastaub | 29 |
| Flussabwärts | 33 |
| Josche | 39 |
| Das Porträt | 45 |
| Buchmalerei | 53 |
| Aus dem Schlamm | 59 |
| Übermenschen | 63 |
| Jagdtrophäen | 67 |
| Die Frau des Fischers | 73 |
| Rete*verde | 78 |
| Trost der Farben | 85 |
| Aperto! | 91 |
| Schule der Menschlichkeit | 97 |
| Bevilacqua | 107 |
| Flucht auf die Felder | 113 |
| Die Sonne Venedigs | 117 |
| Graue Periode | 121 |
| Zur Ehre Gottes | 128 |
| Spezialmenü | 139 |
| Veronicas Tintoretto | 145 |
| Malunterricht | 156 |
| Gegen den Fluch | 158 |
| Die Wolke | 163 |
| Rodolfo tanzt | 168 |
| Komm und sieh! | 178 |
| Abendruh | 187 |
| Schlechtes Wetter | 192 |

| | |
|---|---:|
| Nennt uns nicht Engel | 198 |
| Im freien Fall | 205 |
| Ein Kleid für Veronica | 211 |
| Wir geben dir eine Zukunft | 217 |
| Heimkunft | 218 |
| Wohin mit der Leere? | 237 |
| Brot und Wein | 241 |
| TEOTWAWKI | 250 |
| Niemands Sohn | 258 |
| Mückenschwärme | 267 |
| Ich bin dein Vater | 273 |
| Kirschblüten | 279 |
| Anno nuovo | 282 |
| Versace und die Folgen | 288 |
| Diagnosen | 291 |
| Tagebuchblatt | 297 |
| Bella Ciao | 301 |
| Das Geständnis | 307 |
| Reden, reden | 311 |
| Der zweite Weg | 320 |
| Von den Übeln der Welt | 327 |

Milton Keynes UK
Ingram Content Group UK Ltd.
UKHW041842121024
449535UK00004B/271